SERIE PECADOS

Rey de la DESIDIA

SERIE PECADOS

Rey de la DESIDIA

ANA HUANG

Obra editada en colaboración con Editorial Planeta – España

Título original: *King of Sloth*

Bajo el sello editorial CROSSBOOKS M.R.
Avenida Presidente Masaryk núm. 111,
Piso 2, Polanco V Sección, Miguel Hidalgo
C.P. 11560, Ciudad de México
www.planetadelibros.com.mx

Primera edición impresa en España: junio de 2025
ISBN: 978-84-08-30399-2

Primera edición impresa en México: septiembre de 2025
Primera reimpresión en México: diciembre de 2025
ISBN: 978-607-39-3296-7

Impreso en los talleres de Corporación de Servicios Gráficos Rojo S.A. de C.V. Progreso #10, Colonia Ixtapaluca Centro, Ixtapaluca, Estado de México, C.P. 56530.
Impreso en México – *Printed in Mexico*

A todas aquellas mujeres a quienes les han dicho alguna vez que tienen que «sonreír más».
A la mierda. Hagan lo que les dé la gana.

Playlist

Midnight Rain – Taylor Swift
Sex, Drugs, Etc. – Beach Weather
Top of the World – Pussycat Dolls
The Lazy Song – Bruno Mars
Flawless – Beyoncé
Most Girls – P!nk
Talking Body – Tove Lo
Rude Boy – Rihanna
I Wanna Be Yours – Arctic Monkeys
Te Amo – Rihanna

1
Sloane

Escabullirme en una villa griega que cuesta diez mil dólares la noche no formaba parte de mi plan para el día de hoy. Sin embargo, los planes cambian y la gente claudica; sobre todo, cuando una tiene clientes que le dificultan la vida tanto como sea posible.

Me raspé las rodillas con el cemento mientras me arrastraba para subir al borde de la terraza y, a continuación, al barandal. Si arruinaba aquel vestido Stella Alonso completamente nuevo por esto, lo mataría, lo haría resucitar para que limpiara este desorden y lo mataría otra vez.

Tuve la suerte de aterrizar en la terraza sin incidente alguno y volví a calzarme los tacones que había tirado antes. Los fuertes latidos de mi corazón me acompañaron hasta la puerta corrediza de cristal, donde pasé por el lector de tarjetas la llave maestra que había tomado «prestada» de una de las empleadas.

Habría ido por la puerta principal, pero sería exponerme demasiado. La terraza trasera fue mi única opción.

El lector de tarjetas emitió un ruidito y, durante un único y aterrador segundo, pensé que no se abriría. No obstante, la luz se puso de color verde y me di el gusto de respirar aliviada antes de apretar la mandíbula de nuevo.

Escabullirme ahí había sido lo fácil. Llevármelo para que estuviera en otro país antes de que se pusiera el sol ya era algo totalmente distinto.

Pasé rápidamente por la cocina, atravesé la sala y me paré en la *suite* principal. Cuando vi las botellas de cerveza vacías amontonadas en la barra de la cocina, hice una mueca y tuve que echar mano de toda mi fuerza de voluntad para evitar reciclarlas, desinfectar el mármol y rociar el espacio con ambientador.

«Céntrate». Me estaba jugando mi reputación, tanto a nivel profesional como a nivel personal.

Si el interior de la villa era un lugar silencioso y fresco, a pesar de que el sol de primera hora de la tarde diera de pleno en las ventanas, la habitación aún lo era más.

Tal vez por eso, cuando me acerqué a la cama y derramé bruscamente un tazón de agua helada encima de quien estaba ahí durmiendo, me sobresalté con la rapidez de su respuesta y solté un grito ahogado.

Una mano fuerte me agarró la muñeca. El tazón, ahora vacío, cayó al suelo y el cuarto se puso al revés cuando él me jaló, se me colocó encima y me inmovilizó contra la cama antes de que se me escapara un grito ahogado.

Xavier Castillo se me quedó mirando fijamente con la frente de su hermosa cara arrugada.

El unigénito del hombre más rico de toda Colombia y mi cliente menos cooperativo era, normalmente, una persona despreocupada. No obstante, la forma en la que estaba ejerciéndome presión en el cuello con el antebrazo o aquellos más de ochenta kilos de puro músculo que me tenían atrapada debajo de él no tenían nada de despreocupado.

Dejó de fruncir el ceño. Se le dibujó una expresión de enojo en el rostro, seguida por otra distinta al reconocerme y, a continuación, atisbé una pizca de terror.

—¿Sloane?

—Así me llamo, sí. —Levanté la barbilla tratando de desviar la atención de la calidez que emanaba su cuerpo en comparación con lo empapado que estaba el colchón bajo mi espalda—. Y ahora, si pudieras soltarme de inmediato, te lo agradecería. Me estás estropeando un vestido de setecientos dólares.

—*Mierda.*[1] —Soltó esa grosería en español y dejó de apretarme el cuello para que pudiera levantarme—. ¿Qué diablos haces aquí?

—Mi trabajo. —Lo aparté de mí y me puse de pie. ¿Era cosa mía o hacía muchísimo más frío que hacía cinco minutos?—. Estamos a doce. Ya sabes dónde deberías estar, y no es aquí. —Lo fulminé con la mirada, retándolo a que me llevara la contraria.

—Pensaba que eras un intruso. Te podría haber hecho daño. —Ahora que ya habíamos aclarado que no había venido a robar nada ni a secuestrarlo, una sonrisa burlona que me resultaba familiar sustituyó su arrugada frente. Xavier volvió a acostarse en la cama; era la pura definición de la indiferencia—. Aunque, técnicamente, sí eres una intrusa, pero una preciosa. Si querías meterte en la cama conmigo, solo tenías que decírmelo; no hacía falta que te tomaras tantas molestias. —Desvió la vista hacia el tazón que seguía en el suelo y arqueó una ceja—. Además, ¿cómo has entrado?

—Robé una llave maestra. Y no intentes distraerme. —Después de tres años trabajando con Xavier, ya estaba acostumbrada a sus tejemanejes—. Es la una del mediodía. El *jet* nos está esperando en el aeropuerto. Si nos vamos en

1. *N. de la T.:* Las frases en cursiva aparecen en español en la obra original.

media hora cuando mucho, aún llegaremos a Londres a tiempo para prepararnos para la gala de esta noche.

—Un plan genial. —Estiró los brazos por encima de la cabeza y bostezó—. Solo hay un problema: que yo no voy.

Me clavé las uñas en las palmas de las manos antes de recomponerme. «Respira. Recuerda: matar a un cliente se considera poco profesional».

—Vas a salir de la cama —le dije con un tono de voz lo suficientemente frío como para helar las gotitas de agua que aún le bañaban la piel—, vas a subirte a ese *jet*, vas a ir a la gala con una sonrisa en los labios y te vas a quedar hasta que termine el acontecimiento como el buen representante de la familia Castillo que eres, porque si no lo haces, me aseguraré de que no vuelvas a tener un segundo de paz en tu vida. Arruinaré todas las fiestas a las que vayas, avisaré a cualquier mujer que sea lo bastante estúpida como para orbitar a tu alrededor e impediré que todos aquellos amigos que saquen a relucir tus peores impulsos vengan a mis eventos. Puedo hacer que tu vida se vuelva un verdadero infierno, así que no me conviertas en tu enemiga.

Xavier bostezó de nuevo.

Desde que su padre me contrató hacía tres años, justo antes de que Xavier se mudara de Los Ángeles a Nueva York, esta había sido nuestra dinámica. Pero yo ya estaba harta de ser buena con él.

—O sea, que tú eres mi nueva publicista.

Xavier se acomodó en la silla y puso los pies encima del escritorio. Tenía la tez morena y una resplandeciente dentadura blanca. Los ojos le centellearon con picardía y se me erizó la piel.

Hacía solo diez segundos que acababa de conocer a mi cliente más lucrativo y ya lo odiaba.

—Quita los pies de mi escritorio y siéntate como un adulto. —Me importaba un bledo que Alberto Castillo me pagara el triple

de lo que solía cobrar para que tuviera a su hijo controlado. A mí nadie me faltaba al respeto en mi propia oficina—. Si no lo haces, puedes abrir la puerta e irte, y le explicas a tu padre por qué tu publicista se deshizo de ti el primer día. Supongo que eso tendría un efecto negativo en tu liquidez.

—Ah, conque eres una de esas —me espetó, a pesar de que se le tensó la sonrisa cuando me oyó mencionar a su padre—. De las que siguen las normas al pie de la letra. De acuerdo. Deberías haberte presentado así en lugar de decirme tu nombre.

Agarré mi pluma favorita con tanta fuerza que incluso crujió.

No era supersticiosa, pero hasta yo pude ver que eso no auguraba nada bueno para el futuro de nuestra relación.

Y no me había equivocado.

Había ciertas cosas que le pasaba por alto porque los Castillo eran mis mejores clientes, pero mi trabajo consistía en mantener la reputación familiar impoluta, no en besarle el culo a su sucesor.

Xavier era mayorcito. Ya era hora de que actuara como un adulto.

—Vaya amenaza —respondió arrastrando las palabras—. ¿Todas las fiestas y a todas las mujeres? Debo de gustarte mucho.

Se escurrió de la cama con la perezosa elegancia de una pantera que se acaba de despertar. Llevaba unos pantalones de pants que le quedaban justo por debajo de la cadera y revelaban su dorada piel morena y un corte en forma de V que una no esperaría verle a alguien que se pasaba casi todos los días de fiesta y durmiendo. Unos tatuajes le serpenteaban por el pecho y los hombros, que llevaba al descubierto, y le bajaban por los brazos en unos elaborados patrones.

Si fuera cualquier otra persona, habría admirado aquella genuina belleza masculina, pero estábamos hablando de Xavier Castillo. El día en que admirara algo de él que no fuera su compromiso a actuar sin compromisos sería el día en el que podría volver a llorar.

—No te preocupes, Luna —dijo respondiendo a mi escrutinio con una leve sonrisa—. No les diré a los demás clientes que soy tu favorito.

A veces me llamaba por mi nombre real; otras, Luna. No era ni mi apodo ni mi segundo nombre, ni tampoco se asemejaba en nada a Sloane, pero Xavier seguía negándose a decirme por qué me llamaba así y yo ya hacía tiempo que no le había vuelto a insistir en que parara o me explicara por qué lo hacía.

—Sé serio por una vez en tu vida —le ordené—. Este acontecimiento es en honor a tu padre.

—Razón de más para no ir. Total, mi viejo no estará ahí para aceptar el premio. —Siguió sonriendo, pero en su mirada destelleó una pizca de contingencia—. Se está muriendo, ¿recuerdas?

Aquellas palabras colisionaron entre nosotros y succionaron todo el oxígeno de la sala mientras Xavier y yo nos quedábamos mirándonos. En contraste con mi creciente frustración, su imperturbable calma era firme como una roca.

Que los Castillo tenían una relación padre-hijo complicada ya se sabía, pero Alberto Castillo me había contratado para que mantuviera su buen nombre, no para que gestionase sus problemas personales. Al menos, hasta que lo que ocurriera de puertas para dentro se filtrara y acabara siendo de dominio público.

—La gente ya te ve como un mocoso que tira del dinero de la familia y que no sirve para nada porque eludiste tus responsabilidades cuando le dieron el diagnóstico a tu padre —señalé sin pelos en la lengua—. Si te saltas otro evento donde lo homenajean como Filántropo del Año, los medios de comunicación te comerán vivo.

—Ya lo hacen. Y ¿homenajearlo? —Xavier arqueó las cejas—. El hombre firma un cheque de un par de millones al año y no solo queda exento de impuestos, sino que también lo colman de halagos por filántropo. Tanto tú como yo sabemos que ese premio no vale una mierda. Pueden dárselo a cualquiera que tenga una cartera sin fondo. Además... —Se apoyó en la pared y se cruzó de brazos—. Miconos es mucho más increíble que otra aburrida gala. Deberías quedarte. El aire del océano te sentará bien.

«*Mecagüen...*». Reconocía ese tono de voz. Era aquel que venía a decir: «Puedes amenazarme a punta de pistola, pero yo seguiré sin ceder porque así te enojarás». Lo había oído tantísimas veces que había perdido la cuenta.

Hice un rápido cálculo mental.

No había llegado donde estaba a nivel profesional librando batallas perdidas. Necesitaba estar en Londres por la noche y el intervalo de tiempo que teníamos para tomar el vuelo se estaba acortando cada vez más. Perderme aquel *rendez-vous* no era una opción; ahora bien, si Xavier se quedaba en Grecia, mi trabajo implicaba que yo también me quedara y lo vigilara.

Como no tenía tiempo para conseguir que se sintiera culpable ni para amenazarlo o convencerlo de que hiciera lo que yo quería como solía hacer, no tuve otro remedio que apostar por la única alternativa que me quedaba.

Llegar a un acuerdo.

Crucé los brazos, imitando su postura.

—Dilo.

Él arqueó un poco más las cejas.

—¿Cuál es tu condición? —le pregunté—. Dime qué quieres a cambio de ir a la ceremonia de entrega de premios. Cualquier cosa relacionada con sexo, drogas o actividades ilegales queda descartada. Dejando eso a un lado, estoy dispuesta a negociar.

Entrecerró la vista. No se esperaba que fuera a ceder tan fácilmente y, de no ser porque necesitaba que Xavier estuviera en Londres antes de las ocho de la noche, no lo habría hecho. Aun así, yo no podía faltar a mi cita, así que tendría que negociar con el diablo.

—Está bien. —Dibujó su típica sonrisa y le salieron un par de hoyuelos en las mejillas, a pesar de la desconfianza que se le advertía en el rostro—. Ya que fuiste tan directa, yo también lo seré. Quiero unas vacaciones.

—Ya estás de vacaciones.

—Para mí no. Para ti. —Se apartó de la pared con un impulso y atravesó la habitación con unos pasos lánguidos aunque deliberados antes de detenerse a pocos centímetros de mí—. Iré a la gala si me prometes que luego vendrás conmigo de vacaciones. Tres semanas en España. Nada de trabajo; solo diversión.

Aquella petición me pareció tan fuera de contexto que tardé un poco en asimilar lo que acababa de decirme.

—¿Quieres que me tome ¡tres semanas! de fiesta?

—Sí.

—Perdiste la cabeza.

Desde que abrí RR. PP. Kensington, mi empresa chic de relaciones públicas, hacía seis años, solo me había tomado dos días libres. El primero fue para asistir al funeral de mi abuela. El segundo, porque me hospitalizaron por neumonía (es lo que tiene perseguir a los *paparazzi* en pleno invierno). E incluso entonces seguí al pie del cañón respondiendo correos electrónicos desde el celular.

Era una cuestión de trabajo. Y el trabajo me definía. Pensar en dejarlo, aunque fuera un minuto, hizo que se me revolvieran las tripas.

—Esa es mi condición. —Xavier levantó los hombros—. La tomas o la dejas.

—Olvídate. Ni de broma.

—Muy bien. —Echó a andar hacia la cama de nuevo—. En este caso, vuelvo a dormir. Tú haz lo que quieras: quédate o vuelve a casa. A mí me da igual.

Apreté los dientes.

Vaya cabrón. Xavier sabía que no volvería a casa y lo dejaría ahí para que sembrara el caos en mi ausencia. Con la suerte que tenía yo, el tipo organizaría una orgía pública en la playa esta misma noche solo para que la gente hablara de su vida privada y así asegurarse de que en su casa supieran que no había asistido a la gala, donde debería haber estado.

Miré el reloj de la pared. Teníamos que irnos en quince minutos si queríamos llegar a dicho acontecimiento a tiempo.

De no ser porque tenía una cita a las ocho de la noche en Londres, a lo mejor me habría arriesgado con la finta que se acababa de aventar Xavier, pero...

Demonios.

—Puedo irme dos días —cedí.

Tampoco me moriría por parar un fin de semana, ¿no?

—Dos semanas.

—Una.

—Hecho.

Sus hoyuelos volvieron a cegarme y ahí me di cuenta de que Xavier acababa de hacérmela. Había empezado con una apuesta alta de buenas a primeras para que yo fuera regateándole hasta coincidir con su plan inicial.

Por desgracia, ya era demasiado tarde para arrepentirme. Cuando me tendió la mano, no tuve más remedio que darle la mía y fijar el espacio de tiempo que yo misma había propuesto.

Eso era lo peor de Xavier. Era listo, pero siempre utilizaba su inteligencia para lo peor.

—No me mires como si hubiera matado a tu pez —dijo—, te voy a llevar de vacaciones. Nos lo vamos a pasar bien. Confía en mí.

Lo observé con una gélida mirada y a él se le ensanchó la sonrisa.

Una semana en España con una de mis personas menos favoritas del mundo. ¿Qué podía salir mal?

2
Xavier

Nada me alegraba más el día que sacar de quicio a Sloane. Sus respuestas eran sumamente predecibles, se enojaba más que nadie y me encantaba ver cómo se le derretía aquella fachada de reina del hielo lo suficiente para revelar una pizca de la verdadera persona que se escondía detrás.

—Ah, conque eres una de esas. —Pasé la vista por el chongo apretado y el vestido a medida que llevaba mi nueva publicista—. De las que siguen las normas al pie de la letra. Está bien. Deberías haberte presentado así en lugar de decirme tu nombre.

Me fulminó con una mirada que podría haber derribado una manzana entera de la ciudad.

Objetivamente, Sloane era una de las mujeres más guapas que había conocido en toda mi vida. Ojos azules, piernas largas, cara simétrica... Ni el mismísimo Miguel Ángel habría sido capaz de esculpir mejor la figura de una mujer.

Qué pena que a eso no se le sumara un poco de sentido del humor.

Su respuesta fue mordaz, pero yo ya me había desconectado.

Mi padre, que me había obligado a aceptar este estúpido acuerdo, se podía ir a la mierda. Si no fuera por mi herencia, le diría que se fuera al demonio.

Las publicistas eran niñeras ensalzadas, y yo ni quería ni necesitaba a una niñera. Además, por muy atractiva que fuera, ya se veía que Sloane sería una aguafiestas.

Así fue nuestro primer encuentro. Desde entonces, mi inicial animadversión hacia ella se había disipado y había dejado en su lugar... Vaya, yo qué sé. Curiosidad. Atracción. Frustración.

Emociones muchísimo más complicadas que la hostilidad, por desgracia.

No sabía en qué momento había sufrido ese cambio, pero ojalá pudiera volver atrás en el tiempo y deshacerlo. Prefería mil veces odiarla que sentir que me despertaba cierta intriga.

—Ponte recto —dijo Sloane sin quitarle los ojos de encima al hombre que venía directo hacia nosotros—. Estás en un evento de etiqueta, no en la playa. Intenta fingir que quieres estar aquí.

—Hay alcohol, comida y una mujer preciosa a mi lado. Claro que quiero estar aquí —respondí arrastrando las palabras y siendo honesto con la primera frase, aunque mintiendo en la segunda.

La estudié con la mirada lo bastante rápido como para que ella no se diera cuenta, pero el tiempo suficiente para grabarme esa imagen en la mente. Si se lo hubiera puesto cualquier otra persona, aquel vestido de noche negro habría sido un atuendo soso; sin embargo, Sloane podía ponerse un costal de papas y seguiría destacando por encima del resto.

La seda le abrazaba su esbelta figura y le resaltaba aquella impoluta piel y esos hombros, suaves y al descubierto. Se había recogido el cabello en una versión más elegante de su habitual chongo y, aparte de un par de diamantes en forma de gota como aretes, no llevaba ningún otro accesorio; tampoco se había maquillado en exceso. Resultaba evidente que se había arreglado con la intención de mimetizarse con los ahí presentes, pero, al igual que una joya no puede pasar desapercibida en medio del lodo, Sloane no podía pasar desapercibida entre la multitud.

Seré sincero: no esperaba que fuera a aceptar el acuerdo. Tenía la esperanza de que lo hiciera, pero Sloane estaba casada con su trabajo y esa gala tampoco era taaan importante. Se trataba de un acontecimiento común y corriente en el que homenajeaban a mi padre, pero no estábamos hablando ni del baile de dotes ni de una boda de la realeza.

Que se tomara una semana de vacaciones de su preciado trabajo a cambio de que yo asistiera a dicho evento era bastante sospechoso, pero a caballo dado no se le ve colmillo.

Llevaba tiempo muriéndome de ganas de sacar a Sloane de su oficina. Estaba tan ajetreada que acabaría explotando, y yo no quería estar allí cuando ocurriera. Necesitaba relajarse. Además, aquel viaje era la ocasión ideal para corromperla: conseguir que se desmelenara (literal y metafóricamente hablando), que se distrajera y se divirtiera. De verdad que pagaría por verla acostada en la playa como una persona normal en lugar de hacer llorar a alguien por teléfono.

Sloane Kensington necesitaba unas vacaciones más que ninguno de mis conocidos. Y no necesitaba...

—¡Xavier! —Eduardo se nos acercó. El mejor amigo de mi padre y el director general interino del Grupo Castillo me dio una palmada en el hombro e interrumpió mis pensamientos antes de que estos se desviaran por senderos peligrosos—. No esperaba verte aquí, *mijo.*

—Yo tampoco —respondí, seco—. Me alegro de verte, *tío.*

No era mi tío biológico, pero como si lo fuera. Mi padre y él llevaban siendo mejores amigos desde la infancia, y había sido uno de los asesores en quienes más había confiado mi padre antes de enfermar. Ahora quien estaba al timón era el mismo Eduardo, hasta que la Junta tomara una decisión final sobre si preferían esperar a que la salud de mi padre mejorara u optaban por encontrar a alguien que le reemplazara en sus funciones de director ejecutivo.

Eduardo se giró hacia Sloane y le dio un típico beso colombiano en la mejilla.

—Sloane, estás preciosa —la alabó—. Supongo que si hay que agradecerle a alguien que este de aquí se haya presentado es a ti. Ya sé lo difícil que es discutir con él. De niño le llamábamos «*pequeño toro*». Era terco como una mula.

Su anterior ira se convirtió en una sonrisa profesional y respondió:

—Es mi trabajo. Lo hago encantada.

Sloane mentía igual de bien que yo.

Estuvimos charlando los tres un poco hasta que otro invitado se llevó a Eduardo. Él era quien recogería el premio de Filántropo del Año en honor a mi padre, porque yo me había negado a hacerlo; sin embargo, parecía que todo el mundo quería hablar con él de negocios, y no de obras benéficas.

«Típico».

Descubrí a Sloane mirando el reloj de muñeca de nuevo mientras nos dirigíamos a la mesa que se nos había asignado.

—Has visto la hora doce veces desde que hemos llegado —señalé—. Si tantas ganas tienes de irte, podemos saltarnos esta aburrida ceremonia y agarrar una borrachera en el bar.

—Yo no puedo «agarrar una borrachera» y, ya que preguntas, quedé de verme con alguien dentro de una hora. Confío en que sabrás comportarte cuando me haya ido —respondió con un apaciguado tono de voz, a pesar de que se le tensaron la barbilla y los hombros.

—¿Te quedaste de ver con alguien en Londres a estas horas de la noche? —Nos acomodamos en nuestros asientos mientras el presentador subía al escenario y la sala se llenaba de aplausos—. No me digas que tienes una cita.

—Lo que yo haga o deje de hacer no es asunto tuyo.

Tomó la carta con el menú caligrafiado y la estudió en busca de nueces, seguro. Era extraño, pero Sloane las odiaba por algo (y no es que fuera alérgica; ya me había informado).

—Me sorprende que tengas tiempo para citas. —El presentador empezó su discurso de bienvenida. El sentido común me decía que dejara el tema, pero no podía. Sloane tenía algo que siempre conseguía que dicho sentido común se me fuera volando por la ventana—. ¿Quién es el afortunado?

—Xavier. —Dejó la carta y me miró—. Ahora no es el momento. No hace falta que se repita el fiasco de Cannes.

Puse los ojos en blanco. Me descubrieron cabeceando una sola vez durante el discurso de un acontecimiento de entrega de premios importante y ya me habían tachado de tipo malo. Si dichos eventos no fueran tan increíblemente aburridos, a lo mejor no me costaría tanto mantenerme despierto.

Hoy en día, la gente ya no sabía lo que era divertirse. ¿Quién quería escuchar la misma música de elevador aburrida y tomarse las mismas bebidas sosas que servían en cada gala? Nadie. Si todo eso me importara aunque fuera un poco, le daría unos cuantos consejos a los organizadores, pero es que me daba igual.

Los meseros trajeron la comida. Ni la probé, y me decanté por seguir tomando champán a medida que la ceremonia continuaba avanzando lentamente.

Desconecté y me puse a pensar en qué clase de hombre podría ser el tipo con el que estuviera viéndose Sloane. Desde que habíamos empezado a trabajar juntos, nunca la había visto en ninguna cita con nadie ni la había oído mencionar nada al respecto; aunque, evidentemente, con alguien debía haber estado.

Era demasiado quisquillosa, pero también era guapísima, lista, y tenía muchísimo talento. De hecho, ahora mismo había varios hombres en las mesas colindantes que la miraban de vez en cuando.

Me tragué la bebida de un golpe y fulminé a uno con la mirada hasta que giró la cara, sonrojado. Sloane había venido como mi pareja, aunque por una cuestión de pura formalidad; de todos modos, era de mala educación que los demás babearan con ella cuando había venido conmigo. ¿O es que ya nadie sabía de buenos modales?

La sala entera estalló en la ronda de aplausos más entusiasta hasta el momento. Eduardo se levantó y entonces me di cuenta de que el presentador acababa de nombrar a mi padre como el Filántropo del Año.

—Aplaude —me dijo Sloane sin mirarme siquiera y con una sonrisa apretada en los labios—. Hay cámaras por todas partes.

—¿Y cuándo no? —Aplaudí sin demasiado entusiasmo única y exclusivamente para apoyar a Eduardo.

—Es un honor para mí aceptar hoy este premio en nombre de Alberto —dijo Eduardo—. Como ustedes ya saben, Alberto ha sido mi amigo y socio durante muchísimos años...

Sloane volvió a mirar el reloj y recogió las cosas mientras Eduardo terminaba el que, por suerte, fue un breve discurso.

Me erguí.

—¿Ya te vas? —Habían pasado solo cincuenta minutos, no una hora.

—Por si hay tráfico. Confío en que sabrás comportarte en mi ausencia. —Enfatizó bien la última frase y me miró en señal de advertencia.

—En el momento en que salgas por la puerta, le tiraré la bebida a la cara a otro invitado y me adueñaré del sistema de música —contesté—. ¿Seguro que no quieres quedarte?

No parecía que le hubiera hecho gracia.

—Si lo haces, no hay trato —respondió en un tono monocorde—. Al final de la noche, me aseguraré de que todo haya ido bien.

Se levantó discretamente de la silla y caminó hacia la salida. Estaba tan concentrado mirando cómo se iba que ni siquiera me di cuenta de que Eduardo se me había acercado hasta que me colocó una mano en el hombro.

—¿Puedes hablar? Tenemos que comentar algo.

—Claro. —Ahora que Sloane se había ido, haría lo que fuera con tal de no tener que quedarme sentado en una mesa repleta de los invitados más aburridos del mundo.

Seguí a Eduardo hasta el pasillo. Terminada la ceremonia, los invitados reanudaron las conversaciones y siguieron bebiendo, de modo que nadie nos prestó demasiada atención.

—Quería llamarte y decírtelo, pero prefiero hacerlo en persona. —Fuera de la vigilante mirada de los fotógrafos, Eduardo apretó los labios en una fina línea y se me aceleró el pulso—. Xavier...

—Déjame adivinarlo. Es mi padre.

—No. Sí. Bueno... —Eduardo se frotó la cara con la mano; parecía dubitativo y eso era muy poco habitual en él—. Se encuentra estable. No ha habido ningún cambio.

Sentí que me daba un minivuelco el corazón, no sé si por alivio o por decepción. ¿No era jodidamente rebuscado que tuviera sentimientos encontrados cuando me daban lo que técnicamente debería haber sido una buena noticia?

—Lo cual significa que no está empeorando, pero tampoco está mejorando —prosiguió Eduardo—. Hace meses que no lo visitas. Deberías ir a verlo. A lo mejor le ayuda. Los médicos dicen que tener a tus seres queridos cerca...

—Exacto: a tus seres queridos. Y, como mi madre no está, supongo que lo tiene jodido.

La única persona que le había importado a mi padre en toda su vida era mi madre.

—Es tu padre. —Mi tío honorario apretó aún más los labios—. *Deja de ser tan terco. Haz las paces antes de que sea demasiado tarde.*

—No soy yo quien tiene que hacer las paces —respondí. Uno podía esmerarse hasta cierto punto antes de desistir, y yo hacía años que había llegado a ese límite—. Bueno, me gustó platicar contigo, pero ahora tengo que irme.

—Xavi...

—Que vaya bien el viaje de vuelta. —Me giré—. Saluda a todos de mi parte.

—Es la empresa de tu familia —me gritó Eduardo. Sonaba resignado. Si había aceptado el puesto de director ejecutivo interino había sido solo porque me había negado a ello, y tenía clarísimo que Eduardo seguía aferrándose a la esperanza de que algún día yo fuera a «entrar en razón» y seguir con el legado familiar—. No puedes huir para siempre.

No me detuve.

Ahora que ya había terminado la ceremonia, era como si la gala en sí también hubiera terminado, de modo que si me iba no estaría vulnerando el acuerdo con Sloane.

Al acordarme de ella y de dónde estaba ahora mismo (seguramente en una cita con algún idiota) el humor me empeoró más todavía.

Solía intentar fijarme en lo positivo, pero, carajo, a veces uno también tenía que disfrutar.

Tomé el saco del guardarropa y me subí a uno de los

taxis negros que esperaban fuera del local donde se estaba celebrando el evento.

—Al Neon —dije refiriéndome a la nueva discoteca de moda de la ciudad—. Si me lleva ahí en menos de quince minutos, le daré cien libras de propina.

El taxista arrancó. Me quedé mirando las luces de Londres por la ventana. Me moría de ganas de beber hasta olvidarme de Eduardo, de mi padre y de cierta publicista en la que pensaba más de lo que debería durante el día.

3
Sloane

La señal de «NO CRUZAR» me miraba desde las alturas. La ignoré y eché a andar decidida por la calle sin prestar atención al estridente claxon de un camión que se acercaba.

Ya llegaba tarde, y si no me quitaba pronto aquellos zapatos, mis ensangrentados pies me matarían con más rapidez que si me atropellaba un coche. Los *stilettos* de diez centímetros se veían genial, pero no estaban hechos para caminar diez manzanas en plena ciudad.

Por desgracia, como el tráfico de Londres era caótico, decidí bajarme del taxi tras habernos pasado veinte minutos atorados en la misma calle.

Cuando llegué al hotel, tenía el vestido pegado al cuerpo por culpa del sudor y apenas sentía los pies. Aun así, subí al ático sin problema alguno (si no teníamos en cuenta las miradas horrorizadas de los demás huéspedes).

«Que siga despierta, por favor».

Toqué la puerta con el corazón en un puño.

«Que siga despierta, por favor. Que siga despierta, por...».

Cuando un rostro redondo ya familiar apareció tras la puerta, exhalé aliviada.

—Aquí está. —Rhea me hizo pasar rápidamente y miró hacia la entrada como si George y Caroline fueran a entrar en cualquier momento. Cada vez que me mandaba un mensaje, ponía su puesto de trabajo en peligro, pero tanto ella como yo nos arriesgábamos por lo mismo—. Me daba miedo que no pudiera venir.

—Había mucho tráfico, pero no me lo perdería por nada del mundo.

Me quité los zapatos y suspiré. «Muchísimo mejor».

Con la ayuda de Rhea, me limpié los pies antes de entrar en la sala de la *suite* para no mancharla de sangre. Al verla sentada en el suelo, viendo unos dibujos animados de bailarinas, se me achicó el corazón. Siempre veía series de baile o deportes.

Estaba de espaldas a mí, pero debía de tener un sexto sentido, porque, en cuanto entré, se giró de inmediato.

—¡Sloane! —Penny se apresuró a levantarse y corrió hacia mí—. Veniste.

—Claro que vine.

Me agaché para abrazarla. Dios, había crecido muchísimo desde la última vez que la vi.

Me hundió la cara en el estómago, y si hubiera sido capaz de llorar, lo habría hecho cuando se me aferró con tanta fuerza. Aparte de Rhea, seguramente yo era la primera persona que la abrazaba en todo el día.

Su niñera se fue de la habitación y nos dejó a solas un rato. Al final, la solté a regañadientes para tomar el regalo que llevaba en la bolsa.

—Muchas felicidades, Pen. Te traje algo.

A mi media hermana le resplandeció la mirada. Tomó el regalo y lo desenvolvió con mucho cuidado para no romper aquel papel de rayas plateado.

Sus padres la llamaban Penelope; los demás, Penny. Para

mí, en cambio, siempre había sido Pen. La hermana que nunca supe que necesitaba, la única que había llorado cuando me fui y la única Kensington a la que seguía considerando familia tras la muerte de mi abuela.

Acabó de abrir el regalo y ahogó un grito, ilusionada. Sonreí.

—¡La nueva muñeca Deportista Americana! —Se acercó su preciado regalo al pecho y lo abrazó con fuerza—. ¿Cómo la conseguiste?

—Tengo mis contactos. Tienes una hermana mayor bastante genial, ¿lo sabías? —bromeé.

Aquella muñeca de edición limitada era uno de los juguetes más solicitados del mundo. Solo existían doce ejemplares, pero el marido de mi amiga Vivian había movido algunos hilos para conseguirme uno a tiempo para el cumpleaños de Pen.

No podría jugar con la muñeca delante de los demás, pero una de las ventajas de la poca atención que le prestaban sus padres era que ellos ni se darían cuenta de que la tenía ni se preguntarían de dónde la había sacado.

—Bueno, ¿qué tal eso de tener nueve años? —Me senté en el suelo, a su lado—. Ya casi llegas a los números de dos cifras.

—Qué asco. Pronto seré igual de mayor que tú... ¡Ah! —Le hice cosquillas a un lado y Pen estalló en una risita histérica—. ¡Para! ¡Lo siento! ¡Lo siento! —jadeó—. Tampoco eres taaan mayor.

—Eso te pasa por insultarme —le dije de broma.

Dejé de hacerle cosquillas para no cansarla demasiado. Siempre andaba por la cuerda floja, porque quería tratarla como a una niña normal, a pesar de saber que no lo era; al menos, no en lo que a resistencia física se refería.

Hacía dos años que le habían diagnosticado el síndrome

de fatiga crónica (o SFC) después de que sufriera un episodio extrañamente largo de mononucleosis. El SFC se caracterizaba por fatiga extrema, problemas de sueño y dolor muscular y de articulaciones (entre otros síntomas), y no existía cura ni tratamiento autorizado para esta patología. Determinar la causa no era tarea fácil, pero los médicos sospechaban que derivaba de un cambio en la forma en la que su sistema inmune respondía a las enfermedades, y lo único que podíamos hacer era controlarle los síntomas.

A pesar de la falta de tratamiento autorizado, el SFC había hecho que aparecieran mil y un charlatanes que prometían una «cura» mediante vitaminas, antirretrovirales y otros medicamentos «milagrosos» especiales. Los padres de Pen se habían gastado un dineral intentando dar con algo que funcionara, pero nunca servía de nada. Así que, a la larga, acabaron desistiendo y la encerraron en casa, donde no tenían que pensar en ella.

Por suerte, Pen sufría SFC ligero, de modo que podía seguir con su día a día con menor dificultad que aquellas personas que sufrían la misma patología con sintomatología más grave; aun así, no podía practicar deporte como a ella le gustaría ni ir a la escuela como el resto de los niños. Cuando tenía un mal día, incluso le costaba caminar. Ahora hacía las clases en casa, y Rhea solía quedarse casi siempre con ella, a todas horas, por si le daba un ataque de repente.

—Te hice una cosa. —Parecía que le faltaba el aire, pero cuando vi que iba hacia la mesita y volvía sin problema alguno, la preocupación amainó. Noté un nudo en la garganta. Estaba teniendo un buen día. Se lo merecía; era su cumpleaños—. Es una pulsera de la amistad. —Me puso aquella pieza en la palma de la mano, con cuidado—. Yo tengo una igual. ¿Ves?

Era una pulsera de cuentas con cinco corazones. Los suyos eran rosas, y los míos, azules.

La presión del nudo que se me había instalado en la garganta fue subiéndome hasta llegarme a la parte interna de la nariz y de las orejas.

—Es preciosa. Muchas gracias, Pen. —Me puse la pulsera—. Pero hoy es tu cumpleaños: deberías estar recibiendo regalos; no dándolos. —Y más aún cuando seguramente habría destinado horas y un montón de energía a hacer aquella pulsera.

—Pero yo no puedo verte por tu cumpleaños —señaló, con un hilo de voz.

Detestaba que tuviera razón. Nos veíamos en contadas ocasiones durante el año, cuando Rhea podía meterme en el ático. Mi familia era tan rencorosa que serían capaces de encerrarla en una cámara acorazada antes que dejarla que quedara conmigo. Y yo era tan orgullosa que nunca me disculparía por algo de lo que no tenía culpa alguna. Había barajado aquella posibilidad de hacerlo, pero no podía. Ni siquiera por Pen.

—Bueno, pero ahora estamos juntas —respondí, echando a un lado los recuerdos del pasado—. ¿Qué quieres que hagamos? Podemos ver una peli, jugar con tu nueva muñeca...

—Quiero ver el partido del Blackcastle contra el Holchester. —Me miró con ojos de corderito—. Porfiii.

Yo no era de deportes, pero a ella le encantaba el futbol, así que acepté ver la grabación de ese partido. Había salido en los titulares de principios de año porque había sido la primera vez que Asher Donovan, el favorito de la Premier League y nuevo fichaje del Blackcastle, jugaba contra su antiguo equipo.

Aparte de Xavier, Asher era mi cliente más complicado, pero era el héroe de Pen. Hace unos años, cuando la estrella del futbol firmó un contrato con mi empresa, Pen casi me perfora el tímpano.

Y hablando de Xavier...

Mientras Pen se acurrucó a mi lado y miró el partido sin perderse ni un detalle, yo eché una ojeadita rápida al celular por si había algún chisme. Ignoré el mensaje de un tipo con el que había salido en su momento y que me preguntaba si quería volver a salir (el chico no captaba las indirectas) y miré las noticias por encima.

Tenía alertas activadas para todos mis clientes, pero solo había dos nombres que hacían que me hirvieran la sangre cada vez que aparecían en la pantalla. Y uno de esos nombres tenía las iniciales X. C.

Nada. «Bien». Se estaba comportando. Estaba convencida de que a Rhea le costaba menos cuidar de Pen que a mí mantener a Xavier a raya.

Pen y yo no hablamos en todo el partido, pero tampoco hizo falta. A pesar de que no nos veíamos a menudo, lo mejor de cuando lo hacíamos era que estábamos cómodas juntas. A veces eso era sinónimo de hablar por los codos, y otras veces, de ver una película envueltas por un agradable silencio.

Al cabo de media hora, se movió y, cuando bajé la vista, se me aceleró el pulso y me preocupé. Estaba pálida y le brillaban los ojos; estaba a punto de caerse rendida.

—Estoy bien —aclaró cuando llamé a Rhea. La mujer vino corriendo hacia la sala, inquieta—. Quédate. —Pen se me aferró a la manga del vestido con fuerza—. No te veo nunca.

A pesar de lo que acababa de decir, la voz se le fue apagando hacia el final. La noche le había pasado factura, lo cual quedó más que claro cuando le di un beso en la frente para desearle buenas noches y Pen no respondió.

—Volveremos a vernos pronto —respondí, segura—. Te lo prometo.

Ojalá pudiéramos pasar más tiempo juntas, pero la salud de Pen primaba por encima de todo.

La llevamos al cuarto entre Rhea y yo y se quedó dormida en el acto. Esperaba que pasara una buena noche. Si no, mañana sería un día duro.

Le acaricié el cabello con un nudo lleno de emoción en la garganta. Otra visita que terminaba demasiado pronto. Cuando estábamos juntas, siempre teníamos que despedirnos antes de lo que a mí me hubiera gustado, pero al menos podía verla. Y, dadas las circunstancias, era todo cuanto podía pedir.

—Qué bien que haya podido verla un poco esta noche —dijo Rhea cuando regresamos a la sala—. El señor y la señora Kensington no pasaron demasiado tiempo con ella antes de irse.

No me sorprendía lo más mínimo. A mi padre y a mi madrastra les daba vergüenza el estado de Pen e intentaban evitar que el resto del mundo la viera a toda costa.

—Gracias por haberte puesto en contacto conmigo para que viniera —le dije. Rhea me había llamado hacía una semana para decirme que estarían en Londres. George y Caroline tenían una reservación para ir a cenar y ver un espectáculo, de modo que yo había tenido tiempo suficiente para ver a Pen—. Te agradezco que...

—Estrepitosamente mala. —Una voz que provenía del otro lado de la puerta hizo que nos detuviéramos de inmediato y a mí me dio un vuelco el estómago—. George, te juro que nunca había probado una langosta tan mala.

Rhea y yo nos miramos mutuamente. Sus ojos escondían la misma expresión que los míos.

—No tenían que volver hasta dentro de dos horas. —Le temblaron los labios—. Si la ven...

Estaríamos muertas. Rhea quería a Pen como si fuera su

propia hija. Si la despedían, nos quedaríamos las dos destrozadas. Y si yo no podía volver a ver a Pen...

«Haz algo». Directores ejecutivos y famosos me pagaban cantidades desorbitantes de dinero para que los ayudara a salir de aprietos, pero una extraña disociación me mantuvo anclada al suelo. Era como si estuviera viendo a alguien hacer de mí en aquella habitación de hotel mientras mi yo de verdad se hundía en una espiral de recuerdos indeseados.

Salir contigo es como salir con un bloque de hielo... Ni siquiera sé si te gusto...

¿Y puedes culparlo por su decisión?

Si tanto te importaba, llorarías o mostrarías algo de emoción.

No nos avergüences, Sloane.

Si sales por esa puerta, no vuelvas.

Noté cierta presión detrás de los ojos, desesperada por localizar una vía de escape. Como siempre, no la encontré.

El lector de tarjetas de la *suite* emitió un zumbido.

«¡Muévete! —me gritó una voz en mi interior—. ¿Eres tonta o qué? Te van a descubrir».

El suave clic de la puerta al abrirse por fin me sacó de aquel trance y se me activó el modo de gestión de crisis.

No pensé. Simplemente tomé los tacones ensangrentados que había en la entrada, miré la sala para asegurarme de que no había dejado nada que pudiera delatarme y, al ver que estaba todo limpio, me escondí detrás de las cortinas que llegaban al suelo.

La puerta se abrió y reveló una melena de cabello canoso antes de que pudiera esconderme del todo detrás de aquella gruesa tela aterciopelada de color rojo. Cerré los puños, sudorosa.

No tenía pensado cruzarme hoy con mi familia. No estaba mentalmente preparada para ello y, a pesar de que no era una persona especialmente religiosa, me puse a rezar con todas mis fuerzas para que estuvieran cansados y se fueran directo a la cama.

—Deberíamos seguir yendo siempre al mismo lugar. —El agudo tono de Caroline hizo eco por la sala al mismo ritmo que sus tacones—. Eso es lo que pasa cuando les das una oportunidad a las supuestas jóvenes promesas, George. Casi nunca están a la altura.

—Cierto. —La familiar y profunda voz de mi padre me reverberó por todo el cuerpo y me recordó a las noches de viernes, cuando había tormenta y yo estaba en la cama, libro y linterna en mano.

Fue tan reconfortante como siniestro, y astilló el muro que había erguido hacía muchísimo tiempo hasta que de ahí se desprendió una pizca de nostalgia.

Hacía años que no oía esa voz en persona.

—La próxima vez iremos al club —dijo él—. Rhea, pídenos servicio de habitaciones. Apenas comimos en el restaurante.

—Sí, señor.

—¿Y por qué están las cortinas abiertas? —gritó Caroline—. Ya sabes que tienes que cerrarlas inmediatamente después de que se ponga el sol. Quién quién podría estar espiándonos ahora mismo.

«Nadie, porque están en un duodécimo piso y no hay ningún edificio delante», respondí mentalmente de forma mordaz.

Aun así, aquella respuesta no me libró de sentir un regusto a cobre en toda la boca cuando mi madrasta se detuvo justo enfrente de mí. Me quedé petrificada y con la vista puesta en aquel trozo de tela aterciopelado que era lo único que me mantenía alejada del desastre.

«No mires detrás de las cortinas. No mires detrás...».

Agarró la cortina con una mano. Empotré la espalda a la

ventana, pero Caroline estaba a centímetros de mi cara y yo no tenía adónde ir.

Pum.

Pum.

PUM.

Los amenazantes latidos de mi corazón fueron intensificándose a cada segundo que pasaba. Yo ya estaba trazando distintos planes sobre lo que diría, lo que haría y a quién contrataría para que me ayudara en caso de que Caroline me encontrara y mandara a Pen a algún lugar remoto donde no pudiera verla.

Agarró las cortinas con más fuerza y, durante un aterrador segundo, pensé que me habían descubierto.

Y entonces cerró las cortinas, lo cual acabó de esconderme todavía más, y siguió quejándose de la cena.

—Sinceramente, no entiendo cómo *Vogue* puede haberlo nombrado uno de los mejores nuevos chefs del año... —El repiqueteo de sus tacones fue alejándose junto con la respuesta de mi padre y el clic de una puerta al cerrarse.

Ninguno de los dos preguntó por Pen ni le hizo más caso a Rhea.

Me flaqueó el cuerpo, aliviada. Sin embargo, cuando Rhea volvió a cerrar las cortinas, no perdí ni un segundo. George y Caroline podían volver en cualquier momento.

Le di un apretón de manos a Rhea para despedirme silenciosamente y me escabullí por la puerta principal. Ella sonrió, pero atisbé una pizca de preocupación en sus ojos. No volví a respirar tranquila hasta que estuve en la banqueta, fuera del hotel.

El *shock* que me había generado el hecho de encontrarme de nuevo e inesperadamente en la misma sala que mi padre me desorientó durante unos minutos, pero el fresco aire del mes de octubre me sentó cual baño de agua fría. Cuando llegué a la esquina, aquel zumbido que notaba en los oídos ya había desaparecido; la luz de los postes de luz no era tan borrosa y se había vuelto más nítida.

«Estoy bien. No pasa nada». No me habían descubierto, había pasado un rato con Pen por su cumpleaños y ahora podía...

Recibí una alerta que hizo que me vibrara el celular.

Lo miré y me dio un vuelco enorme el estómago cuando vi el inequívoco logo del blog de Perry Wilson.

Entré en el enlace y una neblina carmesí se deshizo de cualquier mala sensación que se me hubiera podido quedar porque casi me habían descubierto en el hotel.

«Tiene que ser una broma».

Dos horas. Lo había dejado solo dos horas y el tipo no podía ni seguir unas simples instrucciones.

Guardé el teléfono en la bolsa de mala gana y paré un taxi que pasaba por ahí.

—Al Neon. —Cerré de un portazo y el conductor hizo una mueca—. Le daré la mejor propina que vayan a darle en todo el mes si consigue que lleguemos en diez minutos.

Cuando tenía a un cliente a quien estrangular, cada segundo contaba.

4
Sloane

La prensa rosa los llamaba «la *jet set* moderna». Las columnas de chismes que eran más corrientes todavía los ridiculizaban llamándolos «Herederos y demás», es decir, los hijos de los ricos que malgastaban los días bebiendo y saliendo de fiesta en lugar de hacer algo útil con sus vidas. Yo sencillamente los llamaba «Xavier y compañía» (de forma despectiva).

Ocho minutos después de haberme ido del hotel de Pen, me fui abriendo paso a codazos por el Neon, donde Xavier y sus amigos se habían apoderado de la sala vip. Aquella escena era prácticamente una réplica de las fotos que aparecían en la última publicación del blog de Perry Wilson.

Uno de los amigos de Xavier estaba aspirando cocaína del vientre de una «mesera», otra estaba haciéndole un baile privado a alguien más, y una pareja medio desnuda estaba, básicamente, cogiendo en una esquina.

Holgazaneando en medio de tanto hedonismo cual rey que vigila su corte: Xavier, con un brazo estirado por detrás de un banco aterciopelado y una botella de tequila en la otra.

Xavier, que se suponía que debería seguir en la ceremonia de premios que se estaba celebrando en este preciso instante.

Xavier, que necesitaba desesperadamente que le limpiara la imagen más que nunca después de que, hacía unos meses, Perry Wilson publicara que su fiesta de cumpleaños en Miami había sido un desmadre.

Xavier, que me había prometido que no volvería a pisar una discoteca hasta que le hubiera limpiado dicha imagen.

Eché a andar decidida hacia la multitud amontonada alrededor de ese banco sin sentir apenas cuánto me dolían los pies. Me detuve justo enfrente de él y le bloqueé la vista. Las mujeres que había a su alrededor debieron de percatarse de mis intenciones de asesinato porque salieron volando más rápido que las hojas de un árbol en un día de ventisca.

Xavier le dio un largo sorbo al tequila y me dijo:

—Primero Miconos y ahora esto. —Se le dibujó una perezosa sonrisa en los labios—. ¿Me acosas, Luna?

—En caso de que así fuera, no me lo estarías poniendo muy difícil. —Levanté el celular, donde se veía una sensacionalista foto de Xavier tomándose un *shot* con una rubia bastante guapa que estaba sentada a horcajadas en su regazo. «¡El heredero Castillo se salta la gala en homenaje a su moribundo padre!»—. Nada de discotecas hasta que te hubiera limpiado la imagen, y tenías que quedarte durante toda la gala. Ese era el trato.

—No, el trato era que me quedaría toda la ce-re-mo-nia y lo hice. Una ceremonia no es lo mismo que una gala. Y en cuanto a lo de las discotecas... —Levantó los hombros como quien no quiere la cosa—. A lo mejor deberías haberlo puesto por escrito.

Le arranqué la botella de la mano. Me moría de ganas de tomarlo por los brazos y darle una buena sacudida, pero me contuve porque sabía que había cámaras «ocultas» enfocándonos. La gente no era tan discreta como creía.

—Levántate —le ordené apretando los dientes—. Volvemos al hotel.

«Donde pueda hacerte entrar en razón en paz».

—¿Qué tal la cita?

Xavier hizo caso omiso de mi orden y me estudió la cara, el vestido y los pies. Arrugó la frente.

—Maravillosa. —Dejé que siguiera con sus suposiciones sobre por qué me había ido antes de la gala—. Aunque recibir otra notificación de Perry Wilson donde se te menciona a ti ya no lo fue tanto.

Un extraño centelleo de satisfacción le iluminó la mirada.

—¿Interrumpió tu velada? —preguntó con un sedoso tono de voz—. Culpa mía.

Mantuve una expresión neutra mientras cambiaba el peso de mi cuerpo y le pisaba el pie cuidadosamente con un *stiletto* bien afilado. Con la mesa justo encima, el resto de las personas no podían ver lo que estaba haciendo, así que, desde lejos, no parecía que pasara nada.

La arrogancia de Xavier desapareció al momento bajo su mueca.

—Tienes treinta segundos para levantarte, o en lugar de perder solo un dedo del pie, perderás algo mucho más importante de tu anatomía. —Ladeé la cabeza y repiqueteé con los dedos en la botella de tequila—. ¿Sabías que hay tutoriales para todo? Incluso te enseñan cómo castrar a un hombre con un utensilio cualquiera de los que hay en casa.

Hay que reconocerle que no se estremeció ni un poquito al oír la palabra «castrar».

—A ver si lo adivino: como tú siempre estás en todo, no te escapó nada. —Se acomodó aún más en el asiento y me miró con los ojos entrecerrados, emanando indiferencia—. Relájate, Luna. Es viernes por la noche. Quítate ese palo de escoba que llevas metido por el culo y diviértete un poco.

Sentí un espasmo muscular debajo del ojo. «No muerdas el anzuelo».

—No vine a divertirme —le espeté, casi gruñendo.

—Ya se nota. —Xavier volvió a mirarme de arriba abajo—. Qué pena que eches a perder un vestido tan bonito con un final de noche tan aburrido. Hablando del tema, ¿cómo se tomó tu cita que te fueras tan pronto?

—Se lo tomó como que es mejor hacer lo que yo digo. —Le pisé el pie con más fuerza todavía; él dibujó otra mueca y yo sonreí—. Como mi noche está siendo tan... aburrida, me siento tentada a darle un poco de vidilla al asunto. Aunque, claro, no puedo garantizarte que tú y yo entendamos lo mismo por *diversión*, y menos cuando estás rodeado de tus amigos y las probabilidades de pasar vergüenza son altas. —Dejé de sonreír—. Te aseguro que te sacaré de aquí a rastras, como un niño insolente que está montando un berrinche. Y no, no me importa lo más mínimo ser yo quien tenga que limpiar el desorden luego. Ya solo por cómo se burlarán de ti tus amigos hasta el fin de sus días, valdría la pena. Así que, a no ser que quieras que esto ocurra, levanta el maldito culo.

Xavier se quedó escuchando mi perorata sin preocupación alguna. Cuando terminé bostezó, estiró el otro brazo por detrás del banco y miró fijamente el tacón que le estaba atravesando el zapato de cinco mil dólares que llevaba.

—Si no quitas el pie, no podré levantarme, cielo.

Aparté el pie sin quitarle los ojos de encima. Su repentina obediencia me hizo sospechar.

Se levantó del banco y se me quedó mirando con una pizca de diversión en los ojos. Por más que yo fuera con mis Jimmy Choo, Xavier seguía sacándome unos ocho centímetros tranquilamente.

Qué rabia.

—En mi defensa diré que cumplí con mi parte del trato. Como te dije: la ceremonia y la gala son dos cosas distintas. La ceremonia terminó cuando Eduardo acabó de pronunciar su discurso, que resulta que fue justo cuando tú misma te fuiste. Así que no intentes utilizar eso de excusa para escabullirte de nuestras vacaciones.

—Eso es relativo.

—Puede ser —contestó arrastrando las palabras—, pero sigue siendo cierto.

—¿Y qué hay de tu promesa de no salir de fiesta hasta que te hubiera limpiado la imagen?

—La imagen ya la tengo limpia. Hace semanas que no aparece ninguna historia negativa sobre mí. —Le resplandeció la mirada, sonriente—. Nunca especificaste qué entendías tú por «limpiar mi imagen», Luna. No es mi culpa que tengamos distintas formas de verlo.

Dios, este chico era insoportable. Y más molesto aún era el hecho de que tuviera razón, pero preferiría tirarme del Big Ben antes que reconocerlo.

—Tú calla y sígueme —le espeté.

Ojalá se me hubiera ocurrido una respuesta más ingeniosa.

—Sí, señora. —Sonrió y le aparecieron un par de hoyuelos—. Me encanta que la mujer tenga el control.

Ignoré aquella insinuación sexual y me di la vuelta. Xavier me siguió hasta la salida sin despedirse de sus amigos.

No sabía si estaba cansado de discutir o si lo había asustado de verdad con aquella amenaza sobre pasar vergüenza (lo dudaba), pero el porqué de su cambio de opinión daba igual. Lo único que importaba era que me escuchara y no se metiera en problemas.

—¿Y esa pulsera? —preguntó mientras bajábamos en el elevador.

—¿Disculpa?

—La pulsera. —Xavier señaló la pulsera de la amistad que llevaba en la muñeca con la barbilla—. En la gala, no la tenías.

Entré en tensión. Las únicas personas que sabían que me veía con Pen eran mis mejores amigas, y no pensaba añadir a Xavier a mi lista de personas de confianza.

—Me la regalaron. —No entré en detalles.

—Ajá. —respondió con expresión sabionda.

Para llevar bebiendo toda la noche, estaba siendo muy observador.

Gracias a Dios, no insistió más y caminamos en silencio hacia la salida principal.

Aun así, debería haber sabido que la tranquilidad no iba a durar eternamente.

—Cambio de plan —dijo cuando nos subimos al asiento trasero de un taxi—. Cuando estemos de vacaciones, no puedes ser tan aguafiestas.

—Pues no me lleves contigo —solté mientras contestaba un mail de un posible nuevo cliente sin levantar la vista del celular. En Nueva York, aún estábamos en plena jornada laboral.

—Buen intento. Para acosarme tanto, no parece que disfrutes demasiado con mi compañía. —Se llevó una mano al pecho haciéndose el ofendido—. Me parte el alma. Te lo juro.

—Más te la partiría que te cerraran la llave.

Xavier iba a heredar miles de millones de dólares si moría (cuando muriera) su padre. Sus ingresos actuales venían de una paga anual desorbitante; sin embargo, dejaría de tenerla automáticamente en el caso de vulnerar una de las dos condiciones siguientes: no perderme como publicista y no hacer nada que fuera a damnificar la reputación familiar.

Para la segunda condición tenía hasta tres avisos, y por algún motivo, la responsable de decretar si Xavier estaba cumpliendo el trato o no era yo. Cuando se enteró, puso el grito en el cielo; aun así, desde entonces se había conformado con aceptarlo a regañadientes.

Yo tampoco abusaba de mi poder. Aunque estaba a puntísimo de sumarle un segundo aviso a la lista (el primero había sido cuando celebró su vigesimonoveno cumpleaños en Miami).

—Puede ser —contestó sin parecer demasiado preocupado—. Pero, bueno, esto tampoco podrás hacerlo de vacaciones. —Señaló mi teléfono con la cabeza.

—¿Qué cosa? ¿Revisar el correo?

—Exacto. Si te pasas el rato trabajando, las vacaciones no sirven de nada.

Reí por la nariz.

—Si piensas que voy a pasarme una semana entera sin mirar el mail es que deliras más de lo que pensaba. Tengo mi propia empresa, Xavier, y si quieres que me vaya a España, vas a tener que aceptar mis condiciones.

—Ya veo. —Arqueó una ceja—. No te tenía por mentirosa, Sloane. Aún no hemos empezado el viaje y ya estás incumpliendo tu palabra.

Fue como si me hubiera pegado una bofetada en toda la cara.

—¡¿Perdooona?!

Me habían llamado muchas cosas a lo largo de mi vida, pero nunca jamás me habían llamado mentirosa. Está bien, a veces había tergiversado un poco la verdad (¿qué publicista de buena reputación no lo había hecho?); sin embargo, cuando la cosa iba de prometer algo, yo era de las que cumplían con su palabra. Siempre.

He ahí una de las razones por las cuales había aceptado

este estúpido acuerdo con Xavier para empezar. Le había prometido a Pen que iría a verla esta noche y solo podía hacerlo si aceptaba las condiciones de mi cliente.

—Nada de trabajo; solo diversión —señaló—. Recuerdo vívidamente que es una de las condiciones que puse y tú aceptaste. Revisar el mail se considera trabajo, o sea, que estarías incumpliendo tu palabra.

Mierda, tenía razón. Otra vez. Por algún motivo, me había olvidado de que había estipulado dicha condición; tal vez, porque me parecía extremadamente absurda. No podía pasarme una semana entera sin mirar el correo, pero tampoco podía retractarme.

—Propongo un cambio —comenté con firmeza—. Puedo checar mi correo personal en cualquier momento y puedo revisar los mails de trabajo si me limito a delegarlos al resto de mi equipo.

Xavier entrecerró los ojos. Pasaron unos cuantos segundos, pero entonces se le relajó la expresión y volvió a sonreír.

—Cambio aceptado. Ahora...

—Ejem... —El conductor lo interrumpió antes de que pudiera terminar la frase. Por lo visto, se había cansado de nuestra conversación—. ¿Adónde los llevo? —preguntó sin rodeos.

Xavier y yo respondimos a la vez.

—Al Claridge's.

—Al Aeropuerto de Stansted.

Me le quedé mirando.

—Me prometiste unas vacaciones —me recordó Xavier—. Es hora de que cumplas con tu palabra.

—Llegamos a Londres hace literalmente unas horas y no nos vamos a España hasta mañana.

Quería morirme de tanto viajar en un solo día.

—Mira el reloj. Son las doce y cinco de la noche.

Efectivamente: eran las doce y cinco de la noche. Hoy no paraba de salirme todo mal.

«Nota mental: en futuras ocasiones, especificar la hora de salida; no solo el día».

—El equipaje está en el hotel. Tengo que ir a recogerlo —señalé, tratando de ganar tiempo.

—Ya me ocupé de eso. —Levantó el celular—. Acabo de mandarle un mensaje a mi mayordomo del hotel. El equipaje nos estará esperando ya en el *jet* cuando lleguemos.

—Es demasiado tarde. —Probé con otra excusa para atrasar el viaje—. Es peligroso volar a estas horas.

Xavier ni siquiera se dignó a reconocer mi ridículo comentario. Los vuelos nocturnos despegaban pasada la medianoche constantemente.

El taxista se giró y nos fulminó con la mirada antes de preguntar de mala gana:

—¿Al Claridge's o al Stansted? No tengo toda la noche.

—Al Stansted. Lo siento, hombre. —Xavier le pasó un fajo de billetes—. Gracias.

Ya más tranquilo, el otro hombre tomó el dinero y arrancó.

Supongo que yo no era la única que sobornaba a los conductores cuando la situación lo requería.

—Relax, Luna. —Xavier rio mientras el taxi avanzaba por las calles londinenses prácticamente vacías a una velocidad vertiginosa—. Ya estás oficialmente fuera de servicio durante una semana. Disfruta.

Apreté los labios.

«Solo tengo que aguantar una semana sin meter la pata». No tenía claro qué se podía considerar «meter la pata», pero un mal presentimiento se fue apoderando de mí a medida que fuimos acercándonos al aeropuerto.

No tenía ni idea de qué pasaría cuando no pudiera refugiarme en mi trabajo, pero si Xavier pensaba que podría conseguir que bajara la guardia mientras estábamos en España es que no me conocía.

De vacaciones o no, yo seguía siendo la misma persona. No dejaba que la gente viera más allá de lo que quería mostrarles y nada iba a cambiar eso. Ni siquiera una semana de vacaciones obligatorias con un cliente que era mi némesis.

5
Xavier

Sloane y yo volamos a Mallorca en silencio. Era evidente que se pasó el vuelo orquestando mi destrucción, pero, por suerte, cuando aterrizamos, en el avión no había ni un objeto puntiagudo ensangrentado.

Llegados a ese punto, estábamos tan cansados que ni ella discutió por tener que compartir villa conmigo ni yo me quejé cuando Sloane escogió la *suite* principal. Me contentaba simplemente con acostarme en la cama y a dormir.

A pesar de estar agotado, dormí de pena y no paré de tener el mismo sueño una y otra vez. Estaba cruzando un puente con Hershey, el labrador de color café que tenía de pequeño; sin embargo, cada vez que llegábamos a la mitad del puente, el espacio entre los tablones era cada vez más grande. Por más que intentara saltarlos o sujetarme al barandal, siempre acabábamos cayendo. Yo me hundía entre las arenas movedizas y veía, impotente, cómo se llevaban las aguas a mi querida mascota.

Hershey murió de viejo hacía años, pero eso a mi yo de los sueños le daba igual. El aplastante peso del fracaso me hundía más que las arenas movedizas en sí.

La caída se iba repitiendo una y otra y otra vez hasta que

me despertaba con el corazón acelerado y el cuerpo empapado en sudor.

Ese sueño, con distintas variaciones, llevaba años atormentándome. A veces estaba con Hershey. Otras, con mi madre, un viejo amigo o alguna ex. Fuera quien fuera mi acompañante, el resultado era siempre el mismo.

Estaba destinado a verlos morir.

—Al diablo. —El áspero tono de mi voz ahuyentó los fantasmas mientras yo me quitaba las sábanas de encima.

Aún eran las ocho. Normalmente, no me despertaba hasta después de las diez, pero no podía quedarme más tiempo en la cama.

Abrí la regadera y puse el agua tan fría como pude para deshacerme de los resquicios de la noche.

No era más que un estúpido sueño. No pensaba dejar que me arruinara el viaje y menos aún iba a adentrarme en el significado que pudiera esconder. Era mejor vivir en la ignorancia.

Me enjaboné con más ímpetu.

Después de secarme y de ponerme una camisa y unos pantalones, aquella inquietud ya había quedado apartada en un rincón de mi mente, que es donde correspondía.

Fui hacia la cocina, pero me detuve a medio camino al ver que algo se movía.

Frené en seco.

Sloane estaba haciendo ejercicio en la terraza trasera. Llevaba un top corto y pantalones de yoga. Repito: pantalones de yoga.

Puede que parezca normal que alguien lleve mallas para hacer deporte, pero estábamos hablando de Sloane. Hacía tres años que la conocía y nunca la había visto con nada que no fuera un vestido de noche o ropa de trabajo; ni una sola vez. Estaba convencido de que dormía con aquellos impecabilísimos trajes que tanto le gustaban.

Me acerqué, fascinado por aquella vista tan poco habitual.

Sloane cambió de una postura de yoga que parecía imposible a otra. La luz del sol le bañaba la flexible figura y convertía su cabellera dorada en una aureola. Como aún no me había visto, en su expresión no había rastro de desprecio, frustración o irritación en general.

Era... agradable, aunque también un poco alarmante. Era como ver a una leona sin sus garras.

Recibió una notificación en el celular. Cuando vi que buscaba el equilibrio para poder responder con una mano antes de recolocarse en la posición inicial y cerrar los ojos, hice una mueca con los labios.

—Impresionante. —No pude reprimir el comentario. Me apoyé contra el marco de la puerta y me metí una mano en el bolsillo de los pants—. Pero sabes que la idea de hacer yoga es que te relajes, ¿no?

Sloane volvió a abrir los ojos. Giró la cabeza para fulminarme con la mirada.

—¿Cuánto tiempo llevas aquí? —preguntó de mala gana.

«Ah, ahí está su reconfortante irritación. Veamos si puedo molestarla un poco más».

—El suficiente para ver cómo respondías el teléfono, tsss... —dije decepcionado—. Primer día y ya estás incumpliendo las normas. Esperaba más de ti.

Al ver que se desenroscaba, se levantaba y se acercaba hasta quedarse a centímetros de mí, se me ensanchó la sonrisa. Ahora que la tenía tan cerca, podía ver las grises gotitas que le nadaban por aquellos ojos azules y oler su perfume. Era un aroma fresco y suave, como el que desprenden las sábanas recién lavadas con un toque de jazmín.

Eran aspectos en los que no debería reparar, porque estábamos hablando de una mujer que, en el mejor de los casos, me toleraba, y en el peor, me detestaba. Pero, aun así, me fijé en eso, y a partir de entonces, ya no pude dejar de pensar en ellos.

—No eran normas —me contradijo Sloane—; eran condiciones que aceptamos los dos. Además, no era un mensaje de trabajo; era algo personal.

—A ver si adivino: era tu cita de la otra noche.

—Qué obsesión tan extraña tienes con esa cita.

O sea, que sí había tenido una cita. No había visto venir el minivuelco que me dio el estómago, de modo que levanté los hombros para disimular.

—De extraña, nada. Es que a ti se te conoce porque siempre rechazas a los hombres.

—Mira tú qué suerte. A lo mejor así captan la indirecta y me dejan en paz.

Sloane dejó su sesión de yoga a medias. Pasó a mi lado y se dirigió hacia la sala.

La seguí.

—Bueno, tus primeras vacaciones en años... ¿Qué tienes pensado hacer hoy?

Me acababa de marcar un buen triple suponiendo que hacía tiempo que no se tomaba unas vacaciones, pero no me corrigió, lo cual me pareció verdaderamente triste. La gente me reclamaba por «no aprovechar todo mi potencial», pero por lo menos yo no vivía pegado a la bandeja de entrada de mi correo electrónico y a los antojos de terceros.

—Todavía no lo he decidido. A lo mejor termino el libro.

Estudió el lujoso entorno que nos rodeaba: una villa de tres habitaciones con una alberca de borde infinito, un *jacuzzi* y acceso a una playa privada. Y, aun así, Sloane no parecía impresionada en absoluto.

—¿El que estabas leyendo en el avión? —quise saber, incrédulo—. *¿25 principios de comunicación de crisis*? ¿Ese libro? —pregunté, enfatizando bien en el *ese*.

Se le sonrojaron las mejillas y el puente de la nariz.

—Es la edición más reciente.

—Dios. —Ni siquiera los de la CIA podrían torturarme lo suficiente para convencerme de que leyera ese libro, y Sloane lo estaba haciendo por diversión.

Había supuesto que, cuando llegara a Mallorca, la isla contribuiría a que se soltara al momento. No había sido el caso, claramente.

Si quería conocer otra versión de Sloane, tendría que arreglármelas para sacarla yo mismo a la luz. De lo contrario, se pasaría la semana entera leyendo un libro de no ficción y este viaje no habría servido de nada en absoluto.

Las probabilidades de que fuera a convencer a Sloane para que volviera a dejar el trabajo a un lado de cara al futuro eran prácticamente nulas. Así que esta era mi única oportunidad para hacerla salir de su zona de confort.

Preferí no indagar en por qué me importaba tanto eso. A veces, era mejor no hacerse preguntas cuyas respuestas no nos iban a gustar.

—A la mierda. Estás en el mejor resort de Mallorca. Tienes que aprovecharlo. —Se me encendió el foco—. Y yo sé justamente cómo. Vamos.

Sloane no se movió ni un ápice.

—No pienso emborracharme a plena luz del día contigo.

—No todo lo que hago tiene que ver con salir de fiesta. —Volvió a dibujárseme una sonrisa socarrona en los labios—. Te encantará. Te lo prometo.

—No me encanta. —El calor de la mirada asesina de Sloane le hacía la competencia directa a los casi cincuenta y dos grados que condensaban el aire que nos envolvía—. No me encanta en absoluto.

—¿Ves? Ese es exactamente el tipo de frustración en el que nos vamos a centrar hoy. —Me recosté y entrelacé los dedos de las manos detrás de la cabeza—. Costará, pero al final conseguiremos sacarte ese palo del culo.

Sloane entornó la vista y casi la cacheé para asegurarme de que no llevara ninguna aguja de cabello que pudiera convertir en alguna especie de arma. Como hacer eso sería de mala educación y yo apreciaba mi vida, preferí no tocar nada.

Después de haberla convencido para que dejara aquel absurdo libro de no ficción en la villa, la arrastré hasta el restaurante del resort para desayunar y luego nos fuimos al *spa*. Si alguien necesitaba un buen masaje era ella.

Por suerte, a los del *spa* les quedaba un *pack* de última hora. Por desgracia, el *pack* en cuestión era para parejas. Por eso Sloane y yo habíamos terminado en una sauna finlandesa en forma de iglú los dos juntos: la primera parada de muchas en nuestro Ritual exclusivo de luna de miel.

Sloane había hecho una buena pataleta. Sin embargo, entre mi irresistible encanto y la firme aunque cuidadosa insistencia de la recepcionista del *spa*, al final había acabado cediendo a regañadientes.

—¿A esto te dedicas cada día? —Estudió el iglú, recubierto de paneles de cedro.

—No. También como, duermo y cojo. —Al oír la última palabra, se tensó y yo sonreí—. Si algún día lo probaras, quizá serías un poco menos estirada. Tus dolores de cabeza no son por lo apretado que llevas el cabello, Luna; mira tú por dónde. —Incluso ahora llevaba sus dorados mechones de cabello recogidos en un chongo tan apretado que hasta podría cortarle la circulación—. Es porque tienes demasiada tensión acumulada.

—Te equivocas. Mis dolores de cabeza son porque tengo

que tratar contigo —respondió, marcando bien la última palabra. Se movió e intenté no fijarme en que se le había resbalado muy discretamente la toalla: no tanto como para dejar nada escandaloso a la vista, pero lo suficiente como para darle rienda suelta a mi imaginación—. Además, estoy bastante contenta con mi vida sexual, que seguro que ya es más de lo que pueden decir tus ligues.

Una oscura sensación que fui incapaz de identificar se me arremolinó detrás de la caja torácica. «Puto desayuno». Debería haberme imaginado que comerme el último trozo de salchicha del buffet era una mala idea.

Más valía que no hubiera contraído una intoxicación alimentaria, o pensaba denunciar el resort.

—Nunca se han quejado, pero ¿a ti te parece que se le habla así a un cliente? —la vacilé arrastrando las palabras.

—Mi cliente no eres tú, sino tu familia. Tú no eres más que el trueque de uno de mis contratos más lucrativos.

—¡Vaya! Invitas a una chica a un *spa* de lujo y, a cambio, te ataca verbalmente. Si es que la gente ya no entiende de decoro.

Sloane puso los ojos en blanco.

—Estoy segura de que hay un montón de mujeres que estarían encantadas de hincharte el ego. La mesera del desayuno, por ejemplo. Por un momento temí que fuera a salir volando de lo rápido que pestañeaba al mirarte.

Se me dibujó una sonrisa en los labios que se deshizo de la inesperada punzada que había sentido al oír aquel comentario sobre ser un trueque.

—No sabía que le prestabas tanta atención a quién liga conmigo.

—Soy tu representante. Mi trabajo es prestarle atención a todo lo que tiene que ver contigo.

Mi sonrisa se convirtió en algo más sutil, más lánguido.

—Conque a todo, ¿eh?

Lo había dicho de broma. Sin embargo, cuando sus ojos encontraron los míos, el oxígeno se volvió prácticamente nulo y nada tuvo que ver con el calor que hacía aquí.

¿Que Sloane era preciosa? Sí.

¿Que me había sentido atraído hacia ella físicamente desde el momento en que nos conocimos? También.

Pero había sido una atracción discreta, de esas que podía omitir si me centraba en otra cosa. Últimamente, en cambio, había ido escalando hasta convertirse en lo único que sentía.

No sabía el porqué de dicho cambio. Lo que sí sabía era que, en este preciso instante, estando los dos sentados en esta sauna a la que yo mismo había insistido en ir (por estúpido), si la miraba, no podía respirar.

Sloane tragó saliva. Unas gotas de sudor le recorrieron el cuello y desaparecieron bajo la sombra de la toalla.

No respondió a mi insinuación y el silencio se me metió bajo la piel y me azotó como si fueran descargas eléctricas.

Si me levantaba y daba solo cinco pasos, estaría delante de ella.

Si alargaba la mano, podría tocarla en dos segundos.

Si...

—Ayer no llegaste a responder a mi pregunta. —Mi abrupto comentario arruinó el hechizo, pero el pulso siguió latiéndome y me agarré instintivamente al borde del asiento con las manos.

Carajo, esto no era lo que tenía en mente cuando había decidido arrastrar a Sloane a España conmigo. Me gustaba coquetear con ella, pero no era lo mismo coquetear que... lo que sea que hubiera pasado en los dos últimos minutos.

Pestañeó. Parecía que aquel repentino cambio en la atmósfera la hubiera descolocado.

—¿Cuál?

—La de tu pulsera. —Todavía llevaba puesta la misma pulsera de la amistad que la noche anterior. Sloane era la típica chica que llevaba joyas Cartier; las pulseras de la amistad no eran precisamente su estilo—. Te fuiste de la gala sin la pulsera y apareciste en el Neon con ella en la muñeca. Si es un regalo de tu amante secreto, tal vez tengas que subir un poco la vara. Búscate a alguien que pueda comprarte joyas de verdad.

—Lo importante es el gesto, no los quilates.

—Eso solo lo dicen quienes no pueden permitirse quilates. —Aunque incluso el tipo más idiota del mundo sería incapaz de regalarle una pulsera de niños a alguien como Sloane. A no ser que...—. Ahora en serio: ¿con quién quedaste de verte? —pregunté cuidadosamente.

A Sloane se le ensombreció la expresión.

No respondió; tampoco es que esperara que lo hiciera, pero ya podía imaginármelo. Solo había un tema del que ella nunca hablaba: su familia.

Todo el mundo estaba al tanto del tema de los Kensington. Formaban parte de la alta sociedad de Nueva York desde hacía años, y los periódicos habían derramado tinta y más tinta hablando del distanciamiento entre el magnate del mundo de las inversiones, George Kensington III, y la mayor de sus hijas. La gente llevaba años especulando acerca del motivo de dicho distanciamiento.

¿Habría ido a ver a su familia después de la gala? Y en ese caso, ¿quién le habría regalado esa pulsera, y por qué? Claramente tenía que haber sido alguien que le importara (porque, de lo contrario, no la llevaría puesta); sin embargo, por lo que tenía entendido, la separación de su familia no había acabado bien. Sloane hacía años que no hablaba con ningún otro Kensington.

Me aguantó la mirada. Sus emociones permanecieron

inescrutables bajo las profundidades de aquellos ojos azules. Fue como si estuviera conteniéndose físicamente para no apartarme los ojos y que así yo no fuera a tomármelo como una señal de debilidad.

Lo que ella no sabía era que absolutamente nada de lo que pudiera hacer me haría pensar jamás que se trataba de una debilidad. Sloane era la persona más fuerte que conocía, y si alguien pensaba lo contrario, es que era idiota.

Los minutos siguieron avanzando. Cuanto más se alargaba ese silencio, más ganas tenía yo de atravesar aquella estoica fachada hasta llegar a conocer su verdadero yo: la Sloane con defectos e imperfecciones, como todo el mundo, y no la directora ejecutiva perfecta que tanto mostraba al mundo.

«Vamos, Luna. Dame algo».

Se le ensombreció el rostro un segundo. Justo cuando creía que me daría algún tipo de respuesta, la estufa de la sauna se apagó, lo cual indicaba que nuestra parada allí había llegado a su fin.

Pestañeé y así dejamos de aguantarnos la mirada fijamente; algo que habíamos hecho de forma involuntaria.

La expresión de Sloane volvió a serenarse. Se levantó y se fue hacia la salida.

—Muy bien, bonita charla —señalé caminando detrás de ella. La voz me sonaba extrañamente fuerte después de tanto silencio—. Descubrí un montón sobre ti. Gracias.

—Quien dijo que este viaje tenía que ser para relajarme fuiste tú. —Giró el picaporte de la puerta—. Un interrogatorio no me parece relajante.

—Llamarlo «interrogatorio» es pasarse —musité; aunque, bueno, no se equivocaba.

La verdad es que no tenía ni idea de por qué me importaba tanto lo de aquella maldita pulsera. ¿Y qué que tuviera que ver con su familia? Mi relación con la mía ya era lo suficientemente jodida para que encima me preocupara por la de otra persona.

—Cuando quieras, puedes abrir la puerta —indiqué al ver que Sloane no se movía—. No quiero perderme ni un segundo del masaje.

Se dio la vuelta y, al verle la cara, me dio un vuelco el estómago.

—No puedo —confesó—. Está atorada. Nos quedamos encerrados.

6
Sloane

En mi lista de «peores formas de morir», fallecer por acaloramiento extremo y medio desnuda en una sauna con Xavier Castillo quedaba en algún punto entre morir por tortura medieval o que se me comieran viva las pirañas. Y precisamente por eso no iba a pasar.

Volví a girar el picaporte. Seguía atorado. «Me lleva la...».

—Si tuviéramos los teléfonos aquí, podríamos llamar a recepción, pero no los trajimos —me quejé.

Por eso iba con el celular a todas partes. Me daba igual estar pegada a esa pantalla; al menos podía salvarme la vida en caso de necesidad.

—Sloane.

—Aquí no hay nada que pese bastante como para romper la puerta, a no ser que te empuje a ti. —«Tentador».

Suspiró.

—Sloane, hay...

—Con un poco de suerte, alguien nos encontrará cuando lleguen los siguientes. Aunque quién sabe cuándo viene alguien más. El *spa* estará reservado hasta el tope, pero no por eso...

—¡Sloane! —Xavier me agarró por los hombros y me dio

la vuelta—. Hay un botón de emergencia para casos como este.

Le seguí la mirada hasta la pared. Evidentemente: había un botón justo ahí, pegado a un trozo de madera. ¿Cómo diablos no me había fijado en eso?

Sentí tanta vergüenza que me sonrojé.

Le eché la culpa a la sauna. Tanto calor en un lugar cerrado no podía ser bueno para la salud.

Me aferré a una pizca de dignidad y le di al botón ignorando, tanto como pude, la sonrisa estúpida de Xavier. Vinieron a socorrernos enseguida y así nos ahorramos morir. Sin embargo, a pesar de que ya estábamos fuera de peligro, la posibilidad de fallecer al lado de Xavier (por efímera que fuera) no presagiaba nada bueno para el resto del viaje.

—Creo que fue una forma genial de empezar la semana —dijo mientras nos dirigíamos al masaje de parejas. La recepcionista del *spa,* para disculparse por habernos quedado encerrados en la sauna, nos obsequió treinta minutos más de tratamiento—. Esquivamos la muerte. Ahora ya, de aquí, para arriba.

Lo empujé contra un arbusto que había ahí cerca.

Por mi parte, fue algo sin importancia, pero me hizo sentir bien. De no ser por él, ahora yo estaría felizmente sentada en mi oficina en Nueva York, apagando fuegos en lugar de estar «relajándome».

Para mi disgusto, Xavier no se cayó; solo se tropezó, se dio un poco con el lateral y se echó a reír mientras nos adentrábamos en la sala de masajes, donde me empeñé en no mirarlo mientras nos quitábamos las batas. Ya lo había visto medio desnudo en la sauna, pero era difícil ignorar los destellos de tez morena y músculo esculpido que se me iban metiendo por el rabillo del ojo.

El hecho de que estuviese tallado cual dios griego cuando el tipo no hacía más que holgazanear y salir de fiesta demostraba que el universo era injusto.

Nos acomodamos en nuestras camillas en silencio. No podía verlo, pero sí podía sentirlo a poco más de medio metro de mí. Su presencia llenaba la sala y desenterró recuerdos de nuestra breve aunque perturbadora aventura en la sauna.

Había habido un momento, uno solo, en el que había mirado a Xavier y se me había detenido el corazón.

Ahora en serio: ¿con quién te quedaste de ver?

Y había habido un momento, uno solo, en el que casi le había contado la verdad. A lo mejor fue porque, por su expresión, no parecía que fuera a juzgarme... o tal vez porque el calor me había frito el cerebro. Lo cual resultaba muchísimo más probable.

Cerré los párpados a la vez que las masajistas volvían a entrar en la sala y nos iban destensando, pero fui incapaz de desconectar mentalmente.

¿Cuántos mails se me habrían ido amontonando en la bandeja de entrada a lo largo de la última hora? Nunca me había pasado tanto tiempo sin mirar el celular. ¿Y si se me había incendiado la oficina? Eso me pasaba por trabajar en un rascacielos; estaba sujeta a las idioteces del resto de los vecinos, muchos de los cuales no entendían los preceptos básicos de la prevención de incendios.

Hablando de idioteces: ¿y si Asher Donovan había estampado otro coche? ¿Se habría acordado Jillian de enviarle nuestras condiciones de contratación a Ayana? ¿Estaría Isabella dándole adecuadamente de comer a El Pez?

Isabella no era idiota, pero yo era muy estricta en cuanto a los cuidados que debía recibir mi mascota. Además, cuando estaba a medio escribir una novela, Isabella solía perderse en su propio mundo.

La ansiedad me aceleró agitadamente el pulso hasta que pareció que el corazón me fuera a galope.

—Está usted muy estresada —me dijo en voz baja la masajista.

Estaba haciéndome maravillas con las manos en los hombros y en la espalda, pero la pobre mujer necesitaría una semana entera para destensarme del todo.

—Soy de Nueva York —respondí a modo de explicación.

Todo el mundo estaba estresado. Los únicos que no lo estaban eran los holgazanes...

—Eso no es una excusa. —La intervención de Xavier destrozó la crisálida que había creado mi intento de disfrute—. Yo soy de Nueva York y no ando un día sí y el otro también con jaqueca.

Levanté la cabeza para fulminarlo con la mirada, pero el «tsss» de mi masajista me obligó a bajarla de nuevo.

—Primero, tú no eres de Nueva York; eres de Bogotá. Segundo, no tienes ni idea de cuál es mi estado de salud. Y tercero...

—Gírese, por favor —me interrumpió mi masajista.

Obedecí y me di la vuelta con más brusquedad de la necesaria.

—Y tercero, si tú no estás estresado es porque no haces nada. Te limitas a sentarte por ahí, a gastarte el dinero de tu familia y a estar guapo.

Fui dura, pero que un niño rico estuviera aleccionándome ya era el colmo. Sí, yo también había crecido con dinero y los privilegios que derivaban de ello, pero había renunciado a todo eso cuando me alejé de mi familia. Lo que tenía ahora me lo había ganado solita.

Xavier nunca había tenido que trabajar para conseguir absolutamente nada en toda su vida. No tenía derecho alguno a criticar mi toma de decisiones, mis niveles de estrés ni nada relacionado conmigo.

—O sea, que piensas que soy guapo —señaló.

—Eres...

—Respire. —La masajista me presionó los hombros—. Eso es. Suelte la tensión que tiene acumulada en los hombros...

El delicado tono de su voz fue calmándome lentamente la irritación. Tomé una profunda bocanada de aire y me guardé una mordaz respuesta.

Me enorgullecía de mantener siempre la compostura, pero Xavier era la única persona capaz de hacerme perder el temple.

—Ahora en serio: tienes el dinero suficiente como para retirarte y dejar que tu equipo tome las riendas de todo —argumentó—. ¿Por qué te matas en el trabajo?

«No muerdas el anzuelo».

—Me gusta lo que hago.

Me gustaba, sí, por lo general. Sin embargo, entre Xavier y Asher, que tenía cierta debilidad por los coches rápidos y la conducción temeraria, estaba llevando las habilidades terapéuticas de mis amigas al límite.

Antes tenía una terapeuta profesional (aunque no era masajista), pero se había jubilado y todas las que había probado después me habían caído fatal. Igual debería seguir buscando. Necesitaba encontrar a otra; eso era evidente.

—¿Y qué es lo que te gusta? —Xavier no debía de haberse enterado de que los masajes tenían que hacerse en silencio.

—Todo.

—A la mierda. Yo no te caigo bien.

Su respuesta fue tan sincera e inesperada que casi sonrío. Casi.

—De acuerdo. Me gusta arreglar cosas. Solucionar problemas que nadie más puede solucionar.

La gestión de crisis era solo una parte de mi trabajo, pero era la que más me emocionaba. Redactar notas de prensa y hacer de relaciones públicas estaba bien, pero eso podía hacerlo con los ojos cerrados.

—O sea, que te gusta que te necesiten.

Giré la cabeza antes de que mi masajista pudiera detenerme. Xavier me miró, sabiondo, y... ahí estaba otra vez. El corazón volvió a detenérseme un segundo, y a esto le siguió la incómoda sensación de que podía ver a través de esas corazas que tanto trabajo me había costado construir a lo largo de los años.

Pero entonces pestañeé y el momento desapareció.

Volví a mirar al frente y esperé a que los latidos de mi corazón recuperaran su ritmo habitual antes de preguntarle:

—¿Tú no te cansas de no hacer nada?

Ignoré la agudeza de su observación y de la certeza que escondía.

Esperaba que Xavier iba a esquivar mi pregunta con su característica petulancia, pero respondió con una sinceridad sorprendente.

—A veces —respondió; parecía apagado, algo raro en él—. Pero no hacer nada se me da bien, así que me limito a seguir haciéndolo. Es mejor que cagarla.

Cerré los ojos y me centré en el sonido del vaivén de las olas que provenía de fuera de la ventana, así como en la profunda respiración del hombre que tenía al lado.

Ya no volvimos a hablar.

Al cabo de tres horas, un facial, una comida y un baño de aromaterapia para dos extremadamente incómodo, salí del *spa* sutilmente menos estresada que cuando había llegado.

No me gustaba nada admitirlo, pero pasar el día ahí me había servido. Y mientras flotábamos juntos en una tina con olor a lavanda, incluso había dejado de preocuparme por el hecho de no estar prestándole atención a mi bandeja de entrada.

Ni él ni yo volvimos a sacar ningún tema sustancial a colación después de la charla durante el masaje. Aun así, no dejé de pensar en lo que me había dicho.

No hacer nada se me da bien, así que me limito a seguir haciéndolo. Es mejor que cagarla.

Xavier no tenía motivación alguna, pero no era tonto. Si lo intentara, seguramente les daría mil vueltas a los miembros de la Junta del Grupo Castillo. Y encima tenía contactos y un enorme colchón económico.

¿Por qué le daba tantísimo miedo cagarla como para no intentarlo siquiera?

Lo miré de reojo. De vuelta a la villa, no soltó ninguna broma; sin embargo, mi preocupación por lo muy callado que estaba se convirtió en terror cuando llegamos a la que sería nuestra casa aquella semana.

—¿Qué...? —Me quedé mirando boquiabierta el gigantesco edificio que teníamos delante.

Al irnos por la mañana, era un pacífico oasis de piedra clara y ventanales de arriba abajo. Ahora, en cambio, parecía una casa de fraternidad. De dentro provenía música española a todo volumen y el olor a alcohol era más fuerte que el de las flores silvestres que envolvían la entrada.

Una morenaza en bikini salió corriendo por la puerta, que estaba entreabierta, y se puso a chillar mientras un tipo que se parecía a Chris Hemsworth la bañaba en champán. En el interior de la villa, la gente reía y gritaba, y alguien se tiró a la alberca.

—¡Xavi! ¡Aquí estás! —gritó el tipo que se parecía a Hemsworth—. Espero que no te importe que hayamos empezado la fiesta sin ti.

Me giré sobre mis talones y fulminé a Xavier con la mirada.

—Se me había olvidado comentarte que también estarían mis amigos. —Tenía el don de saber fingir que se sentía avergonzado—. Uno acaba de terminar con la novia y estamos intentando subirle el ánimo.

¿Era una estúpida broma?

—Pues háganlo en su propia villa. Esta la estás compartiendo. —Señalé el edificio e intenté respirar, a pesar de que el enojo se me iba amontonando en el pecho—. Yo no acepté tener a un montón de desconocidos paseándose por mi habitación de hotel durante una semana. Échalos-de-una-vez.

—Lo haría, pero es, eh..., difícil echar a mis amigos cuando ya se pusieron en modo fiesta. —Xavier levantó los hombros—. Sería una pérdida de tiempo. Créeme.

La tensión que la masajista se había pasado hora y media intentando hacer desaparecer regresó a mí con venganza.

—Como son tus amigos, es problema tuyo. —Sentí que me taladraban la sien—. Xavier, te juro por Dios que si no se largan en menos de quince minutos, llamo a la policía y que los detengan por allanamiento.

—No creo que vaya a servir de mucho. Hay una que es la sobrina del presidente. —Xavier guardó silencio—. Del presidente de España —aclaró.

—Pues entonces, que venga el presidente y pague su fianza. —Le di un golpe en el pecho con el dedo; estaba tan enojada que no podía ni ver con claridad—. Cuando llegamos a ese acuerdo, las condiciones no eran estas. Arréglatelas para solucionarlo o tomo el próximo vuelo que salga de la isla y me voy.

Le desapareció la insolencia y, en su lugar, pude ver algo que se asemejaba al arrepentimiento genuino.

—Carajo. Lo siento, Luna. Te prometo que se me olvidó

que... —Desvió la vista hacia la villa—. Mira, te hago otra propuesta.

—No.

Xavier insistió, como si nada.

—Deja que se queden hoy. Lo de que es imposible echarlos cuando están de fiesta es en serio. Ya vi a dos que están inconscientes en el suelo. —Aparté la mirada y confirmé lo que acababa de decir—. A cambio, te prometo que no organizaré ninguna fiesta más en todo un mes a no ser que tú la apruebes antes.

—Es una propuesta malísima —respondí, seca.

Debía pensar que acababa de nacer y que me chupaba el dedo.

—Dos meses.

—No.

—¡Tres meses! Vamos... —insistió—. Piensa en lo fácil que se volvería tu trabajo si no tuvieras que estar preocupándote por si incendio un local o acaba precintándolo la poli por mi culpa.

Apreté los labios. Las fiestas de Xavier solían acabar siendo un descontrol. La mala fama que se había ganado en el pasado estaba directamente relacionada con una de sus infames *soirées*. Si podía conseguir que, para empezar, dejara de organizar dichas fiestas, ya me estaría quitando muchísimo peso de encima.

—Nada de fiestas que yo no haya aprobado hasta dentro de seis meses —dije una vez que me decidí. Con un poco de suerte, ceder durante una tarde me garantizaría meses de paz y tranquilidad—. Pero vamos a dejarlo por escrito, y tus amigos tendrán que irse antes de medianoche.

—¿Seis meses? ¿Es una estúpida bro...? —Xavier cerró el pico en cuanto lo miré con los ojos entornados—. Está bien —musitó—. Trato hecho.

—Bien. —Me di la vuelta y me dirigí hacia la villa mientras rezaba con la esperanza de no haber cometido un error garrafal—. No puedo creer que me hayas invitado a un viaje con tus amigos para ayudarle a superar la ruptura a otro.

—Oye, un solo viaje puede cumplir con varios objetivos. ¡Cuantos más, mejor! —gritó cuando me metí enojada en el interior.

Al ver los cojines amontonados de cualquier forma en el suelo y las botellas de alcohol medio vacías acumuladas en cualquier superficie con un poco de espacio, se me erizó la piel. Los adornos que yo misma había colocado en una perfección geométrica aquella misma mañana estaban puestos de cualquier manera, y hombres y mujeres ligeros de ropa estaban...

Ay, Dios. Eso no necesitaba verlo.

Aparté los ojos de la pareja que estaba en el sofá y me centré en una cara que me resultaba familiar.

—¿Luca?

Luca Russo pestañeó y me miró desde una esquina. Estaba tan sorprendido como yo.

—¡¿Sloane?! ¿Qué haces tú aquí?

—Eso mismo podría preguntarte yo.

Luca era el cuñado de mi mejor amiga, Vivian. El segundo hijo de la fortuna de bienes de lujo Russo había sido una piedra angular del círculo de Xavier hasta que sentó cabeza hacía unos años, dejó de salir de fiesta y empezó a trabajar para la empresa familiar. Por lo visto, se había vuelto a descarrilar.

—Vine a superar una ruptura. —Se dejó caer con dramatismo en una butaca—. Leaf y yo terminamos. Se fue a vivir a una granja de cabras en Tennessee.

—¿No era vegana?

—Fue para salvar a las cabras.

—Ah. —No conocía a Luca y a Leaf lo suficiente como

para mostrar nada más que algo de compasión. Además, a mí nunca me había caído bien su novia, con esas vibras de *hippie* moderna y santurrona—. Vaya drama.

Ahora las pobres cabras tendrían que aguantar el complejo de salvadora de Leaf.

—Todo bien. Por eso vine. Para sentirme mejor. —Le dio un sorbo a la cerveza—. Oh, hey, Xavi.

Xavier se nos acercó por detrás y se colocó a mi lado.

—Se me había olvidado que se conocían —señaló con un extraño tono de voz.

Cuando lo miré, él apartó la vista.

—Toma. —Me pasó una botella aún por abrir que había en una mesa cercana—. Me parece que la vas a necesitar.

No lo aguantaba más.

Después de haber rechazado la cerveza que me había ofrecido Xavier, de haber redactado rápidamente un contrato para nuestro último acuerdo, de haber leído cuál era el sexto principio de comunicación de crisis y de haber confirmado tanto con nuestro resort como con todos los otros a menos de ocho kilómetros a la redonda que no tenían habitaciones disponibles para esta noche, desistí y dejé de fingir que Xavier y compañía no existían.

Quería quedarme en mi cuarto, pero no podía dejar de pensar en lo que había dicho Xavier durante el masaje.

O sea, que te gusta que te necesiten.

¿Y a quién no le gusta que lo necesiten? Que te necesiten significa que eres buena; que eres buena en algo. La gente no se aleja de aquellas personas a quienes necesitan. No es lo mismo que el hecho de que te quieran, pero ya es algo.

Había mucho con lo que lidiar; sin embargo, como no quería hacerlo, al final decidí salir y unirme a la juerga, aunque fuera solo para evitar quedarme a solas con mis pensamientos.

Tras la puesta de sol, la celebración se había trasladado de la sala a la playa privada, y una fogata me facilitó localizar al alma de la fiesta. Xavier arqueó las cejas al verme, pero no me impidió que me tomara de un trago ni mi primer ni mi segundo ni mi tercer vaso de sangría.

Si tenía que aguantar toda la noche con él y sus amigos, necesitaría estar (muy) borracha.

Sin embargo, a pesar de estar ahí presente, me contuve y no participé de forma activa en aquel jolgorio hasta que Luca me vio e intentó arrancarme de donde estaba sentada, al lado de la fogata.

—Tienes que bailar —insistió—. Es una de las normas de la isla.

No me moví ni un ápice.

—Las normas hay que romperlas.

—No esperaba que tú, precisamente, fueras a soltar un cliché como ese. —Tenía las mejillas sonrojadas a causa del alcohol y le resplandecían los ojos.

Y entonces me di cuenta. Estaba ligando conmigo.

Con su cabello oscuro y aquella piel aceitunada, Luca era, sin lugar a dudas, bastante atractivo; aun así, intenté ver si me atraía de alguna forma, pero no encontré nada. Y aunque me hubiera atraído, no tenía interés alguno en convertirme en un ligue de una noche posruptura.

—Me gusta sorprender a la gente de vez en cuando. —Desvié la vista hacia el otro lado de la fogata y crucé una mirada con Xavier.

Estaba entre la morenaza de antes y la melliza de esta. No parecía estar interesado en lo que le estaban contando, pero cuando vio que estaba mirándolo desvió la vista hacia Luca antes de girarse y mirar a una de las mellizas.

Desde que había bajado a la playa, me había dejado en paz, y le estaba muy agradecida por ello. Tampoco es que necesitara su compañía.

—Aun así, no puedes quedarte aquí sola mientras suena esta canción. —La voz de Luca hizo que volviera a centrar la atención en él—. Es prácticamente ilegal.

Xavier debió de decir algo y las mellizas estallaron de la risa. A él le aparecieron aquel par de hoyuelos y una de las chicas le colocó una mano en el brazo.

Contuve las ganas de entrecerrar los ojos. Dudaba que pudiera llegar a decir algo taaan gracioso.

Intenté no hacer caso a la fiesta que estaba teniendo lugar a mi alrededor y procuré centrarme en el sonido de las olas. Aun así, Luca siguió atosigándome hasta que sentí que me dolía tanto la cabeza que haría cualquier cosa, incluido bailar (maldita sea), con tal de que parara.

«Debería haberme quedado en mi habitación».

—Deja de hablar. —Levanté una mano y lo corté a mitad de la frase—. Si bailo una canción, ¿pararás?

A lo mejor fui un poco rara, pero estaba molesta, enojada y no lo suficientemente borracha. No estaba de humor para cuidar los sentimientos de los demás.

A Luca no pareció molestarle la brusquedad de mi respuesta.

—Claro.

—Bien. —Me levanté. Cuando las mellizas volvieron a reírse de alguna broma de Xavier, mi irritación aumentó. Se estaban comportando de una forma que parecía que estuvieran en un monólogo de *Saturday Night Live*—. Pero primero necesito otra copa.

Luca y yo fuimos hacia el bar de la playa a pedir el cóctel estrella del resort, que, por suerte, era más fuerte que la sangría. Sin embargo, aquel subidón tampoco fue suficiente para conseguir deshacerme de la timidez cuando llegamos a esa pista de baile improvisada.

A mí nunca se me había dado bien bailar. Hice las clases de baile obligatorias pertinentes de pequeña y paré cuando madame Olga descartó seguir enseñándome porque era una de sus alumnas «más difíciles». Ya más mayor, le di una oportunidad al baile de salón, pero no es que la cosa saliera mucho mejor.

Cuando salía con mis amigas, podía soltarme con ellas y no preocuparme por lo estúpida que pudiera parecer, pero aquí no tenía a Vivian, Isabella o Alessandra para cubrirme. Estaba yo sola, con música y doce pares de ojos mirándome fijamente, aunque no entendía por qué.

—Guau —soltó Luca medio riendo medio dibujando una mueca cuando lo pisé sin querer. Me colocó una mano en la cadera para que no me cayera—. A lo mejor no deberíamos haber ido por esa última copa.

Me subieron los colores. La canción aún no se había terminado y yo ya me estaba arrepintiendo de haber tomado esa decisión.

—No pasa nada. —A pesar de estar borracho, vio lo avergonzada que me sentía—. A ver. —Me colocó la otra mano también en la cadera—. Intentemos...

—No te molestes.

Al oír aquella voz familiar detrás de mí, entré en tensión.

—Están tan borrachos que tendrán mucha suerte si no se caen los dos al suelo. —Noté cierta molestia en el tono de voz de Xavier, que de no ser por ese detalle, habría sonado amable—. ¿Por qué no dejas que se te baje un poco y luego vuelves?

Luca miró a su amigo y luego a mí. Bajó las manos y dio un paso atrás.

—Buena idea —contestó.

Crucé los brazos y me quedé ahí quieta mientras Xavier pasaba a mi lado y se colocaba delante de mí.

—Y yo que pensaba que eras perfecta en todo. —Ya no había ni rastro de esa molestia en su voz; ahora, en cambio, tenía un dejo bromista—. Tengo que enseñarte a bailar. No puedo permitir que me hagas quedar mal delante de mis amigos.

Ya no llevaba el *outfit* de antes, sino que se había cambiado y se había puesto una camisa de lino y unos pantalones informales. Aquí, con la luz de la fogata, el viento que le alborotaba el cabello y los músculos relajados gracias al alcohol y a la distensión del momento, Xavier estaba devastadora y alarmantemente atractivo.

Sin el peso de la sobriedad, incluso podría admitir que mi antipatía hacia él derivaba, en parte, de la envidia. ¿Cómo sería vivir de forma tan despreocupada a diario? ¿Cómo sería no preocuparse por cómo te verá la gente por si eres lo bastante bueno, por si tienes el éxito suficiente o por si marcas lo bastante a los demás como para justificar tu existencia?

Se me secó la garganta antes de deshacerme de aquellos pensamientos indeseados.

—¿Hacerte quedar mal? —Levanté la barbilla, desafiante, para disimular aquel lapso momentáneo de mis defensas—. La que por lo visto no sabe bailar soy yo, no tú.

—Esto tiene solución. Me han dicho que soy muy bueno enseñando.

—Lo dudo.

—Siempre me infravaloras.

—Y tú siempre me provocas.

Levantó los hombros, como quien no quiere la cosa.

—Me gusta verte molesta. Demuestra que, en el fondo, no eres tan fría.

El subidón que había sentido se disipó lo bastante rápido para notar el impacto de sus palabras.

Si no fueras siempre tan fría, a lo mejor no habría ido a buscar calor en otra parte.

Está buena, pero seguro que es frígida en la cama...

Por el amor de Dios, Sloane, sonríe. ¿Por qué no puedes poner cara de estar feliz por una vez?

Aquella presión regresó a mí. Noté un nudo en la garganta, pero, para no variar, no se me humedecieron los ojos.

Con razón la gente decía que era fría. Ni siquiera era capaz de mostrar emoción alguna como es debido.

Xavier debió de notar el cambio repentino que había sufrido mi humor, porque le desapareció la sonrisa.

—Oye, no quería...

—Tengo que irme. —Salí bruscamente por su lado con el corazón en un puño.

Me tocó el hombro con la mano.

—Sloane...

—No me toques. Y no me sigas —añadí con mi habitual frialdad—. Acaba de disfrutar de la fiesta.

Lo dejé atrás y no paré de caminar hasta que me encerré en el baño de mi habitación y abrí la llave de la regadera a tope.

Me daba igual haberme bañado hacía solo unas horas. Necesitaba deshacerme del ruido que me atormentaba la mente como fuera.

Apoyé la frente en los azulejos con fuerza y cerré los ojos. Permanecí ahí hasta que el nudo que sentía en la garganta se disipó y unas pequeñas gotas de agua me resbalaron por la cara. Fingí que eran lágrimas.

7
Xavier / Sloane

Xavier

Ya iban dos noches seguidas que no dormía bien.

En lugar de la pesadilla del puente, esta vez me atormentaban imágenes de la cara de Sloane antes de irse ayer por la noche.

¿Qué diablos había dicho? Normalmente se tomaba mis comentarios con humor y nunca se había ido en medio de una conversación, dejando que fuera yo quien tuviera la última palabra.

No podía ser que se hubiera molestado tanto por una broma de pacotilla sobre si bailaba mal, ¿no?

Mi mal humor empeoró cuando me desperté y me encontré la villa vacía. Las maletas de Sloane seguían en su cuarto, pero ella se había convertido en un fantasma: desapareció por la mañana y no volví a verla hasta última hora de la tarde.

Intenté dejar de pensar en ella y centrarme en Luca. Desde que había terminado con Leaf, había estado bastante de bajón, pero mi simpatía hacia él había amainado cuando lo vi ligando con mi maldita representante en la playa.

Sloane ni siquiera era su tipo.

Me quedé rumiando, bebida en mano, mientras mis amigos hacían de las suyas en el bar que había en la playa privada del hotel.

Debería estar disfrutando como nadie, pero el hastío se había apoderado de mí y se negaba a abandonarme. Lo había visto todo y lo había hecho todo. Y cuando se te pasa el subidón inicial de la diversión, estas fiestas son todas iguales.

Podría haberle dado algunos consejos de mejora al propietario del bar. El sistema de sonido no reconocía el bajo y el balance chicas-chicos estaba desproporcionado. La decoración, la música, la comida... Eso estaba bien, pero tampoco era para tirar cohetes. Sin embargo, cada uno llevaba sus negocios a su manera, así que mantuve el pico cerrado.

¿Tú no te cansas de no hacer nada? No paraba de oír la pregunta de Sloane en la mente.

La eché a un lado, me bebí la copa de un trago y miré a Luca, que estaba acostado a mi lado, cerca de la alberca, sobrellevando la resaca con una cerveza. Ya se había puesto el sol, pero el bar aún estaba acomodándose al ritmo de la tarde.

—¿Sabe Dante que estás volviendo a salir con nosotros?

Al hermano de Luca y director ejecutivo del Grupo Russo, un grupo multimillonario de bienes de lujo, no le caía bien nadie de nuestro círculo.

¿La verdad? No lo culpaba. Si yo tuviera un hermano pequeño, tampoco querría que se juntara conmigo.

—No es mi guardián. —A pesar de sus palabras, Luca miró a nuestro alrededor como si el intimidante hermano mayor de los Russo fuera a aparecer detrás de alguna jardinera—. Tengo mis días de vacaciones, al igual que cualquier otra persona, y puedo pasarlos con quien quiera.

—Mmm.

—Y, hablando del tema: ¿dónde está Sloane?

Sentí cómo se me avivaba un incómodo escozor en el pecho.

—Seguramente estará leyendo un aburrido libro de no ficción por ahí. ¿Por...?

Levantó los hombros.

—Está buena. Está soltera. Me vendría bien distraerme un poco de todo el tema de Leaf.

El escozor aumentó hasta convertirse en una fogata y me enojé.

—No es el tipo de chica que sirve para olvidar a otra.

—¿Y tú cómo lo sabes?

—Lo sé. —Dejé de mala gana mi copa vacía en la mesa—. Prueba con las mellizas Daugherty. Esas sí que quieren pasar un buen rato.

—No puedo. Su familia se dedica al sector textil; eso me recuerda a las cabras y, a su vez, a Leaf.

Qué descaro.

—¿Y Evelyn? Acaba de romper con su novio. Pueden olvidarse del otro juntos.

—Nah. Ya ligué con ella hace años. —Luca levantó la vista al cielo con expresión borracha y soñadora—. Creo que la mejor será Sloane. Es tan... ¡Demonios! —Se irguió de golpe cuando tiré una hielera de champán y se le derramó todo el contenido en el pecho—. ¿Qué carajo, hombre?

—Perdona. Debo de haber bebido más de lo que pensaba. —Me levanté. No sabía por qué, pero imaginármelo a él con Sloane me molestaba sobremanera. Lo que sí sabía era que tenía que largarme antes de hacer algo más imperdonable que rociar a mi amigo de hielo—. Yo doy la noche por terminada.

—¡Espera! ¿Qué hay de...?

La multitud acalló el final de la frase de Luca mientras yo me iba malhumorado del bar y me dirigía a la villa.

Había convencido a Sloane de que viniera a España con la esperanza de que saliera de su zona de confort. Aun así, ahora parecía que quien tenía una confusión enorme era yo.

Sloane

Por la mañana, ya me había deshecho de aquel momento de debilidad de la noche anterior, pero no estaba de humor para lidiar con Xavier ni sus amigos (que, por suerte, estaban hospedándose en su propia villa y no en la nuestra). Así que me pasé el día evitándolos a toda costa.

Me desperté al alba para ir a hacer una excursión, me refugié en una sala de conferencias para comer y esperé a que Xavier se fuera al bar antes de regresar a escondidas a la villa.

Aún no había caído la noche, por lo que todavía tendría unas cuantas horas para mí antes de que él volviera. Me sentí tentada a trabajar, pero le había prometido que no lo haría y tenía el maldito sentido del honor tan desarrollado que me prohibía retractarme de mi palabra.

En lugar de eso, me acurruqué envuelta con una cobija en la sala y miré la comedia romántica española que estaban pasando en la tele con una repugnancia cada vez mayor.

—*Te amo* —susurró el actor en español. Los subtítulos en inglés iban traduciendo lo que decía—. *Nunca te dejaré.*

—Puaj. —Escribí furiosa en mi libreta de reseñas—. Graben lo que ocurre en cuanto corten la escena, a ver si es verdad.

Las comedias románticas eran el género más poco realista de Hollywood. Caerse del balcón de un séptimo piso y levantarse al cabo de un minuto para perseguir al malo de la película era más verosímil que ver cómo los rivales de un puesto de trabajo de repente «descubren» que sienten algo el uno por el otro y luego viven felices para siempre.

El concepto de «felices para siempre» era el timo más grande desde que nació la industria de los libros de texto universitarios a precios desorbitantes.

—No es *The Bachelor*, Luna. Si siguieran grabando, solo aparecerían los actores saliendo del estudio.

Levanté la cabeza de golpe.

Xavier estaba apoyado en la entrada, con expresión divertida y unos pantalones de lino. Nada más.

—Espiar a los demás es de mala educación —señalé, con el pulso desbocado a causa de su inesperada interrupción. Haz que me dé un infarto, ya que estamos en esto—. Y ponte una camiseta, por el amor de Dios. Ni que fueras Matthew McConaughey.

Él rio, pero yo seguí molesta.

Al cabo de dos minutos, se sentó justo a mi lado vestido de los pies a la cabeza.

—¿Contenta? Ahora ya no te distraerá mi increíble físico.

—No, solo moriré sofocada bajo tu hinchadísimo ego.

—Podría ser peor.

Suspiré. La idea que tenía yo de pasar una noche tranquila y en silencio se fue volando por los aires.

—¿No hay fiesta en el bar? ¿Por qué estás aquí?

El acuerdo que habíamos firmado le impedía organizar fiestas sin mi permiso, pero no le prohibía asistir a otras, lo cual había sido otra pifia de mi parte. «Estoy perdiendo facultades». España tenía algo que confundía mis instintos (normalmente agudos) y eso me sacaba de quicio.

—Me pasé el día en el bar; quería cambiar un poco de aires. —Xavier desvió la vista hacia mi libreta—. ¿Qué hiciste tú?

—Relajarme —respondí con ironía.

—*Touché*. —Se frotó la boca con una mano; parecía contrariado—. Oye, sobre lo de anoche... Siento si herí tus sentimientos. Tampoco bailas taaan mal.

Me habría reído de que pensara que me había molestado ese comentario sobre mi capacidad para bailar de no ser por lo estupefacta que me dejó al disculparse. Tan poca gente pedía perdón genuinamente, que un simple «lo siento» honesto me bajaba automáticamente las defensas.

—Gracias —respondí con rigidez. No le corregí el motivo por el que me había enojado.

—De nada. —Al ver que no soltaba ninguna respuesta mordaz, se le arrugaron un poco los laterales de los ojos—. Espera, ¿estamos teniendo un momento de complicidad? ¿Es este el comienzo de una nueva era entre Xavier y Sloane?

—No te pases. —Di unos golpecitos en la libreta con la pluma—. Por cierto, ¿qué tal Luca?

Le había mandado un mensaje antes a Vivian para contarle que lo había visto en España y mi amiga me había dicho que tanto ella como Dante estaban muy preocupados por él. Le había prometido que la mantendría informada sobre cómo seguía su cuñado siempre que pudiera.

Los hoyuelos de Xavier desaparecieron.

—Bien. —Se movió y me rozó la pierna con la suya. Aquel contacto me descolocó tanto que casi aparto la rodilla de sopetón antes de poder controlarme—. No sabía que se llevaran tan bien.

—No nos llevamos. Es pura curiosidad.

Una ola de calor me subió de la rodilla al estómago. «Vaya...». Debería haberme puesto más crema solar para la excursión. Esto no era normal.

—Ya. —A Xavier se le ensombreció la expresión. Abrió la boca, sacudió la cabeza sutilmente como si acabara de cambiar de opinión sobre lo que iba a decir y preguntó—: Bueno, ¿de qué trata la peli?

—De dos que trabajaban en una oficina, se llevan mal y luego se enamoran. La típica comedia romántica.

El aroma de su colonia se me metió en los pulmones y deseé que no oliera tan bien. La gente como Xavier debería oler única y exclusivamente a pizza pasada y a cerveza. Sería una representación más justa de su estilo de vida que el aroma fresco a madera que emanaba ahora.

—No te veía como una de esas personas a las que le gustan las comedias románticas.

Volvió a rozarme la pierna con la suya y yo le fulminé la extremidad en cuestión con la mirada antes de responder.

«Nota mental: comprar más crema solar PERO YA». Que me siguiera ardiendo tanto la piel no era normal.

—Las odio. Las veo para desestresarme. —El cajón de reseñas escritas a mano que tenía en mi casa era prueba suficiente.

—Ya. Y, hasta ahora, ¿cuántas pelis que odias has visto para desestresarte?

Cientos, pero eso Xavier no tenía por qué saberlo.

—Cállate y mira la película.

Sin embargo, mientras iba rebobinando para volver al punto donde me había quedado antes de que apareciera él, una minúscula parte de mí se alegró de la compañía. Incluidos aquellos indeseados roces de piernas.

Ver una comedia romántica a solas mientras se está de vacaciones en España era un tanto triste. Incluso para mí.

Nunca había disfrutado de una noche de peli con alguien que no fueran mis amigas, pero Xavier resultó ser un compañero sorprendentemente divertido. Por lo general, solía guardar silencio, aunque de vez en cuando soltaba alguna alegre broma sobre la trama o la actuación que me hacía sonreír.

Como cliente, era difícil. Como persona, en cambio, era decente.

Desde que habíamos empezado a trabajar juntos, nunca le había oído alzar la voz. Cuando se enteró de que le habían diagnosticado cáncer a su padre, no lloró. Y cuando una de sus exnovias filtró a la prensa unas fotos morbosas de los dos, no buscó venganza como habría hecho yo. Daba igual lo que le echara la vida: Xavier era imperturbable.

Aunque, claro, a lo mejor su calma sobrenatural tampoco era algo bueno. A lo mejor era una forma distinta de manifestar los mismos problemas que hacían que yo me cerrara a cualquier persona que no formara parte de mi círculo cercano.

Pfff. Lo único más triste que ver una comedia romántica sola de vacaciones era psicoanalizar a Xavier mientras veíamos dicha película.

—¿Qué apuntas en la libreta? —preguntó cuando la comedia llegó al montaje obligatorio posruptura de la pareja.

Me sentí un poco expuesta. Dudé si contarle una mentira, pero al final me decanté por ser sincera:

—Escribo reseñas de todas las comedias románticas que veo.

No era nada de lo que avergonzarme. Si Roger Ebert podía hacerlo, yo también. Aun así, cuando Xavier se inclinó para leer mis notas, los nervios se apoderaron de mí.

—«La película busca seducir al público, pero fracasa en el intento» —leyó en voz alta—. «Si bien la ficción suele requerir deshacerse del escepticismo, la absoluta ridiculez de la escena del balcón da tanta vergüenza ajena que hace que me entren ganas de hacerme una lobotomía para no tener que volver a pensar en dicho acto en la vida. Existe más química entre la lamparita de mi cuarto y yo que entre los protagonistas de la película; además, a juzgar por el diálogo, parece que

estoy viendo una parodia en lugar de una comedia romántica en sí. Si una herramienta de inteligencia artificial escribiera y protagonizara una película, el resultado sería este».
—Guardó silencio un segundo y luego me miró—. ¿Qué diablos has estado haciendo con la lamparita de tu cuarto?

Se me escapó la risa tan deprisa y de forma tan inesperada que tardé un segundo en darme cuenta de que ese sonido salía de mí.

Xavier se quedó en *shock*, pero entonces se le iluminó la expresión, alegre. Cierta calidez se me acomodó en el estómago a modo de respuesta.

—La toco para que se encienda —contesté a su pregunta, aunque dibujé una mueca antes de acabar de pronunciar la frase siquiera—. Ay, Dios. Eso sonó mal. —Xavier estalló de risa y acalló las palabras que pronuncié a continuación—: No le digas nunca a nadie que dije eso. Te... ¡Para de reír!

—Tranquila. —Le temblaron los hombros mientras se secaba las lágrimas de los ojos—. Será nuestro secreto.

—Tampoco fue tan gracioso —gruñí.

Traté de mantener la rectitud, pero su diversión era contagiosa, y enseguida se me dibujó otra sonrisa en los labios.

Si un par de días antes me hubieran dicho que estaría de noche de peli con Xavier Castillo y que me estaría divirtiendo, les habría dicho que cambiaran de *dealer*. Sin embargo, ahora parecía que hiciera muchísimo de la gala del viernes y mi visita a Penny.

Tal vez por eso casi nunca me iba de vacaciones. Las vacaciones nos dan un falso sentido de seguridad temporal solo para luego darnos una patada y que tengamos que volver a la realidad: un mundo que sigue girando con o sin nosotros y en el que, en el gran orden de las cosas, nuestra presencia no importa en absoluto.

Me serené.

—Sabes que las comedias románticas no están hechas para parecer realistas, ¿no? —Xavier siguió hablando de mi reseña—. La idea es entretener al público.

—Pues lo conseguirían más si fueran realistas. —Señalé los créditos que iban apareciendo en pantalla—. ¿Cuántas probabilidades hay de que dos personas que se odian acaben enamorándose solo porque tienen que trabajar juntos en un proyecto?

—Menos de cien, pero más de cero.

—Tu optimismo es nauseabundo.

—Yo diría que más bien lo son los casi cuatro litros de helado que te acabas de zampar —señaló, mirando el tarro de helado de vainilla francesa que estaba derritiéndose en la mesita, y arqueó una ceja.

La vergüenza se apoderó de mí a más no poder.

—Tú sigue con tu cerveza, que yo soy más de helado. Bueno, ahora que se terminó la película, llegó el momento de separarnos e irnos a dormir.

Xavier se me quedó mirando como si le hubiera dicho que se fuera volando hasta la luna.

—¿Es broma? Si solo son las nueve. —Le dio un golpecito al celular—. La noche aún ni ha empezado.

No me gustaba nada que me hiciera sentir como una aguafiestas constantemente, pero es que una tenía que poner límites en algún momento.

—No tengo ganas de emborracharme en absoluto.

—¿Quién dijo algo de emborracharse? —Se puso de pie y me tendió una mano—. Vamos. Es hora de que aprendas a bailar.

Cruce los de brazos.

—Ni de broma.

Eso era aún peor que emborracharme.

—O sea, ¿que te gusta parecer un robot descompuesto cada vez que bailas?

—No... —«Respira». Conté hasta tres y volví a intentarlo—: Casi nunca bailo, así que no necesito aprender.

—Siempre sales con tus amigas, o sea, que eso no es cierto... A no ser que le tengas miedo al fracaso. —Xavier bajó la mano y levantó los hombros—. Lo entiendo. Nadie es bueno en todo.

Vaya cabrón. Qué bueno era.

Era evidente que me estaba molestando, pero la competitividad que me había ayudado a hacerme un nombre en el despiadado mundo de las relaciones públicas se avivó ante su provocación. Y cuando eso ocurría, ya no había vuelta atrás.

—No vayas a pensar que no sé qué estás haciendo. —Me puse de pie e hice caso omiso a los recuerdos del ceño fruncido de madame Olga en señal de desaprobación y de la asquerosa sonrisita socarrona que tenía Xavier ahora mismo en la cara—. Pero voy a ceder solo para quitarte esa arrogante sonrisa de la cara. Vamos.

¿Y si había desarrollado un talento para el baile de la noche a la mañana?

Xavier se reía ahora, pero pensaba hacer que se tragara sus palabras.

8
Sloane

—Retiro lo que dijje sobre el robot descompuesto —dijo Xavier—. No quiero insultar a los robots.

Bajé los brazos y lo fulminé con la mirada.

—Si el profesor fuera mejor, aprendería antes.

Estábamos en la terraza de la villa. Las lámparas de calor contrarrestaban el frescor nocturno y una mezcla de música local e internacional sonaba a través de las bocinasportátiles. Xavier había insistido en que practicar fuera me ayudaría a «relajarme», pero, de momento, solo me sentía avergonzada, frustrada y con las mismas posibilidades de mejorar que cuando habíamos empezado la clase hacía una hora.

—Tienes que soltarte. —Xavier pasó de mi crítica sobre sus cualidades como profesor—. Para bailar hay que moverse, y no puedes moverte si te empeñas en ser un pedazo de madera petrificada.

—Ya me solté —le espeté, en tono defensivo—. Además, ¿te recuerdo que ahora mismo podría estar durmiendo en lugar de aguantar tus insultos?

Debería irme, porque no había nada peor que ponerle todo mi empeño y fracasar igualmente. Sin embargo, mi parte competitiva se negaba a rendirse.

Era Sloane Kensington. Yo ni fracasaba ni me rendía. (La única razón por la cual había dejado el *ballet* de pequeña era porque era mayor que mis compañeras de grupo. Además, estaba bastante segura de que a madame Olga le había dado una úlcera por mi culpa cuando se jubiló).

—Y aun así, aquí sigues. —Xavier me colocó las manos en las caderas.

Entré en tensión. Todos y cada uno de mis músculos se pusieron rígidos al notar el calor que desprendían sus manos, que se me metió a través del vestido.

—¿Ves a lo que me refiero con lo del pedazo de madera petrificada? —Sacudió la cabeza—. Imagínate que estás en el *spa*. Te están dando un masaje, se te destensan los músculos... y ahora menea así las caderas. No, al revés. —Su tacto me abrasó la piel, me distraje y me perdí lo que me estaba diciendo. Seguramente tenía fiebre por ir todo el día descamisado. Debería revisarse, en serio—. Muévelas en círculo, Luna, no en cuadrado.

—Ya es un círculo.

—No te ofendas, pero tal vez te convendría repasar un poco la geometría. —Me agarró con más fuerza para frenar mis movimientos—. ¿En qué estás pensando?

—En que tengo que mover las caderas en círculo.

—Ahí está el problema —señaló—. No deberías estar pensando en eso.

—Me acabas de decir...

—Tienes que sentiiir el movimiento. Cuanto más lo pienses, menos natural será.

Apreté los dientes, frustrada.

—Lo siento, pero me gusta pensar. Intento hacerlo a diario.

—Eso explica muchas cosas. —Xavier me soltó y dio un paso hacia atrás.

Una fría ola de alivio se me metió en el pecho, y a esta le siguió una alarmante pizca de... ¿decepción? No, no podía ser.

Esperé a que siguiera enseñándome, pero se limitó a estudiarme con una oscura y profunda mirada.

Unos mechones de cabello le caían despeinados por encima de un ojo, encubriendo sus pensamientos mientras el silencio iba convirtiendo aquel lugar en un espacio incómodo. Lo vi pensativo, lo que no era habitual, y eso hizo que sus rasgos lo convirtieran en un devastador retrato de su propia persona que habría enorgullecido al mismísimo Miguel Ángel.

El marcado sesgo de sus pómulos, aquellas gruesas y oscuras cejas, esa esculpida boca que parecía infinitamente más acogedora cuando no sonreía engreído... Su cara me retaba a apartar la mirada, pero no podía.

Una eléctrica tensión chisporroteó en el aire y absorbió todo el oxígeno.

Habíamos estado a solas en muchas otras ocasiones, pero ahora me daba cuenta, por primera vez, del peligro que suponía Xavier. Bajo tantas capas de indolente aplomo, había un hombre que, si se lo propusiera, podría prender mi mundo en llamas.

«Dios, pero ¿qué me pasa?». Me había pasado años sin reaccionar a su presencia de ninguna forma aparente (a no ser que contáramos la irritación); sin embargo, desde que habíamos llegado a España, mis barreras se habían ido derrumbando. A lo mejor era porque había visto, brevemente, una parte más real y más vulnerable de Xavier (que nada tenía que ver con beber y dormir), o a lo mejor porque pasar el día en el *spa* me había reconfigurado el cerebro.

Fuera lo que fuera, no me gustaba.

El instinto de supervivencia le ganó el pulso a aquella sensibilidad cuando Xavier sugirió:

—Tomémonos una copa.

La estupefacción que aún sentía se redujo a la nada mientras intentaba ponerme las pilas tras aquel repentino cambio.

—¿Y las clases?

—Hacemos una pausa y luego continuamos.

Tomó un par de vasos y empezó a mezclar bebidas ahí mismo, en medio de la terraza.

Arqueé las cejas a más no poder. Jamás lo había visto preparando cócteles hasta ahora, pero lo hacía con la misma agilidad que un barman experimentado.

—Suerte que no íbamos a emborracharnos —rezongué cuando me pasó una bebida de color naranja pastel que parecía deliciosa.

—Es una copa. A no ser que tengas la tolerancia de un niño de cinco años, no te vas a emborrachar. —A Xavier se le encorvó la comisura de los labios—. *Salud.*

Me le quedé mirando mientras le daba un sorbo a la bebida. Carajo, qué rica estaba.

—¿Acabas de inventarte la mezcla?

No reconocía el sabor. Además, la fiesta de ayer nos había dejado casi sin provisiones de alcohol, o sea, que Xavier no había tenido más que unos cuantos ingredientes con los que preparar esa copa.

—Uno tiene que arreglárselas con lo que hay. —Levantó los hombros y sonrió pícaro—. Le voy a llamar «la Sloane». Amarga al principio, pero con un regusto dulce. Justo igual que alguien a quien conozco.

—No sabes a qué sé.

Su sonrisa adoptó un toque todavía más travieso.

—Aún no —respondió.

Mi cuerpo reaccionó al instante y de forma visceral, como

si acabara de encender el interruptor de una habitación en la que hacía mucho tiempo que no entraba nadie.

Se me tensaron los pechos y una ola de calor se me abrió paso en la entrepierna, abrasándome el cuerpo entero y dejándomelo lánguido. Unas imágenes más bien poco inocentes me atravesaron la mente antes de que lograra meterlas en una caja y cerrarla con fuerza, no sin forcejeo por mi parte.

«No. Ni de broma».

No podía reaccionar así, y menos por Xavier. Eso me pasaba por haberle puesto punto final a mis encuentros exclusivamente sexuales con Mark. Si me hubiera acostado con él antes de irme, ahora no estaría tan agitada.

—¿Qué tal eso de ir delirando por la vida? —le pregunté, intentando mostrarme indiferente, a pesar de que estaba estrangulando la copa con las manos.

—Bastante bien. —A Xavier le resplandeció la mirada como si pudiera meterse dentro de mí y ver absolutamente todos los pensamientos obscenos e inapropiados que me pasaban por la mente. Se apoyó contra la pared; parecía que no tuviera ni idea de la que acababa de armar—. Como seguimos de pausa, vamos a intentar algo más. Verdad o reto. Tú eliges.

—¿Verdad o reto? ¿Qué tenemos, doce años?

—Es un juego para todas las edades. —Arqueó una ceja—. A no ser que tengas miedo.

A la mierda. Jugar a algo estúpido era mejor que volver a ponerme en ridículo bailando.

—Verdad.

—Si pudieras dedicarte a cualquier otra cosa aparte de ser representante, ¿qué serías?

Pestañeé. No era la pregunta que esperaba, ni tampoco una en la que hubiera pensado demasiado.

—A nada. Me encanta mi trabajo.

Y era cierto. A pesar de las frustraciones, del vertiginoso ritmo que tenía que seguir y de los clientes que hacían que (en ocasiones) quisiera arrancarme el cabello, trabajar bajo presión era lo mío. No tenía tiempo para pensar. Solo problemas que resolver y soluciones que implementar.

La gente podía decir que era una cabrona o que era fría, pero había una verdad innegable e indiscutible: era la mejor en mi trabajo. Y punto. Por eso, directores ejecutivos, famosos y miembros de la alta sociedad me pagaban un dineral. No les caía bien a todos a nivel personal, pero me respetaban y me necesitaban.

O sea, que te gusta que te necesiten.

La observación de Xavier volvió a subir a la superficie antes de que la hundiera de nuevo. ¿Y qué? A todo el mundo le gustaba que le necesitaran. Y quienes dijeran lo contrario mentían.

—¿Nada? No considerarías absolutamente ningún otro oficio que no fuera el de relaciones públicas? —Parecía poco convencido—. Seguro que estás fingiendo.

—A lo mejor sería cirujana —contesté.

Era otra carrera en la que la gente trabajaba a un ritmo frenético y bajo presión. Tenía buen pulso y no me daba asco la sangre. Llevar la voz cantante de una sala de operaciones y salvar vidas podría resultar estimulante.

A Xavier se le encorvaron los labios.

—No me sorprende.

—Me lo tomaré como un cumplido. —Me terminé la bebida—. Te toca. Verdad o reto.

—Verdad.

Interesante. Lo veía más como el típico que elige reto.

—Pregunta parecida —anuncié—. Si tuvieras que elegir un oficio de verdad, ¿cuál sería?

Si se lo pregunté, fue porque la curiosidad que sentía por ese tema era genuina. Xavier nunca había mostrado ambición alguna por ningún tipo de trabajo. ¿Qué le despertaba interés a alguien como él?

Permaneció bajo la sombra de la villa, donde no le alcanzaba la luz de la luna ni la de los postes de luz de la terraza. Y, sin embargo, le centellearon los ojos al oír mi pregunta.

—Alguno que se me diera bien.

—¿Por ejemplo?

Se le ensombreció la expresión antes de que su sonrisa volviera a hacer acto de aparición.

—Enseñarte a bailar. Creo que la pausa ya duró suficiente. —Se apartó de la pared con un empujón y sirvió dos *shots* de *whisky*—. Y esto, para ganar valentía. *Salud.*

Cuando me pasó el vaso me rozó la mano con la suya, y noté una minúscula descarga eléctrica recorriéndome la espalda.

El ardor del *whisky* ayudó bastante a calmar mi preocupación ante las extrañas reacciones que estaba mostrando mi cuerpo esta noche.

—No has respondido sinceramente a mi pregunta —señalé.

Una ola de calor me envolvió la piel y se me metió en las venas. Tenía bastante tolerancia al alcohol, pero aquellas bebidas eran muy fuertes y no estaba resistiéndome a la embriaguez como de costumbre.

Eso de soltar un poco el control estaba bien. Solo un poco.

—Que elegiría algo que se me diera bien no es ninguna mentira. —Se le encorvaron las comisuras de los labios, pero en su mirada vi una sutil advertencia—. Hasta te puse un ejemplo.

—Esto es rebuscado. No estás siguiendo las normas.

—Nunca lo hago. —Se me acercó por detrás. Sus manos encontraron mis caderas y la respiración se me hizo más lenta bajo el peso de esa nueva descarga eléctrica—. Volvamos a intentarlo.

La música cambió a algo más seductor, más fácil de seguir.

A lo mejor fue por aquel nuevo ritmo. A lo mejor fue por el alcohol. O a lo mejor fue por mi intento de centrarme en cualquier cosa que no fuera Xavier. La cuestión es que me deshice de las inhibiciones.

Fuera lo que fuera, funcionó. No estaba hipercentrada en moverme justo como debía hacerlo, y lo paradójico fue que, como resultado, empecé a menearme con mucha más facilidad.

No iba a ganar ninguna competición de baile a corto plazo, pero ya no parecía un robot descompuesto, como había dicho antes alguien con muy poco tacto.

—Mucho mejor. —El susurro de Xavier me acarició la nuca; sentí una involuntaria ola de placer y me estremecí—. A lo mejor no está todo perdido contigo.

Tenía una respuesta ocurrente en la punta de la lengua cuando Xavier agachó la cabeza para que nuestras caras quedaran una justo al lado de otra. Un delicioso aroma terroso me inundó los sentidos y me acentuó el sabor, el olfato y el tacto hasta que se me hizo la boca agua y noté todos los latidos de su corazón en la espalda.

Giré la cabeza un milímetro, solo para mirarle a los ojos.

Ojalá no lo hubiera hecho.

A Xavier le ardía la mirada cual cerillo encendido en plena oscuridad, abrasándome todos los poros de la piel y arruinando cualquier atisbo de distancia que hubiera entre nosotros.

Unas perlas de sudor me gotearon entre los pechos. Hacía un calor insoportable, pero Xavier estaba tan cerca y yo me sentía tan embriagada que si tan solo...

Separé los labios.

Se le ensombreció la mirada y...

—¡¡¡Luca!!! —El grito de una chica en la villa de al lado se metió en el diminuto espacio que nos separaba—. ¡Es mi bolso favorito!

Alguien respondió algo indescifrable, estallaron de risa y luego... silencio. Pero ya era demasiado tarde.

Dicha interrupción me sacó de inmediato del trance al que me habían inducido las bebidas, aquella infame magia y el sospechosamente glorioso perfume de Xavier.

Me aparté de él de golpe y la pérdida de calor corporal me sirvió para serenarme, como si fuera el tazón de agua helada que yo misma le había tirado encima hacía solo unos cuantos días.

¡¿Qué estaba haciendo?!

Xavier era mi cliente y yo casi... Él casi...

Se me quedó mirando con expresión inescrutable. De no ser por la pesadez de su respiración, que se le notaba por cómo se le agitaba el pecho, habría pensado que no le había afectado lo más mínimo lo que había ocurrido. O lo que no había ocurrido.

El corazón me estaba aporreando la caja torácica, pero levanté la barbilla, rompí el contacto visual y me obligué a entrar tranquilamente en la villa sin terciar palabra.

No me detuvo. Sin embargo, cuando cerré la puerta de mi habitación al entrar y me dejé caer al suelo, no me gustó nada que una minúscula parte de mí deseara que sí lo hubiera hecho.

9
Xavier

MIERDA.

Mierda, mierda y mierda.

No era la respuesta más madura, pero era la única que podía resumir mi situación con exactitud.

Habían pasado treinta y seis horas desde que vi aquella película con Sloane.

Treinta y seis horas desde aquella clase de baile.

Treinta y seis horas desde que había descubierto que sus curvas encajaban perfectamente bien con las palmas de mi mano y que su aroma era muchísimo más embriagador que el mejor de los *whiskies*.

Podría haber vivido sin dicha información, porque, ahora que la tenía, ya no podía imaginarme no reviviendo esa experiencia.

Por desgracia, las probabilidades de que eso fuera a ocurrir eran muy limitadas. Sobre todo por lo mucho que la había cagado yo.

Si mis amigos no nos hubieran interrumpido, la habría besado el domingo por la noche. Y estaba seguro, segurísimo, de que Sloane me habría dejado. De lo contrario, ahora no estaría evitándome como si la hubieran poseído el diablo.

Miré hacia la playa, donde Sloane estaba sentada, sola, leyendo su maldito libro de comunicaciones.

Con la ayuda de mis amigos, la había convencido para que saliera de excursión en barco con nosotros, pero se había mostrado reservada todo el tiempo.

¿Hacer esnórquel en aguas cristalinas? No.

¿Disfrutar de tapas *gourmet* y barra libre? No.

¿Dirigirme la palabra, una sola palabra, después de que hubiéramos embarcado en el yate? Menos aún.

—¿Adónde vas? —me preguntó Evelyn cuando me levanté.

A pesar de que Luca me dijo que no volvería a ligar con ella, tanto el uno como la otra se habían pasado el día entero buscándose.

Me inventé una excusa cualquiera y dejé que mis amigos siguieran en lo suyo.

Excluyendo a Luca, yo tampoco tenía una relación demasiado estrecha con el resto del grupo. Salíamos de fiesta a menudo, pero no les contaría mis secretos más profundos y oscuros, ni nada por el estilo. De hecho, estaba empezando a arrepentirme de tenerlos aquí, porque me quitaban tiempo que podía estar pasando con Sloane.

—Qué pena echar a perder un día tan bonito de esa forma —dije cuando estuve lo suficientemente cerca para que me oyera.

Habíamos atracado en una de las cuevas escondidas de Mallorca para comer y, aunque no éramos los únicos en la playa, los turistas que había allí en mitad de octubre estaban lo bastante lejos para que disfrutáramos de cierta privacidad.

—Hace sol, estoy en el mar y tengo comida y un buen libro —respondió, sin levantar la vista—. No estoy echando nada a perder.

Me senté a su lado.

—No entendemos lo mismo por «un buen libro» —aclaré alargando las palabras.

No contestó.

De pequeño, mis amigos y yo solíamos discutir sobre qué superpoder preferiríamos tener. Yo normalmente me debatía entre volar y ser invisible, pero ahora mismo cambiaría mi Ferrari por saber qué se le pasaba a Sloane por la cabeza.

Al diablo. Solo había una forma de llamar su atención.

—Deberíamos hablar de aquel beso.

Se quedó helada. A continuación, poco a poco pero con firmeza, colocó el separador en el libro, lo cerró y levantó la mirada. Estábamos a casi veintiséis grados, pero a mí se me erizó la piel como si acabara de entrar en un cuarto refrigerado.

—No hubo ningún beso —señaló, marcando cada palabra con una precisión aterradora.

—Técnicamente no, pero faltó poco. Así que hablemos del tema.

Se le pusieron los nudillos blancos.

—No hay nada de qué hablar. Era tarde y habíamos bebido mucho. Punto.

—O sea, que no afecta a nuestra relación en absoluto.

—Claro que no.

—Entonces no tienes por qué evitarme.

Acababa de darse cuenta de la trampa que le había tendido; se lo vi en la mirada.

—No te estoy evitando.

—No dije que lo estuvieras haciendo —contesté como si nada—. Dije que no tienes por qué hacerlo.

Sloane tomó una profunda bocanada de aire. Casi podía verla contando hasta diez mentalmente.

—¿Quieres llegar a alguna parte con esta conversación?

—Solo quería asegurarme de que todo seguía en orden después de lo del domingo por la noche.

—Así es, puedes estar seguro.

—Bien.

—Bien.

Nos quedamos sentados en silencio durante un segundo.

—¿Algo más? —preguntó con ironía.

—Sí. Si pudieras tener cualquier superpoder, ¿cuál sería?

Cerró los ojos y se frotó la sien.

—Xavier...

—Cuéntamelo. Es lo que hace la gente: hablar. —Nos señalé a ambos—. Llevamos años trabajando juntos y ni siquiera sé cuál es tu comida favorita.

Mentira.

Sabía que le encantaba el *sushi* porque era fácil de comer cuando iba de un sitio para otro sin mancharse. Sabía que, cuando tenía la regla, prefería las hamburguesas dobles de queso, y que pedía un filete poco cocido cuando salía a cenar con clientes, a no ser que dicho cliente fuera vegetariano, en cuyo caso optaba por sopa y ensalada. Le gustaban el vino blanco y el café solo, y mezclar la ginebra con un poco de tónica.

Y sabía todo esto porque, a pesar de que ella creía que solo me centraba en mí mismo y que no le prestaba atención a nadie, me resultaba imposible dejar de darme cuenta de todo lo que girara a su alrededor aunque me mataran. Cada detalle, cada momento..., todo ordenado y categorizado en el cajón de mi mente que le correspondía a Sloane.

Aunque no pensaba confesárselo jamás, porque si había algo que fuera a hacer que Sloane Kensington saliera por patas, era la posibilidad de establecer una pizca de intimidad.

—De acuerdo —contestó devolviéndome al presente—. Elegiría volver atrás en el tiempo para arreglar cualquier error que haya cometido.

—Pero entonces tu vida no sería como es ahora.

Apartó la mirada.

—Lo cual no tiene por qué ser nada malo —aclaró.

El vaivén de las olas llenó el silencio.

Desde fuera, parecía que Sloane llevaba una vida perfecta. Era guapísima, lista y tenía éxito; además, se codeaba con algunas de las personas más poderosas del mundo, ya fuera porque eran sus amigos o porque eran sus clientes.

Sin embargo, yo, precisamente, sabía que las apariencias engañan y que lo que más brilla es lo que suele esconder los secretos más feos.

—Si pudieras, ¿tú no volverías atrás en el tiempo y cambiarías algo de tu pasado? —se interesó.

Agarré la toalla y cerré el puño de forma involuntaria. El arrepentimiento se abrió paso en mi interior, cargado de recuerdos que pensaba que había encerrado con llave en mi memoria hacía ya muchísimo tiempo.

—¡Xavier! —El pánico en la voz de mi madre atravesó el rugir de las llamas—. ¿Dónde estás, mi hijo?

Solo es un niño. Fue un accidente...

Si hubiera sido más responsable...

Debió haberte pasado a ti.

El hedor a humo y a madera carbonizada me inundó los pulmones. La cueva de la playa se fue cerrando a mi alrededor, aquellos escarpados acantilados se convirtieron en las paredes de una prisión y el resplandor del sol al tocar la arena me deslumbró la vista.

Pestañeé y la pesadilla se aplacó, reemplazada por la risa de fondo de mis amigos y la pizca de preocupación que tenía Sloane dibujada en el rostro.

Dejé de aferrarme a la toalla con tanta fuerza y me obligué a sonreír.

—Todo el mundo cambiaría algo si pudiera. —Aún notaba el sabor a ceniza en la boca. Quería escupirlo y dar un trago de cerveza para deshacerme de él, pero no podía hacerlo sin levantar sospechas—. ¿Todavía te hablas con alguien de tu familia?

Fue el único tema que se me ocurrió sacar para desviar la atención de Sloane. Fue lo suficientemente avispada para darse cuenta de mi cambio de humor, pero no quería hablar del tema, ni con ella ni con nadie. Nunca.

Tal y como había esperado, se le ensombreció la expresión.

—Cuando debo. ¿Tú has hablado con tu padre, últimamente?

Touché.

No era la única que consideraba las relaciones familiares un tema tabú.

—No. No es que esté precisamente en estado de mantener conversaciones alegres por teléfono.

Mi padre no era buen comunicador; tampoco lo había sido antes de enfermar. Con los socios de la empresa y sus amigos, sí. ¿Con su único hijo? Ya no tanto.

Sloane ladeó la cabeza. Resultaba evidente que intentaba descubrir cómo me sentía realmente por la enfermedad de mi padre.

Buena suerte, porque no lo sabía ni yo.

Era la única familia que me quedaba, así que debería afectarme mucho que pudiera morir. Sin embargo, no sentía nada; era como si estuviera viendo, a través de una pantalla, cómo se iba apagando un actor que se parecía físicamente a mi padre.

Nunca habíamos tenido una relación cercana. En parte

porque él me culpaba por la muerte de mi madre, y en parte porque yo también me culpaba por lo mismo.

Cada vez que mi padre me miraba, veía a la persona que le había arrebatado al amor de su vida. Y no podía hacer nada al respecto porque yo era lo único que le quedaba de ella.

Y cada vez que yo lo miraba, veía decepción, frustración y resentimiento. Veía al padre que había vertido todo su enojo en mí cuando yo aún era demasiado joven para entender lo complejo que es el duelo; veía al padre que me había dado por un caso perdido y había hecho que yo me viera exactamente igual incluso antes de darle una oportunidad a algo.

—Saldrá de esta —dijo Sloane.

No intentaba consolarme a menudo, así que no arruiné el momento pensando en si por algún casual las cosas serían más sencillas en el caso de que no fuera así.

Era un pensamiento horrible y espantoso, el típico que solo un monstruo podría tener, de modo que jamás llegué a verbalizarlo en voz alta. Sin embargo, ahí estaba: supurando bajo la superficie, esperando al momento adecuado para aflorar.

A Sloane le llegó una notificación y se iluminó la pantalla del celular. Vi que aparecía el icono del correo electrónico antes de que ella tomara el teléfono del suelo y aquel momento se hiciera añicos a nuestro alrededor cual castillo de arena que arrasa la marea.

—Nada de trabajo —le recordé.

—No es trabajo, es... —empalideció de repente.

Me erguí. La preocupación sustituyó lo que aún quedaba de aquellos recuerdos indeseados.

—¿Qué pasa?

—Nada. —Se levantó con expresión helada—. Vue... Vuelvo enseguida.

¿Acababa de tartamudear? Sloane nunca, pero nunca jamás tartamudeaba.

Se alejó y me dejó mirando cómo se iba y preguntándome qué clase de mensaje habría recibido que trajera tan malas noticias como para descolocar a Sloane Kensington.

10
Sloane/Xavier

Sloane

Tu hermana está embarazada.

Cuatro palabras no deberían hacer que me entraran náuseas, pero lo hicieron.

Volví a leer el mail por vigésima primera vez. Poco después de haberlo recibido aquella misma tarde, los amigos de Xavier decidieron que ya se habían cansado de la cueva. Querían zarpar hacia otra playa, pero convencí a Xavier para que me dejara primero en el resort. Por suerte, cumplió sin hacer ningún comentario.

Y aquí estaba yo al cabo de unas cuantas horas, sentada en mi cama y sin poder apartar la mirada de la primera toma de contacto directa que había establecido mi padre conmigo desde el día que me fui de su oficina y me alejé de mi familia.

Cómo no, iba a romper años de absoluto silencio por Georgia. Era mi hermana por parte de padre y madre, pero nunca nos habíamos llevado tan bien como me llevaba yo con Pen.

Y, ahora, estaba embarazada.

Sabía que ocurriría en algún momento, pero no esperaba que fuera tan pronto.

El *smoothie* que me había obligado a tomarme a modo de cena se me removió en el estómago mientras volvía a leer el resto del mensaje.

En el más puro estilo George Kensington (y sí, a mi hermana le habían puesto ese nombre por él), el tono del mensaje era más rígido que un esmoquin recién almidonado para el Baile de dotes.

> Sloane:
>
> Te escribo para informarte de que tu hermana está embarazada. Dadas las circunstancias, ya va siendo hora de que arregles las cosas y dejes tu pueril resentimiento por un incidente que ocurrió hace años a un lado. La mezquindad no es atractiva.
>
> Saludos,
>
> George Kensington III

Pensé que mi indignación había llegado a su punto álgido hacía rato, pero cada vez que releía aquellas líneas no hacía sino incrementarse.

Ya va siendo hora de que arregles las cosas y dejes tu pueril resentimiento a un lado.

¿Pueril resentimiento? ¡¿Pueril resentimiento?!

El celular crujió de lo fuerte que lo estaba agarrando. Para variar, mi padre seguía echándome la culpa a mí en lugar de a su hija favorita.

Una parte de mí era consciente del paradójico cliché de la situación. La pobre niñita rica a quien no querían tanto como a la mimada, la que podía sonreír, bailar y enamorar a cualquier persona que se encontrara en la misma sala que ella. Georgia podía llorar como cualquier persona normal y actuar cual perfecto miembro de la alta sociedad.

Era la hija que mi padre siempre había querido, y yo, una deshonra.

Si estuviera viendo una película cuya protagonista fuera yo, estaría gritándome desde fuera, pero es que esto no era ninguna película. Era mi vida y, por más que fingiera que no me importaba, haber dejado de tratarme con mi familia siempre me tocaría la fibra sensible.

Tiré el celular a la cama y me levanté.

Si pensaba demasiado en la vida actual de Georgia, empezaría a darle vueltas al pasado. Y si le daba vueltas al pasado...

No. No quería ir por ahí.

La determinación de mi férrea voluntad le ganó el pulso a las náuseas.

A la mierda Georgia, a la mierda el pasado y a la mierda los intentos de mi padre por hacerme sentir culpable para que me disculpara por algo que ellos habían hecho mal. El día en que volviera arrastrándome a ellos sería porque los cerdos habían empezado a volar.

Me iba bien sin ellos, muchísimas gracias.

Noté cierta presión detrás de los ojos, pero apreté la mandíbula e ignoré dicha sensación mientras rebuscaba en el clóset para ver qué me ponía.

Solía preferir no salir por las noches y quedarme con un libro, vino y pelis.

Hoy no.

Hoy quería compañía.

Xavier

Cuando dejé a Sloane en la villa, mis amigos y yo nos quedamos en alta mar hasta que se puso el sol. A la vuelta, pedimos servicio de habitaciones en la villa de Luca y luego nos fuimos a la famosa discoteca del resort.

Desde un punto de vista objetivo, la música estaba genial, el servicio era buenísimo y las bebidas estaban para chuparse los dedos. Personalmente, cambiaría algunas cosas (el diseño retro de la iluminación no combinaba con el aspecto futurista del local, y la disposición de la zona vip podría haber estado mejor); aun así, en general, cumplía con mis requisitos para convertirse en una noche de fiesta destacable.

Entonces, ¿por qué no me estaba divirtiendo?

—Increíble —dijo Luca. Había discutido con Evelyn hacía un rato, de manera que su apasionado romance había muerto antes siquiera de renacer—. ¿Verdad?

—Ajá. —Mi entusiasmo era el mismo que el de un prisionero en el corredor de la muerte.

¿Qué estaría haciendo Sloane en la villa? ¿Destripando alguna pobre comedia romántica otra vez? Las reseñas que escribía eran despiadadas, pero la pasión con la que las redactaba me parecía extrañamente cautivadora. Era tan reservada todo el tiempo que eso de ver una parte de su vida en la que se soltaba de verdad era agradable.

Luca volvió a decir algo, pero apenas lo escuché.

¿Qué demonios decía el mail que había recibido? Dijo que no era de trabajo. ¿Sería algo de su familia? ¿Sus amigas? ¿Su amante misterioso no confirmado? Si estuviera aquí para...

El destello de una cabellera rubia me llamó la atención.

Me quedé helado mientras centraba la vista en la recién llegada, a quienes todos estaban mirando.

Pelo rubio platino. Ojos azules del color del hielo. Unas piernas kilométricas. Era exactamente igual que Sloane, pero no podía ser, porque... Santo cielo.

Noté una ola de calor que me recorrió el cuerpo entero mientras ella atravesaba la sala, decidida, no sé si porque no era consciente de cómo la seguían los demás con la mirada o porque le era indiferente.

Una suntuosa seda de color cobalto le caía por la figura, dejándole los hombros al aire y deteniéndose en la parte superior del muslo, sin dejar demasiado al descubierto, pero lo justo como para darle rienda suelta a la imaginación. Unos tacones plateados le sumaban diez centímetros a su altura habitual y la piel le brillaba como perlas bañadas por la luz de la luna.

Hice una mueca. *¿Perlas bañadas por la luz de la luna*? ¿De dónde demonios había salido eso? Yo no era poético en absoluto, pero Sloane estaba tan guapa que le serviría de inspiración al mismísimo Shakespeare.

Y no era por la ropa o por su cuerpo.

Era por cómo se movía: más suelta, más ligera de lo normal.

Era por cómo se desenvolvía: con confianza y una pizca de vulnerabilidad.

Y era por cómo exigía atención sin ningún tipo de esfuerzo, como si fuera una diosa caminando entre mortales.

Nunca había visto nada semejante.

Se detuvo justo enfrente de mí y de Luca, y la sangre se me avivó un poco ante su presencia.

—Sloane Kensington entrando en una discoteca por diversión. —Escondí la reacción visceral de mi cuerpo con una perezosa sonrisa—. Que alguien mire si las vacas vuelan. Deben de tener unas alas enormes.

—Qué original.

Ahora que la tenía más cerca, me di cuenta de que tenía las mejillas sonrosadas. ¿Ya se había... emborrachado?

Era tan extraño en ella que no pude sino quedármele mirando, sorprendido, mientras Sloane tomaba la copa que acababa de pedirse Luca y se la bebía de un solo trago.

Miré a mi amigo a modo de advertencia. Ahora que Evelyn volvía a estar fuera del mapa, no quería que siguiera pensando en Sloane como alguien con quien acostarse para olvidar. Era alguien que teníamos en común. Cualquier tipo de relación entre ellos dos sería demasiado complicada, era evidente.

Como también lo sería cualquier tipo de relación entre nosotros dos. Precisamente por eso yo me pasé al agua y me esforcé mucho por mantenerme alejado de Sloane a lo largo de la próxima hora mientras ella iba paseándose por la sala.

Por desgracia, la zona vip era un espacio cerrado. Por más que intentara hablar con otras personas o hacer algo distinto, Sloane seguía ahí, adueñándose de mis pensamientos y robándome la atención hasta que cualquier conversación que hubiera podido estar manteniendo murió en un silencio.

—Hombre, pídele que baile contigo —dijo Luca, que seguía sentado a mi lado, en el sofá, aunque hacía veinte minutos que le había llamado la atención algo fascinante del celular y no había apartado la vista del aparato.

En la otra punta, Sloane le dijo algo al DJ, que asintió y le sonrió de una forma que no me gustó nada.

—No sé de qué me estás hablando.

Eché la cabeza hacia atrás y cerré los ojos en un intento por deshacerme de la imagen que tenía de Sloane en la cabeza.

¿Podían los DJ ligar con las personas que iban a la discoteca? ¿No tenían responsabilidad profesional o algo así?

—De Sloane. —La música estaba tan alta que apenas oí a Luca—. Desde que entró, no le has quitado los ojos de encima.

—Porque no quiero que me tome desprevenido. Es como

un depredador campando a sus anchas. Hay que tenerla controlada en todo momento.

—Claro. —La risa traviesa de mi amigo se le metió en la voz—. O sea, ¿que entonces no te importará que sea yo quien baile con ella?

Abrí los ojos de golpe y levanté la cabeza para fulminarlo con la mirada.

—En realidad, sí que me importa, carajo. Y no es por lo que tú piensas. Todo esto solo puede acabar en un caos.

—¿Por qué? Es tu representante, no la mía. Yo casi ni la conozco.

—Es la mejor amiga de tu cuñada.

—¿Y...?

—¿Y...? —le espeté—. Pues eso, vaya caos.

—Lo dice el tipo que se acostó con la ex de su compañero de habitación.

—Cuando íbamos al internado. Y no es lo mismo. —Mi compañero de habitación había sido un idiota—. Vivian te matará si le pones un dedo encima a Sloane.

—Para nada. Además, yo solo dije que quiero bailar con ella, no cogérmela. —Luca levantó los hombros—. Pero eh, que nunca se sabe. Estamos de vacaciones. Igual tengo suerte.

Yo no era violento, pero nunca había tenido tantas ganas de pegarle a uno de mis amigos de toda la vida como en ese preciso instante.

—Como...

Una interrupción de gente gritando hizo que dejara la frase a medias. Desvié la vista hacia la cabina del DJ y vi a Sloane bailando, descalza, en la mesa de al lado.

Sloane. Bailando. Subida a una mesa.

Las vacas deberían estar volando por la estratosfera, a estas alturas.

Todo el mundo estaba mirando cómo se meneaba al ritmo de la música, que pasó de un mix bailable a una interpretación seductora del último temazo de R&B.

O yo era el mejor profesor de baile de la historia o Sloane no solo estaba borracha, sino que se había puesto una fiesta impresionante.

La parte positiva era que yo tenía razón: si estaba tan tensa era porque pensaba demasiado. Cuando no se centraba en hacer el movimiento perfecto, bailaba..., bueno, bailaba de una forma que me avivó absolutamente todas las células del cuerpo.

Me froté la boca con una mano. No sabía si seguir mirándola o si pasar a la acción. La Sloane sobria odiaría todo esto por la mañana.

Al pensar en su reacción, se me encorvaron los labios. Sin embargo, mi sonrisa sufrió una muerte súbita cuando uno de los ahí presentes se subió a la mesa, la agarró por la cintura y empezó a frotarse con ella.

Reaccioné con tanta rapidez y de forma tan visceral que, en caso de que alguien me preguntara a punta de pistola que le explicara qué había ocurrido a continuación, no habría sabido responder.

Primero estaba sentado.

Y, de repente, al momento, estaba de pie, atravesando la sala con la vista teñida de color escarlata mientras me abría paso a fuertes codazos entre la multitud.

La Sloane sobria le habría pegado una patada en los huevos a ese tipo por haberle puesto las manos encima. La Sloane borracha no tenía tantos escrúpulos.

Se giró para mirar al tipo cuyas manos se le arrastraban peligrosamente cerca del culo. Si Sloane se movía dos centímetros más, el gentío que había alrededor de la mesa tendría unas vistas perfectas de lo que escondía su falda. Había algunos que ya tenían los celulares en la mano, pero los bajaron enseguida cuando me acerqué.

Debieron de ver algo en mi expresión, porque se quitaron de en medio mientras yo me subía a la mesa y apartaba a ese tipo de malas maneras.

Le sacaba unos cuantos centímetros, pero aunque no hubiera sido el caso, la ira que se me arremolinaba en el estómago me habría dado una ventaja avasalladora.

El chico se quejó.

—¿Qué...?

—Tienes tres segundos para largarte de aquí —le advertí con un tono letalmente calmado—. Tres.

No me dio tiempo de decir *dos* cuando el tipo ya había saltado de la mesa y había desaparecido en las profundidades del local. Cobarde de mierda.

Una parte de mí se sentía decepcionada porque no tuve la posibilidad de estamparle el puño en la nariz, pero ahora había algo más apremiante que gestionar.

Volví a mirar a Sloane. No se había dado cuenta de la ausencia de su compañero de baile ni de que yo había aparecido por allí. Estaba demasiado ocupada tomándose *shots* con uno de los fiesteros que había en la pista y, por ende, enseñándole el escote a todo el mundo.

Le quité el doble *shot* de tequila antes de que se lo pudiera llevar a los labios y lo tiré a un lado.

—¡Oye! Que... —Cuando la levanté y me la puse en el hombro, dejó la protesta a medias.

No me parecía que Sloane pudiera caminar recto con aquellos tacones después de quién sabe cuántos tragos.

—¡Suéltame, neandertal! —Me aporreó la espalda mientras la bajaba de la mesa y salía por la puerta.

La discoteca quedaba a unos cuantos metros de las privilegiadas villas que había en primera línea de mar, así que no tardamos en oír el sonido de las olas, que se volvió más fuerte que la música que permeaba la brisa nocturna.

—Cuidado con lo que pides.

Dejé a Sloane en una amplia zona de arena blanca. Me sentí tentado a meterla en el océano para despejarle la mente, pero ni siquiera yo era tan estúpido ni tan cabrón como para hacer algo así.

Todavía.

—Idiota —me insultó marcando bien la palabra. Se levantó con una elegancia sorprendente dado su estado de embriaguez—. ¿Qué diablos crees que haces?

—¿Que qué diablos creo que hago yo? ¡Pues asegurarme de que cuando te despiertes no haya un montón de fotos de tu culo al aire circulando por internet, carajo!

Me fulminó con la mirada de tal manera que me quedé petrificado ahí mismo.

Para no variar, Sloane sostuvo su gloriosa ira. Si hubiera sido cualquier otra noche, me habría puesto cómodo y me habría quedado mirando cómo se le caía aquella fría máscara de la forma más espectacular posible, pero ella no era la única que estaba furiosa esta noche.

—No me seas ridículo —rebatió—. Yo no soy tú. A la gente le da igual lo que haga yo en mi tiempo libre.

—No es verdad. —«A mí no me da igual». Aquel pensamiento me vino a la mente de repente, sin que pudiera echarlo a un lado—. Eres una Kensington y la publicista de gente importante, y siempre hay cámaras por todas partes. Siempre. Me lo enseñaste tú.

—Soy una Kensington solo de nombre. —Una minúscula pizca de vulnerabilidad le atravesó la mirada y se me clavó en el pecho antes de que Sloane volviera a serenar la expresión—. Siempre me estás diciendo que me suelte, y ahora que me suelto, ¿te parece mal?

—Me parece mal si va un tipo cualquiera y te manosea en público —le espeté.

—¿Por qué?

«Porque imaginar que alguien te toca me mata, carajo».

—Porque sí. —Un enojo irracional acompañaba mis palabras—. Tú no eres así.

—¡Deja de fingir que me conoces! —respondió, alzando la voz—. No somos amigos. No estamos saliendo. Tú solo eres mi cliente, y tú eres quien me obligó a venir aquí —me espetó, marcando bien los «tú»—. No tienes ningún derecho a actuar como si fueras mi novio o mi niñero.

—¡Estoy intentando ayudarte!

—¡No necesito tu ayuda!

Cada reproche nos fue acercando más hasta que al final estuvimos a pocos centímetros el uno del otro, con la respiración agitada y los cuerpos jadeantes de la fuerza de nuestras convicciones. La animadversión ardía entre los dos, avivada por una frustración acumulada con el paso de los años y una chispa de algo muchísimo más peligroso.

No sabía por qué me importaba tanto, porque Sloane tenía razón. Más allá de nuestra relación profesional, no era nada suyo; además, yo siempre le decía que se soltara.

Pero así no. No cuando le salía soltarse por dolor, más que por libertad.

—Cierto. No te conozco —concedí—. Pero conozco a Sloane, y Sloane jamás se pondría en una situación como en la que te encontrabas tú. Sloane le habría dado una patada en los huevos a ese tipo y te habría sacado de ahí igual que lo he hecho yo.

Si había intervenido, había sido en parte por egoísmo, y en parte porque me había preocupado. Quién sabe qué fotos o videos había sacado la gente antes de que la bajara de ahí.

A lo mejor me estaba metiendo donde no me llamaban,

pero me importaba una mierda. Valía más prevenir que curar. Su reputación profesional lo era todo para Sloane y jamás se perdonaría si una noche de borrachera hubiera puesto en riesgo aquello que había tardado años en construir.

—Bueno, puede que Sloane no siempre quiera ser Sloane. —Le tambalearon los zapatos en la arena y soltó una grosería antes de quitárselos de mala gana—. Además, detesto que la gente hable de sí misma en tercera persona.

Mi celular vibró con una llamada entrante, pero lo ignoré.

—No te vayas por las ramas. ¿Qué pasó esta tarde? ¿Por qué te fuiste?

Me apostaba toda mi herencia a que aquel misterioso mail estaba directamente relacionado con su deseo de emborracharse hasta olvidarse de todo.

Volvió a vibrar mi celular. Colgué la llamada sin ni siquiera mirar quién era.

Sloane tragó saliva. Era muchísimo más frágil bajo la luz de la luna, el cabello le resplandecía de un color plateado en lugar de adoptar su habitual tono rubio frío, y los ojos le brillaban con una recelosa verdad que solo las profundidades de la noche podían poner al descubierto.

Yo quería esa verdad más que cualquier otra cosa. Y, por extensión, la confianza que venía con ella.

«Ábrete, Luna».

Separó los labios, pero un familiar tono de celular la interrumpió. Pestañeó y su fragilidad se tensó hasta convertirse en un distante profesionalismo mientras se giraba para responder.

—¿Diga?

«Mierda». Me froté la cara con la mano y la frustración se apoderó de mí.

Nunca había odiado tanto la invención del teléfono celular como esta noche.

—Sí, estamos... Ya. —Le cambió la voz y un siniestro presentimiento me azotó la sien—. Claro. Yo me ocupo.

Sloane colgó y volvió a mirarme.

Noté como una fatigosa sensación me caía cual pesa de plomo en el estómago. Sabía lo que iba a decir antes de que lo verbalizara, pero no por eso el impacto de sus palabras fue menor.

—Es tu padre —me contó con la mirada sobria por primera vez desde que había aparecido en el club—. Empeoró. No saben si pasará la noche.

11
Sloane

Nada serena a alguien como contarle que otra persona está a punto de morir.

Después de darle la noticia a Xavier, regresamos a la villa y nos pusimos a hacer las maletas. No volvimos a dirigirnos la palabra, ni mientras caminábamos ni en el coche de camino al aeropuerto.

Era tarde, pero había conseguido despertar a su piloto y despegamos poco después de recibir la llamada de Eduardo. También hice el *check-out* del resort con antelación, dejé una escueta nota a los amigos de Xavier y até algunos cabos sueltos más mientras el joven Castillo se encerraba en sí mismo.

Desvié la vista hacia Xavier, que se encontraba en la otra punta del pasillo del avión. Estaba durmiendo, o, al menos, lo fingía; sin embargo, aunque hubiera estado despierto, habría sido imposible saber qué pensaba realmente acerca del estado de salud de su padre. Era el único tema del que no hablaba jamás de los jamases.

Me froté la sien e intenté aguantar el escaso desayuno que había tomado. Había dormido unas cuantas horas después de embarcar, pero una resaca descomunal me impidió descansar como es debido.

La parte positiva era que tenía suficiente trabajo para distraerme de todo lo ocurrido el día anterior, incluido el correo electrónico de mi padre y mi discusión con Xavier.

Ahora que estaba sobria, me alegraba que me hubiera sacado de allí antes de dejarme aún más en ridículo en aquella discoteca. Sin embargo, seguía sin gustarme cómo lo había hecho, como si fuéramos cavernícolas.

No le di más vueltas al revoloteo que sentí en la playa. Era lo que ocurría cuando ingerías demasiado alcohol, nada más.

Mientras iba preparando una estrategia de prensa para cuando falleciera Alberto Castillo (si es que ocurría), me empezaron a llegar un sinfín de notificaciones al celular. Teniendo en cuenta que en Nueva York aún era de madrugada, no podía ser nada bueno. Miré rápidamente los mensajes de texto y lo confirmé:

Vivian: Solo quería saber cómo estás.
Llámame cuando puedas.

Alessandra: Diviértete! Tómate una
sangría por mí <3

Isa: Qué sexi te ves! Y Xavier también ;)
Bien hecho, amiga

Al entrar en el enlace que había enviado Isabella y ver las fotos que aparecían en la primera página del blog de Perry Wilson, el desayuno me volvió a subir por la garganta. Un titular al rojo vivo decía:

¡Se desmelena! ¡La relaciones públicas
de los famosos se suelta alocadamente
en España con un cliente!

En una foto se me veía hablando con Xavier, sentado, con la cabeza levantada mirándome con una sonrisa divertida. En la segunda, Xavier cargándome en hombros y sacándome de la discoteca.

El artículo en sí era una mezcla de especulaciones y mentiras descomunales.

> La reina de las RR. PP. llevaría semanas acostándose con el más infame de sus clientes, lo cual explicaría por qué el heredero de los Castillo, extremadamente imperturbable, se comportó cual cavernícola cuando la vio bailando con otro en la discoteca más exclusiva de Mallorca.
>
> Algunas fuentes cuentan que los amigos de Castillo les arruinaron su secreta escapada romántica, cosa que resultó en una discusión «explosiva» entre la pareja y en un plan para poner a Castillo celoso. ¿Funcionó el plan en cuestión? Comprúebenlo ustedes mismos...

Había más fotos intercaladas en el texto, incluida una un poco borrosa de Xavier y yo en la playa, otra en la que se me veía a mí bailando con un tipo cualquiera y un primer plano de Xavier mirando a dicho tipo, que estaba encima de la maldita mesa.

El enojo, que no paraba de aumentar, fue abrasándome el *shock* inicial hasta reducirlo a cenizas.

Puto Perry Wilson. El muy granuja seguramente estaría buscando vengarse por aquella vez que conseguí que lo expulsaran de la fiesta de la Fashion Week de *Mode de Vie*, que todo el mundo sabía que era la fiesta a la que irían aquellos que querían dar de qué hablar, ver cómo estaba el mercado e informarse sobre chismes de la sociedad.

Me daba igual que fuera el *blogger* de chismes más influyente de Manhattan. Pensaba despellejarle el cuerpo entero y utilizar la piel de lienzo para su obituario.

Respondí a mis amigas con un breve mensaje donde les decía que estaba bien y que ya les contaría más adelante (más otro para Isabella en el que le pedía que, por favor, siguiera dando de comer a El Pez mientras yo estuviera en Colombia). Estaba a punto de mandarle un mail a Perry y reclamarle cuando Xavier se despertó.

—Conozco esa cara. —Esas fueron sus primeras palabras desde hacía horas y sonaba verdaderamente agotado—. ¿Quién te hizo enojar?

Le pasé el celular con el artículo en la pantalla.

Lo miró con expresión desinteresada.

—Ah.

Yo seguía demasiado enojada como para prestarle atención a lo apagado que parecía, cosa poco habitual en él.

—¿Y eso es todo?

—¿Qué quieres que diga? Es Perry. Siempre hace lo mismo. —Xavier levantó los hombros y me devolvió el teléfono—. Además, esta es la menor de mis preocupaciones ahora mismo.

Mi enojo se derrumbó cual castillo de naipes ante una ráfaga de viento.

Estaba tan acostumbrada a pelearme con Xavier que me costaba cambiar el chip de nuestra relación. Sin embargo, ahora que ya no estaba echando humo por culpa de aquella publicación del blog, me di cuenta de las bolsas que le acunaban los ojos y de cómo iba apretando y desapretando los puños en lo que parecía un acto inconsciente. Era un Xavier distinto del que describía Perry en su blog, y sentí una extraña punzada entre las costillas.

—No tener noticias es una buena noticia —le recordé

con un tono de voz más amable—. Podrás hablar con tu padre.

—Puede ser. —A Xavier se le encorvaron los labios un segundo, pero volvió a ponerse serio enseguida—. Cuando era más pequeño nos llevábamos bien, ¿sabes? Era su único hijo, su heredero. Se suponía que debía seguir su legado y se pasaba todo el tiempo libre preparándome para ello: visitaba su oficina, me ponía tutores, me mandaba a los mejores colegios internacionales para que pudiera hacer contactos con las personas con quienes luego negociaría...

Las emociones fueron pasándole por el rostro en una muestra de vulnerabilidad poco habitual.

No aparté la mirada de sus ojos, con miedo a respirar, sin ser capaz de dirigirla a otra parte; me preocupaba que si hacía el más mínimo movimiento, fuera a asustarlo y él volviera a guardar silencio. Xavier nunca hablaba de la relación que tenía con su padre, y atisbar un poco su pasado me fascinó y me entristeció en partes iguales.

—Pero no todo era una cuestión de negocios —continuó—. También teníamos días normales de padre e hijo. Me llevaba a partidos de futbol, o *soccer*, como lo llaman ustedes; cenábamos en familia e íbamos juntos de vacaciones. Estaba bien. Y entonces...

Reprimí las ganas de hacer una mueca.

Ya sabía lo que había ocurrido a continuación. Todo el mundo lo sabía.

—Mi madre murió —concluyó Xavier con su atractivo rostro desprovisto de emoción alguna—. Y todo cambió.

Un pesado dolor me atravesó las defensas y se me clavó en lo más profundo del corazón.

Xavier tenía once años cuando se quedó huérfano de madre. Las noticias de todo el mundo hablaron del incendio que le arrebató la vida a Patricia Castillo, la esposa del hombre más rico de toda Colombia, y mostraron la absoluta destrucción que quedó tras dicho incendio, así como una imagen que se volvió viral de los bomberos sacando a un Xavier preadolescente de entre las llamas.

Aquella imagen apareció en absolutamente todos los artículos y segmentos televisivos relacionados con la debacle. Las autoridades descartaron que se tratara de un incendio premeditado, pero los detalles de cómo se había iniciado seguían sin conocerse.

—¿La extrañas? —me preguntó Xavier con un hilo de voz—. A tu madre.

Mi madre había muerto en un monstruoso accidente de equitación cuando yo tenía catorce años. El matrimonio de mis padres había sido conveniente a nivel social, pero no había habido amor; a diferencia del padre de Xavier, que nunca había dejado de sufrir por la muerte de su esposa, en nuestro caso no hacía ni dos años que habíamos enterrado a mi madre cuando mi padre se volvió a casar.

Una nueva ola de dolor, esta vez distinta, germinó en mi interior.

—Constantemente.

Mi confesión navegó entre nosotros, formando un extraño y frágil vínculo que hizo que sintiera un escalofrío recorriéndome entera.

A Xavier se le relajaron los hombros, como si, de alguna forma, mis palabras le hubieran quitado un peso de encima.

Éramos distintos en muchos aspectos, pero, a veces, solo necesitamos tener algo en común. Algo ínfimo para que nos sintamos menos solos.

Tragué saliva para deshacerme del nudo que tenía en la garganta.

Éramos los únicos en la cabina principal. Nuestras azafatas privadas estaban en la cocina, preparando la comida;

sin embargo, no tardé en dejar de oír el repiqueteo de platos y cubiertos, superado por los fuertes latidos de mi corazón.

Xavier y yo nos quedamos mirándonos el uno al otro. Ambos fuimos conscientes de cómo había cambiado la tensión que nos envolvía, pero ninguno de los dos dijo nada al respecto.

Yo quería apartar la mirada. Debería apartarla, pero mis ojos eran presos de los de Xavier, cuya tempestuosa profundidad centelleaba con una emoción que no conseguía identificar.

Tragué saliva de nuevo y algo se avivó en aquellos ardientes y oscuros ojos antes de que descendieran por mi rostro, recorriéndome el puente de la nariz, la curva de los labios y la punta del mentón para luego seguir el recorrido en dirección descendiente. Se acomodaron en la base del cuello, justo donde sentí que el pulso me latía desbocado.

Las mismas malditas mariposas que se me habían metido en el estómago mientras Xavier me enseñaba a bailar volvieron a alzar el vuelo. Aunque esta vez no pude culpar al alcohol.

Estaba totalmente sobria y...

—Señor Castillo, señorita Kensington, ¿les gustaría beber algo antes de que sirvamos la comida? —La suave voz de una de las azafatas cayó como un balde de agua helada sobre aquel momento.

La tensión se rompió de forma inaudible en cuanto Xavier y yo cortamos el contacto visual.

—Agua —dijo él con una sonrisa más bien forzada—. Gracias, Petra.

—Lo mismo. —Carraspeé para deshacerme de la ronquera—. Gracias.

Almorzamos en silencio. Sin embargo, a pesar de que no

volvimos a hablar de nuestro pasado, me dio la impresión de que seguía uniéndonos cierta conexión.

Xavier y yo no éramos ni los primeros ni los últimos que extrañaban a sus padres. Aun así, entre la forma en la que respondíamos a nuestras pérdidas y las máscaras que nos poníamos para presentarnos al mundo..., tal vez nos pareciéramos más de lo que creíamos.

12
Xavier

Gracias a la diferencia horaria, llegamos a Bogotá antes de las doce del mediodía.

Cuando aterrizamos, el chofer de mi padre ya nos estaba esperando. Condujo rápidamente por las sinuosas calles de la ciudad y por los barrios atiborrados de gente con una facilidad envidiable.

A pesar de haber nacido en Colombia, me crie en el extranjero toda mi vida. Pasé más tiempo en los pasillos de los internados donde estudié que en casa y, desde que le diagnosticaron el cáncer a mi padre hacía un año, solo había regresado a mi ciudad natal en un par de ocasiones.

La primera, después del diagnóstico. La segunda, cuando me obligó a ir hasta Colombia para reclamarme por estar fracasando en «mantener el legado familiar» mientras él se iba muriendo, justo antes de que yo me fuera a Miami para celebrar mi cumpleaños.

Si había una persona capaz de utilizar su enfermedad como táctica de manipulación de los demás, para que hicieran lo que él quería, era Alberto Castillo.

—Xavier. —La voz de Sloane se metió en mis pensamientos—. Llegamos.

Pestañeé y la neblina de color pastel de las calles fue adoptando la forma de dos casetas de vigilancia exactamente iguales y de un personal de seguridad totalmente armado. Tras aquellas puertas negras de hierro, una mansión blanca de tres pisos que conocía bien, con sus tejas rojas y sus ventanas con celosías, se alzaba en lo alto.

—Hogar, dulce hogar. —El sarcasmo me inundó la voz; sin embargo, al adentrarnos, sentí que se me retorcían las tripas.

El humo de hacía décadas continuaba impregnado en las paredes y me entraron náuseas.

Mi madre había muerto aquí. El fuego la había quemado viva justo en este trozo de tierra, y en lugar de mudarnos a otra parte, mi padre había decidido reconstruir la casa justo encima de donde había fallecido su esposa.

La gente decía que era porque quería seguir cerca de ella en una forma muy mórbida y muy suya, pero yo conocía el verdadero motivo. Era su forma de castigarme y de asegurarse de que nunca me olvidara de quién era el verdadero villano de la familia.

—No tienes por qué quedarte aquí —le dije a Sloane. Su fresco y limpio aroma me inundó las fosas nasales y enmascaró los ecos del humo—. Si quieres, te reservo una *suite* en el Four Seasons.

Sloane ya había estado en nuestra casa de Bogotá en otras ocasiones por cuestiones laborales; sin embargo, bajo tanto brillo y lujo, los cementos de aquella mansión escondían algo mucho más pesado. Y no podía ser que yo fuera el único que lo notaba.

—¿Ya estás intentando echarme? Batiste el récord.

—Estarás más cómoda en un hotel. —Pasamos por delante de un enorme retrato al óleo de mi padre. Nos miraba altivo, con expresión seria y de desaprobación—. Solo eso.

—Puede ser. Pero prefiero quedarme aquí. —Siguió con la vista puesta al frente mientras caminaba decidida; aun así, una ola de calor se me metió en el pecho.

Sloane era una persona malhumorada, estirada y con la misma ternura que un cactus. Sin embargo, tenía el don de conseguir que las peores situaciones se volvieran tolerables, no sé cómo.

De todos modos, la calidez que sentí se solidificó hasta convertirse en un cubito de hielo en el mismo instante en que entramos en la habitación de mi padre. El personal la había convertido en la *suite* de un hospital con lo último en aparatos médicos, un equipo de enfermeras y asistentes que iban rotando para estar ahí las veinticuatro horas del día (y que habían firmado unos acuerdos de confidencialidad rigurosos a más no poder) y lo mejor que pudiera comprarse con dinero.

Pero con la muerte ocurre una cosa: que nadie puede esquivarla. Jóvenes y viejos, ricos y pobres, buenos y malos... Nos hace a todos iguales.

Y resultaba evidente que, por más forrado que estuviera Alberto Castillo, estaba mirando a la muerte de frente.

La conversación cesó de pronto cuando los allí presentes se percataron de mi llegada.

Mi padre era el penúltimo de una familia de cuatro hermanos, dos chicas y otro chico. Estaban todos aquí reunidos, con mis primos, el médico de la familia, el abogado de la familia y varias personas más.

Eduardo fue el único que se me acercó, pero se detuvo en seco cuando vio que me dirigía hacia un lado de la cama de mi padre.

La alfombra era tan gruesa que amortiguó hasta el más mínimo ruido que emitieran mis pasos. Era como si fuera un fantasma, planeando hasta llegar a mi padre, que estaba acostado, con los ojos cerrados y con su débil cuerpo pegado a un montón de tubos y aparatos.

En perfecto estado de salud, mi padre era un titán, tanto por su reputación como por su apariencia. Imperaba en cualquier sala en la que entrara y la gente lo temía y lo veneraba en partes iguales, incluidos sus rivales. No obstante, a lo largo del último año, se había ido marchitando hasta perder toda su esencia. Había adelgazado tantísimo que estaba irreconocible, y su piel aceitunada, cubierta por las sábanas, había adoptado el pálido color de la cera.

Tuve la sensación de que una cuerda estaba estrujándome el pecho y se iba tensando cada vez más y más.

—Pasó la noche. —El doctor Cruz se me acercó y me habló en voz tan baja que apenas pude oírlo—. Es algo positivo.

No aparté los ojos de la figura inmóvil que tenía enfrente.

—¿Pero...?

El doctor Cruz llevaba tratando a mi familia desde que nací. Alto y esbelto, parecía un espárrago oscuro con cabello canoso y una nariz prominente, pero era el mejor médico del país.

Aun así, había cosas que ni siquiera el mejor médico podía esconder, y yo lo conocía lo bastante bien para notar aquel tono de duda en su voz.

—Sigue en estado crítico. Lo cuidaremos tanto como podamos, es un hecho, pero... me alegro de que ya haya llegado.

Es decir: la muerte de mi padre era inevitable. E inminente.

La cuerda me estrujó aún más el pecho. Quería tomarla y arrancármela. Quería salir corriendo de esa puta casa y no volver nunca más. Quería paz, de una vez por todas.

Al doctor Cruz no le dije nada de eso. Musité una respuesta genérica y ya. Y cuando Eduardo se me acercó para abrazarme, tampoco se lo dije a él. Ni a mis tías, tíos y primos, la mitad de los cuales solo estaban aquí porque querían parte de la fortuna de mi padre.

La única persona que no me sofocó con compasión y preocupaciones fue Sloane. Seguía al lado de la puerta, de pie, mostrando respeto por la privacidad de la familia, pero lo suficientemente cerca por si alguien necesitaba algo.

Cuando mi padre falleciera, quien escribiría el comunicado de prensa y se ocuparía de la estrategia mediática sería ella. Conociéndola, ya habría empezado con todo.

Las familias normales enterraban a los muertos y pasaban el duelo. Las familias como la mía, en cambio, tenían que redactar comunicados de prensa.

«Aquí descansa Alberto Castillo, padre de mierda y hombre sin igual a la hora de hacer sentir culpables a los demás. Fue un maltratador emocional y deseó que su único hijo hubiera muerto. Pero, eh, fue un as en los negocios».

La ridiculez de todo eso me rasgó la compostura y no pude reprimir la risa que se me escapó en mitad de las trivialidades que iba soltando la tía Lupe. Cuanto más lo intentaba, más me temblaban los hombros, hasta que al final mi tía guardó silencio y se me quedó mirando, horrorizada.

Algunos de mis primos habían aprovechado para irse a la alberca o a la sala de juegos de la mansión, pero los miembros de la familia que aún seguían aquí me observaban como si acabara de asesinar a su mascota favorita.

—*¿Qué te hace tanta gracia?* —me preguntó la tía Lupe en español—. Tu padre está en su lecho de muerte —me recordó, marcando bien las últimas tres palabras— ¿y tú te ríes? ¡Te estás pasando de irrespetuoso!

—Me hace gracia que seas tú quien lo diga, *tía*, teniendo en cuenta que solo vienes por aquí cuando quieres que mi padre te pague las facturas. ¿Qué tal la casa de Cartagena? ¿Aún le están haciendo esa renovación que costaba un millón de pesos y que tan desesperadamente necesitabas? —Ante mi diversión, vaciló.

—Mira quién habla. Tú, niñito consentido, que te estás gastando el dinero de mi hermano sin haber tenido nunca que...

—Lupe. Basta. —Mi tío le colocó una mano en el brazo y la apartó de mí con firmeza—. Ahora no es el momento. —Me miró como disculpándose y yo le dediqué una débil sonrisa por toda respuesta.

A diferencia de la tía Lupe, el tío Martín era tranquilo, sosegado y cauto. Se vestía con los mismos doce conjuntos todo el año y le importaba un bledo el estilo de vida de los ricos. Yo no tenía ni idea de cómo había acabado con alguien como mi tía, pero supongo que eso de que los polos opuestos se atraen es cierto.

—No. Lupe tiene razón —terció el tío Esteban, el mayor de los hermanos de mi padre—. ¿Qué te resulta tan gracioso, Xavier? Llevas meses sin pisar tu casa. Te has negado a tomar las riendas de la empresa, y el pobre Eduardo aquí, teniendo que hacer tu trabajo. Y tú no paras de salir en publicaciones de pacotilla sobre chismes, de fiesta y gastándote Dios sabrá cuánto dinero. Le dije a Alberto que te cerrara la llave hace ya mucho tiempo, pero no, él se niega. —Sacudió la cabeza—. No sé en qué estaría pensando tu padre.

Yo sí. El dinero era otra forma que tenía mi padre de controlarme, y amenazarme con cerrar la llave le resultaba más poderoso que hacerlo en sí. Si de verdad lo hubiera hecho, se habría terminado. Y yo sería libre.

Podría haberlo hecho yo mismo, pero voy a ser sincero: era un hipócrita. Despotricaba contra Lupe por utilizar a mi padre como si fuera un cajero automático cuando yo hacía lo mismo. Pero había una diferencia: que yo lo aceptaba.

El dinero era una prisión, pero era todo cuanto tenía. Sin él, Xavier Castillo tal y como el mundo lo conocía dejaría de existir, y la probabilidad de perder el único valor que tenía me aterraba más que vivir el resto de mi vida en una jaula de oro.

—Uy, ya conoces a Alberto —se mofó la tía Lupe—. Aferrándose siempre a la romántica idea de que mi querido sobrino algún día deje de ser una decepción. La verdad, Xavier, es que si tu madre estuviera viva, detestaría...

Dejó la frase a medias y chilló cuando la agarré por la camisa y la acerqué a mí de golpe.

—No vuelvas a hablar de mi madre nunca más —le advertí con un tono de voz falsamente calmado y haciendo especial énfasis en las dos últimas palabras—. Puede que seas familia, pero a veces con eso no basta. ¿Me entendiste?

Las pupilas de mi tía adoptaron el tamaño de un par de diamantes, y cuando habló, lo hizo con la voz temblorosa:

—¿Cómo te atreves? Suéltame ahora mismo o...

—¿Me entendiste? —le dije de nuevo marcando bien cada sílaba.

La pluma de su absurdo sombrero tembló con más intensidad aún. El hecho de que nadie, ni siquiera su marido, diera un paso al frente para intervenir era ya un claro indicio de la antipatía que desprendía.

—Sí —me espetó.

La solté y regresó al lado del tío Martín.

—Disculpen. —El fresco tacto de Sloane alivió un poco las llamas de la ira que me estaba carcomiendo por dentro—. Xavier y yo tenemos que comentar algunos aspectos mediáticos en privado.

Pasamos por delante de la mirada vengativa de mi tía,

del ceño fruncido del doctor Cruz y de una serie de personas que me juzgaban en silencio. La seguí hasta fuera de la sala.

Ojalá me importaran sus reacciones.

Aunque me alegraba que no fuera el caso.

Sloane me llevó hasta la oficina de mi padre, al final del pasillo. Cerró la puerta y me miró con una expresión que no denotaba la más mínima emoción.

—¿Ya acabaste?

—Se lo tenía merecido.

—No te pregunté eso. —Dio cuatro zancadas y se acercó a mí—. ¿Ya acabaste? —Marcó cada palabra con suma precisión.

Se me tensó la mandíbula.

—Sí.

¿Que si mi jugada había sido inteligente? Seguramente no. Pero me sentía jodidamente bien.

De todos los miembros de mi familia, la tía Lupe era la última que debería estar hablando sobre cómo se sentiría mi madre. Nunca se llevaron bien. Ella veía a mi madre como una rival en lo referente al tiempo y dinero de mi padre (lo cual era perturbador en muchos aspectos), y a mi madre no le gustaba la descarada autoexaltación de su cuñada.

—Bien. Porque si ya terminaste, me toca hablar a mí. Sloane le dio un golpecito al globo terráqueo que había en el escritorio de mi padre. Unas tachuelas rojas marcaban todos los países en los que la cerveza del Grupo Castillo tenía una mayor cuota del mercado.

La mitad de dicho globo estaba en rojo.

—Esta es tu herencia —señaló—. Un imperio global. Miles de trabajadores. Miles de millones de dólares —especificó, marcando bien la cantidad—. Eres el único heredero directo del Grupo Castillo y, aunque rechaces un rol corporativo, tu nombre sí significa algo. Significa que siempre habrá gente que quiera hundirte, que quiera robarte, para conseguir aquello que creen que se merecen. Y parte de esta gente está en la otra punta del pasillo. Tu trabajo —me clavó un dedo en el pecho— es ser listo. Estamos en un momento crítico, y no estoy hablando solo de la salud de tu padre, sino también de tu futuro. Si se muere, se armará la gorda, y da igual lo que diga su testamento. Así que, a no ser que estés dispuesto a renunciar a tu herencia y a trabajar por una vez en tu vida, deja las manitas relajadas y controla tu genio.

A diferencia de antes, ahora su tacto me abrasó.

Mi indignación se achicó bajo su firme mirada. No estaba siendo malvada ni insensible; estaba siendo práctica y, para no variar, Sloane tenía razón.

—Qué mano dura, Luna —señalé, arrastrando las palabras—. Se te da bien.

Me aparté de ella y me acerqué al globo terráqueo. Lo hice girar distraídamente y vi cómo se movían las Américas; luego lo hicieron Europa y África, a estas las siguió Asia y, luego, Australia.

Lo paré cuando volvió a aparecer América del Sur y saqué la tachuela de Colombia. Me pinché el dedo, pero apenas lo noté.

—¿Alguna vez le has deseado la muerte a alguien? —le pregunté con un hilo de voz—. Y no me refiero en sentido figurado ni en un momento de rabia. Me refiero a si alguna vez has estado acostada por la noche, sin poder dormir, soñando despierta en cómo sería tu vida si cierta persona en concreto no existiera.

Fue lo más cercano que estuve de destapar uno de mis pensamientos más oscuros. Y el lúgubre tictac del reloj que siguió a mi pregunta se me antojó cual martillo golpeando mis propias murallas.

El reloj de péndulo inglés que había en la esquina era una de las posesiones favoritas de mi padre. Caja de palisandro con un complejo diseño en zigzag tallado, esfera de plata labrada y números diseñados por un famoso orfebre londinense. Mi padre había pagado más de cien mil dólares en una subasta por ese reloj, y aquel imponente centinela parecía un avatar para su reprobación.

Sloane alargó el brazo para tomar la tachuela y noté cómo me acariciaba la piel una sutil brisa.

—Sí. —Me rozó la palma de la mano con los dedos durante un único aunque prolongado segundo antes de volver a clavar la tachuela en la esfera—. Y no por eso somos malas personas, pero tampoco es una excusa. No siempre podemos controlar nuestros pensamientos, pero sí podemos controlar qué hacemos al respecto. —Paseó la vista desde el globo terráqueo hasta mis ojos—. La pregunta es: ¿qué vas a hacer ahora?

13
Sloane/Xavier

Sloane

La lobreguez amortajó la propiedad de los Castillo durante las siguientes veinticuatro horas mientras el patriarca se debatía entre la vida y la muerte. El personal trabajaba más lentamente, los familiares hablaban con un tono de voz más bajo y el sol que se colaba a través de las ventanas se apagaba al entrar en contacto con la atmósfera de la mansión, cargada de pavor.

Yo me mantuve al margen de todo el mundo, menos de Xavier.

No se me daba bien tratar con multimillonarios cabizbajos, y tampoco es que fuera especialmente buena consolando a la gente. Sin embargo, era incapaz de dejarle pasar el duelo solo; por eso había acabado buscándolo por la mansión, refuerzos en mano.

Tenía algo de tiempo libre: había terminado el comunicado de prensa la noche anterior y la publicación de Perry acerca de mis desventuras por España no había desembocado en algo peor. No era famosa, pero aquella falta de reacción era sospechosa. Aun así, me lo tomé como un regalo del universo; bastantes problemas reales tenía ya como para tener que crear otros hipotéticos.

Al final, encontré a Xavier acampando en la sala de estar, viendo un documental de la ESPN sobre los mejores atletas del mundo. Tenía un brazo apoyado detrás del sofá, y con el otro sujetaba una botella de la bebida estrella del Grupo Castillo.

Cabello alborotado, pants de cachemir y una camiseta de trescientos dólares.

Ese era el Xavier que conocía y que no me gustaba demasiado.

Sentí algo parecido al alivio. Al menos no estaba completamente perdido.

—Lo siento, Luna, vas a tener que buscarte otra tele para tus comedias románticas —soltó sin apartar la vista de la pantalla—. Esta está ocupada.

—Ya lo sé. No vine a ver ninguna película. —Me senté a su lado y dejé todo lo que llevaba en los brazos en la mesita—. Vine a verte a ti.

Me miró de sopetón, sorprendido, y luego se le volvió a enfriar la mirada.

—¿Por qué?

—Tienes que comer. —Miré las botellas de cerveza vacías que había tiradas a nuestro alrededor—. Y beber algo sin alcohol —añadí haciendo especial hincapié en el *sin*.

—¿Veniste a alimentarme y a mantenerme hidratado? —Una pizca de diversión se metió en el dudoso tono de voz de Xavier.

—Como si fueras una maldita mascota de la que no me puedo deshacer. Toma. —Le puse una botella de agua en la mano y el plato de empanadas caseras en el regazo.

Bufó y enseguida levantó el plato, pero volvió a bajarlo de nuevo.

—Dios, cómo quema.

—Pues cómetelo antes de que te queme tu miembro favorito —respondí, inocente.

Casi se le escapa una risa, pero la camufló con la mano antes de tomar una empanada.

—Es la especialidad de Doris y mi plato favorito. ¿Lo sabías?

—No. Vi que no comías nada, así que le pedí que te preparara algo e hizo esto.

Mi confesión dio paso a un minúsculo temblor; una especie de corriente eléctrica que chisporroteó entre nosotros y se tragó la ligereza del momento.

La aparente risa de Xavier desapareció. Una ola de calor me bajó directo a la boca del estómago e, inconscientemente, me retorcí bajo su ardiente escrutinio.

—Gracias —dijo con un extraño tono de voz—. Es... muy amable de tu parte.

Le ofrecí una sonrisa tensa por toda respuesta, con la esperanza de que no viera cómo me estaba sonrojando. Se me ocurrió que a lo mejor era la única persona que se había preocupado por el bienestar de Xavier desde que habíamos llegado (los demás estaban demasiado ocupados o les daba igual), y darme cuenta de eso hizo que me azotara una contrariada marea de emociones.

Xavier era adulto. No necesitaba que lo cuidara nadie, pero me satisfizo ver que se comía las empanadas y se bebía el agua sin quejarse.

—¿A cuántos representas?

Xavier señaló la pantalla de la televisión con la cabeza. Fueron apareciendo superestrellas del mundo del deporte entre fragmentos. Eran los mejores de los mejores de las ligas profesionales más importantes en el hemisferio occidental: la NFL, la NBA, la MLB, la Premier League, la Liga y un largo etcétera.

Crucé las piernas. Seguía un tanto nerviosa a causa de mi previa reacción hacia él. «Eso me pasa por no dormir suficientes horas».

—A uno.

La profunda voz de un barítono relataba el fulgurante ascenso de Asher Donovan a través de imágenes de su adolescencia y sus primeros años en el equipo, culminando con un gol desde medio campo en un partido contra el Liverpool que lo había catapultado hasta hacerlo famoso.

Miré a Xavier mientras la imagen de la pantalla cambiaba y los titulares pasaban a mostrar el fichaje sin precedentes de Asher para Blackcastle.

—Pero eso ya lo sabías —señalé.

Se le dibujó una media sonrisa.

—Ya. Mientras yo siga siendo tu favorito...

A pesar de su aspecto desaliñado, olía a jabón y a ropa limpia. Alargó el brazo para tomar una servilleta, me rozó la pierna con la suya y una ola de calor me subió del muslo al estómago.

—Prueba una. —Xavier tomó una empanada con la servilleta y me la pasó—. Uno no ha vivido hasta que ha probado las empanadas de Doris.

Le di un mordisco para probarla. Una dulce pasta mantecosa se me derritió en la boca y a esta le siguió una rica explosión de sabores: carne molida, tomates, cebolla y ajo. Todo deliciosamente condimentado y en perfecto equilibrio con la masa.

—Guau —dije sutilmente maravillada. Hacía muchísimo que no comía algo tan simple y a la vez tan rico—. Tenías razón.

—Te lo dije. —Los hoyuelos de Xavier hicieron una aparición sorpresa—. Toma otra. Le encanta hacerlas; dice que la relaja.

—No tengo hambre.

—¿Comiste o desayunaste?

«No».

—Traje la comida para ti.

—Sí. Y yo la comparto contigo. —Acercó el plato hacia mí—. Insisto.

Xavier no pararía hasta que hubiera accedido a comerme otra, así que tomé una empanada y me acomodé en el sofá. Compartir comida era un acto sencillo y desinteresado que la gente llevaba a cabo a diario. ¿Cómo podía ser que mi estómago se hubiera convertido en una especie de jardín de mariposas?

Me quedé con la vista puesta en la televisión hasta que terminé de comer y me froté las manos para limpiarme las migajas.

—¿Qué? —pregunté al ver que Xavier seguía mirándome a mí en lugar de a la televisión.

—Veo que aún la traes puesta. —Me rozó la pulsera de la amistad que me hizo Pen con los dedos y, en un acto reflejo, entré en tensión. Aquel brazalete no era el accesorio más profesional del mundo, pero si me ponía manga larga podía esconderlo sin demasiados problemas—. ¿Me dirás algún día quién fue la misteriosa persona que te lo regaló?

—Te lo diré el día que consigas trabajo.

Rio en voz baja y las mariposas que habitaban en mí alzaron el vuelo.

—*Touché.* —Xavier bajó la mano y el oxígeno empezó a fluirme un poco más libremente—. Cuando era pequeño, pensaba que sería el próximo Diego Maradona —me contó—. Por desgracia, me gustaba más salir con mis amigos que ir a entrenar.

—¿En serio? No se me habría ocurrido nunca.

Lo más triste era que estaba convencidísima de que sí podría haber sido un deportista profesional si se hubiera esmerado más.

Eso era lo que más me irritaba de él, y por eso era más dura con Xavier que con cualquier otra persona. No era mi cliente más maleducado ni tampoco el más presuntuoso, pero era el que más desaprovechaba todo su potencial.

—Al menos soy coherente. —Sonrió, aunque de forma superficial—. Siempre puedes contar conmigo para pasarlo bien.

Puede ser. Sin embargo, a pesar de aquellos baños de champán y de las fiestas en yates, ¿qué tan bien se lo pasaba en realidad?

—Bueno, suéltalo —dijo cuando el documental terminó de hablar de Asher y pasó a LeBron James—. ¿Qué deporte practicabas de pequeña?

—¿Cómo estás tan convencido de que hacía algún deporte?

—Sloane. —Me miró de reojo de una forma que no pude reprimir una sonrisa—. Eres demasiado competitiva para no haber sido la capitana de un equipo. O de tres.

Cierto.

—Tenis, voleibol y golf —admití—. Le di una oportunidad al futbol, pero no estaba hecho para mí. Aunque a mi hermana le encanta.

La última parte se me escapó sin pensarlo, pero Xavier se dio cuenta cual depredador que nota la presencia de su presa.

—¿Tu hermana? —Un brillo especulativo le atravesó la mirada—. Georgia, ¿no?

Mierda. Yo nunca hablaba de mi familia, así que no lo culpé por sentir curiosidad. Aun así, oírle pronunciar su nombre hizo que las empanadas se me revolvieran en el estómago.

—No. —Imaginarme a Georgia jugando precisamente al futbol me parecía ridículo—. Mi otra hermana: Penelope.

Xavier arrugó la frente.

—No sabía que tuvieras otra hermana.

—No lo sabe casi nadie.

Pen era demasiado joven para haber hecho su presentación oficial en sociedad, y George y Caroline pagaban una fortuna para mantener alejada a la prensa, tanto de ella como de su enfermedad.

—Es mi media hermana —aclaré—. Mismo padre, distinta madre. Estoy bastante convencida de que ha visto absolutamente todos los partidos de futbol que se han grabado en la historia. Le regalé una camiseta de Donovan firmada cuando cumplió siete años, hace ya un tiempo; deberías haber visto su sonrisa.

Se me encogió el corazón al acordarme. A los pocos días de celebrar su cumpleaños, le diagnosticaron SFC. La llevé a un partido local mientras George seguía trabajando y Caroline estaba en una comida de algún acto benéfico. No había vuelto a verla tan feliz desde entonces.

—¿Cuántos años tiene ahora? —se interesó Xavier.

—Nueve.

—O sea, que hace dos años. —Me miraba tan fijamente que me ardió la mejilla, y entonces caí en mi error.

Me distancié de mi familia hacía cinco años. Básicamente, acababa de admitir que estaba rompiendo las normas de mi ruptura familiar.

Vivian, Isabella, Alessandra y, ahora, Xavier. Dejando de lado a Rhea y a la propia Pen, podía contar con los dedos de una mano cuántas personas sabían que seguía en contacto con mi hermana.

Aquel pensamiento debería haberme aterrado, pero algo en Xavier atenuó mis preocupaciones habituales. El instinto me decía que sería capaz de guardar el secreto y, a pesar de que cuando algo tenía que ver con Xavier no confiaba en mi instinto al cien por cien, él se había mostrado suficientemente vulnerable conmigo, así que me sentí dispuesta a confesarle esto sin oponer demasiada resistencia.

No obstante, levanté la barbilla y le miré a los ojos, retándolo a que siguiera desarrollando sus pensamientos.

—Sí.

Xavier no se achicó bajo la fuerza de mi mirada.

—Ya casi llega a un número de dos cifras —señaló—. Todo un acontecimiento.

¿Qué tal eso de tener nueve años? Ya casi llegas a los números de dos cifras.

Sentí cierta presión en la garganta. Hacía tanto que no hablaba de Pen con nadie que no fuera Rhea que aquella conversación sobre algo tan simple como su edad hasta hizo que se me fuera rompiendo la compostura.

Llevaba años cargando sola aquel secreto. Necesitaba encontrarle una válvula de escape y, aunque no sé muy bien cómo y por más extremadamente inesperado que resultara, la encontré en Xavier Castillo.

No me pidió detalles acerca de Pen ni me preguntó desde cuándo estaba en contacto con ella. No me preguntó si hablaba con alguien más de mi familia. No me preguntó absolutamente nada.

Sencillamente me miró con aquellos oscuros y profundos ojos, y la desconocida fuerza que me había arrastrado hasta aquí volvió a asomar la cabeza, suplicándome que confiara en él y me permitiera, por una vez, abrirme del todo con alguien.

Mi instinto de supervivencia estaba resistiéndose con todas sus fuerzas.

Compartir ciertos momentos de conexión era una cosa. Abrirme con alguien, en cambio, era otra completamente distinta.

Por suerte, una conocida sombra se reflejó en el suelo y me salvó de tener que tomar una decisión.

Me erguí y volví a ponerme en modo trabajo de inmediato mientras Xavier entraba claramente en tensión.

—Es tu padre. —Eduardo fue directo al grano—. Se despertó.

Xavier

Me dejaron a solas con él.

Mi padre no estaba de humor para ver a un montón de gente ahí reunida, así que el doctor Cruz obligó a todo el mundo a quedarse en el pasillo mientras yo..., bueno, yo no sabía qué se suponía que debía hacer.

Hacía tiempo que me había quedado sin cosas que contarle.

De todos modos, me acerqué a su lado. Cuando sus oscuros ojos reposaron en los míos, el corazón le latió con fuerza, nervioso.

—Xavier.

Susurró mi nombre con un hilo de voz tan fino que sentí un escalofrío. La última vez que lo vi, podía hablar sin problema alguno y yo podía fingir que el *statu quo* seguía intacto. Y, aunque el *statu quo* era una mierda, su familiaridad me resultaba reconfortante.

En cambio, ¿esto? No tenía ni idea de qué hacer con ese hombre ni con la situación en sí.

¿Debía perdonarlo y olvidarlo todo porque tenía una enfermedad terminal? ¿Habían borrado los últimos días de su vida aquellos en los que me había hecho vivir un infierno? ¿Qué le decía un hijo al padre que se suponía que debía querer, pero que odiaba?

—Padre. —Me obligué a sonreír, pero me salió una mueca.

Paseó los ojos, llenos de lagañas, desde mi desmarañado

cabello hasta las puntas de los tenis que llevaba puestos. Luego volvió a subir la mirada y la descansó en los pantalones de pants.

—*Esos pantalones otra vez* —se quejó en español.

Apreté la mandíbula. ¿Cómo no? Las primeras palabras que me dirigía en meses y tenían que ver con el hecho de que no aprobaba mis elecciones. «El *statu quo* está vivito y coleando».

—Ya me conoces. —Me metí una mano en el bolsillo y me obligué a sonreír, despreocupado—. Vivo por y para disgustar.

—*Eres el heredero de los Castillo* —soltó también en español—, *compórtate como tal. Sobre todo...* —Se le escapó una tos ronca. Cuando por fin cedió, tomó una sibilante bocanada de aire y prosiguió—: *Sobre todo cuando me queda menos de una semana de vida.*

Cerré el puño de la mano que tenía en el bolsillo. Era la primera vez que mi padre aceptaba que iba a morir y tuve que recurrir a toda mi fuerza de voluntad para no estremecerme.

—Ya hemos hablado de esto varias veces —le recordé—. No voy a quedarme al mando de la empresa.

—¿Y qué piensas hacer entonces? ¿Vivir de mi patrimonio de por vida? ¿Criar a otro...? —Volvió a toser—. ¿Criar a otro montón de degenerados que vayan a reducir la fortuna familiar a nada?

Los aparatos emitieron un ruido que indicaba que se le había acelerado el corazón.

—Madura, Xavier —me soltó, con dureza—. Ya es hora de que... —Esta vez, la tos lo dejó fuera de combate durante un minuto entero—. Ya es hora de que hagas algo útil de una vez por todas.

—¿Quieres que yo, alguien que no quiere ese puesto de trabajo y nunca jamás lo querrá, me convierta en director ejecutivo? Se supone que tienes buen olfato para los negocios, padre, pero hasta yo soy capaz de ver que no es una buena estrategia.

La tos se le transformó en una flemosa risa.

—¿Tú director ejecutivo del Grupo Castillo, tal y como eres ahora? No. Hasta sería mejor poner a Lupe al mando. —Desvió la vista hacia la puerta cerrada—. Eduardo te enseñará. Este es tu legado.

Me dolía la mano de lo fuerte que la estaba apretando.

—No, no lo es. Es el tuyo —respondí marcando bien la última palabra.

Tal vez fuera grosero discutir con un hombre moribundo, pero nuestra relación era esta, incluso al final: él intentando forzarme para que encajara en un molde que no estaba hecho para mí y yo resistiéndome.

En su momento, lo intenté. Antes de que mi madre muriera, aguanté todos los ratos que pasaba con mi padre, ya fuera en un partido de futbol o en su oficina. Vivía por los sueños, por las caricias en el cabello y por el vínculo que nos uniría en el caso de tener un futuro en común. Yo iba a seguir con el legado familiar y tendríamos el mundo entero a nuestros pies.

Eso fue antes de que nos convirtiéramos en el villano de la historia del otro.

—Tuyo o mío, sigue siendo lo mismo. —Mi padre dibujó una mueca; aquel pensamiento le parecía igual de atractivo a él que a mí.

Me quedé mirando los jardines a través de la ventana. A lo lejos descansaba el resto de Bogotá, Colombia y el mundo.

En nuestra casa, la tradición suponía una cárcel sin lugar a cambios y de la cual nadie conseguía escapar. Yo casi lo había conseguido, pero un yugo de miedo me mantenía anclado ahí, al igual que ocurre con las maldiciones y los espíritus en el plano mortal.

Llevaba un día aquí y ya estaba sofocándome.

Necesitaba una bocanada de aire fresco. Solo una.

—Tu madre te dejó una carta.

Seis palabras. Una frase.

Con eso tuvo bastante para arruinar mis defensas.

Volví a centrar la atención en el hombre que había en la cama y que sonreía satisfecho. Por muy débil que se encontrara físicamente, había recuperado el control y lo sabía.

—Te la escribió cuando naciste —me contó. Cada palabra que pronunció me arrolló cual piedra arrastrada por una avalancha—. Quería dártela cuando cumplieras los veintiuno.

Noté cierta electricidad estática en los oídos hasta que la trascendencia de sus palabras hizo mella en mí y lo asimilé. El aire a mi alrededor se condensó y no pude respirar.

TODO lo que era de mi madre se había perdido en el incendio: fotos, ropa, recuerdos. Cualquier cosa que me hubiera podido recordar a ella había desaparecido.

Pero si me había escrito una carta... Mi padre no lo habría mencionado a no ser que siguiera intacta. Y si seguía intacta significaba que una parte de mi madre seguía viva.

Tragué saliva para deshacerme de los sentimientos que se me habían amontonado en la garganta.

—Hace mucho que cumplí los veintiuno.

—No me acordé. Fue hace mucho tiempo.

Se le fue apagando la voz. No tardaría demasiado en volver a quedarse dormido, pero necesitaba saber más sobre esa carta. ¿Cómo podía ser que no se hubiera quemado con el resto de sus pertenencias? ¿Dónde estaba? Y lo que era más importante: ¿qué decía?

—La guardó en una de las cajas fuertes. —Volvió a respirar jadeante—. Santos la encontró mientras ordenaba mis cosas.

Santos era el abogado de la familia.

Que estuviera en una caja fuerte explicaba por qué no se

había quemado, pero hizo que me surgieran una serie de preguntas más.

—¿Cuándo la encontró? —pregunté en voz baja.

¿Cuánto tiempo llevaba mi padre escondiéndome eso? Y ¿por qué había decidido contármelo ahora?

Apartó la mirada.

—Primer cajón de mi escritorio —jadeó.

Se le cerraron los ojos de golpe y se le hizo más lenta la respiración.

Un mal presentimiento se apoderó de mí mientras me quedaba mirando el vulnerable cuerpo de mi padre. Era todo huesos y piel; tan frágil que podría partirlo en dos con una única mano. Aun así, Alberto Castillo, para no variar, ejercía un control desproporcionado sobre mí incluso desde el lecho de muerte.

Dejando los aparatos de lado, la habitación se sumió en un espeluznante silencio y una fría sensación me acompañó cuando por fin me di la vuelta y me fui.

Mi familia ya no estaba en el pasillo; se habían cansado de esperar. Las únicas personas a quienes encontré al otro lado de la puerta fueron el doctor Cruz y Sloane.

—Voy a ver cómo está su padre —anunció el médico, lo bastante astuto para percatarse de la volatilidad de mi estado de ánimo.

Entró en la habitación y cerró la puerta tras de sí con un sutil clic.

Sloane parecía preocupada. Abrió la boca, pero pasé por su lado y me fui antes de que pudiera decir nada.

Un silencio acuático se abrió paso en el pasillo y acalló todos los ruidos, a excepción del sonido de mis pasos.

Pum.

Pum.

Pum.

El pasillo se bifurcaba en direcciones opuestas. Si seguías por la izquierda, llegabas a mi habitación, mientras que si ibas por la derecha, llegabas al estudio de mi padre.

Debería irme a mi cuarto. No estaba en las mejores condiciones para leer aquella carta, y una parte de mí estaba preocupada por si dicha carta no existía. No descartaba la posibilidad de que mi padre tuviera el mal gusto de decirme algo para darme esperanzas y luego destruírmelas.

Viré a la izquierda. No pude dar más de dos pasos antes de que una morbosa curiosidad me hiciera recordar la confesión de mi padre.

Tu madre te dejó una carta.

Primer cajón de mi escritorio.

Frené en seco y cerré los ojos con fuerza. «Carajo».

De ser listo, no le habría dado la satisfacción de morder el anzuelo. No obstante, esta era mi oportunidad para, tal vez, volver a aferrarme a algo de mi madre. E incluso ante la posibilidad de que me hubiera mentido, yo necesitaba saberlo.

Di marcha atrás y anduve por el otro pasillo en dirección a su oficina. El cajón superior del escritorio no estaba cerrado con llave, y una pegajosa mezcla de temor, nerviosismo y ansiedad se me arremolinó en el estómago en cuanto lo abrí.

Lo primero que vi fue un reloj de bolsillo de oro. Debajo, un sobre amarillento apretado contra la madera oscura.

Lo abrí con la mano temblorosa y saqué la carta que había dentro. Ahí estaba. Una página entera escrita con la caligrafía de mi madre.

Se me cerró la garganta.

La emoción se apoderó de mí, rápida y violenta cual tormenta de verano. Sin embargo, no tuve tiempo de sentirme aliviado antes de empezar a leer.

Y en ese momento entendí exactamente por qué mi padre me había contado lo de la carta.

14
Sloane

Tras su breve intervalo de lucidez del jueves, Alberto empeoró. Al día siguiente entró en coma; esta vez el médico no pareció tan optimista en cuanto a las posibilidades que tenía de aguantar cuarenta y ocho horas más.

Tanto la familia como yo empezamos a prepararnos para lo peor. Mientras yo iba ocupándome muy concienzudamente de cuestiones mediáticas para que no se filtraran noticias, llegó un cura para llevar a cabo la extremaunción y la familia de Xavier fue agarrando desprevenido al abogado cada vez que este entraba a casa. A veces, por la noche, habría jurado que oía los fantasmagóricos gemidos de alguien llorando.

Como yo no era una persona supersticiosa, lo achaqué al viento. Además, no me importaba tener trabajo por hacer. Así mantenía la mente ocupada y no pensaba en el mail de mi padre, ese que no había respondido y que había borrado directamente.

Xavier no regresó para quedarse al lado de su padre. No sabía de qué habían hablado cuando Alberto aún estaba despierto, pero desde entonces apenas había salido de su habitación. Hasta le había ofrecido que viéramos una comedia romántica y diéramos un trago cada vez que la protagonista hiciera algo torpe, pero ni así había conseguido sacarlo de su aislamiento.

El sábado ya estaba harta. Había llegado el momento de ocuparme personalmente de la situación.

Caminé decidida por el pasillo y me detuve justo enfrente de la puerta del cuarto de Xavier. Había convencido a la encargada de mantenimiento para que me dejara su llave maestra; de todos modos, cuando toqué la puerta y no obtuve respuesta, sentí una pizca de aprensión.

No es que esperara que respondiera, pero no por eso dejaron de aparecerme en la mente las peores imágenes de lo que podía haber al otro lado de la puerta.

Montones de suciedad y de botellas vacías. Xavier muerto por sobredosis.

Nunca había oído nada de que estuviera metido en drogas, pero había una primera vez para todo.

La aprensión se intensificó cuando metí la llave en la cerradura. La giré una única vez, la puerta se abrió y reveló...

«¿Qué demonios...?».

Al ver lo que tenía ante mí, me quedé boquiabierta. Lo que me impactó no fue la cama, impecable y perfectamente hecha, ni las cortinas, que estaban cerradas. Ni siquiera fue la falta de comida o alcohol a plena vista.

Fue porque ante mí tenía a Xavier... ¿dibujando?

Estaba sentado al lado de la cortina, concentrado a más no poder, a pesar de que yo acababa de entrar. En el caballete que tenía delante descansaba una gran lámina en la que se apreciaba lo que parecía el boceto de una sala. A su lado, en el suelo, una discreta montaña de bolas de papel arrugadas.

Parecía sorprendentemente sereno para la imagen que, hacía dos minutos, me había creado de él agonizando en la autodestrucción. El sol le bañaba su grueso y lustroso cabello; un mechón le caía por encima del ojo, le rozaba la mejilla y le daba un aire más delicado a las marcadas facciones de su rostro. Llevaba una simple camiseta gris y unos pantalones de mezclilla que se le ceñían al cuerpo como si se los hubieran hecho a medida, y los bíceps se le acentuaban con cada movimiento y cada trazo del lápiz.

Al asimilar de repente lo que significaba eso, noté un escalofrío.

No tenía ni idea de por qué me estaba fijando en todos esos detalles de Xavier. Sin embargo, desde un punto de vista puramente físico, el chico era...

«Para. Contrólate». Me recompuse antes de que los pensamientos se me fueran por senderos inapropiados. Que, de entre todo, me fijara en sus brazos, era un claro indicio de que llevaba demasiado tiempo encerrada en la mansión.

Había venido para asegurarme de que estaba bien, no para que se me cayera la baba mirándolo.

—Qué costumbre tienes de meterte en mi habitación, Luna —señaló, sin apartar la vista del lienzo—. Suéltalo.

Me obligué a no prestar atención a la sutil carga eléctrica que noté recorriéndome las venas y me acerqué a él. El sonido de los tacones reverberó al entrar en contacto con aquellos refinados suelos de madera, y lo agradecí porque me distrajo de... otras cosas.

—No sé a qué te refieres.

Me coloqué a su lado mientras él iba dibujando unos cuantos taburetes cerca de una barra curvilínea. No era un Picasso, pero era mucho mejor de lo que podría haber dibujado yo. Además, a juzgar por lo que había anotado en el lateral superior izquierdo, Xavier no esperaba que eso fuera una fuente de expresión artística, sino más bien una hoja donde apuntar ideas.

A TENER EN CUENTA: PROFUNDIDAD/ALTURA DE LA BARRA, ESPACIO DE LA ZONA DE SERVICIO
ESPACIO FLEXIBLE PARA VERANO/INVIERNO
MARCAR LAS ZONAS MÁS CONCURRIDAS

Sorpresa y comprensión hicieron que se me detuvieran los latidos un segundo.

No era el boceto de una sala. Era el plano de un bar.

—Al regaño —respondió con un tono de voz monocorde y desprovisto de su habitual falta de respeto mientras pintaba la sombra de uno de los taburetes—. Dime que debería estar pasando tiempo con mi padre y arreglando las cosas en lugar de estar eludiendo mis responsabilidades. O que debería estar preparándome para tomar las riendas de la casa cuando él ya no esté o que soy un desalmado porque me da igual si sobrevive o no. —Pasó a dibujar unos trazos en la zona de servicio—. No serías la primera ni la última en decírmelo.

Debería. En otra situación lo habría hecho, pero había algo que me lo impedía.

Mi trabajo no era aleccionar a la gente sobre cómo tenía que pasar el duelo (o su ausencia) y los cambios de humor de Xavier me preocupaban más de lo que realmente quería admitir.

No me había dado cuenta de lo acostumbrada que estaba a su molesto aunque familiar resplandeciente optimismo hasta que su característica calidez desapareció.

—Nunca me habías contado que eres diseñador —señalé, obviando, deliberadamente, los temas que él mismo acababa de mencionar.

Detuvo la mano una milésima de segundo y luego siguió dibujando.

—No lo soy. Solo lo hago para pasar el rato.

Tomé una de las bolas de papel que había en el suelo y la abrí. Era una variante del boceto actual. Y la otra que tomé después, también. Y la otra.

—Interesante. Porque a mí me parece que estás intentando dar con el diseño perfecto.

Xavier apretó la mandíbula.

—¿Volviste a entrar en mi habitación sin permiso por algún motivo en concreto o es que estás muerta de aburrimiento?

—Quería ver cómo estabas. —La respuesta se me escapó sin poder pensarla siquiera, pero era la verdad.

A pesar de sus defectos, Xavier era humano. Uno exasperante, sí, pero no era cruel ni malvado, y era muchísimo más que aquella imagen despreocupada que mostraba al mundo.

Además, yo misma entendía muy bien las complejidades que escondía una relación paternal complicada. No me resultaba nada difícil imaginarme el dilema que debía suponerle el dejar a un lado sus sentimientos personales hacia su padre y la posibilidad de perder a la única figura paterna que le quedaba.

Al final, me miró.

—¿Lo escuché bien? ¿Sloane Kensington vino a ver cómo estoy por voluntad propia? —preguntó marcando bien las últimas tres palabras. Una pizca de burla se le coló en la voz y volvió a instaurar cierta normalidad.

El alivio que sentí me quitó un peso de encima. Sabía cómo tratar con un Xavier poco cooperativo, pero no sabía cómo tratar con uno melancólico.

—No te pases. —A pesar de decirlo seria, me faltó rudeza en la voz—. Solo quería asegurarme de que no hicieras ninguna estupidez. Es mi trabajo.

Xavier me aguantó la mirada un minuto más e hizo que

el estómago me diera un vuelco extrañísimo. Luego volvió a desviar la vista hacia el lienzo.

—Pensaba que tu trabajo consistía en ocuparte de los buitres.

«Los buitres», es decir: los medios.

Después de que alguien viera al cura entrando en la finca, se filtraron noticias sobre el mal estado de salud de Alberto. Ahora, mientras hablábamos, teníamos a media docena de reporteros acampando delante de las puertas.

De momento, había conseguido mantenerlos a raya; sin embargo, si Alberto moría, esto se convertiría en un frenesí, sobre todo porque no estaba claro quién iba a ser el heredero. Eduardo estaba ocupando el puesto de director ejecutivo interino y Xavier se había lavado las manos en lo referente a las obligaciones de la empresa. Todo eso dejaba en el aire el destino de la empresa privada más grande del país. Aparecería en los titulares durante semanas o incluso meses.

Por suerte, llevaba preparándome para ese día desde que le diagnosticaron la enfermedad a Alberto, de modo que tampoco estaba extremadamente preocupada.

—De eso ya me ocupé —respondí—. Volviendo al tema. —Señalé el caballete con la cabeza—. ¿Cómo estás?

—Bien. —Xavier añadió ciertos detalles a una banqueta—. Ya acepté que no vamos a sanar nuestra relación antes de que muera. No todo el mundo puede. A veces, las heridas son demasiado profundas y el final del túnel parece una mierda igual de grande que el túnel en sí.

Dejó el lápiz en el caballete y me miró de nuevo. Sonrió sin humor alguno; un gesto lleno de enojo y resignación.

—¿Responde esto a tu pregunta? —quiso saber.

—Sí. —Seguía con los bocetos que había tomado antes en la mano. Los arrugué y volví a dejarlos en el suelo—. Pero tengo una pregunta más importante que hacerte. —Arqueó las cejas, intrigado—. ¿Por qué un bar? —Cambié de tema a propósito.

Xavier estaba bien. Si no, me habría ignorado o habría esquivado la pregunta en lugar de darme una respuesta directa.

En los últimos días, habíamos hablado largo y tendido de nuestras familias. No hacía falta que siguiéramos con lo mismo, ahora que ya sabía que no entraría en una depresión por culpa de Alberto.

Tanto él como yo teníamos unos padres horribles a quienes no perdonaríamos jamás. Fin de la historia.

—El dibujo —aclaré señalando el caballete con la cabeza. ¿Cómo podía ser que lleváramos tanto tiempo trabajando juntos y yo no supiera nada acerca de su *hobby*? De acuerdo, hasta hacía poco, solo solíamos comunicarnos por mensaje de texto o por correo electrónico, pero aun así... Había otra versión de él que me parecía exasperantemente fascinante—. Ya sé que es tu hábitat natural, pero la gente suele empezar por una casa. O un paisaje bonito, quizá.

—Los paisajes son aburridos y el diseño de interiores me da bastante igual. —Levantó los hombros—. Voy a tantos bares que soy capaz de ver qué falla en cada uno con facilidad. Pensé que sería divertido intentar diseñar uno que fuera perfecto.

Arrugué la nariz.

—Y luego dices que la aburrida soy yo.

La risa que se le escapó fue como un minúsculo rayo de sol que se cuela entre las grises nubes de una tormenta.

—Oye, si puede hacerlo el príncipe Rhys, ¿por qué no yo? A él también le gusta dibujar en su tiempo libre.

—Eso te lo acabas de sacar de la manga.

Me resultaba imposible imaginarme al atractivísimo aunque taciturno príncipe heredero de Eldorra disfrutando de algo tan delicado como el dibujo. Tenía más bien aspecto de matar el aburrimiento luchando contra osos.

—Te lo juro. Lo leí en una entrevista el año pasado. Además... —Se le marcaron aún más los hoyuelos—. Dije que tus *hobbies* eran aburridos, no tú. Tú no me pareces aburrida ni por equivocación.

Se me detuvo el corazón.

Dios, ojalá Xavier fuera un idiota. Me facilitaría muchísimo la vida.

—Sí, bueno... —Carraspeé y aparté una bola de papel que había en el suelo con la punta del zapato—. Eso no quita que en algún momento tengas que salir de la habitación. Pensaba que te habías... —Me mordí la lengua antes de pronunciar la palabra «muerto»—. Pensaba que te habías desmayado aquí mismo —dije por fin, mientras, mentalmente, dibujaba una mueca ante aquella penosa alternativa.

—Me gusta mi habitación. —Su sonrisa adoptó un toque diabólico—. Puedes quedarte aquí conmigo. Hay espacio de sobra.

Ah, he aquí su descarado coqueteo. Ya sabía yo que seguía por ahí, escondido en alguna parte.

Cambié la expresión para adoptar una parecida a la decepción profesional. Sin embargo, no pude contestar porque alguien tocó la puerta.

Aquella persona no esperó a que nadie respondiera. Abrió y dejó a la vista a un Eduardo vestido con un traje oscuro y la expresión sombría.

Mi sarcástica respuesta se marchitó y a Xavier se le transformó la sonrisa en una lúgubre mueca de comprensión.

Sentí que el ácido me carcomía el estómago. Parecía que estábamos yendo a alguna parte, y ahora...

—Xavier, Sloane —dijo Eduardo, con la voz pesada—. Ha Llegó el momento.

No hizo falta que dijera nada más. Ni Xavier ni yo terciamos palabra mientras lo seguíamos por el pasillo. Casi podía oír los *flashes* de las cámaras de fuera; los buitres estaban volando en círculos y sería cuestión de tiempo hasta que aterrizaran.

Cuando recorrimos la mitad del pasillo, un sutil toque en el hombro me obligó a detenerme.

—Antes de que entremos ahí... —Xavier tragó saliva y vi que el tumulto le inundaba la mirada—. Gracias por haberte preocupado por mí.

Aquellas palabras se me clavaron como flechas en puntos específicos y vulnerables.

No lo había pensado hasta entonces, pero, en una casa llena de familiares, yo había sido la primera en ir a ver si estaba bien.

—De nada —respondí con un hilo de voz.

En aquel momento, tampoco podía decirle nada más.

Solo podía hacerme a un lado, dejar que Xavier se despidiera de su padre y prepararlo para la tormenta que se estaba a punto de desatar.

15
Xavier

No debería haberme sorprendido que un hombre que apenas había estado para mí en vida siguiera igual de ausente al morir.

Alberto Castillo, el hombre más rico de Colombia, exdirector ejecutivo del Grupo Castillo y padre de un solo hijo, falleció en su propia casa a las tres y cinco del domingo por la tarde.

Llegué a su habitación justo a tiempo para verlo exhalar por última vez.

Nunca llegó a despertarse del coma antes de morir, de modo que no pudimos despedirnos como es debido.

De haber sido una película, habríamos mantenido una dramática conversación sentida o alguna riña importante antes de que muriera. Yo le habría soltado todos mis resentimientos y él me habría confesado de qué se arrepentía. Habríamos experimentado una pelea catártica o habríamos hecho las paces. Fuera como fuera, le habríamos dado un final a nuestra relación.

Pero esto no era una película. Era la vida real. Y, a veces, eso significaba que había cabos sueltos que no llegaríamos a atar.

Tras su muerte, sentí una extraña mezcla de nada y todo a la vez. Me aliviaba que ya no siguiéramos en vilo, esperando un veredicto final sobre su salud, pero no podía acabar de procesar del todo el hecho de que se hubiera ido para siempre y ya no fuera a volver. No me gustaba nada la táctica de manipulación que había utilizado en el último minuto sobre lo de la carta de mi madre, pero la abrumadora cercanía que había sentido con ella al leer sus palabras valió la pena.

Aun así, una capa de aturdimiento reprimía aquel mar de complejas emociones, y fui incapaz de deshacerme de ella por más que lo intentara.

Primer cajón de mi escritorio.

Esas fueron las últimas palabras que me dirigió mi padre; tal vez tuviera sentido que nuestro capítulo terminara con algo relacionado con mi madre. Viva o muerta, ella era la piedra angular de nuestra relación.

El reloj que encontré en su oficina me ardía en el bolsillo del pantalón.

—¿Crees que soy un monstruo por no llorar?

Me quedé mirando el vaso de *whisky* que tenía en la mano. Era medianoche y estaba en la cocina, ahogando las penas en alcohol porque... ¿qué otra cosa se hacía la noche después de que muriera tu padre?

—No —respondió Sloane—. Cada uno pasa el duelo a su manera. —Sirvió un vaso de agua y me lo pasó.

Después de que mi padre muriera, Sloane se quedó conmigo todo el tiempo y se aseguró de que comía. También se deshizo del resto de mi familia cuando intentaron abordarme con preguntas sobre la herencia.

Por suerte, no me asfixió mostrando compasión. Siempre podía contar con que Sloane siguiera siendo Sloane. Cuando yo me estaba ahogando, ella era el ancla en plena tormenta.

En cierta manera, me avergonzaba enseñarle esa parte de

mí: auténtica y expuesta, enredada con las piezas de la máscara que solía ponerme para mostrarme ante el mundo. Ser Xavier Castillo, el fiestero y heredero multimillonario, era fácil; ser Xavier Castillo, persona y decepción, era una tortura. Era un Xavier Castillo con un pasado retorcido y un futuro incierto; un Xavier Castillo con un montón de amigos, pero sin nadie con quien pudiera contar.

Sloane era lo que más se asemejaba a una red de apoyo para mí, y ni siquiera le caía bien. Pero aquí estaba ella y yo quería que estuviera, que ya era más de lo que podía decir de cualquier otra persona que formara parte de mi vida.

Me estudió con una expresión más tierna de lo habitual.

—Aunque tal vez no deberías estar preguntándome a mí sobre cómo llevar el duelo. No puedo... —Dudó un segundo—. No puedo llorar.

Aquella confesión me sorprendió de tal manera que hizo que no me odiara tanto.

—¿En sentido figurado?

—En sentido literal. —Jugueteó con las cuentas de la pulsera de la amistad con el pulgar como si estuviera cuestionándose si entrar en detalles o no—. Puedo llorar de dolor —me contó al final—, pero nunca he llorado de tristeza. Me ocurre desde pequeña. No lloré cuando se murió nuestro gato ni cuando falleció mi abuela favorita. Y no derramé ni una sola lágrima cuando mi prometido... —Frenó en seco y se le ensombreció una milésima de segundo la expresión antes de recobrar la compostura en un gesto que resultó prácticamente audible—. Bueno, no eres el único que se siente como un monstruo por no llorar cuando debería.

Tomó la botella de *whisky* que había en la barra y se sirvió un poco en un vaso de cristal. Era el tercero que se tomaba en lo que iba de noche.

Prometido. Había rumores de que había estado comprometida hacía años, pero nadie lo había podido confirmar... hasta ahora. A Sloane se le conocía por ser sumamente discreta en lo que a su vida personal se refería y, además, le vino bien estar viviendo en Londres en aquella época, lejos de la industria de chismes que era Manhattan.

Me quedé mirándola en silencio mientras ella le daba un sorbo a la bebida.

Cabello perfecto. Ropa perfecta. Piel perfecta. Sloane era la pura imagen de alguien impecable, pero yo estaba empezando a ver algunas grietas bajo su pulida fachada.

En lugar de restarle belleza, se la sumaban.

La hacían más real, como si no fuera un huidizo sueño que se me escurriría entre los dedos si intentaba tocarla.

—Parece que cada vez tenemos más y más en común —señalé, arrastrando las palabras.

Padres de mierda. Miedo al compromiso. Una necesidad inmensa de ir a terapia. ¿Quién dijo que el trauma no une a los adultos?

Sloane debió de esperar que le preguntara por su prometido, porque, cuando vio que me limitaba a levantar el vaso, se le relajaron los hombros.

—Por los monstruos —propuse.

Un delicado brillo le centelleó en la mirada y levantó su vaso.

—Por los monstruos.

Bebimos en silencio. La casa estaba a oscuras y las agujas del reloj se iban acercando a la una. Un ejército de periodistas estaba amontonado fuera de las puertas de la finca esperando el momento de convertir la muerte de mi padre en un circo mediático.

Aunque ese sería un problema para mañana. Ahora, me deleité con el ardor de la bebida y la presencia de Sloane.

No era mi amiga ni parte de la familia, y si la agarrabas

de malas, hacía que el iceberg del Titanic pareciera un paraíso tropical. Aun así, a pesar de todo eso, ahora mismo no querría pasar las horas con nadie más.

El sábado fue el último día que pude respirar antes de tener que enfrentarme al tsunami de prensa y papeleo.

Los días siguientes pasaron volando en una vorágine de (extravagantes) preparativos para el funeral, peticiones de la prensa (que no parecía cansarse nunca y a la que no respondíamos, aparte del comunicado que había redactado Sloane) y cuestiones legales (complicadas y que daban dolor de cabeza).

Mi padre había dejado unas meticulosas instrucciones para su funeral, así que solo tuvimos que seguirlas.

Su testamento fue un tema totalmente distinto.

El martes siguiente a su defunción me reuní en la biblioteca con mi familia, Eduardo, Sloane y Santos, nuestro abogado especializado en gestión de patrimonios.

La lectura del testamento empezó como ya había imaginado.

A la tía Lupe le había dejado la casa de vacaciones de Uruguay. Al tío Esteban, su colección de coches de carreras. Y así con cada uno.

Llegamos a mí y, por lo visto, mi padre había hecho un cambio de última hora en lo referente a mi herencia.

Ante aquella noticia, la sala se llenó de susurros y yo me erguí cuando Santos empezó a leer las condiciones estipuladas:

—A mi hijo Xavier, le dejo todos los bienes inmuebles y los activos líquidos restantes, con una suma total de siete mil novecientos millones de dólares, siempre y cuando se convierta en director ejecutivo antes de cumplir los treinta años y mantenga dicho cargo durante un mínimo de cinco años consecutivos tras la toma de poder. Durante cada uno de dichos años, la empresa debe generar beneficios y Xavier debe desempeñar el papel de director ejecutivo llevando su potencial al máximo, siguiendo lo estipulado por un comité preseleccionado cada seis meses a partir de su primer día oficial como director ejecutivo. En el caso de que no cumpla los requisitos previamente estipulados, todos los bienes inmuebles y los activos líquidos restantes deberán ser donados a instituciones benéficas, tal y como se establece a continuación.

La sala estalló antes de que Santos pudiera empezar a leer el siguiente párrafo.

—¡¿Que se donarán TODOS los bienes a instituciones benéficas?! —gritó la tía Lupe—. Aquí la hermana soy yo, ¿y me deja una mísera casa de vacaciones para donar ocho mil millones de dólares a instituciones benéficas? —se quejó, marcando bien las dos últimas palabras.

—Lo habrás leído mal. Es IMPOSIBLE que Alberto hiciera algo así...

—¿Xavier de director ejecutivo? ¿Qué quiere?, ¿llevar la empresa a la ruina?

—¡Esto es indignante! Voy a llamar a mis abogados...

Los gritos y las groserías que iba soltando todo el mundo en español fueron reverberando por la pared como si fueran balas mientras mi familia desataba el caos.

Mientras tanto, Eduardo, Sloane y yo fuimos los únicos que no dijimos ni una palabra. Los tenía sentados a mi lado; Eduardo parecía pensativo, y Sloane, imperturbable. Al otro lado de la sala, Santos permaneció con expresión neutral mientras esperaba a que a los demás se les pasara el enojo.

Seguía oyendo la primera frase que había pronunciado el abogado sobre mi herencia mentalmente:

A mi hijo Xavier, le dejo todos los bienes inmuebles y los activos líquidos restantes, con una suma total de siete mil novecientos millones de dólares, siempre y cuando se convierta en director ejecutivo antes de cumplir los treinta años.

Cumpliría los treinta en seis meses. Y eso era un hecho que mi padre lo sabía. El muy cabrón quería seguir controlándome desde la tumba.

Los gritos a mi alrededor retrocedieron ante una embestida de recuerdos.

Mi última conversación con él. El reloj de bolsillo. La carta.

Los latidos de mi corazón inundaron el silencio mientras yo seguía con la vista puesta en la familiar letra de mi madre. Le encantaba la caligrafía, e insistía en que yo aprendiera a escribir en cursiva, a pesar de que ya casi nadie lo hacía.

Solía sentarme a su lado mientras ella escribía, a mano, cartas de agradecimiento y tarjetas para felicitar a alguien por su cumpleaños o para desearle que se recuperara. Y yo iba siguiendo las líneas y espirales de la hoja de papel que tenía delante.

Había a quien le costaba entenderle la letra, pero a mí me resultaba fácil.

Querido Xavier:

Ayer te conocí por primera vez.

Me había imaginado ese momento en muchas ocasiones, pero, por más que lo hiciera, nada me habría podido preparar para el momento en el que te tuve en brazos. Para el momento en el que me miraste y en el que nos quedamos dormidos juntos porque tanto tú como yo estábamos agotados; para oírte reír cuando me tomaste los dedos mientras salíamos del hospital.

Te escribo esta carta cuando tú aún tienes solo dos días; eres tan pequeño que casi cabes en la palma de mi mano. Pero el mejor regalo para una madre es ver a sus hijos crecer, y yo me muero de ganas de que hagamos este recorrido juntos.

Me muero de ganas de verte en tu primer día de escuela. Seguramente llore (seguro que sí), pero lloraré de felicidad porque te veré empezar un nuevo capítulo de tu vida.

Me muero de ganas de enseñarte a nadar y a andar en bici. De darte consejos sobre chicas y de ver cómo te enamoras por primera vez.

Me muero de ganas de ver cómo descubres qué te apasiona, ya sea la música, el deporte, los negocios o lo que a ti más te guste. (No se lo digas a tu padre, pero espero que sea algo artístico).

Elijas lo que elijas, yo seré feliz; te lo digo de todo corazón. El mundo es un lugar tan grande que en él caben todos nuestros sueños.

Todos y cada uno de nosotros tenemos mucho potencial. Y yo espero que explotes el tuyo al máximo para ser feliz.

Tu padre dice que me estoy adelantando porque aún eres muy pequeño, pero cuando leas esto ya habrás cumplido los veintiuno, edad suficiente para ir a la universidad, conducir un coche y viajar por tu cuenta. Se me encoge el corazón con solo pensarlo, pero no porque esté triste, sino porque me entusiasma pensar que gozarás de los lugares que más me gustan del mundo y que descubrirás cuáles son tus favoritos. (Y si no sabes adónde ir, elige un lugar que esté cerca de la playa. Créeme: el agua tiene un poder sanador que nosotros nunca llegaremos a comprender).

No sé a ciencia cierta qué nos deparará el futuro, pero, a pesar de que puede que suene como una de esas frases cursis y motivacionales, quiero que sepas una cosa: todo en la vida viene y va, y siempre estamos a tiempo para cambiar. Los humanos tenemos la capacidad de seguir creciendo hasta el día en que nos vamos de esta tierra, así que no pienses jamás que es dema-

siado tarde para tomar otro camino si estás caminando por uno que no te hace feliz.

Elijas el camino que elijas, estoy orgullosa de ti. Y espero que tú también lo estés.

Debes estar orgulloso de la persona en la que te has convertido y en la que te convertirás. A pesar de que acabas de llegar a este mundo, sé que contigo será un lugar mejor.

Eres mi mayor tesoro y siempre lo serás.

Con amor infinito,

mamá

P. D. Te dejé un regalo especial. Este reloj de bolsillo ha pasado en mi familia de generación en generación, y llegó la hora de que lo tengas tú. Espero que lo cuides con tanto cariño como lo hice yo.

Algo cayó en el papel y difuminó las palabras.

Lágrimas. Las primeras que había derramado desde que llegué.

Tomé el reloj de bolsillo que había en el cajón con la mano temblorosa y lo abrí. Era tan antiguo que los números apenas se veían, pero el mensaje que había grabado dentro seguía intacto:

EL MAYOR REGALO DE LA VIDA ES EL TIEMPO.
NO LO DESPERDICIES.

—¿Xavier? ¡Xavier!

El presente me azotó con la fuerza de una onda de sonido.

Pestañeé para deshacerme de los recuerdos que me nublaban la mente mientras empezaba a ver la cara de la tía

Lupe con nitidez. No era la primera persona a quien quería ver, bajo ninguna circunstancia.

—¿Y bien? —me interrogó—. ¿Qué tienes que decir al respecto? Este testamento es totalmente...

—Tía. Cállate de una vez.

Me pareció ver cómo se le escapaba una sonrisa a Sloane por el rabillo del ojo mientras la tía Lupe ahogaba un grito. Eduardo soltó un ruido extraño que quedó a medio camino entre el reír y el toser.

Me desconecté de lo que iba farfullando mi tía y me centré en Santos.

Los ecos de la carta de mi madre se habían atrincherado en mi corazón cual daga clavada entre dos costillas, pero ahora mismo no podía permitirme seguir dándole vueltas al pasado.

El mayor regalo de la vida es el tiempo. No lo desperdicies.

—¿Puede repetirme las condiciones del testamento de forma más sencilla? —pregunté pausadamente.

Entendía lo que significaba todo eso, pero quería estar seguro.

Todo el mundo guardó silencio mientras esperábamos la respuesta de Santos.

Me miró impávido.

—Significa que si no asume usted el cargo de director ejecutivo antes de su próximo cumpleaños, perderá hasta el último centavo de su herencia.

La sala entera se estremeció.

Mi familia no quería que heredara miles de millones de dólares porque «no me los merecía» (lo entendía, pero era como un caso de esos de «el comal le dijo a la olla...»). Aun así, preferirían morir que ver que todo el dinero acababa en manos de alguien ajeno a la familia.

—Eso pensaba yo. —Me agarré con fuerza al descansabrazos de la silla—. ¿Quiénes forman el comité preseleccionado?

—Ah, sí. —Santos se recolocó bien los lentes y siguió leyendo el testamento—: El comité lo formarán los siguientes cinco miembros: Eduardo Aguilar —«era de esperar»—, Martín Herrera —el marido de la tía Lupe; no tan de esperar, pero era la persona más justa y con la cabeza más centrada de la familia—, Mariana Acevedo —presidenta de la Junta del Grupo Castillo—, Dante Russo —«espera, ¿qué demonios?»— y Sloane Kensington.

A su enunciación le siguió un ruido ensordecedor.

Y entonces, todos los ahí presentes giraron la cabeza al unísono para mirar a Sloane, que estaba tiesa como un palo y pálida. Por primera vez en la vida le vi cara de ciervo asustado.

El futuro de la fortuna familiar estaba en manos de cinco personas y una de ellas era mi representante.

Repito: ¡¿qué demonios?!

16
Sloane

En la vida hay ciertas cosas que tienen sentido. Como, por ejemplo: el concepto de causa-efecto, el calor del sol y que la hembra de la mantis religiosa mate a su pareja después del sexo (así, sin más: ya le ha dado placer, fin de la historia).

Hay otras cosas que no tienen tanto sentido. Como que en octubre metan canciones de Navidad con calzador o que me tocara juzgar a mí si Xavier debía seguir recibiendo su paga anual antes de que muriera su padre. No fue una situación ideal, pero como las cuestiones de su paga giraban alrededor de la exposición mediática, lo entendí.

Y luego hay cosas que no tienen sentido alguno. Como acabar metida en un comité para determinar el destino de siete mil novecientos millones de dólares.

Yo no era de la familia, ni tampoco era ejecutiva empresarial. Y no tenía ni la menor idea de qué tenía que ver en esa lista.

—No tenía ni idea —me defendí—. Tu padre nunca me dijo nada.

Hacía un día que habían leído el testamento y Xavier y yo estábamos sentados al lado de la alberca mientras dos de sus primos preadolescentes discutían, unas sillas más allá, por el crucigrama del último número del *New York Times*.

Me había despertado temprano por la mañana para hacer yoga y me lo había encontrado aquí al regresar del gimnasio de la mansión. Necesitaba desconectarme de las constantes miradas asesinas y de los susurros, y no estaba del todo segura de que Lupe no fuera a intentar apuñalarme mientras dormía.

A los Castillo no les hacía gracia que estuviera involucrada en los asuntos financieros de su familia, por decirlo con sutileza.

—Te creo. —Xavier se frotó la cara con una mano y sacudió la cabeza. Estaba extrañamente callado después de enterarse de que toda su herencia dependía de un trabajo y del veredicto de un comité—. Todo esto es muy del estilo Alberto Castillo.

Me dio la impresión de que sus palabras escondían mucho más, pero no era momento de insistir.

Aparte de hablar por teléfono de vez en cuando para ver cómo iba todo y para preparar comunicados de prensa, yo apenas había tratado con su padre. Alberto me contrató para que me ocupara de las relaciones públicas de su familia hacía tres años, justo antes de que Xavier se mudara a Nueva York. Como su familia directa eran solo dos personas y Alberto prácticamente no había utilizado mis servicios a nivel personal, esto significaba que, por lo general, yo era la representante personal de Xavier.

No tenía ni idea de cómo podía ser que Alberto confiara tanto en mí como para que juzgara qué hacer con un dinero que le pertenecía a Xavier. Sin embargo, su testamento también dejaba claro que debía seguir siendo la publicista de la familia, a no ser que yo misma abandonara el cargo, de modo que mi trabajo consistía en estar ahí a sol y sombra.

—Sé que le estás dando muchísimas vueltas al tema, pero hay una solución fácil —señalé—. Eres listo. Acabaste la carrera de Administración de Empresas y tienes a muchos asesores que pueden guiarte. Acepta el puesto de director ejecutivo.

En otras circunstancias, no estaría abogando a favor del nepotismo, pero de veras pensaba que Xavier era lo suficientemente listo para desempeñar dicho papel con la cabeza bien alta.

Se le tensó la mandíbula.

—No.

Me le quedé mirando.

—Estamos hablando de toda tu herencia. Te estás jugando miles de millones de dólares con esta decisión.

—Me consta. —Xavier miró a sus primos, que eran demasiado jóvenes y estaban demasiado absortos en el crucigrama para prestarle atención a nuestro diálogo—. Esa cláusula es solo un intento más de mi padre de que haga lo que él quiere. Manipulación, simple y llanamente. Y no pienso ceder.

Madre mía. Ya entendía por qué su familia le llamaba *pequeño toro* de niño. Era tozudo como una mula, pero de verdad, y esa tozudez le seguía acompañando ahora que era adulto.

—Manipulación o no, las consecuencias son las que son. —No debería preocuparme tanto por si Xavier recibía o no ese dinero, la verdad; tampoco es que se lo hubiera ganado trabajando como nadie. Sin embargo, no me gustaba nada imaginármelo sin un dólar porque su terquedad le impedía hacer algo que se le podría dar genial—. No seas impulsivo. Piensa en lo que significaría rechazar el puesto. ¿Con qué te ganarás la vida?

—Con un trabajo. —Dibujó una mueca—. ¿Quién sabe? A lo mejor acabo convirtiéndome en un miembro productivo de la sociedad.

—Ser director ejecutivo es un trabajo —señalé marcando bien el segundo verbo.

—¡Pero no está hecho para mí!

Me sobresalté con la brutalidad de su respuesta y di un paso hacia atrás. Sus primos callaron al momento y nos miraron boquiabiertos.

Xavier estaba agarrando el borde de la silla con tantísima fuerza que se le pusieron los nudillos blancos. Tomó una profunda bocanada de aire y, con voz más baja y tensa, dijo:

—Dime, Sloane, ¿quién crees que le haría más justicia a la empresa, alguien que esté calificado y que de verdad quiera ese puesto, o yo, el heredero reacio al que escogieron a dedazo?

Alguien que esté calificado. El tono de su voz, la mirada sombría...

Y ahí estaba.

Bajo las bromas y la tozudez yacía la raíz de su negativa: el miedo. El miedo al fracaso. El miedo a no estar a la altura de lo que se esperaba de él. El miedo a tener que liderar un imperio construido con su propio apellido y llevarlo a la ruina.

No me había dado cuenta nunca, pero, ahora que lo veía, ya no podía pasarlo por alto. Era como una brillante hebra plateada que unía cada palabra que decía y consolidaba cada decisión que tomaba. Se le veía en la cara, por más que intentara camuflarlo, y algo dentro de mí se abrió muy mínimamente, lo justo para que ese sentimiento se adentrara y me robara algo de racionalidad.

—Creo que deberíamos salir para despejar la mente. —Ingenié un plan *in situ*—. Llevamos demasiado tiempo aquí encerrados.

La mansión era enorme, pero si uno no podía salir de ahí, hasta un palacio sería asfixiante.

A Xavier se le iluminaron los ojos con una precavida intriga.

—Pensaba que teníamos que quedarnos aquí dentro para evitar a la prensa.

—¿Y tú desde cuando haces lo que toca?

Se le escapó una lenta sonrisa, suave como la miel.

—Con eso diste al clavo. Tendrás un plan, supongo.

—Yo, siempre.

Todos los periodistas estaban apiñados en la parte delantera, lo cual nos facilitó escaparnos por detrás, por la entrada del jardinero. Nos pusimos unos simples lentes de sol y unos sombreros para camuflarnos, pero funcionaron y conseguimos pasar desapercibidos entre la multitud.

Cuando salimos de la finca, fuimos corriendo hacia la calle transitada que nos quedó más cerca, y una vez allí, tomamos un taxi y fuimos directo a La Candelaria, cuna de algunas de las atracciones más famosas de Bogotá. Hacía frío, pero no tanto como para cambiar de opinión y no ir.

Al llegar, no nos costó perdernos entre el gentío de turistas que se dirigían hacia uno de los museos que quedaban por ahí cerca o que se maravillaban al observar los murales callejeros de la zona.

Me daba la impresión de que Xavier era como yo. En tiempos de crisis, no me gustaba quedarme sola con mis propios pensamientos; quería perderme entre el ruido y el ajetreo para dejar que el mundo ahogara mis preocupaciones.

Y eso es justamente lo que hicimos durante las próximas cuatro horas.

Bogotá era una ciudad llena de vida, con el fuerte contraste de su colorida arquitectura colonial y las verdes montañas de alrededor. Los músicos llenaban el aire de reguetón y vallenatos, y el olor a cebolla, ajo y especias que provenía de los restaurantes y de los carritos de comida callejera te hacía la boca agua. Había distracciones a montones.

Xavier y yo nos paseamos por el Museo Botero antes de

hacer un *tour* para ver los grafitis de la ciudad y admirar el elaborado diseño del Teatro Colón. Cuando nos entró hambre, nos metimos en un restaurante cercano para comer ajiaco santafereño, un guiso típico local hecho a base de pollo, papas, alcaparras y maíz, y nos deleitamos con unas obleas de postre.

No hablamos de trabajo, de familia ni de dinero. Simplemente disfrutamos del primer momento de libertad del que gozábamos desde que llegamos a Colombia; sin embargo, al igual que todo lo bueno, eso también tenía que terminar.

Al día siguiente celebraríamos el funeral, y al otro ya regresaríamos a casa. En Colombia, los funerales solían celebrarse hasta veinticuatro horas después de que la persona falleciera, pero el estatus y los complejos deseos de Alberto lo atrasaron todo. Organizar un funeral al que asistirían directores ejecutivos y jefes de estado de todo el mundo suponía más trabajo que confeccionar una lista genérica de asistentes a un entierro.

—Ahora que estamos los dos solos, dime la verdad —le pedí mientras pasábamos por delante de unas coloridas casas en dirección a la plaza de Bolívar—. ¿En serio estás dispuesto a renunciar a todo por el rencor que sientes hacia tu padre? —pregunté con educación.

Xavier tenía las emociones a flor de piel, y con razón, pero tenía que entender la gravedad de las circunstancias.

Había crecido siendo el hijo de un multimillonario. No tenía ni la menor idea de lo que suponía vivir sin un colchón económico descomunal.

Guardó silencio durante un largo minuto.

—Cuando eras pequeña, tus padres ¿a qué querían que te dedicaras?

Aquella inesperada pregunta me sorprendió y respondí con franqueza:

—Querían que me convirtiera en la perfecta dama de la alta sociedad. Que fuera a una universidad de la Ivy League, que me casara con un hombre de familia respetable, en lugar de casarme con mi trabajo, y que me pasara toda la vida decorando y siendo la anfitriona de galas benéficas.

Lo cual no tenía nada de malo. Pero esa vida no estaba hecha para mí.

—Y ahora eres una publicista de primera. —Dimos vuelta en la esquina; ya casi estábamos en la plaza—. Imagínate que aún te hablaras con tu padre. ¿Qué harías si te dijera que te cerraría la llave si no dejas tu trabajo para casarte con algún idiota llamado Gideon que juega al polo?

Touché.

—Lo mandaría a la mierda. —Que, básicamente, era lo que había hecho—. Aunque, por paradójico que parezca, en el instituto salí con un chico que se llamaba Gideon y que era jugador de polo; y sí, era idiota.

Rio en voz baja.

—Ahora te toca a ti —me dijo—. La vida y la reputación de la gente dependen de ti. ¿No tienes nunca miedo de cagarla?

—A veces. —Confiaba en mí misma, pero, igual que todo el mundo, en ocasiones dudaba. ¿Y si aconsejaba mal a un cliente? ¿Y si no formulaba bien una frase? ¿Debería haber insistido más para que se entrevistara con unos medios o con otros? Las dudas podían llegar a consumirme, pero, a fin de cuentas, tenía que confiar en mi instinto—. Lo que pasa es que la vida y la reputación son dos cosas que pueden reconstruirse.

—Cuidado, Luna. Casi suenas optimista.

Puse los ojos en blanco, pero una sonrisa amenazó con escapárseme mientras caminábamos hacia el Palacio de Justicia, que estaba a un costado de la plaza.

—Dicho así, parece que sea una pesimista constante. También soy divertida.

—Mmm...

Arrugué la frente.

—No salir a discotecas cada noche o no hacer fiestas en yates cada fin de semana no me hace aburrida.

—Mmm-humm...

—¡Deja de hacer eso!

—¿Qué cosa? —preguntó Xavier haciéndose el inocente.

—Ese ruido. Rebosa escepticismo.

Teniendo en cuenta que mi trabajo no consistía en ser divertida, era una tontería ofenderme por eso, pero es que sí sabía cómo pasármelo bien. En Nueva York, salía con mis amigas cada semana para la hora feliz, y (aunque a regañadientes) había aceptado que me hicieran un *lap dance* en la fiesta de despedida de Isabella. ¡Había bailado encima de una mesa en España, por el amor de Dios! Estaba muy borracha, pero lo que contaba era el hecho.

—No dije ni una palabra. Lo que intuyas de los ruidos que hago es cosa tuya —respondió.

—Si manipular las cuestiones semánticas fuera un trabajo, serías el mejor director ejecutivo que habría —musité—. Eres... —«Espeeera».

Me detuve bruscamente y los turistas que teníamos detrás casi chocan con nosotros.

—No. —Se me aceleró el corazón a más no poder hasta que empezó a latirme con tanta fuerza que parecía un colibrí enjaulado—. No puede ser tan sencillo.

—¿Qué cosa? —quiso saber Xavier.

Miró a nuestro alrededor para asegurarse de que no estuviéramos en peligro.

Recité mentalmente las palabras del abogado al leer el testamento. Estaba casi segura de que... No, estaba totalmente convencida de que tenía razón.

—Ya lo tengo —jadeé.

—¿Que ya tienes qué? Tienes que explicarte un poco más, Luna.

—Ya tengo la solución a tu problema. —Lo agarré del brazo; estaba demasiado ilusionada para contenerme—. Según el testamento, tienes que asumir el cargo de director ejecutivo, pero no se especifica de qué tienes que ser director.

Xavier se me quedó mirando.

Los turistas fueron pasando a nuestro alrededor, quejándose en varios idiomas, pero yo casi podía oír el cambio de velocidad tras aquellos ojos oscuros.

Y entonces, lentamente, tan lentamente que parecía el sol al salir en el horizonte por las mañanas, se le encorvaron los labios.

—Sloane Kensington, me gusta cómo piensas.

17
Xavier

Al funeral de mi padre asistieron personas con expresiones solemnes que fueron dándome el pésame en voz baja. Tras la insistencia de Sloane y Eduardo, pronuncié un breve discurso y me pasé el resto del entierro flotando entre el aturdimiento y la hiperactividad.

Desde que Sloane y yo habíamos regresado de La Candelaria, el cerebro no había parado de darme vueltas. Habíamos vuelto a casa sin que nos acecharan los periodistas, y confirmamos con Santos cuáles eran las palabras exactas del testamento.

Sloane tenía razón. Mi padre no había especificado de qué debería ser director ejecutivo, lo cual era una omisión flagrante para un hombre conocido por su aguzado sentido empresarial, pero eso ya es otro tema.

Cuando Santos nos lo confirmó, todo avanzó con rapidez. Nos juntamos con el resto del Comité de la herencia, tal y como los llamaba yo, y les expusimos la situación.

La cuestión se reducía a esto: mi primera evaluación como director ejecutivo era dentro de seis meses y coincidía justamente con mi trigésimo cumpleaños. Lo cual significaba que tenía medio año para ver cómo cumplía lo estipulado en el testamento. Mientras tanto, Eduardo seguiría ejerciendo de director ejecutivo interino del Grupo Castillo mientras la empresa buscaba a alguien que ocupara el puesto de líder permanente.

Tenía seis meses para convertirme en el director ejecutivo de una empresa que no existía y que tenía que pasar la inspección del comité en su primera evaluación. Decirlo era fácil; hacerlo, completamente distinto.

El mayor regalo de la vida es el tiempo.

Mientras entraba en el bar del Club Valhalla, noté cómo me pesaba el reloj de bolsillo de mi madre.

Hacía una semana que había dado sepultura a mi padre y que había regresado a Nueva York. Me había pasado los últimos seis días cavilando sobre mi situación, pero ya iba siendo hora de que moviera el culo e hiciera algo.

Pedí una copa de la bebida estrella del local y paseé la vista por aquella sala de paneles oscuros. El Valhalla era un club ultraexclusivo para las personas más ricas y poderosas del mundo. Tenían sedes por todo el planeta, y si yo era miembro era gracias a mi madre, ya que provenía de una de las familias fundadoras del club. Mi padre había hecho fortuna a lo largo de la vida, pero mi madre ya había nacido en una familia adinerada.

A pesar de mi preciada membresía, yo apenas pisaba el Valhalla. Era un lugar demasiado aburrido para mí, pero fue el único lugar al que pensé que podría ir sin tener que toparme con mi círculo de amigos de Nueva York. Me gustaba pasar el rato con ellos, pero, ahora mismo, tal y como tenía yo la mente, no tenía ganas de encontrármelos.

A primera hora de la tarde, en el bar reinaba la calma. En la barra solo estábamos dos personas; unos taburetes más abajo, un hombre asiático perfectamente arreglado con lentes y un traje Delamonte hecho a medida me miraba con educada curiosidad.

—Ni una palabra —dije antes de que pudiera abrir la boca.

El mesero me pasó la copa y le di una propina de cincuenta dólares. Me bebí el contenido de un solo trago.

Kai Young arqueó una ceja, divertido. El director de la mayor empresa de medios de comunicación del mundo no era el tipo de persona que bombardea a alguien con preguntas acerca de la muerte de algún familiar, pero nunca estaba de más cubrirse las espaldas.

—Había oído que ya estabas de vuelta en Nueva York —señaló ignorando, con sumo tacto, mi rudeza. Su refinado acento británico encajaba a la perfección con la elegancia que nos rodeaba; yo, en cambio, me sentía tan fuera de lugar como un pingüino en medio del Sáhara—. ¿Cómo estás?

—Estoy bebiendo a la una del mediodía —dije—. He estado mejor.

Si Sloane estuviera aquí, diría que eso de estar bebiendo era lo habitual. Por suerte, estaba demasiado ocupada poniéndose al día con el trabajo para estar detrás de mí con lo del puesto de director ejecutivo, aunque yo preferiría que estuviera aquí.

Después de haberme pasado más de una semana con ella veinticuatro siete, la extrañaba.

—Si te consuela, no eres el único. —Kai señaló la copa que tenía delante con la cabeza—. Tuve una reunión antes con un empresario del sector tecnológico que está convencido de que será el próximo Steve Jobs, de ahí el *whisky*. Tengo que ahogar el hecho de que perdí una hora con alguien que tiene un complejo de Dios muy errado.

Se me escapó la risa.

—Típico en Silicon Valley.

Complejo de Dios. Ojalá lo tuviera yo. Así sería todo más fácil.

Había terminado la carrera de Administración de Empresas, lo cual ya era una condición en sí para que pudiese acceder a mi fideicomiso al graduarme, pero nunca había abierto una empresa como tal. No tenía el lujo de pasar desapercibido. Si fracasaba, fracasaría delante de todo el mundo.

Si no lo intentaba, perdería mi herencia. Y sí, era consciente de lo paradójico que resultaba intentar aferrarse a algo que me molestaba (es decir, al dinero de mi padre); sin embargo, si pasaba por alto mi reacción visceral, veía cuán cierto era lo que había dicho Sloane. Yo no tenía ni idea de lo que era vivir sin un colchón económico y, para ser sincero, imaginármelo me aterraba.

Lo único que me hacía sentir un poco menos hipócrita era pensar que no me quedaría todo el dinero, pero ese era un secreto que, de momento, no quería compartir con nadie.

Miré a Kai. Nuestros círculos sociales se solapaban, tal y como sucedía con gran parte de la alta sociedad de Manhattan, pero tampoco lo conocía demasiado. Kai tenía un sentido del humor seco, aunque era algo que yo valoraba mucho, y lo más importante es que era amigo de Dante Russo, que, por alguna razón, había acabado formando parte del Comité de la herencia.

Aparte de mandarme una educada nota para darme el pésame, Dante no se había puesto en contacto conmigo. ¿Sabría siquiera que mi padre lo había mencionado en su testamento?

Seguramente. Y por eso, su silencio resultaba más sospechoso todavía.

—¿Has hablado con Dante últimamente? —pregunté, yendo directo al grano y dejando la sutileza a un lado.

Se le dibujó una sabionda sonrisa en los labios. Dante se aseguraba de estar al día de todo, pero es que Kai vivía de estar al día de todo. No me sorprendería que se hubiera enterado de lo que decía el testamento antes de que yo aterrizara en Nueva York.

—Hablamos ayer —respondió con un tono monocorde—. ¿Por qué?

—Por nada. —Repiqueteé con los dedos en la barra mientras iba repasando los miembros del comité mentalmente.

Tenía a Sloane de mi parte, pero si en seis meses resultaba que mi negocio era una patraña, no mentiría. Eduardo y el tío Martín me apoyarían tanto como pudieran. Mariana me odiaba a morir. Y Dante..., bueno, era un comodín.

El hermano de Luca no era mi mayor fan. Aun así, ¿podía confiar en que fuera justo, a pesar de no caerle especialmente bien?

—Xavier, no soy un periodista en busca de una historia. Lo que hablemos tú y yo es estrictamente privado. —Kai guardó silencio un segundo y añadió—: Hablo a menudo con Sloane. Sé mantener la confidencialidad.

Y entonces caí. Por eso Kai estaba, de repente, tan interesado en mis asuntos. Como Sloane era la que se había percatado de aquel vacío legal en el testamento, se había tomado la libertad de actuar como mi consultora de negocios no oficial. La cláusula sobre la herencia no era ningún secreto, aunque los miembros del comité sí; debió de contarles algo a Vivian, Dante, Kai o incluso a los tres.

Empecé a darle vueltas. Si lo de crear mi propia empresa iba en serio, necesitaba aliados, y el director ejecutivo de la Sociedad Young era uno de los aliados más poderosos que podía tener.

—En realidad... —dije, mientras iba forjando un plan al instante—, sí hay algo que me gustaría comentar contigo...

Al cabo de dos horas y unas cuantas bebidas más, Kai se fue para irse a otra reunión y yo subí a la biblioteca.

Era el alma del club y siempre había mucha actividad, puesto que los miembros iban ahí a cerrar acuerdos, consolidar alianzas y compartir información. Sin embargo, cuando entré y me senté en la gran mesa central, justo debajo de las placas de las familias fundadoras, donde estaba grabado el oso del escudo familiar de mi madre entre el dragón de los Russo y el león de los Young, nadie me prestó atención.

Me saqué el reloj del bolsillo y pasé el dedo por aquella lisa tapa dorada sin dejar de pensar en la conversación que había mantenido con Kai y lo ocurrido la semana pasada.

Uno: era imposible que a mi padre se le hubiera pasado por alto algo tan básico como especificar la empresa en su propio testamento. Está bien, cuando lo cambió estaba moribundo, que no es poca cosa, pero si había sido verdaderamente consciente de dicha omisión, ¿qué pretendía? ¿Conseguir que hiciera algo, aunque ese algo no fuera lo que él quería?

No. Mi padre jamás se arriesgaría así. Opción descartada.

Dos: según el testamento, tenía seis meses para tener las cosas claras. En la vida real, debería tener ya las cosas claras. Empezar un negocio sólido en Nueva York en tan poco tiempo era prácticamente imposible.

Tres: si no lo intentaba siquiera, me arrepentiría siempre. Y de todas las preguntas que podemos hacernos a lo largo de la vida, las de los *¿y si...?* son de las peores.

Todos y cada uno de nosotros tenemos mucho potencial. Y yo espero que explotes el tuyo al máximo para ser feliz.

Sentí una punzada en el pecho. ¿Pensaría mi madre que había explotado mi potencial? Seguramente no; aunque, carajo, cuánto la extrañaba. Siempre la había extrañado, pero antes era como una especie de dolor de fondo, continuo y apagado. Desde que había leído su carta, se había convertido en una daga que se me iba clavando muy a menudo.

Nunca había dejado de culparme por lo ocurrido. Daba igual lo que me dijeran los terapeutas infantiles o los psicólogos especializados en cuestiones de duelo; la culpabilidad no se regía por la razón y las tecnicidades.

Dicho esto, no podía cambiar el pasado. Lo que sí podía hacer era dictar mi futuro.

Debes estar orgulloso de la persona en la que te has convertido y en la que te convertirás.

Saqué la hoja de papel que Kai me había pasado antes de irse. Al igual que yo, también había nacido en el seno de una familia adinerada, pero él había tenido que ganarse su puesto actual. Había ido subiendo peldaños, empezando en la estafeta, hasta convertirse en el jefe de la Sociedad Young, y su círculo era un quién es quién del sector empresarial.

Mis contactos podían conseguirle a cualquiera una entrada en la fiesta que fuera o acceso a cualquier club, pero los suyos podían ayudarme a construir un imperio.

Me quedé mirando la lista de nombres que había escrito.

Para convertirme en director ejecutivo, necesitaba un equipo. Para contratar a un equipo, necesitaba un plan. Para ejecutar un plan, me hacían falta financiación y validez.

Y solo había un hombre en todo Manhattan que encajara en esa descripción.

Llamé al primer contacto de la lista. Era su teléfono privado y la persona en cuestión respondió de inmediato.

—Soy Xavier Castillo —me presenté, con la esperanza de no acabar arrepintiéndome de lo que estaba haciendo—. ¿Nos podemos ver la semana que viene? Me gustaría hablar contigo.

18
Sloane

—Perdona. Frena un puto segundo. —Isabella levantó una mano—. No puedes no entrar en detalles sobre lo de España. ¿Qué pasó con Xavier después de que te sacara cual hombre de las cavernas sexi?

Suspiré y me arrepentí de la decisión que había tomado de poner a mis amigas al día y contarles lo que había sucedido en las últimas dos semanas. Había viajado a España a principios de mes, pero parecía que había pasado una eternidad.

—¿Con eso te quedaste? ¿No te enteraste de la parte en la que les conté que murió Alberto Castillo?

—Sí, una pena —señaló Isabella—. Bueno, lo de la playa. ¿Qué te dijo?

—¿Estaba celoso? —preguntó Vivian.

—¿Se besaron? —se sumó Alessandra.

Las fulminé con la mirada. Ojalá mi yo del pasado hubiera tenido la vista suficiente como para hacerse amiga de personas menos chismosas.

—No pienso decirles lo que me dijo, no tenía razón alguna para ponerse celoso y ¡claro que no! —contesté horrorizada—. Es mi cliente.

Estábamos las cuatro juntas en mi departamento, disfrutando de la hora feliz con cócteles caseros, comida para llevar y una nueva comedia romántica. Normalmente salíamos, pero entre el trabajo y mis recientes viajes, estaba demasiado cansada.

Viéndolo en perspectiva, de haber sabido que sería objeto de un interrogatorio, habría cancelado los planes.

—Técnicamente, tu cliente es su familia. No es lo mismo, y ¡vamos si deberías besarlo! Es guapísimo. —Isabella estiró los brazos por encima de la cabeza y miró con ternura a mi pez, al cual había estado cuidando mientras yo estaba en el extranjero.

Era una mascota temporal que había adoptado después de que el inquilino anterior decidiera dejarlo aquí hacía cinco años, por eso me limitaba a llamarlo El Pez. No valía la pena que me apegara sentimentalmente a algo que no iba a durar.

—Da igual. No besaría a Xavier Castillo ni aunque fuera el último hombre en la faz de la Tierra —respondí fríamente—. No es mi tipo.

«También es guapísimo y amable y más listo de lo que la gente cree», canturreó una voz en mi cabeza.

Ejercí presión con la punta de la pluma contra el cuaderno con más fuerza de la necesaria. «Cállate».

Está bien, Xavier y yo habíamos llegado a cierta comprensión tras estar en Colombia. Y sí, le estaba ayudando a cumplir con aquella cláusula de la herencia, lo cual podíííа resultar un poco turbio, puesto que yo formaba parte del comité, pero en el testamento no se estipulaba que los miembros no pudieran echarle una mano.

Además, desde una perspectiva de publicista, la historia de un hijo pródigo fiestero que se convierte en el responsable dueño de un negocio era puro oro. Así que, técnicamente, estaba limitándome a hacer mi trabajo.

«Claro». Aquella misma voz que habitaba en mi mente soltó una risita. «Por eso le estás ayudando. Porque es tu trabajo».

«Te dije que te calles».

Estaba tan distraída con esa intriga que casi ni escuchaba las palabras que pronunció Alessandra a continuación:

—Puede que no sea tu tipo, pero nunca puedes decir nunca. —Le brillaron aquellos ojos azules con picardía—. Yo creo que le llamas la atención. Llevo años atrapándolo mirándote en más de un evento. No puede quitarte los ojos de encima.

—No me vengas tú también con eso. —Ya había desistido de escribir la reseña de la película, y cambié la pluma por la copa de vino—. No estamos en primaria. No le «llamo la atención» y si me mira es porque..., bueno, quién sabe por qué hace las cosas que hace.

Le brillaron aún más los ojos.

—Si tú lo dices...

Parecía igual de sospechosa que la voz de mi cabeza.

Isabella, Vivian y yo habíamos formado equipo antes de sumar a Alessandra al grupo, pero encajaba a la perfección. Me caía tan bien como podía caerme cualquier ser humano (la mayoría de los cuales eran altamente despreciables), pero no me gustaba que se metieran conmigo.

—Perry Wilson no llegó a entrar en detalles sobre esa foto que subió de ustedes dos en la playa —musitó Isabella—. Pfff, es que nunca vemos lo bueno.

—No me hables de Perry Wilson. —Ya estaba maquinando un plan para destronar a aquella calumnia de rana llorona—. Fíjate bien en lo que te digo: de aquí a un año, su blog estará muerto. Pienso asegurarme de ello.

«Ningún amigo me ha servido jamás, y ningún enemigo me ha hecho jamás ningún mal, a quien no haya pagado en su totalidad», epitafio de Lucio Cornelio Sila, que escribió él mismo.

Por algo era una de mis citas favoritas.

—Bueno, pasemos a algo más alegre —sugerí—. ¿Qué tal Josephine?

Josephine, o Josie, era la hija de Vivian y Dante. No había cumplido ni dos meses y ya tenía a sus padres comiendo de la palma de su mano.

—Es un sol. A ver, llora constantemente y hace un mes que no duermo ni una noche de corrido, pero... —A Vivian se le encorvaron los labios—. Vale la pena.

Contuve las ganas de hacer una mueca. Josie era adorable, pero si no fuera porque las quería muchísimo, tanto a ella como a su madre, tanto sentimentalismo me habría hecho vomitar.

—Me cuesta no estar con ella, pero está en buenas manos. Greta la mima como si fuera su propia hija —añadió Vivian.

Greta era su empleada doméstica y la madre *de facto* de Dante, ya que sus padres habían estado demasiado ocupados trotando por el mundo como para hacer de..., bueno, de padres.

—¿Y Dante? —A Isabella le centelleó la mirada—. ¿Cómo está?

—Piensa que nos pasará algo a Josie o mí si aparto la mirada más de cinco minutos. —A pesar de poner los ojos en blanco, pronunció aquellas palabras con sumo cariño—. ¿Les conté que intentó contratar a unos escoltas para que hicieran guardia en la puerta de su habitación las veinticuatro horas del día? Les juro que...

Me llegó un mensaje al celular a la vez que mis amigas empezaban a bromear sobre la mítica sobreprotección de Dante. Aterraba a casi todo aquel que lo rodeara; sin embargo, cuando algo tenía que ver con su mujer y su hija, era un osito de peluche.

Xavier: Puedes venir al Valhalla en una hora? Tengo algo importante que contarte

Xavier: P. D. He hablado con Kai

Me dio un vuelco el corazón.

No tenía claro si me había excedido al pedirle ayuda a Kai, pero confiaba en él y Xavier necesitaba que lo guiaran mejor de lo que podía hacerlo yo.

Algo importante. ¿Significaba eso que se había comprometido con un plan? Me había abstenido de insistirle más porque: 1) tenía que ponerme al día con un montón de trabajo en la oficina, y 2) no quería asustarlo.

Aun así, el tiempo iba avanzando y Xavier tenía que empezar a moverse si quería llegar a mayo con algo.

—¿Sloane? ¿Está todo bien? —se interesó Alessandra.

—Sí. —Aparté la vista del celular—. Todo en orden.

Por más curiosidad que pudiera sentir por lo que tuviera que contarme Xavier, era nuestra noche de chicas.

Xavier podía esperar.

Una hora y media más tarde, llegué al Valhalla.

Por pura coincidencia, Vivian tuvo que irse antes de nuestra noche de peli porque Josie no podía dormirse sin ella. Y, de pronto, una Isabella muy borracha intentó sacar a El Pez del acuario y acariciarlo, pero entonces Alessandra la tomó con fuerza de la mano y la acompañó a casa.

—Tú sí que sabes cómo hacer esperar a un hombre —señaló Xavier arrastrando las palabras cuando me acerqué a él.

Como yo no era miembro del club, tuvo que esperarme en la entrada para que pudiera pasar.

Estaba apoyado en una columna de mármol. Con aquel suéter de cachemir y esos pantalones de mezclilla, era la pura imagen de la devastación informal. A pesar del frescor otoñal, no llevaba abrigo, y el contraste del suéter con lo moreno de su piel era más que claro.

Me fui acercando y Xavier me recorrió con la mirada el abrigo negro, las medias y las botas; acto seguido, volvió a levantar la vista. Luego se me quedó estudiando el rostro el tiempo suficiente para que me subiera el color a las mejillas.

—Ya te dije que llegaría tarde —respondí, a la vez que una ráfaga de aire lo despeinaba de la forma más distraída posible—. Aunque no entiendo por qué insististe en contármelo en persona cuando existen los mensajes de texto, las llamadas y los e-mails.

Me coloqué a su lado y le seguí el ritmo al andar, obligándome a centrarme en esa impresionante estancia en lugar de en el hombre que tenía ahí mismo.

Había ido al Valhalla como invitada en algunas ocasiones, pero su esplendor nunca dejaba de maravillarme. Restaurantes *gourmet*, una sala de baile digna de la Regencia, un *spa* de primera categoría, un helipuerto por si algún miembro llegaba por vía aérea y un atracadero exclusivo en Chelsea Piers por si venía por vía marítima. No se les había escapado ningún detalle.

—Cierto. Pero entonces no podría verte. —Los hoyuelos de Xavier hicieron una deslumbrante aparición.

Noté que me sonrojaba más aún. Nunca me había costado pensar con claridad al tener a Xavier cerca, pero una peligrosa neblina me permeó el cerebro mientras subíamos la escalera que llevaba al segundo piso.

Le eché la culpa a mis amigas. Me habían puesto esa estúpida idea del beso en la cabeza y ahora no podía dejar de imaginarme la presión de sus suntuosos y sensuales labios en los míos y de...

«No. Para. Este comportamiento es altamente inapropiado».

—Deja de coquetear y ve directo al grano —solté tanto por mi bien como por el suyo. A pesar de que mantuve unos buenos treinta centímetros de distancia entre los dos, mis terminaciones nerviosas chisporrotearon como cables de alta tensión bajo la lluvia—. ¿Qué es ese, y cito textualmente, «algo importante»?

Dios, no debería haberme puesto este estúpido abrigo. Me estaba achicharrando con tanto cachemir.

—Ya decidí qué quiero hacer. —Nos detuvimos delante de una doble puerta de roble tallado. Xavier giró los picaportes y los marcados músculos de sus brazos se tensaron con ese movimiento. «Deja de fijarte en sus brazos»—. Voy a abrir una discoteca.

Las puertas se abrieron sin emitir ruido alguno y dejaron a la vista una hermosa biblioteca que hacía que la de *La Bella y la Bestia* quedara en un cero a la izquierda. En otras circunstancias, me habría parecido el paraíso, pero mis pies se quedaron anclados en el pasillo.

Xavier frunció el ceño.

—¿Sloane?

—Una discoteca —repetí. Se me aceleró el corazón—. Es perfecto.

Si de algo sabía Xavier, y bien, era de fiestas. De diversión. Y aquellos bocetos que había hecho de un bar... La respuesta había sido evidente desde el minuto uno.

—¿Sí? ¿Tú crees? —Se le tiñó el rostro de vulnerabilidad un segundo antes de que una sonrisa le escondiera dicha emoción—. En realidad, es un concepto mixto. Algo así como el Legends, pero menos enfocado a los deportes.

El Legends era un famoso *sports bar* propiedad de Blake Ryan, una antigua estrella del futbol americano universitario y ganador de un Trofeo Heisman, y el bebedero favorito de muchos atletas de alto nivel.

—Me encanta —dije con total sinceridad.

Como persona que vivía haciendo *multitasking* sin arrepentimiento alguno, me gustaba todo lo que resultara multifuncional.

—Ven. Quiero enseñarte algo. —Xavier me hizo entrar en la biblioteca, donde, a estas horas de la noche, no había prácticamente nadie.

Si hubiera estado aquí cualquier otro día, aquel bosque de libros con tapas de cuero y esas excepcionales vitrinas me habrían cautivado. No obstante, el plan de Xavier me tenía demasiado intrigada.

Nos detuvimos en una mesa gigantesca que estaba en pleno centro de la sala. Su superficie de caoba estaba repleta de papeles esparcidos por ahí encima y reconocí los distintivos garabatos de Xavier a lo lejos.

—Llevo aquí toda la tarde —me contó—. Me encontré con Kai en el bar, hablé con él y luego pensé... —Me pasó una hoja impresa donde aparecían los diez mejores clubes del mundo—. ¿Qué tienen todos estos sitios en común?

—¿Música y alcohol?

Xavier me miró con ironía.

—Aparte de eso.

—No tengo ni idea. —Sabía lo suficiente para hacer mi trabajo, pero no era entusiasta de la vida nocturna.

—Ubicaciones interesantes. Aspectos únicos. Una clientela muy específica. Y sí: buena música y buenas bebidas.

—Xavier le dio un golpecito a la hoja y se le fue iluminando más la mirada a medida que seguía hablando—. Estamos en Manhattan. Cada semana abren y cierran bares nocturnos. Si quieres destacar, necesitas ofrecer algo que haga hablar a la gente. Algo que no hayan visto nunca y que asocien directamente contigo. —Bajó un poco la voz y prosiguió—: Imagínate, Luna: una discoteca que está apartada, escondida tras una puerta cualquiera, como las típicas por las que pasamos por delante a diario y en las que ni siquiera nos fijamos. Pero entonces, cuando entras... estás en un mundo completamente distinto. —Sus palabras fueron adoptando una cadencia hipnótica y transformaron la majestuosa biblioteca que nos rodeaba en un nido de hedonismo, toques sensuales, ritmos insistentes y preciosos cuerpos frotándose los unos con los otros envueltos por un entorno aterciopelado y repleto de licor.

Se me cortó la respiración. Se me avivó la sangre y noté que me envolvía una ola de calor. De repente, era superconsciente de la proximidad de Xavier, y cuando volvió a hablar, el aterciopelado timbre de su voz hizo que me sintiera como si acabaran de inyectarme una tanda de pura dopamina en el cuerpo.

—Todo aquel que te rodea está perdido en la embriaguez del momento —continuó con voz calmada—. Nada de preocupaciones; solo deseo. Cualquier esquina ofrece un encuentro clandestino; cualquier bebida te aleja un poco más del mundo real. Ese es el secreto de las mejores discotecas. Que, cuando entras, ya no estás en una discoteca, sino que estás en un lugar donde puede pasar cualquier cosa con cualquier persona. —Bajó todavía más la voz—. Te ofrece la oportunidad de cumplir tu mayor deseo. Lo único que tienes que hacer tú es soltarte.

Lo único que tienes que hacer tú es soltarte.

Llámenme loca, pero habría jurado que ya no estaba hablando de la discoteca.

Reposó la vista en mi cara, abrasándome el rostro con una oscura, ardiente y conocedora mirada. La cabeza me daba tantas vueltas que parecía que me hubiera tomado una decena de las copas que él mismo había ido enumerado y, a pesar de que seguíamos en el Valhalla, rodeados de hombres con aspecto serio y mujeres vestidas de traje, se me avivaron los sentidos como si estuviéramos en alguna otra parte. En algún lugar aislado donde pudiéramos...

Se abrieron las puertas y se oyó una fuerte risa. La gente desvió la mirada, fulminante, hacia la entrada; los recién llegados guardaron silencio al momento sin dejar de sonreír, pero la interrupción fue suficiente para que yo recuperara el raciocinio. Fue como si me acabara de dar un baño bien frío, y se llevó por delante la neblina en la que me habían atrapado las palabras de Xavier.

Era mi cliente y estábamos hablando de negocios. Nada más.

Di un discreto paso hacia atrás y me obligué a sonreír con frialdad.

—Estás hablando como un graduado en Administración de Empresas. —Volví a estudiar la lista con la esperanza de que no se hubiera percatado de mi momentánea pérdida de control—. ¿Ya has pensado dónde la abrirías y has empezado a trabajar en un plan de negocio?

Le resplandeció la mirada, sabiondo, pero no me reprochó nada.

—Sí. No será fácil encontrar el lugar, pero Kai me pasó algunos contactos. —Tomó otro papel de la mesa.

Al ver esa otra lista, me dio un vuelco el corazón.

Solo había ocho nombres, pero, en ese aspecto, eran los únicos ocho que importaban.

—Es... impresionante —concluí, a falta de una palabra más exacta—. ¿Has hablado ya con alguno?

—Solo con el primero. Quedamos de vernos dentro de dos semanas.

El primero y seguramente el más intimidante. Dios. Cualquier emprendedor del país mataría por tener a un equipo de este calibre. Ya sabía yo que Kai no me decepcionaría.

Se había mostrado escéptico con Xavier, pero al final le había comentado que sería un perfil ideal para el número anual de Personas influyentes de *Mode de Vie* y lo había convencido.

—Ah, y gracias por hablar con Kai por mí. —Se le relajó la expresión—. No tenías por qué hacerlo.

Y así, sin más, volví a notar cierto cosquilleo en las venas.

—No hace falta que me las des. —Evité mirarlo a los ojos a propósito mientras volvía a dejar los papeles en la mesa—. Fue lo fácil. ¿Abrir una discoteca en Manhattan en menos de seis meses? Eso ya es más complicado.

—Ni lo digas —respondió con una pesarosa sonrisa—. Pero tengo un plan, que ya es más de lo que tenía hace una semana.

—Me alegro.

No pude reprimir la sonrisa. Su padre lo había obligado a dar el brazo a torcer, pero Xavier parecía genuinamente entusiasmado con el proyecto. De acuerdo, tal vez tacharlo de *entusiasmado* era pasarse un poco, pero se lo estaba tomando en serio.

—Bueno..., quería enseñártelo porque fue idea tuya. —Xavier señaló el resto de los documentos, que estaban llenos de notas, garabatos e ideas para el local—. De no ser por ti... —Se le relajó más aún la expresión—. No sé dónde estaría.

El cosquilleo que sentía se intensificó.

Intenté dar con una respuesta ocurrente, pero una extraña neblina permeó el aire y me dejó desprovista de palabras. Esta era distinta a la de antes, a la de cuando Xavier se había puesto a hablar de la discoteca. Esta era más densa, más potente; y era como si, de golpe, yo fuera más consciente de lo vacía que se había quedado la biblioteca.

De lo cerca que tenía a Xavier.

De cómo su calor corporal se me impregnaba en la piel y me suplicaba que me acercara a él, solo un poquito más, para que mi pecho rozara el suyo y pudiera descubrir de primera mano si tenía el cabello tan suave como parecía.

«Es por el alcohol». Ignoré el hecho de que me había tomado la última copa hacía dos horas o de que esa frase se había convertido en mi excusa por defecto. Era la única explicación viable para entender por qué sentía estas... cosas cuando estaba cerca de Xavier Castillo, nada menos.

—Sloane. —Pronunció mi nombre con tanta delicadeza que pareció una caricia.

—¿Sí?

Aquella palabra se me escapó como un jadeo y la voz no sonó para nada como la mía. Era la de una desconocida; la de alguien que se quedaría prendada de aquellos hoyuelos, de aquellos anchos hombros y de aquellos ojos del exquisito color del chocolate fundido.

—Deberías irte. —La aspereza que acompañó sus palabras convirtió aquella frase en una advertencia.

Tenía razón. Debería irme. Era tarde y tenía que terminar de escribir la reseña de la película y... y... Me quedé en blanco.

—¿Por qué?

Cuando la distancia que nos separaba se acortó unos cuantos centímetros más, sentí que otro escalofrío me recorría entera.

—Porque es tarde —me recordó Xavier con dulzura—.

Y porque... —Cuando, en un breve movimiento involuntario, me relamí los labios, se le fue apagando la voz.

Reposó la mirada en mis labios y a mí se me secó aún más la garganta.

El mundo se detuvo en ese preciso instante, bajo las tenues luces de la biblioteca, mientras oía cómo se nos sincronizaba la respiración, cada vez más fuerte.

Y cuando Xavier soltó un torturado *carajo* y agachó la cabeza para juntar sus labios con los míos, no se me ocurrió apartarme.

El mundo se redujo a ese instante. Uno que no quería que terminara jamás.

La lógica y el raciocinio se hicieron añicos con aquella abrasadora mezcla de labios y dientes. Me agarró la nuca con una mano para acercarme más a él mientras me recorría la espalda con la otra con un calor sofocante que me atravesaba el cachemir y la piel hasta quemarme los huesos.

Separé los labios y gemí. Me metió la lengua y me acarició la mía con unos lengüetazos tan perezosos y sensuales que me resultó imposible decir dónde acababa uno y dónde empezaba el otro. Xavier sabía a una mezcla de calor y especias, y la calidez de su tacto se me metió en el estómago, en la entrepierna, y me bajó hasta los dedos de los pies.

No sé cuánto tiempo estuvimos allí, pero fue suficiente para que le pasara los dedos por el cabello para confirmar que, efectivamente, era muy suave. Y, efectivamente, Xavier sabía genial. Y no, nunca en la vida había estado tan cerca de derretirme.

Me habría ahogado felizmente en aquel beso, pero la realidad llegó de sopetón, igual que siempre, y nos separamos en busca de aire.

Nos quedamos mirándonos mutuamente con la respiración agitada. A pesar de haber roto el contacto, seguía sintiendo un hormigueo en los labios y, tras el ardor de aquel beso, el aire me pareció gélido como el hielo.

Xavier tenía las mejillas sutilmente sonrojadas y los labios hinchados, de esto último me percaté no sin sentir un poco de vergüenza. Y...

Mierda. Yo había hecho eso. ¡Los dos lo habíamos hecho!

Le... Habíamos... Le había dejado...

Esta vez, la realidad no se apoderó de mí con demasiada delicadeza, sino que fue como si me hubieran dado un bofetón en toda la cara.

Al asimilar lo que implicaba lo que acabábamos de hacer, se me tensó el cuerpo entero.

Acababa de besar a un cliente. Y no a uno cualquiera, sino a uno cuyo veinte por ciento de la herencia dependía de mí gracias a un estúpido testamento de mierda del que yo nunca había querido formar parte.

El terror se apoderó de mí.

Xavier debió de darse cuenta de ello porque también se le tensaron los hombros.

—Sloane...

—Tengo que irme. —Tomé la bolsa, que se me había caído en algún momento mientras nos besábamos—. Ya hablaremos del plan de negocios más adelante.

Me di media vuelta y salí de la biblioteca antes de que le diera tiempo a responder.

El pulso me latía con fuerza mientras bajaba la escalera, atravesaba la puerta y cruzaba la impresionante entrada del Valhalla.

Acababa de decirles a mis amigas que Xavier no era mi tipo y luego iba y hacía esto. ¡¿En qué diablos estaba pensando?!

No había estado pensando. Ese había sido el problema. Había dejado que mis hormonas tomaran el control y me habían llevado de cabeza a Estupilandia.

—Es por tanta sequía —me dije en voz baja.

O eso o Isabella había desarrollado, por arte de magia, cierta habilidad para manifestar cualquier cosa que dijera y conseguir que se hiciera realidad. En otras circunstancias, me habría aterrado (Isabella leía demasiadas novelas de erótica de dinosaurios como para poseer semejante poder y ser capaz de utilizarlo de forma segura), pero prefería tener que lidiar con eso que considerar la otra explicación que quedaba.

Que a mí, Sloane Kensington, me atraía Xavier Castillo.

No. No solo me atraía, sino que me gustaba. Me gustaba lo suficiente para olvidarme de mis estrictas normas sobre no ligar con clientes. Me gustaba lo suficiente para dejar que me besara y devolverle el beso.

Gruñí y me apreté los ojos con las palmas de las manos.

«Estoy jodidísima».

19
Xavier

Besar a Sloane había sido un error. Y no porque me arrepintiera de ello, sino porque, después de besarla, ya no podía imaginarme no haciéndolo otra vez.

Hacía una semana de lo ocurrido en la biblioteca y yo seguía sin poder quitármela de la cabeza. La calidez de su piel, la dulzura de sus labios, la manera en la que sus curvas encajaban con mi cuerpo como si las hubieran hecho a medida para mí. Sloane olía a nieve recién caída y a lavanda, y sabía a gloria. Y no podía pasar por delante de ninguna maldita panadería sin acordarme de la dulzura de su boca al juntarse con la mía.

Tenía un sinfín de reuniones de trabajo importantes en las próximas dos semanas, pero toda mi concentración seguía siendo rehén de aquel beso.

La atracción física había estado ahí desde el día en que nos conocimos; sin embargo, más allá de coquetear un poco con ella, nunca había hecho nada antes de lo del Valhalla. Me decía que no quería complicar nuestra relación ni arruinar los términos de la paga que me daban, cuando, en realidad, una parte de mí sospechaba que ceder a dicha atracción podría acabar conmigo.

Y entonces empezamos a trabajar juntos y fui descubriendo las capas que se escondían bajo aquel rígido exterior. Lo inteligente que era. La convicción que la caracterizaba. La feroz lealtad que mostraba hacia aquellas personas que le importaban. Ya no sospechaba, sino que sabía, sobre todo después de haberla besado, que Sloane Kensington era mi persona. Así, sin más.

El único problema era que dudaba que ella sintiera lo mismo. Y en el caso de que lo sintiera, había levantado unas barreras tan firmes que jamás lo admitiría.

—¿Me estás escuchando? —Me sacó de aquellas melancólicas cavilaciones e hizo que volviera a centrarme en la tarea que teníamos entre manos.

—Claro. —Sonreí como quien no quiere la cosa, aunque fue un gesto más muscular que sentimental.

Estábamos en su oficina en Midtown. Era la primera vez que nos veíamos en persona desde el día en que nos vimos en la biblioteca, y Sloane se había puesto manos a la obra con las cuestiones del negocio directamente, como si nunca nos hubiéramos besado. Me había imaginado que ocurriría, pero me molestó igual.

—¿Qué acabo de decir? —Cruzo los de brazos.

—Que tengo que mover hilos para conseguir las licencias, encontrar el local y buscar trabajadores. Que debería ver a Dante. Que tengo una entrevista preliminar por teléfono con *Mode de Vie* para hablar de mi nuevo proyecto y que, en señal de cortesía, la presidenta de la Junta del Grupo Castillo me envió una lista con candidatos para el puesto de director ejecutivo. —Arrugó la frente y a mí se me escapó una sonrisa—. ¿Me vas a dar una medalla?

—¿Por hacer lo mínimo de lo mínimo? No. —Le dio un golpecito a la tableta—. Está bien. Revisemos la estrategia de relaciones públicas para la inauguración. Sé que es empezar por el final, pero si todo sale bien, el acontecimiento tendrá lugar dentro de seis meses. La gente seguramente ya tiene planes, pero ya me las arreglaré. Nos interesa contar con un selecto grupo de *influencers* y creadores de tendencias y, si insistes en invitar a tus amigos, tendrás que asegurarte de tenerlos a raya sí o sí. No quiero ver a Tilly Denman robando bolsas otra vez.

—¿Se le puede llamar *fiesta* a algo si Tilly no saca su habitual faceta de cleptómana? —Bostecé. Ya me estaba aburriendo. Prefería colmarme de gestiones logísticas que de gestiones publicitarias—. Llevamos cuatro horas con esto. Vamos a comer.

—Son las once de la mañana.

—Pues hagamos un *brunch.*

Sloane frunció más el ceño.

—Tómatelo en serio. Estoy intentando ayudarte.

—Sí me lo estoy tomando en serio. ¡Jillian! —grité.

Su secretaria sacó la cabeza por la puerta.

—¿Sí?

—¿Sloane ya comió?

—Tomó un plátano y un café solo para desayunar —me contó—. Justo cuando entré a trabajar, o sea, que deberían ser las ocho menos cuarto.

—Gracias, cielo.

—De nada. —Me sonrió y pasó de la mirada asesina que le había dedicado su jefa; el teléfono sonó y Jillian regresó a su escritorio.

Volví a mirar a Sloane.

—Un plátano y un café no duran tres horas. Necesitamos recargar pilas. —Saqué el celular y pedí un Uber inmediatamente—. Ven de *brunch* conmigo y luego seré todo tuyo. Hasta revisaré la lista de invitados uno por uno.

—Tengo más compromisos laborales aparte de ayudarte a ti.

—Sí, pero hoy no. Jillian comentó que te habías tomado la tarde libre para ponerte al día con los e-mails, y eso puedes hacerlo en cualquier parte.

Sloane apretó los labios, pero terminó cediendo.

Al cabo de veinte minutos, la recepcionista de Café Amélie, uno de los muchos restaurantes del imperio gastronómico de los Laurent, nos acomodó en una mesa. Como había ido al internado con Sebastian Laurent, yo siempre tenía espacio en cualquiera de sus establecimientos.

Pedimos. Sugerí también que nos fueran sirviendo mimosas sin parar, a pesar de la reprobación de Sloane, pero, hey, un *brunch* no era un *brunch* sin champán, y Café Amélie era uno de esos lugares benditos en los que servían bebidas ilimitadas.

Fuera de la oficina, embravecido por las bebidas y protegido por las conversaciones ajenas, al fin abordé el tema del beso.

En algún momento tendríamos que hablar de ello. Prefería hacerlo ahora que esperar a que nos explotara más adelante.

—En cuanto a lo del otro día...

Sloane entró en tensión.

—Para. No es ni el lugar ni el momento indicado para hablar de eso.

—Estamos tomando unas mimosas en público en una preciosa tarde de un jueves. No se me ocurre un lugar ni un momento mejor para hablarlo.

La mesera nos trajo la comida. Sloane esperó a que se fuera antes de responder:

—De acuerdo. Yo lo veo así. —Cortó los *pancakes* con suma precisión—. Teníamos las emociones a flor de piel y un cliente me besó por la enajenación del momento. Yo no le paré los pies de inmediato; eso es culpa mía. Pero ahora, las cosas pasaron y listo. Tenemos que seguir con nuestras vidas y centrarnos en lo importante: el trabajo. Y, más en concreto, en mi capacidad como representante tuya que soy... —marcó bien la palabra *representante*— y la cláusula relacionada con tu herencia.

A pesar de la frescura de su respuesta, se le sonrojaron muy discretamente las mejillas y el puente de la nariz.

—Mmm. Nunca te escuché tan habladora. —Arranqué un trozo de pan y me lo metí en la boca. Lo mastiqué y me lo tragué antes de añadir—: ¿Estás intentando soterrar tus sentimientos con más palabras, Luna?

—Te prometo que vivir delirando no es la mejor forma de vivir.

—La mejor puede que no, pero la más divertida seguramente sí. —Me incliné hacia ella y dibujé una expresión algo más seria—. Siento si la otra noche me excedí. Si de verdad te incomodó, pararé, pero sé sincera: ¿te gustó el beso?

A Sloane se le tiñeron aún más las mejillas.

—Eso es irrelevante.

—Déjame que discrepe. Cuando se trata de besarse, que te guste o no es muy relevante.

—Para cualquier otro par de personas, puede ser. Para nosotros —señaló marcando bien la última palabra—, es irrelevante porque me niego a comprometer mi integridad profesional por llevar a cabo actividades poco apropiadas con un cliente. —Asesinó un trozo del *pancake* con el tenedor para enfatizar más todavía lo que había dicho.

—Estamos en el siglo XXI y eres tu propia jefa. Tampoco es que vayan a despedirte.

—Me juego mi reputación.

—Tu reputación es impecable. Nadie se atrevería a decir algo en tu contra. —En cierto modo, esconderse tras la excusa del trabajo era fácil, y yo lo entendía. Si nos involucrabamos, Sloane tenía más que perder que yo; sin embargo, así en general, tampoco era un factor decisivo. Había parejas en situaciones parecidas que habían conseguido que funcionara—. Mira a la reina y al príncipe de Eldorra. Tenían una ley en contra de hacía siglos, y ahora están felizmente casados.

—Ni yo soy una princesa ni tú eres mi guardaespaldas. Y ellos estaban enamorados —respondió con tono monocorde—. Es distinto.

—Todo amor empieza con un beso.

Estaba llevándola al límite, pero si no lo intentaba, me arrepentiría toda la vida. Seguir con lo cómodo era fácil, pero estaba empezando a darme cuenta de que lo fácil no siempre era lo correcto. De serlo, habría aceptado la posición de director ejecutivo del Grupo Castillo en lugar de elaborar un plan imposible para abrir una discoteca en Nueva York en menos de seis meses.

A la mierda. Si lo hacía, lo hacía bien.

—Ten una cita conmigo —le pedí.

Le resplandecieron los ojos con una emoción indescifrable y los cerró antes de responder:

—No.

—¿Por qué no? Y olvídate un segundo de tu trabajo. Dame una razón de peso, Sloane.

Tomó el tenedor con fuerza. Probablemente se estuviera imaginando a sí misma acuchillándome con el cubierto, pero aquella pizca de violencia hipotética me dio igual. Así era todo más interesante.

El ruido del restaurante pasó a un segundo plano mientras yo aguardaba una respuesta. Bajo mi exterior despreocupado, el corazón amenazaba con salírseme del pecho.

No me había sentido tan nervioso por nadie en la vida. Jamás.

Sabía que estaba pasándome de vueltas sin tener claras cuáles podían ser las consecuencias. Sabía que debería estar centrándome en el tema de la discoteca en lugar de en mi vida personal. Y sabía que, a lo mejor, la había cagado con la discreta comprensión que habíamos desarrollado Sloane y yo en Colombia.

Todo eso, lo sabía. Y, aun así, me daba igual. La deseaba demasiado y quería que esto, lo que quiera que fuera, funcionara. Y, aunque no funcionara, al menos lo habría intentado.

Abrió la boca.

Entré en tensión de arriba abajo, preparándome para...

—¿Sloane? ¿Eres tú?

Una voz sumamente desagradable y para nada familiar arruinó aquel momento. Giramos la cabeza a la vez para mirar al intruso.

Cabello rapado, piel morena y unos músculos marcados. Parecía el típico tipo que se pasaba la mitad de la vida engullendo licuados proteicos y entrenando. Llevaba unos pantalones de mezclilla y una camiseta de color negro, y se quedó mirando a Sloane de una forma que hizo que me entraran ganas de darle un puñetazo en la cara (un rostro de un atractivo bastante común).

—Disculpa, pero estamos en medio de una conversación —señalé.

Yo no solía ser tan maleducado con los desconocidos, pero este tipo tenía algo que no me gustaba y lo noté de inmediato.

—No has respondido a mis llamadas ni a mis mensajes —dijo, ignorándome por completo—. ¿Qué pasa?

Sloane se le quedó mirando, petrificada. Parecía demasiado sobresaltada para responder.

—Perdona, pero ¿quién eres? —En esta ocasión, ni siquiera me molesté en disimular el enojo.

Licuado Proteico me fulminó con la mirada y entrecerró los ojos mientras me estudiaba.

—Soy su novio, imbécil. ¿Quién diablos eres tú?

20
Sloane

Llevaba años trabajando con Xavier, y nunca lo había visto enojado. Frustrado, sí. Molesto, totalmente. Pero ¿enojado? No.

Hasta ahora.

La forma en la que le cambió la expresión fue sutil, aunque inequívoca. Por cómo apretó la mandíbula. Por cómo le resplandecieron los ojos. Y por cómo se le tensaron los músculos.

Estaba a segundos de perder la compostura. Y yo tenía que tomar el control de la situación antes de que volviéramos a acabar en el blog del maldito Perry Wilson.

—No es mi novio. —Por fin volví a encontrar las palabras y fulminé con la mirada al tipo que tenía de pie delante de mí—. Y, ya que preguntas, no he respondido a tus llamadas ni a tus mensajes porque ya te lo dejé claro en su momento: se acabó.

—Pensaba que lo decías de broma. Teníamos algo increíble. ¿Por qué querrías ponerle punto final? —preguntó Mark, que parecía perplejo de verdad.

Pfff, por el amor de Dios. Eso me pasaba por ir involucrándome con la misma persona constantemente en lugar de pasar de un tipo a otro.

No quería meterme en una relación, pero una tenía necesidades físicas al igual que cualquier otro ser humano. Y tener a un amigo con derechos recurrente era más fácil que ir navegando por las cloacas que eran las plataformas de citas en línea o esperar a que se alinearan los astros en la vida real.

¿El problema? Que los hombres siempre se enamoran. Duermes con ellos en un par de ocasiones y de repente piensan que van a ver los atardeceres juntos para el resto de sus vidas.

Y a mí ni siquiera me gustaban los atardeceres. Qué deprimentes.

—Ya te dije que lo que tuvimos había llegado a su fin. —Miré alrededor en busca de la mesera. Seguro que había una norma en contra de que la gente incordiara a los comensales—. Y ahora, tal y como dijo Xavier, estábamos en medio de una conversación. Vete, por favor.

La charla que estaba teniendo con Xavier era incómoda, desagradable y sorprendente en un sinfín de aspectos. Aun así, prefería pasarme el día entero repitiendo lo del beso que tener que hablar con Mark.

Había roto con él la noche antes de irme a Grecia. Cuando nos conocimos, él trabajaba de mesero en el lugar donde solíamos ir con mis amigas para la hora feliz y nos habíamos involucrado durante unos meses hasta que él reservó una «escapada de fin de semana» en un *bed-and-breakfast*. Y ahí tuve claro que se había acabado.

—Vamos —trató de convencerme. En el caso de que yo no hubiera tenido ya claro que lo nuestro había terminado, ese momento me lo acabó de confirmar. No había nada más poco atractivo en un hombre hecho y derecho que verlo lloriqueando—. Si tú...

—Te dijo que te vayas —lo interrumpió Xavier con un tono de voz letalmente suave y enfatizando bien las últimas dos palabras.

Desde que Mark se había presentado como mi novio, Xavier no se había ni movido, pero le ardía la mirada con una advertencia mortal.

A pesar de su pose relajada, con un brazo colocado detrás del gabinete y el otro apoyado en la mesa, la tensión lo envolvía de arriba abajo. Parecía un depredador escondido entre la hierba, esperando para atacar.

Noté un escalofrío.

Xavier no era un tipo violento, pero me daba la impresión de que si llegara a pelearse con Mark, uno de los dos acabaría en el suelo. Y sería el que estaba de pie ahora mismo.

—Eso a ti no te incumbe —le espetó Mark, aunque dio un diminuto paso hacia la derecha para alejarse un poco de Xavier—. Sigo sin saber quién carajo eres tú.

—No hace falta que sepas quién soy. —La amable sonrisa de Xavier no fue para nada genuina—. Lo que sí te hace falta es saber captar las indirectas. Sloane rompió contigo y tú no la escuchaste. Te dijo que te vayas, y tampoco la escuchaste. Ya van dos pifias. Te sugiero encarecidamente que no le sumes una tercera.

Hay personas que, cuando se enojan, estallan en un arrebato impulsivo y violento.

A Xavier, en cambio, le ocurría lo contrario: bajaba la voz hasta adoptar un tono gélido. Y a mí me recorrió otro escalofrío.

Podía cuidarme solita, y lo hacía. No quería ser la dama en apuros y no necesitaba que viniera un hombre a reiterar lo que yo ya había dicho.

Pero, carajo, a veces estaba bien notar que tenías ayuda. Sobre todo cuando esta venía envuelta de músculos y un encanto devastador.

Mark apartó la vista de Xavier para mirarme a mí y luego volvió a reposarla en él. No sé qué vio en nuestros rostros, pero debió de asustarlo, porque dio media vuelta y salió sin terciar palabra.

Cuando desapareció del alcance de mi vista, solté el tenedor y este repiqueteó en el plato. Había estado sujetándolo con tantísima fuerza todo el tiempo que el metal se me había quedado marcado en la piel.

Xavier bajó el brazo del respaldo y la tensión fue liberándose de él como si fuera la cuerda de un carrete. El peligroso centelleo de sus ojos también desapareció y me estudió un segundo en silencio.

—Luna, tu gusto por los hombres con los que te has involucrado hasta ahora es pésimo a más no poder.

Gruñí. Estaba harta del día de hoy, y eso que aún era mediodía.

—Gracias por el *brunch*, pero ya terminamos. —Dejé un billete de veinte en la mesa a modo de propina, tomé la bolsa y me levanté—. Tengo... —Xavier sabía que me había quitado todas las reuniones del día. «Es el colmo, Jillian». De no ser porque, por el resto, era una secretaria genial, la habría echado por compartir dicha información con Xavier—. E-mails que revisar.

—Te juro que detesto quitarte tiempo de revisar e-mails, pero aún no hemos terminado la conversación que teníamos a medias, tal y como tú, tan amablemente, le señalaste a Cabeza Hueca de Base. —Xavier le hizo un gesto a la mesera y pagó antes de salir del restaurante detrás de mí—. Dame una buena razón por la cual no podamos salir, aparte de nuestra relación profesional.

—Eso debería ser ya razón suficiente.

Me alejé de él a propósito y miré por la calle para ver si veía un taxi. Me bastó con echar una ojeada rápida al celular para entender que sería más fácil que pedir un Uber.

—Las relaciones profesionales vienen y van, Luna. Las

personales no. —Guardó silencio un segundo—. Al menos, no deberían.

—¿Me estás despidiendo?

—No. Te estoy diciendo que podemos resolver eso de la relación publicista-cliente. Carajo, si hasta podemos ver esas comedias románticas que tanto te gusta ver, eh..., para desestresarte, en busca de inspiración —añadió cuando lo fulminé con la mirada—. A los de Hollywood se les tienen que haber ocurrido decenas de estrategias para casos como este.

—Ya te dije que esas comedias románticas no son nada realistas. Lo que pasa en Hollywood no ocurre en la vida real. —Me giré para mirarlo—. Acabas de decirle a Mark que aprenda a captar las indirectas. ¿Por qué estás insistiendo tanto tú ahora en esto?

—Porque quiero estar contigo.

Fue una frase simple y sincera. Y se me clavó directamente en el pecho, con fuerza y sin que lo viera venir.

Me quedé sin aire y no pude apartar la mirada de Xavier. Se le había relajado la expresión y ya nada quedaba en su rostro de aquella irreverencia; ahora era todo franqueza.

—No quiero involucrarme con alguien y punto o ligarme a una persona una noche y ya —me contó—. Quiero estar contigo. Y quiero saber cómo eres fuera del trabajo. Quiero llevarte a citas de verdad. Y no sé si acabará funcionando, pero al menos quiero que lo intentemos.

Por el amor de Dios, Sloane, nadie quiere salir con alguien así de fría.

Sentí cómo se me colaba algo en la garganta, pesado, y se quedaba ahí.

—Créeme. —Agarré la correa de la bolsa con fuerza—. No quieres saber cómo soy fuera del trabajo.

Cuando trabajaba, nadie me culpaba por ser fría o directa. Esperaban que fuera así. En una relación..., aquella misma cuestión era algo totalmente distinto.

—Déjame que sea yo quien lo decida. —Se le endulzó la voz—. ¿De qué tienes tanto miedo?

Noté un mísero hormigueo detrás de los ojos y de la nariz.

—De nada.

Desvié la vista hacia la calle; los coches que pasaban tocando el claxon y los peatones que cruzaban sin mirar me ofrecieron la estimulación suficiente para empañar mi respuesta real.

«Tengo miedo de volver a abrirme con alguien».

«Tengo miedo de que me vuelvan a romper el corazón».

«Tengo miedo de que si llegas a descubrir cómo soy en realidad, vayas a pensar que es difícil quererme, como todo el mundo, y de que me duela todavía más porque vendría de ti».

Mi pasado era el que era. Había sido joven, estúpida e inexperta, y había salido con un montón de hombres más desde que me rompieron el corazón por primera vez. A ellos no me había dado miedo darles una oportunidad, porque sabía que no arruinarían mis defensas.

Pero ¿Xavier? Él tenía el potencial de destrozarme por completo.

—Sloane. —Me agarró el brazo y su sutil tacto me abrasó la piel—. Mírame.

—No. —Fortalecí mi determinación y aparté el brazo de golpe para parar un taxi que pasaba—. Ya hablaremos luego del plan para la publicidad. Voy a tomarme el resto del día libre.

Y con eso me refería a que me iba a ir a casa para responder correos electrónicos, darme un buen baño de burbujas, disfrutar de una copa de vino y ver una peli... sin pensar en Xavier Castillo en absoluto.

El taxi se detuvo justo enfrente de mí y las llantas rechinaron. Abrí la puerta y me metí. Xavier hizo lo propio justo después.

—¿Qué haces? —le pregunté de mala gana—. ¡Esto es allanamiento de morada!

—Estamos en un taxi.

—Pues estás allanando el taxi. —Repiqueteé con los nudillos en el cristal que nos separaba del taxista—. Hay un intruso en el coche. No conozco a este hombre. Por favor, échelo de inmediato.

El conductor miró por el retrovisor; no parecía impresionado lo más mínimo.

—¿No estaban hablando hace un segundo?

—Él estaba hablando conmigo —respondí haciendo especial énfasis en *él*.

—Los dos estábamos hablando —me corrigió Xavier marcando bien las dos primeras palabras.

—Yo...

El conductor suspiró y me interrumpió:

—Mire, señorita, no tengo tiempo para ocuparme de una discusión de pareja. ¿Quiere que arranque o no?

—No somos...

—Arranque. Siga conduciendo hasta que le indiquemos. —Xavier le pasó un billete de cien dólares al conductor por la apertura—. Una propina de antemano por su servicio. Gracias, eh.

El conductor tomó el billete en el acto y arrancó.

—Esto es secuestro —solté, furiosa—. Estás cometiendo un delito.

—Tú te has metido dos veces en mi habitación en el último mes, así que tómalo como un empate. —Xavier sonrió, pero su mirada permaneció seria—. No puedes seguir huyendo de las cosas difíciles, Luna. En algún momento tendrás que enfrentarte a eso que tanto temes.

—Tiene gracia que seas tú quien lo diga.

Xavier se había pasado media vida evadiendo responsabilidades. Era la última persona que debería estar dándome una lección sobre no huir de algo.

—Cierto —reconoció—. Pero yo estoy poniéndole remedio.

No se me ocurrió una buena respuesta para eso.

Me hundí en el asiento. De repente, estaba agotada.

Era demasiado. España, Colombia, ver a Pen, recibir el mensaje de mi padre y descubrir que mi hermana estaba embarazada, besar a Xavier... Los bombazos del último mes habían ido haciendo mella en mis murallas, y estaba exhausta de tanto aguantar.

—Si de verdad no sentiste nada cuando nos besamos, le diré que frene ahora mismo y no volveremos a hablar del tema nunca más —dijo Xavier en voz baja—. No afectará a nuestra relación laboral y haremos como si nunca hubiera ocurrido. Pero si siquiera una minúscula parte de ti cree que podría funcionar... —Tragó saliva—. No te estoy diciendo que tengamos que casarnos o meternos en una relación duradera, pero quiero que podamos abrirnos el uno con el otro. No hace falta que abramos las puertas de las salas donde guardamos todos nuestros secretos. De momento, bastará con que abramos la puerta principal.

Se me escapó la risa, sin que pudiera remediarlo.

—Dios mío. Es la peor metáfora que he oído en la vida.

—Oye, nunca dije que sea un poeta. —Sonrió de medio lado—. Bueno, ¿qué me dices? Solo estoy hablando de tener citas, Luna. Podemos ser discretos, y si funciona, funciona; si no funciona, no funciona. No puede hacernos daño.

Lo responsable habría sido zanjar el tema de una vez por todas. No podía salir nada bueno de abrirme con un hombre, y menos aún si dicho hombre era alguien tan inteligente y encantador como Xavier. Y decir que sí era ir en contra de mi propia norma de no involucrarme con clientes.

Aunque si dijera que no sentía nada por él, estaría mintiendo. Aquel beso me había hecho sentir más de lo que había sentido con cualquier otra cosa que recordara hasta la fecha. Y tenía la incómoda sensación de que si me alejaba, los *y si...* me perseguirían el resto de mis días.

«Espero no arrepentirme de esto».

—Dos meses a partir de ahora. —Me bastó con pronunciar aquellas palabras para sentir que se me cerraba el pecho; aun así, me deshice de los hipotéticos «peores casos» que amenazaban con invadir mi mente—. Tenemos hasta finales de diciembre para ver si esto va a alguna parte.

—Como un periodo de prueba.

—Justo. —Levanté la barbilla—. ¿Te supone algún problema?

—En absoluto. —A Xavier se le ensanchó la sonrisa y me tendió la mano—. Trato hecho.

Era mi última oportunidad para echarme para atrás, pero, a la mierda, no había llegado tan lejos como para acobardarme ahora.

Le estreché la mano e intenté hacer caso omiso de las mariposas que noté en el estómago.

—Trato hecho.

21
Sloane

—No diré que te lo dije, pero te lo dije —soltó Isabella—. ¡Sabía que tú y Xavier acabarían cediendo a su deliciosa y candente...!

—Para, por favor. Estoy en un taxi y voy a vomitar.

—Espero que no. Sobre todo porque estás de camino a su primera cita. —Podía oírla sonreír desde el otro lado de la línea—. Diviértete. Después cuéntanoslo todo, y no te preocupes por Perry. Nosotras te cubrimos.

Aún no me había olvidado de que Perry Wilson había intentado hacerme quedar mal. Ahora que ya había vuelto a la ciudad, y con un poco de ayuda por parte de mis amigas, podría centrarme en acabar con él.

—Gracias. —El conductor se detuvo—. Ya llegué. Hablamos luego.

—Uuuh. Mándanos una foto de...

Colgué antes de que Isabella pudiera volver a soltar algo inapropiado. Pagué al taxista y subí la escalera que daba a la mansión de Xavier en West Village. Tenía los nervios a flor de piel.

Era sábado. Habían pasado dos días desde que había tomado la cuestionable decisión de aceptar salir con él de forma casual (repito: casual). Xavier no me había dicho qué tenía pensado hacer, solo me había dicho que me pusiera «ropa cómoda»; de haberse tratado de otra persona, me habría negado inmediatamente cuando me dijo que nuestra primera cita sería en su casa. Así embaucaban los encantadores asesinos en serie a sus víctimas antes de matarlas.

De todos modos, me aparecí allí, lo cual demostraba que o bien me sentía cómoda con él, o bien era muy estúpida. La verdad es que prefería achacarlo a la segunda opción.

Levanté la mano, pero la puerta se abrió antes de que pudiera tocar.

El alborotado cabello negro de Xavier y su esbelta aunque musculosa figura llenaban todo el marco, y yo noté, de repente, un extraño mariposeo en el corazón. Él iba con su versión de ropa cómoda: pantalones de mezclilla y un suéter de cachemir que le marcaba bien los brazos y sus anchos hombros. Y no llevaba zapatos.

Por alguna razón, verlo descalzo en casa me resultó algo insoportablemente íntimo.

Bajé el brazo algo cohibida.

—Hola.

—Hola. —Sonrió y se le marcaron los hoyuelos—. Antes de que pienses que estoy loco y que estaba esperando al lado de la ventana, salí por esto. —Tomó una caja café que había en el porche—. Pero llegaste en el momento justo.

—No será un cuchillo para asesinarme en tu sótano secreto, ¿no?

Se marcaron más los hoyuelos.

—Ya lo verás.

—Qué gracioso.

Colgué el abrigo en la percha de latón que había al lado de la puerta y lo seguí hacia dentro. Ya había estado aquí antes, una vez que vine a dejarle unos documentos, pero no me había movido de la sala.

Xavier me hizo un *tour* rápido y me enseñó cada habitación por la que fuimos pasando.

Al contrario de lo que me había imaginado, su casa no parecía una fraternidad universitaria. A pesar de su amplia disposición, era sorprendentemente acogedora, y la decoración costera formaba una refrescante mezcla de agradables tonos blancos, azules y amarillos apagados. O tenía un ojo increíble para estas cosas o una diseñadora de interiores asombrosa; o ambas.

—Aquí es donde más tiempo paso. —Señaló una habitación del segundo piso que servía de sala para ver la tele, de librería y de sala de juegos—. Es la sala multifuncional de la casa.

—¿Eso es una máquina de garra? —pregunté.

Me acerqué al objeto de metal repleto de peluches. Estaba frente a la pared del fondo, a la derecha, entre una máquina de *pinball vintage* y un carrito de palomitas de estilo retro.

—Ah, sí. —Xavier se frotó la nuca y se sonrojó—. De pequeño las odiaba. Me gastaba una fortuna jugando y nunca conseguía lo que quería, así que instalé una aquí y la truqué para que quien juegue siempre acabe sacando lo que quiere.

Aquella explicación infantil fue tan inesperadamente encantadora que sonreí sin disimular el gesto siquiera.

—Los enemigos de la infancia dejan cicatrices profundas —señalé, solemne.

—Pues sí. —Xavier me miró fijamente, con un brillo sombrío en los ojos—. Y ya ni te cuento el gato viejo de Doris... Una vez, casi nos mata a mí y a Hershey mientras dormimos.

—¿Hershey?

—Mi mascota cuando era niño. Era un labrador café, de ahí que...

—Que lo llamaras como al chocolate.

—Bingo.

Una imagen de un Xavier más joven y su perro me cruzó la mente y se me derritió muy muy muy poquito el corazón.

Puaj. La cita ni siquiera había empezado y yo ya estaba ablandándome. ¿Qué me pasaba?

—¿Tú tenías alguna mascota?

Xavier me rozó la mano con la suya al salir de la sala. Una corriente eléctrica me recorrió el brazo y lo aparté de golpe de forma instintiva.

Con el corazón acelerado, me pasé la mano por el chongo para intentar disimular dicha reacción. No tenía claro si se había dado cuenta, pero se le encorvaron las comisuras de los labios de forma burlona mientras me guiaba hacia el tercer piso, donde se encontraban las recámaras y la azotea.

—No —contesté tras una pausa—. A mi padre solo le gustan los caballos. —Me obligué a no mirar hacia ninguna de las puertas de las recámaras y a no imaginarme qué habría dentro.

¿Cómo sería el cuarto de Xavier? Habían reformado su habitación de Bogotá para convertirla en una *suite* de invitados cualquiera. ¿Tendría recuerdos de sus viajes? ¿Obras de arte? ¿Pósters? Y, en ese caso: ¿de qué serían los pósters?

—Aunque tengo un pez, pero es una mascota temporal —respondí con la intención de no adentrarme en una espiral de preguntas así de tontas—. El inquilino que estaba antes en mi departamento lo dejó al irse.

Xavier abrió la puerta que daba a la azotea.

—¿Y cómo se llama?

—El Pez.

Se detuvo y me miró de soslayo.

—¿Tu pez de mascota se llama... Pez?

—El Pez —lo corregí marcando bien la primera palabra—. Los artículos son importantes en la gramática y, tal y como decía, es una mascota temporal. No le veo sentido a buscarle un nombre real.

—Ya. ¿Y cuánto tiempo hace que tienes esta mascota temporal?

—Cinco años.

La risa que se le escapó hizo que su aliento se mezclara con aquel fresco aire otoñal.

—Siento decírtelo, Luna, pero después de un año una mascota deja de considerarse algo temporal.

Yo misma había formulado un argumento en virtud del cual la temporalidad no se delimitaba a un periodo de tiempo definido. Por lo tanto, si había adoptado a El Pez con la intención de darle un nuevo hogar en algún momento, podía considerarse una mascota temporal por más tiempo que pasara.

Aun así, mis palabras sufrieron una muerte súbita cuando llegué a la azotea y vi lo que había planeado para nuestra primera cita.

Dios-mío.

Había una pantalla de televisión enorme a un lado de la terraza, junto a una mesa con todos los tentempiés que una pudiera imaginarse. Había platos de cerámica llenos de M&M's, *pretzels*, ositos de goma y otras golosinas que no supe identificar a lo lejos; otros platos estaban repletos de papas fritas, galletas y varios aperitivos más; también había unos tazones enormes con seis tipos de palomitas distintas y una tabla de embutidos. Una hielera de champán descansaba al lado de un surtido de té, café y tres botellas de vino (una de tinto, una de blanco y una de rosado). Bajo la mesa se podía apreciar, además, una variedad de agua, jugo y refrescos que se mantenían en frío en un minibar con la puerta de cristal.

Unas alfombras y plantas esparcidas por el suelo le daban un toque acogedor a la zona. Había colocado unas cuantas velas estratégicamente y, como se estaba poniendo el sol, unas tiras de luces iluminaban la zona mientras que unas lámparas de calor portátil nos protegían del frío.

De todos modos, la cereza del pastel fue el colchón enorme que había justo enfrente de la pantalla. Estaba decorado con un montón de cojines, almohadas y cobijas de cachemir, y tenía aspecto de ser tan agradable que me entraron ganas de hundirme ahí en medio y no levantarme jamás.

Todo el montaje en sí era tan cursi que parecía sacado de una comedia romántica.

Y me encantaba.

Sentí que se me hinchaba el pecho de la emoción. ¿Cuándo fue la última vez que alguien se había esmerado tanto en hacer algo por mí?

Mis ex me habían llevado a restaurantes caros y a eventos exclusivos, que no estaban mal, pero no eran sino inversiones económicas. Invertir tiempo y atención en algo suponía muchísimo más esfuerzo, y nunca nadie me había considerado merecedora de algo así.

—Como es Halloween, pensé que podríamos hacer un programa doble —me contó—. Una comedia romántica de brujas y una de Navidad, que no van a sacar hasta las fiestas. El amigo de un amigo tiene un cargo importante en el estudio y me ayudó a conseguirla.

Por una vez en mi vida, no tuve ninguna respuesta irónica para eso.

—Buena... —Carraspeé para deshacerme de la sequedad de la garganta—. Buena idea.

Nos llenamos los platos de comida y nos acomodamos en el colchón. Xavier lo había colocado contra una pared de ladrillo baja que había para que pudiéramos apoyar la espalda, y los cojines nos permitirían estar más cómodos y no notar la dureza de la superficie.

La película empezó y los créditos aparecieron en la pantalla. Intenté centrarme en los nombres de los personajes principales en lugar de en la presencia de Xavier.

No estábamos apoyados el uno en el otro, pero estábamos tan cerca que cada vez que uno se movía, nos rozábamos de alguna forma.

El hombro con el brazo.

La rodilla con la pierna.

El muslo con la mano.

Instantes de contacto tan breves que a duras penas contaban como habernos tocado, pero que fueron tan intensos que desataron el caos en mi interior. Tenerlo cerca hacía que notara un cosquilleo en el costado derecho, y como era consciente de su presencia, la sangre me corría ávida por las venas.

Estábamos en una azotea de Nueva York a finales de octubre y yo me estaba asando. Y no era por las lámparas de calor ni por las cobijas; era por él.

—Me sorprende que hayas organizado esto en pleno Halloween. —Saqué el tema para desviar mi atención del acelerado ritmo al que me latía el corazón. «Céntrate, por el amor de Dios»—. Esta noche hay decenas de fiestas.

—Pero son aburridas. Esto no.

—¿Prefieres ver una comedia romántica sobre una bruja y un plomero que se enamoran que ir a una fiesta de disfraces con famosos?

—Definitivamente. Siempre y cuando la vea contigo.

Aquella respuesta le salió de forma tan natural que

tardé un segundo en asimilar lo que significaba. Y cuando lo hice, el ritmo de mi corazón adoptó una rapidez insuperable.

Carajo, Xavier.

Se suponía que hoy tenía que ser una cita obligatoria. No tenía que gustarme tanto.

Sabes que tienes que darle una oportunidad, ¿no? Las dulces palabras que me dijo Vivian a modo de recordatorio durante la hora feliz de ayer me vinieron a la memoria. *No vayas con el piloto automático esperando a que termine el periodo de prueba. No sería justo para ninguno de los dos.*

Detestaba que los demás tuvieran razón.

—¿Y tú? —se interesó Xavier—. ¿No tenías planes con las chicas?

—No. Están con sus familias. —Sentí una pequeña punzada en el estómago—. Vivian y Dante llevaron a Josie a una actividad de Halloween que hacían en el zoo. Kai e Isa tienen un evento de *Mode de Vie*, y Dominic y Alessandra fueron a la gala de otoño del Valhalla. —Técnicamente, Kai e Isabella aún no estaban casados, pero era como si lo estuvieran.

La rarita era yo. No me importaba; prefería estar soltera y ser feliz que meterme en una relación y sentirme miserable. Aunque en ocasiones me preguntaba cómo sería vivir a sabiendas de que había alguien en el mundo que me quería con todo su corazón, incondicional y abiertamente, por quien era y no por quien quería que fuera.

—Hablando de Dante, ¿ya descubriste cómo es que forma parte del Comité de la herencia? —le pregunté, ávida por pensar en cualquier otra cosa; lo que fuera.

—No, aún no he hablado con él. Me he centrado en las reuniones de la semana que viene. —Me volvió a rozar la pierna con la suya y yo volví a notar esa especie de escalofrío. Me miró, y las imágenes que iban pasando por la pantalla le iluminaron la cara, se la ensombrecieron y luego se la volvieron a iluminar—. Hacía muchos negocios con mi padre, así que supongo que, en parte, será por eso.

—Quizá. Puedo preguntarle a Vivian...

—Luna. —Entrelazó mi dedo meñique con el suyo con delicadeza por debajo de la cobija y olvidé cómo se respiraba—. Estamos en una cita. Basta de hablar de trabajo.

—Cierto. —«Inspira, espira. Sabes hacerlo»—. ¿Piensas contarme algún día por qué me llamas Luna?

—Algún día. —Le salieron los hoyuelos—. Si te portas muy bien conmigo.

Reprimí una sonrisa.

—Ahora mismo ya me estoy portando bien contigo.

—Se te olvidó una palabra.

—Muuuy bien. ¿Qué implica eso, una mamada?

Al darme cuenta del error que acababa de cometer, se me apagó la voz. ¿Hablar de mamadas con Xavier? Malísima idea.

«¡Aborta misión! ¡Aborta misión!». Oí cómo repiqueteaban unas alarmas en mi cabeza, pero ya era demasiado tarde.

Algo más bien intenso se tragó el humor que se escondía en su mirada y mi provisión de oxígeno, ya escasa, bajó a niveles de emergencia.

A estas alturas, ni él ni yo estábamos prestando atención a la película. Cosa que, por desgracia, significaba que toda mi atención se había redirigido a: 1) el delicioso calor corporal que emanaba Xavier, que notaba tan cerca que hasta podía hacerme cortocircuito el cerebro, y 2) una lasciva serie de imágenes de él, yo y cierta actividad que empezaba por la letra M.

Se me aceleró el pulso.

—Puede ser, pero esta noche no. —Su aterciopelada voz

al murmurar esas palabras me recorrió entera—. No paso de los besos en la primera cita. ¿Por qué clase de hombre me tomas?

—Me estás diciendo que nunca has hecho nada más que besarte con alguien en la primera cita. —No era una pregunta, pero lo dije con una voz tan jadeante que ni siquiera la reconocí.

—Sí, pero hace años, y ni estábamos saliendo ni yo estaba intentando conquistarlas.

Otra especie de calidez que no tenía nada que ver con la lujuria se me abrió paso en el estómago.

—¿Eso estás intentando conmigo? ¿Conquistarme?

—Depende. —Se le dibujó una sonrisa en los labios—. ¿Está funcionando?

Sí.

—No.

—Mentirosa.

—Un galán no debería llamar mentirosa a la persona a quien está intentando conquistar. No sería de buenos modales.

—Soy sincero cuando tengo que serlo. Además, tú te morirías del aburrimiento si alguien se limitara a estar de acuerdo con todo lo que dijeras o hicieras.

Seguía con el meñique entrelazado con el mío, aunque ahora estaba agarrándomelo con algo más de fuerza. Y no me importaba.

—Crees que me conoces muy bien —susurré, a pesar de que tuviera razón.

—Solo algunas facetas tuyas. —Me rozó la mano suavemente con el pulgar y eso desató las mariposas que habitaban en mi estómago—. Pero tiempo al tiempo.

La implicación de que fuéramos a durar tanto hizo que las defensas me salieran disparadas. Sin embargo, aquella velada estaba siendo tan bonita y su tacto era tan agradable que las ignoré.

Y justo cuando la película de la bruja terminó y empezó la de Navidad, me di cuenta de que acababa de ver una comedia romántica sin escribir una reseña por primera vez en cinco años.

22
Xavier

Si de mí dependiera, me pasaría los próximos dos meses centrado única y exclusivamente en Sloane.

El sábado por la noche, la cita para ver pelis terminó con un casto beso en la mejilla, pero fue la mejor maldita cita que había tenido en toda mi vida. Se estaba abriendo conmigo, y eso era lo que importaba.

Seré sincero: no estaba acostumbrado a ir detrás de las mujeres. Desde que entré en la pubertad, había nadado en la atención femenina. Salir con chicas me resultaba fácil y el sexo lo era todavía más, así que todo esto del periodo de prueba con Sloane era terreno inexplorado para mí.

De haberse tratado de cualquier otra persona, la habría dejado escapar. Pero Sloane no era una chica cualquiera y yo ya estaba pensando en cómo sería nuestra próxima cita. Teníamos dos meses; debía aprovecharlos al máximo.

Por desgracia, tenía que gestionar el fastidioso tema de la discoteca. Más concretamente, tenía que conseguir las licencias adecuadas, encontrar dónde abrirla, conseguir financiamiento y hacer un millón de cosas más que había que hacer cuando se quiere abrir un negocio.

Por eso, el miércoles después de la cita, me encontraba de

nuevo en el Valhalla, cara a cara con el hombre que podría ayudarme con mi idea o arruinarla antes de que pudiera ejecutarla siquiera.

«Primer contacto en la lista de Kai».

Vuk Markovic, también conocido como el Serbio, estaba sentado delante de mí en su oficina, con sus espeluznantes ojos azules desprovistos de emoción alguna mientras yo le iba contando qué tenía en mente. Había pasado de vestirse con el típico uniforme de un director ejecutivo, formado por un traje y una corbata, y había optado por un suéter y unos pantalones negros. Una cicatriz impresionante le dividía el rostro en dos y un seguido de quemaduras le envolvían el cuello.

Traté de no mirar con todas mis fuerzas. Por suerte, cuando tomé impulso, me resultó más fácil. No había vuelto a presentarle un plan de negocios a nadie desde que terminé la universidad, pero aprendía rápido y me sentía cómodo hablando en público.

Necesitaba un socio en cuestiones de legitimidad y Vuk era perfecto para el puesto. Actualmente, ocupaba el puesto de presidente del comité de gestión del Valhalla, lo cual, sin duda alguna, lo había convertido en el hombre más poderoso de la ciudad. Contaba con más de una década de experiencia y tenía una reputación impecable por ser justo, aunque también despiadado cuando la situación lo requería.

Claro que necesitaba una razón de peso para asociarse conmigo y esta no podía ser el simple hecho de que tuviéramos a alguien en común. Kai me había dado el contacto, pero yo tenía que ganármelo.

—El Grupo Markovic sacará un nuevo vodka sin alcohol el verano que viene. El momento cuadraría a la perfección con la apertura de La Bóveda —le conté. Había decidido ponerle La Bóveda al local por su ubicación (o la que esperaba que fuera)—. Podríamos hacer una preinauguración exclusiva y tener un mostrador específico para la bebida. Sloane Kensington está a cargo del evento; será el acontecimiento nocturno de la temporada. Todo creador de tendencias de renombre estará allí, y la velada será la primera de nuestro Ciclo de creación de tendencias.

Era sencillo: una serie de acontecimientos mensuales a los que los asistentes recibieran acceso previo y exclusivo a todo, desde comida hasta actuaciones o desfiles de moda, mientras disfrutaran de la cerveza Castillo o del alcohol del Grupo Markovic.

Mi familia se había especializado en cervezas, pero Vuk estaba al mando de un inmenso imperio de licores que abarcaba desde vino barato para que se lo pudiera permitir cualquier universitario hasta champanes tan singulares que solo se producían unas cuantas botellas por añada. El próximo año, se diversificarían para adentrarse en el sector de bebidas sin alcohol, que estaba creciendo a pasos agigantados, y la empresa estaba invirtiendo una cantidad de dinero ingente en asegurarse de que fuera un éxito rotundo.

El Ciclo de creación de tendencias se celebraría una noche distinta para diferenciarse de la típica fiesta de discoteca general, aunque la intención no era celebrar fiestas normales y corrientes. Queríamos complacer a los medios y a los *influencers*, a quienes les gustaba ser siempre los primeros en todo; su asistencia, junto con la cambiante naturaleza de los acontecimientos, renovaría el bullicio mes a mes y haría que la gente siempre pensara en nuestro local.

Al menos, ese era mi plan.

Vuk esperó a que hubiera terminado de soltar esa perorata antes de lanzarme una serie de preguntas metódicas:

¿Quién es tu competencia?

¿Cerraste ya un contrato con el local?

¿Tienes a más marcas o empresas que vayan a participar en el Ciclo de creación de tendencias?

¿Cómo demonios piensas hacer todo esto en menos de seis meses?

Esa última pregunta no la dijo en voz alta, pero quedaba implícita.

Técnicamente, por decir, no dijo ni pío; todas esas preguntas me las pasó por escrito. Nadie sabía demasiado acerca de él más allá de lo que tenía que ver con sus negocios; aun así, se rumoraba que, si no hablaba, no era por ningún problema de salud (había oído por ahí que una vez le dio las gracias a un encargado del Valhalla). El tío odiaba hablar con todas sus fuerzas, y punto.

Abordé las preocupaciones de Vuk tan bien como pude, pero mi confianza menguó ante su inmutable estoicismo.

—La Bóveda será la discoteca que causará más furor en Nueva York desde que abrieron el Legends —señalé—. Tengo contactos, vista y ambición, aunque, a fin de cuentas, un negocio funciona por instinto: lo que funciona, lo que no, y qué será la próxima sensación. Es algo que no puede comprarse ni aprenderse. —Me incliné hacia delante sin apartarle la vista—. Y yo tengo instinto. Si aceptas ser mi socio, nos convertiré en putas leyendas.

Había visto la apertura de una discoteca como el medio para cumplir con la cláusula de la herencia y restregárselo a mi padre; sin embargo, ahora que había tenido tiempo de meditarlo, quería que funcionara de verdad. No por una cuestión económica, familiar o por nada de ese estilo, sino por mí mismo. Quería demostrarme que podía hacerlo.

Vuk se me quedó mirando con una expresión distante.

Con razón la gente se cagaba cuando estaba en la misma

habitación que él. El Serbio tenía algo perturbador a más no poder. A lo mejor era la combinación de su silencio, su estatus y sus cicatrices, o a lo mejor era algo completamente distinto.

Fuera lo que fuera, los nervios se apoderaron de mí cuando vi que empezaba a escribir. Treinta segundos después, me pasó el papel desde el otro lado del escritorio.

Vuelve cuando tengas el local.

Carajo. Conseguir el local que tenía en mente sería prácticamente imposible sin tener primero a Vuk como socio.

Si era una condición *sine qua non*, ¿por qué no me lo había dicho antes de aceptar reunirse conmigo?

Me tragué la decepción, le di las gracias por su tiempo y salí de la oficina. Al irme, pasé por el lado de un hombre de cabello oscuro con... Demonios, ¿esa era Ayana?

—Hey. ¿Está Vuk ocupado? —me preguntó el hombre.

Debía de haberme visto salir de la oficina del Serbio.

Disimulé mi sorpresa. Eran muy pocos los que llamaban a Vuk por su nombre de pila en voz alta; el hombre lo odiaba y la gente lo sabía.

—Cuando me fui, no.

Asintió y dijo:

—Gracias.

Ayana me sonrió rápidamente al pasar. Con su reluciente tez oscura y sus altos pómulos, la supermodelo parecía aún más etérea, pero no sentí absolutamente nada. Ni siquiera una pizca de lujuria o atracción.

Sloane y yo nos habíamos besado una sola vez y ya me había dejado tan jodido que ni siquiera podía ni fijarme en otras mujeres.

Esto debería haberme alarmado más, pero me costó no sonreír cuando la vi paseándose por la biblioteca. Había metido a Sloane en el club antes de reunirme con Vuk y, a pesar de que no necesitaba su apoyo moral, me encantaba que estuviera aquí.

—¿Qué te dijo? —me preguntó cuando me acerqué lo suficiente como para oírla—. O escrito. Ya sabes a qué me refiero.

—Me dijo que vuelva cuando tenga el local.

—¿El segundo contacto?

—El segundo contacto —confirmé.

—Mierda.

El sentimiento era mutuo. Me reuniría con el segundo contacto de la lista de Kai ese viernes y tenía cero ganas.

—Lo positivo es que no dijo que no. Lo conseguiré —afirmé—. ¿Cómo va la cosa con P. W.?

Sloane me había contado que quería arruinar a Perry Wilson. Yo no tenía nada que objetar; ese *blogger* de chismes me fastidiaba sumamente.

—Van —respondió—. Mis amigas ya sentaron las bases. Del resto, me ocupo yo. En realidad, estaba buscando algo de información antes de que entraras.

—Genial. O sea, que ha sido un día productivo; ya podemos ir a cenar. —Después de mi reunión con Vuk, necesitaba hacer un *reset*, y la comida siempre ayudaba a que me sintiera mejor.

Sloane arrugó los labios.

—Tienes que recalibrar tus horarios de comida. Todavía son las cuatro.

—Con el tráfico que hay, cuando lleguemos al sitio ya serán las cinco, que es momento para la hora feliz. ¿Y sabes qué hace la gente después de la hora feliz?

—Bañarse.

—Cenar. —Sonreí, burlón—. Aunque tampoco le diría que no a un baño conjunto. —Bajé suficientemente la voz para que solo me oyera ella.

A pesar de que se le sonrojaron las orejas, arqueó una ceja y preguntó:

—¿Qué hay de lo de acurrucarte a alguien con calma y tranquilidad?

—Deja de ser tan malpensada, Luna. Yo solo sugerí que nos bañáramos juntos. Sería hasta apto para películas para menores de trece años, salvo por las dos atractivísimas personas que aparecerían desnudas en escena.

Sloane estalló de la risa e hizo que varios miembros la miraran en señal de desaprobación antes de taparse la boca.

Se me ensanchó la sonrisa. Si alguien me hubiera preguntado hacía un año qué era lo que más me gustaba en el mundo, habría dicho que tomarme una copa fría un caluroso día en la playa. Ahora, en cambio, era hacer reír a Sloane. Verla bajar la guardia y ser ella misma era increíble.

—Siento decepcionarte, pero no vamos a bañarnos juntos, ni hoy ni en un futuro cercano —señaló cuando controló la risa—. Es...

La llamaron por teléfono. Desvió la vista hacia el aparato y se le desdibujó la sonrisa de la cara.

Respondió y empalideció mientras escuchaba lo que quiera que le estuviera diciendo quien acababa de llamarla. Al cabo de un minuto, colgó y tomó el abrigo que tenía en el respaldo de la silla.

—Tengo que irme.

Cierta preocupación se me arremolinó en el estómago.

—¿Qué pasa?

La seguí en dirección hacia la salida, pero Sloane no respondió hasta que estuvimos en el pasillo, lejos de gente que pudiera escucharnos.

—Es mi hermana. —Por fin me miró; tenía los ojos llenos de pánico—. Está en el hospital.

23
Sloane

Cuando Xavier insistió en acompañarme, no le llevé la contraria. Como hoy había ido al club en coche, era más fácil que condujera él que parar un taxi.

A medida que nos dirigimos hacia el hospital, yo aún oía el eco de la voz estresada de Rhea.

Mi día libre... Penny se desmayó en la calle... Hospitalizada...

No le había dado tiempo de contarme los detalles porque le había llamado la enfermera. La falta de contexto hizo que se me revolvieran las tripas a más no poder y empezara a imaginarme lo peor.

¿Cuánto daño se había hecho Penny? ¿Se habría roto una costilla o era algo peor? ¿Tendrían que operarla?

El terror se apoderó de mí.

Debería haberme puesto en contacto con ella antes. Hacía un mes desde que nos habíamos visto en Londres; Rhea me escribía de vez en cuando para contarme cómo iban, pero yo debería haber buscado un espacio para hacerle una videollamada. Y, en lugar de eso, me había pasado las horas trabajando y con Xavier.

La lógica me decía que si Pen estuviera en peligro de verdad, Rhea habría estado más angustiada. No obstante, ante el frígido y debilitante miedo, la lógica siempre salía perdiendo.

Por suerte, Xavier no hizo ninguna pregunta ni intentó entablar conversación. Se limitó a serpentear a toda velocidad por las calles, esquivando los peatones imprudentes y el tráfico con una destreza sorprendente... hasta que llegamos a los caóticos atascos del centro de Manhattan en hora pico.

Los semáforos estaban en verde, pero la congestión era tal que nadie podía avanzar.

—¿Qué pasa? —me levanté un poco en un intento por entender a qué se debía aquel caos de coches, transeúntes y ciclistas que zigzagueaban por la intersección.

—Parece que hubo un accidente. —Xavier abrió la puerta del conductor, sacó el cuerpo y miró alrededor rápidamente—. El atasco abarca varias manzanas.

Mierda. Me agarré con fuerza a los costados del asiento. Podíamos pasarnos horas aquí parados, y yo no tenía tanto tiempo.

¿Y si Pen empeoraba de repente? ¿Y si cuando llegaba ya no podía verla por última...?

«No. No pienses en eso».

Me obligué a tranquilizarme. Perderme en el histerismo no me serviría de nada.

—Enseguida vuelvo. —Xavier salió del coche—. Si por alguna casualidad deja de haber tráfico en los próximos cinco minutos, mi bebé es todo tuyo. —Le dio unas palmaditas al techo del Porsche.

—¿Qué piensas...?

Me giré y vi cómo echaba a andar entre los vehículos que teníamos detrás hasta que llegó al último y le dio un golpecito a la ventana. El conductor la bajó, Xavier le pasó algo y, tras un breve intercambio de palabras, el coche arrancó en reversa y pasó por una calle lateral.

Menos mal que solo teníamos tres coches detrás. Xavier repitió aquella misma jugada con los otros dos vehículos hasta que despejó la calle.

—Cambio de planes. —Volvió a ocupar su asiento e hizo lo mismo que los otros coches: cambiar de sentido y adentrarse por otra calle—. Igual encontramos baches.

—¿Qué hiciste?

—Darle trescientos dólares a cada conductor para que vaya en dirección contraria. —Al ver la calle lateral, que también estaba obstruida, Xavier arrugó la frente—. El soborno hace milagros.

—Tenemos que hablar de la peligrosa cantidad de efectivo que llevas enc... Demonios. —Me dio un vuelco el corazón y me agarré al descansabrazos de la puerta mientras el Porsche se subía a la banqueta—. ¡Esto no es un carril!

—Ya lo sé. —Continuó conduciendo con dos ruedas subidas a la banqueta y dos en el carril, pasando a un montón de coches que nos pitaban y nos gritaban enojados—. No hay peatones y puedo permitirme pagar la multa.

—Perdiste la cabeza. ¡¡Carajo!!

Cuando casi le damos a una boca de incendios, el corazón volvió a acelerárseme un poco más y no pude volver a respirar hasta que por fin, ¡por fin!, giramos en otra calle y Xavier volvió a conducir normal.

Es decir: sin subirse a la banqueta y siguiendo solo el asfalto.

Aquella repentina bocanada de oxígeno hizo que me mareara. «Nota mental: no volver a subirse nunca más a un coche con Xavier al volante».

—Tienes que llegar al hospital y esta es la forma más rápida de conseguirlo —dijo tranquilamente. Conducía con una solo mano porque estaba agarrándome la mía con la otra y teníamos los dedos entrelazados. El gesto me sorprendió tanto que me tensé—. Tranquila, Luna. Llegaremos.

Me quedé mirando su perfil un segundo antes de apartar la vista y mirar nuestras manos. La suya era tan grande que cubría la mía por completo, y su calor corporal irradiaba una calidez que me recorrió el brazo entero, me atravesó el pecho y se me acomodó en el estómago.

Xavier tenía la vista puesta en el camino. Parecía tan tranquilamente cómodo y despreocupado que, de alguna forma, todo resultaba más íntimo todavía.

Sentí un nudo lleno de emoción en la garganta, grande y repentino.

Extrañaba tener relaciones sexuales porque hacía un mes que no me acostaba con nadie, pero no me había dado cuenta de lo muchísimo que extrañaba esto. El tacto no sexual. La simple cercanía. La conexión, de una forma u otra.

Tal vez extrañaba porque hacía años que no tenía algo así; eso si es que lo había tenido alguna vez.

Miré hacia delante y le apreté la mano a Xavier, dejando que su reconfortante fuerza me calmara. No me importaba mostrarme vulnerable en ese instante; solo necesitaba apoyarme en alguien.

Tuvimos la suerte de no volver a encontrar ningún atasco y llegamos al hospital relativamente rápido.

—Entra —me dijo—. Voy a buscar estacionamiento.

No le llevé la contraria.

Para ser un miércoles por la tarde cualquiera, el hospital estaba llenísimo. Sin embargo, como yo era familia, el personal del recepción me lo puso fácil.

Una vez en el elevador, miré el celular. No tenía ningún otro mensaje de Rhea, lo cual supuse que sería buena señal. «Por favor, que esté bien».

Las puertas se abrieron. Salí corriendo, di la vuelta en la esquina y...

Me dio un vuelco enorme el estómago.

En el pasillo estaban George y Caroline; él con un traje y ella con un vestido de *tweed* de diseño. Estaban de espaldas a mí, pero los reconocería en cualquier parte.

Me había obstinado tanto en ver a Pen que ni siquiera había caído en la posibilidad de que fueran a estar aquí. La verdad es que tampoco me habría sorprendido que no se hubieran presentado siquiera. Tenían por costumbre ignorar a mi hermana, a no ser que fuera estrictamente necesario atenderla.

Estaban hablando con una enfermera y no se habían percatado de mi presencia todavía. Aunque Rhea sí. Nos miramos a los ojos antes de que ella se girara a propósito para que yo pudiera aprovechar la distracción de George y Caroline para meterme en la habitación de Pen.

Ya me ocuparía luego de las consecuencias. Ahora mismo, necesitaba verla.

Tenía aspecto de estar dormida. Sin embargo, cuando cerré la puerta tras de mí, se movió.

Giró la cabeza y abrió los ojos, sorprendida.

—¿Sloane?

—Hola. —Dibujé una débil sonrisa a pesar de observarla frenéticamente en busca de algo que indicara que estaba gravemente herida. Parecía tan diminuta en aquella cama de hospital... Aun así, aparte de la enorme venda que llevaba en la frente, no le vi nada más que me resultara extraño. Ni siquiera parecía que se hubiera roto ningún hueso, que tuviera moretones o que hubiera sufrido alguna contusión—. ¿Cómo estás?

—Bien —respondió con un hilo de voz, aunque con convicción—. No te preocupes. Es solo un corte. Está todo el mundo asustadísimo por nada.

—¿Qué pasó? —La presión que sentía en el pecho amainó un poco, pero yo seguía preocupada.

—Una tontería —gruñó como cualquier niña de nueve años—. Me caí y me di un golpe en la cabeza con la banqueta. Y ya.

—Pen. —La miré fijamente.

Suspiró afligida.

—Me desplomé mientras estaba paseando con Annie. Al caer, me golpeé con el borde y, eh..., casi me atropella una bici.

Me callé la grosería que quería soltar y reprimí una letanía de preguntas. Annie era quien suplía a Rhea cuando tenía el día libre. Debería haber sabido que era mejor no llevar a Pen de paseo a esas horas del día, que es cuando más posibilidades había de que el cansancio pudiera con ella.

Por suerte, no parecía que hubiera sido grave. De lo contrario, ahora Pen estaría inconsciente en lugar de estar hablando conmigo, pero aun así...

Le acaricié el cabello con una mano y sentí que se me encogía el corazón al notar lo débil y delicado que era. Pen era muy joven, pero ya había pasado por muchísimo.

—Pero estoy bien. —Se le cerraron los ojos; luego los volvió a abrir y se le llenó el rostro de determinación. Cada vez que nos veíamos, intentaba evitar quedarse dormida. Una parte egoísta de mí agradecía ese tiempo de más con ella; una más inquieta se preocupaba por si eso hacía que le dieran ataques más graves—. Annie me trajo aquí por si acaso...

No me costó imaginarme por qué le habían dado una habitación para ella sola. Hacía años, mi padre había donado dinero para construir toda una ala nueva para el hospital.

—¿Dónde está Annie ahora? —quise saber.

—No lo sé. La echaron. —Pen bajó la vista—. Rhea se fue del *baby shower* de su sobrina por mí.

—Porque le importas. Nos importas a todos —añadí con delicadeza.

Volví a mirarle la venda. Era una herida relativamente pequeña, pero cualquier herida, por pequeña que fuera, podía afectar enormemente a las personas que sufrían de SFC. Tardaban más en recuperarse y el dolor podía hacer que los síntomas fueran mayores.

—¿Saben mamá y papá que estás aquí? —preguntó Pen, a quien se le volvían a cerrar los ojos.

—Aún no. —Al pensar que tendría que enfrentarme a ellos, el terror desbancó el alivio.

—Me alegro de que hayas venido. Se... —Se le fue apagando la voz hasta que se quedó completamente dormida.

Me quedé un poco más ahí, disfrutando de nuestros últimos minutos juntas.

Tanto Pen como yo habíamos cambiado desde que me fui de casa hacía años. Ahora éramos mayores, algo más sabias y más conscientes de a qué atenernos con George y Caroline. Sin embargo, en algunos aspectos seguíamos siendo las mismas: seguíamos siendo presas de nuestras circunstancias y seguíamos sin poder cambiarlas.

La adrenalina que me había causado la llamada de Rhea se disipó y me dejó una claridad fría y evidente. Cuando saliera al pasillo, George y Caroline sabrían que había estado viéndome con Pen en secreto. Si había llegado allí tan deprisa, solo podía ser porque Rhea se había puesto en contacto conmigo, y si había venido tan rápido era única y exclusivamente porque quería a Pen. Teniendo en cuenta que la última vez que había visto a mi hermana (según creían ellos), ella tenía cuatro años, no hacía falta ser demasiado listo para entender que habíamos ido manteniendo el contacto con el paso del tiempo.

A lo mejor tenía suerte. A lo mejor George y Caroline no harían un drama de todo esto y no echarían a Rhea ni encerrarían a Pen en algún lugar donde yo no pudiera acercarme a ella por despecho.

«Sí, y a lo mejor Satanás se arrepiente y deja de gobernar el inframundo para convertirse en un elfo de Papá Noel».

Me sentí tentada a esconderme en la habitación de Pen y esperar a que mi familia se fuera antes de salir a escondidas; aun así, a juzgar por lo que pude ver por la ventana de la puerta, la cosa iba para largo. Si entraba alguien y me viera merodeando por ahí, sería infinitamente peor.

Yo era muchas cosas, pero no cobarde. Ya apechugaría con las consecuencias, fueran las que fueran. Solo esperaba que pudiera proteger a Rhea del impacto. Me había contado que habían hospitalizado a Pen a sabiendas de que vendría y que seguramente la despedirían. Lo había hecho porque sabía que Pen querría verme, y no se merecía que la echaran por haberse mostrado empática.

Me erguí, fui hacia la puerta y salí.

Sin embargo, me detuve *ipso facto* justo después de haber cruzado el umbral.

Ahora, al otro lado de la habitación, no solo estaban George, Caroline y Rhea. La enfermera se había ido y, junto a mi padre y mi madrastra, aguardaba una mujer delgada y rubia, perfectamente peinada. Al lado de esta, un hombre atractivo, de cabello oscuro y ojos azules, que miraba alrededor más bien aburrido.

Esta vez, no podría pasar por su lado desapercibida ni de broma. Cuando la puerta se cerró tras de mí, todos enmudecieron y los cuatro miembros de mi (ex)familia se me quedaron mirando boquiabiertos, con expresiones que oscilaban entre el *shock*, la incredulidad y la confusión.

—Vaya —dijo la rubia, que fue la primera en recuperarse—, qué sorpresa.

Contuve las ganas de estremecerme. Su voz, por más encantadora que fuera, se me metió en la piel y me arrancó las costras de viejas heridas. Peor fue verlo a él. Fue como si un camión de esos enormes del pasado me hubiera embestido por detrás sin que lo hubiera visto venir y yo hubiera salido volando.

Eran las únicas personas que aún podían hacerme sentir inferior e insignificante.

Mi hermana Georgia y Bentley, su marido, mi cuñado... y mi exprometido.

24
Sloane

El fuerte resplandor de aquellas luces fluorescentes teñía el pasillo de unos austeros tonos blancos y de sombras. Los zapatos rechinaban al pisar el suelo, el personal médico iba de un lado a otro a toda prisa, y el olor a desinfectante permeaba el aire.

A Georgia esto no le afectaba lo más mínimo. De hecho, parecía una Grace Kelly moderna acabada de salir de las páginas de *Vogue*.

—No me digas que les dijiste a los de recepción que eras familia de Penny para que te dejaran subir —soltó—. Un tanto paradójico, ¿no crees?

La piel le resplandecía de una forma que no debería ser posible bajo una luz tan poco favorecedora. Aún no se le notaba la barriga, y ese suéter de cachemir y aquellos pantalones de raya de lana le quedaban tan bien a su figura tonificada gracias al pilates que parecían hechos a medida (seguramente lo eran). Un diamante de cuatro quilates, patrimonio de la familia, le centelleaba en el dedo anular.

Era el mismo anillo con el que Bentley me había pedido que me casara con él.

Sentí que el ácido me revolvía las tripas, pero miré a Georgia a los ojos con desprecio.

—Pen es familia —respondí haciendo especial énfasis en el verbo—. Tenía cuatro años cuando pasó todo. Ella no debería acarrear con la responsabilidad que deriva de las malas decisiones que han tomado los adultos que la rodean.

—Penelope es una Kensington —terció Caroline con frialdad—. Tú ya no; solo guardas el apellido, de modo que ya no es familia tuya. No tienes ningún derecho a estar aquí.

—Tiene gracia que diga esto alguien que se pasa la mitad del tiempo fingiendo que Pen no existe. —Le devolví aquella mirada asesina con una sonrisa gélida—. No te quedes demasiado rato aquí, Caroline, no vaya a ser que la gente piense que eres madre de verdad.

—Mira si eres...

—Caroline. —Mi padre le colocó una mano en el brazo para frenarla—. Déjalo.

Mi madrastra tomó una profunda bocanada de aire y se tocó la tira de diamantes que le envolvía el cuello. La mirada no se le relajó lo más mínimo, pero tampoco acabó de pronunciar la frase y atacarme.

George se giró hacia mí con una expresión ininteligible y mi bravuconería se fue derritiendo como un pedazo de hierro en una hoguera.

Era la primera vez que nos encontrábamos cara a cara desde que me separé de ellos. Si ver a Bentley me había hecho sentir como si acabara de atropellarme un camión, ver a mi padre me hizo sentir como si hubiera caído en las garras de las arenas movedizas del tiempo. Cada pequeño movimiento evocaba un recuerdo distinto.

El timbre de su voz mientras caminábamos por el Zoológico de Central Park cuando cumplí siete años y él me iba enseñando los diferentes animales.

Cómo sonreía, orgulloso, cuando dijeron mi nombre en el baile de presentación en sociedad.

La estupefacción que mostró cuando le conté que iba a abrir mi propia empresa de relaciones públicas en lugar de seguir una vida acomodada e ir teniendo bebés tal y como «debería».

Lo defensivo que se puso cuando acusé a Georgia y Bentley de haberse acostado a mis espaldas, la furia que emanó cuando me negué a «tomarme lo de su relación con calma» y darles mi beneplácito para que estuvieran juntos, y la frialdad glacial con la que me puso un ultimátum.

Si sales por esa puerta, no vuelvas.

El peso de nuestra historia me inundó los pulmones. Las emociones me azotaron en una mezcolanza de viejo enojo y nostalgia renovada, y tuve que echar mano de todas mis fuerzas para no dar media vuelta y salir por patas cual cobarde, algo que no era y me enorgullecía de ello.

Había tenido un montón de años para imaginarme cómo sería la primera vez que nos viéramos desde lo ocurrido. Mis suposiciones habían ido del ignorarnos el uno al otro (lo más plausible) a reencontrarnos alegremente y con lágrimas en los ojos (lo menos plausible).

Encararnos en el hospital, fuera de la habitación de mi hermana cuando ella casi había muerto, era tan sumamente poco probable que ni siquiera había formado parte de mi lista de opciones.

—Sloane. —Pronunció mi nombre con tan poca emoción, que fue como si mi padre estuviera hablando con su chofer—. ¿Cómo sabías que Penelope estaba aquí?

El amargo sabor de la decepción me llenó la boca. ¿Qué esperaba, que me abrazara?

—Me... —Me obligué a no mirar a Rhea—. Me escribió Annie.

Me dejaba un mal sabor en la boca arrojarla así a los perros, pero a ella la habían despedido. A Rhea no, y Pen la necesitaba.

Además, dudaba que mi familia fuera a contrastar mi historia con Annie. Para ellos, cuando despedían a alguien, era como si esa persona hubiera dejado de existir.

Caroline entornó los ojos.

—Pero si nunca conociste a esa mujer.

—Que tú sepas. —Arqueé una ceja—. ¿Cómo iba a saber si no que estaba aquí ingresada?

—Te lo podría haber dicho Penelope.

—Podría, pero no lo hizo.

—Vaya tontería. —Mi madrastra desvió la vista hacia mi padre—. George, échala. Dejó de ser una Kensington el día en que se fue de esta familia y nos humilló. Dios mío, a cuánta gente tuve que oír susurrando en las reuniones benéficas después de eso. Y...

—No pueden echarme —le espeté—. Estamos en un lugar público. El hospital no es de ustedes, por más dinero que hayan donado.

—Puede que no, pero podemos ponerte una orden de alejamiento por haberle mentido al personal del hospital y haberte entrometido en un asunto familiar privado.

—Pueden intentarlo, claro. Mi...

—¡Basta! —gritó mi padre. Tanto Caroline como yo nos quedamos mudas—. No es ni el momento ni el lugar de reñir por tonterías.

Redirigió toda la fuerza de su terca mirada hacia mí.

—Sloane, legalmente eres una Kensington, pero renunciaste a todos los derechos de participar en asuntos familiares el día en que te fuiste de mi oficina —señaló—. Y eso incluye mantener cualquier tipo de contacto con Penelope. Te lo dije alto y claro.

Me clavé las uñas en las palmas de las manos.

—Es una niña y necesita a alguien que...

—Lo que ella necesite no es asunto tuyo. Su bienestar te

concierne por igual a ti que a un desconocido de la calle. —Una sombra de decepción le tiñó la cara—. Podríamos haberlo solucionado. Te di una oportunidad para que lo arreglaras, pero tú hiciste como si nada. Ahora te toca aceptar las consecuencias.

La forma en la que me interrumpió, con aquel rechazo, fue como si hubiera tomado un hacha y hubiera partido mi discurso en dos, despojándome de todo poder.

Las incipientes señales de la tormenta que se estaba avecinando tras mi caja torácica eran evidentes, pero, para no variar, era todo mucho ruido y pocas nueces. Ni lluvia ni lágrimas. Solo una infinita e interminable presión que amenazaba con estallar, pero que no lo conseguía.

—Rhea, ve a la habitación de Penelope y quédate ahí —le ordenó mi padre—. Si alguien que no seamos yo, Caroline, Georgia, Bentley o el personal del hospital intenta entrar, llama a seguridad y avísame de inmediato.

—Sí, señor Kensington —respondió en voz baja.

Me dedicó una mirada fugaz, preocupada, antes de pasar rápidamente por mi lado y meterse en el cuarto de mi hermana.

—El médico nos dijo que Penelope está bien y fuera de peligro —les contó a Georgia y Bentley—. Quédense, si quieren. Yo vuelvo a la oficina.

—Y yo veré a Buffy Darlington en el Plaza. —Caroline se estrechó el abrigo—. Tenemos que organizar una subasta silenciosa.

Ninguno de los dos me prestó atención alguna ni fue a ver a Pen antes de irse. No me sorprendió que me ignoraran, pero que evitaran a Pen me enojó. Supongo que debería haberlo visto venir; la frase «hacer lo mínimo de lo mínimo» era ideal para describir la forma que tenían de criar a sus hijas.

El resultado de nuestro encuentro hizo que me hirviera la sangre. Tras años de imaginarme cómo sería este momento, lo había vivido como algo abrumador y decepcionante a la vez, pero aún no había terminado.

—Lo que no esperaba ver hoy era un espectáculo como este. —Georgia ladeó la cabeza—. ¿Qué quiso decir papi con lo de que te dio una oportunidad para que lo arreglaras?

A su lado, Bentley guardó silencio. No había abierto la boca desde que me había visto. Mejor. Si lo hacía, pensaba darle una bofetada. O dos.

—Me envió un correo electrónico para contarme que estabas embarazada. —A pesar del nudo que sentía en el estómago, sonreí. «No debería haberme comido esa ensalada de pollo para almorzar»—. Te felicitaría, pero soy la única de por aquí que no miente.

Bentley al menos tuvo la delicadeza de sonrojarse. Georgia, ni eso.

—No importa —respondió ella con una calma irritante—. La nueva mansión que papi nos compró ya lo dice con creces. Está encantado de tener un nieto, por fin. Por cierto, ¿tú sigues soltera? —Miró mi dedo anular, desprovisto de alianza, y su tono condescendiente me llevó aún más al límite—. No sé por qué será.

Olvídense de lo de darle un par de bofetadas a Bentley. Estaba a nada de pegarle a mi hermana en su perfecta cara en forma de corazón.

—Yo tampoco. —Aquella intervención aterciopelada me envolvió cual cobija protectora—. Por eso le pedí salir antes de que se me adelantara cualquier otro idiota.

Sentí una ola de calor en un costado. Al cabo de un segundo, un fuerte brazo me envolvió por la cintura y me acercó a él, calmando la tormenta que se estaba gestando en mi interior.

Solo había una persona capaz de conseguir algo así.

—Xavier Castillo. —Georgia se irguió y estudió su enmarañado cabello y su musculoso cuerpo.

Xavier no era el típico tipo de internados *snobs* en los que siempre se había fijado mi hermana, pero sí emanaba una sensualidad natural que pocos podían igualar. Además, la fortuna de su familia triplicaba la de Bentley.

Me tensé. Una fea sensación se me metió en las venas al ver cómo lo miraba mi hermana.

A su lado, Bentley entró en tensión y envolvió a Georgia por la cadera, posesivo. Ella hizo caso omiso de ese gesto y bajó la vista hasta el brazo con el que me estaba envolviendo Xavier por la cintura.

—¿Estás saliendo con Sloane? —preguntó, como si no lo pudiera creer.

—Ajá —respondió él, tranquilo—. Tuve que ir detrás de ella durante meses, pero al final accedió a salir conmigo. —Me dio un beso en el cabello—. Siento haber tardado tanto, cielo. Encontrar estacionamiento fue una pesadilla y, al principio, las de recepción no querían dejarme subir porque no soy de la familia. ¿Cómo está Pen?

—Se dio un golpe, pero se recuperará. —Me apoyé en él, poniéndome en el papel de novia. Técnicamente, no estábamos mintiendo del todo; a fin de cuentas, cierto era que estábamos saliendo, aunque fuera de forma más informal que como lo había descrito Xavier—. Gracias por acompañarme.

Y se lo dije de todo corazón.

—No hay de qué, Luna. Yo siempre estaré aquí para ti.

Levanté la vista y el corazón se me detuvo un segundo al ver cómo le resplandecía la sinceridad en los ojos. Por más veces que me fijara en eso, no dejaba de sorprenderme. Y también me daba un miedo atroz.

Sabía cómo tratar con gente falsa. Interactuaba a diario con decenas de personas así. Sin embargo, en el mundo no había tantas personas auténticas, y estas conseguían atravesar mis defensas de una forma que podía acabar siendo catastrófica.

Aunque, claro, con él igual ya era demasiado tarde. Xavier...

Bentley carraspeó. Aquel sonido me sacó de mis cavilaciones e hizo que volviera a desviar la atención hacia él.

—¿No eras su representante? —preguntó, lo cual hizo que Georgia lo mirara ávidamente.

Mi cartera de clientes no era ningún secreto, pero resultaba interesante ver lo clara que tenía la lista mi ex.

—Salir con un cliente me parece una violación del código profesional.

Nos le quedamos mirando.

Mierda.

Bentley no se equivocaba, pero no pensaba explicarle los pormenores de la situación. Para ser sincera diré que me daba miedo pensar que, si seguía por ese camino e iba más allá de todas mis justificaciones, no iba a encontrar una buena razón para seguir saliendo con Xavier, aparte de que simplemente tenía ganas. Era la criptonita de mi lógica, de mis inhibiciones, de mi racionalidad y de todo en lo que me basaba para evitar meterme en problemas como este.

Por otro lado, me había centrado tanto en borrarle aquella expresión engreída a Georgia de la cara que se me había olvidado que no debíamos exponer demasiado nuestra relación cuando estuviéramos en público. Tampoco es que la escondiéramos, pero no íbamos gritándolo a los cuatro vientos. No queríamos darle más carroña a los buitres del chisme de la ciudad.

—Con quién salgo y cómo gestiono mi negocio no es

asunto tuyo —respondí con frialdad—. Te diría que te ocuparas de tu propio negocio, pero no lo tienes, ¿verdad que no? —Ladeé sutilmente la cabeza—. Es una lástima que tu familia no pueda sobornar a alguien para que te contrate igual que sobornó a Princeton para que te aceptaran.

A Bentley se le encendió la cara. Se dedicaba al capital privado, al igual que su padre, pero si tenía trabajo era, en gran parte, gracias a sus contactos. Además, detestaba que le recordaran que lo habían puesto en lista de espera en Princeton. Si había conseguido que lo aceptaran había sido gracias a que su familia donó un edificio entero a la universidad.

—Esto es ridículo —terció Georgia. Ahora que no estaba mi padre y que tampoco podía utilizar mi estado civil en mi contra, claramente ya no tenía ningún interés en mantener viva aquella conversación—. No nos quedaremos aquí y dejaremos que nos insultes. Ven, Bentley, vámonos. Tenemos mesa reservada para cenar en Le Boudoir.

No le dijeron ni una palabra a Pen antes de irse. Así era mi familia. Parecía que les importara todo mucho porque aparecían donde les tocaba, pero, en el fondo, tenían unos sentimientos de mierda porque no se aseguraban de nada.

La verdad es que me sorprendió que Georgia se hubiera aparecido ahí siquiera. Decir que Pen y ella se toleraban ya era decir mucho, y apenas pasaban tiempo juntas. A Georgia no le gustaban los niños (lo cual era preocupante, teniendo en cuenta que estaba embarazada) y Pen pensaba que Georgia era «demasiado narcisista». No tenía ni idea de dónde había aprendido la palabra «narcisista», pero no estaba perdida.

—Tienes una familia encantadora —bromeó Xavier cuando Georgia y Bentley estuvieron lo suficientemente lejos para no escucharlo—. No entiendo por qué no quieres relacionarte con ellos.

Reí sutilmente por la nariz.

—Sí, yo tampoco.

Ahora que mi familia se había ido, el filamento de rebeldía que me había mantenido firme hasta ahora explotó. La adrenalina me empezó a salir por los poros, pesada, y se me hundieron los hombros. Estaba exhausta.

Me solté del abrazo de Xavier y me hundí en una de las sillas que había en el pasillo, al otro lado de la habitación de Pen. Me quedé con la vista puesta en la pared de enfrente, sin mirar a nada en concreto. Tras aquel inesperado encuentro con mi familia, tenía las emociones a flor de piel.

A veces desearía ser de esas personas que son capaces de olvidar algo y perdonar a la gente. Si me tragaba el dolor y el enojo y fingía que me alegraba por Georgia, a lo mejor algún día lo conseguiría. Era un caso de esos de persistir y no rendirse nunca.

Si mi hermana hubiera sido buena hermana y me hubiera engañado con Bentley una sola vez, a lo mejor me sentiría tentada a intentarlo, pero Georgia nunca había sido una hermana ejemplar. Estaba acostumbrada a ser el centro de atención y a salirse siempre con la suya. A menudo, quería justo aquello que no podía tener (como la muñeca de porcelana que mi abuela me regaló en mi cumpleaños y que era única y singular, el vestido *vintage* que se puso mamá en su baile de presentación en sociedad y, cómo no, mi prometido).

Hizo un gran berrinche por la muñeca y el vestido que mi padre acabó «redistribuyéndolos» y dándoselos a ella. En cuanto a Bentley, él tenía gran parte de culpa. Yo creía que quien más culpa acarreaba era quien ponía los cuernos y no tanto la persona con quien los ponía; sin embargo, en este caso, los dos podían tirarse por el puente de Brooklyn.

Oí un sutil ruido de tela y vi que Xavier estaba sentándose a mi lado. Me había dejado procesarlo todo en silencio, cosa que le agradecía, pero no podía quedarme así de catatónica para siempre.

—Gracias. —Giré la cabeza para mirarlo—. No tenías por qué hacerlo.

—No sé de qué me estás hablando. —Se acomodó en la silla con una posición tranquilizadoramente familiar en contraste con las impersonales paredes del hospital—. Yo solo dije la verdad, como siempre.

—Sí. ¿Y qué les dijiste a las de recepción para que te dejaran subir?

—Nada. —Xavier sonrió con picardía—. Lo arreglé con unos cuantos dólares. Quinientos, para ser exactos. Y puede que también les haya dicho que era tu prometido.

—Seguro que es ilegal. Y tienes que dejar de ir por la vida con tanto efectivo encima sí o sí. No es nada seguro.

—¿Que no es nada seguro? —Se movió y me rozó la rodilla con la suya—. No me digas que estás empezando a preocuparte por mí, Luna.

—¿Empezando? Para nada. —Ya había pasado ese punto hacía semanas, lo que pasa es que en ese momento yo aún no lo sabía.

La ansiedad se apoderó de mí. Admitir que me importaba se sintió como si me quitaran las muelas con pinzas, pero Xavier había sido sincero conmigo acerca de sus sentimientos. Yo también debería serlo con él (hasta cierto punto).

Cuando asimiló lo que había querido decir con aquella respuesta, se le apagó un poco la sonrisa. Un destello de sorpresa le atravesó la mirada y, poco a poco, a este le siguió una calidez incandescente.

—Pues ya somos dos —dijo con delicadeza.

Mi ansiedad disminuyó un poco.

—Supongo que sí.

Nos quedamos sentados un rato en silencio mientras veíamos cómo pasaban las enfermeras apresuradas y cómo iba y venía la gente. Los hospitales hacían llorar, pero, en cierto modo, eran un lugar reconfortante. Eran como un recordatorio de que no somos los únicos que sufrimos y que el universo no quiere hacernos daño única y exclusivamente a nosotros. A todo el mundo le pasa de todo.

Fue un consuelo extraño, pero fue un consuelo al fin y al cabo.

—¿Pen está bien de verdad? —se interesó Xavier.

—Sí. Pude verla un rato antes de que se quedara dormida y me encontrara a mi familia. —Me quité una pelusa de los pantalones—. También estaban mi padre y mi madrastra. fueron antes de que llegaras tú.

—Los ví cuando subía —confesó con delicadeza—. ¿Cómo estuvo?

—Tal y como me lo había imaginado. Los Kensington siguen divididos. —Se me dibujó una sarcástica sonrisa en los labios—. ¿Qué te parecieron mi hermana y su marido? Perfectos, ¿verdad que sí?

—La primera palabra que se me viene a la mente y que empieza por P no es justamente esta.

A pesar de la perturbación que sentía, se me escapó una pequeña risa. No me pregunten cómo, pero Xavier tenía el talento de hacer que las peores situaciones resultaran tolerables.

—Parecía que había algo de tensión entre tú y Bentley —señaló—. Más allá del antagonismo con tu hermana.

Si alguna vez decidía no dedicarse al mundo de la noche, debería unirse al FBI. Xavier era un observador espléndido.

—Normal —respondí—. Teniendo en cuenta que fue mi prometido antes de casarse con ella...

Levantó la vista para mirarme a los ojos, sorprendido, y mi sonrisa se volvió algo más amarga.

—Lo sabe muy poca gente —le conté—. Al menos, en Nueva York.

Nunca le había contado la historia entera a nadie, ni siquiera a mis amigas. Ellas sabían solo algunas partes, pero escarbar entre aquellos recuerdos era demasiado doloroso. Prefería dejarlos encerrados en una caja bajo llave y fingir que no existían.

Aun así, volver a ver a Bentley fue como arrancar el candado, y tenía que compartir aquellas emociones con alguien antes de acabar ahogándome en ellas.

—Nos conocimos cuando estudiábamos en Londres —le conté—. Yo estaba empezando mis estudios y él ya los estaba acabando. Cuando se graduó, se quedó allí para trabajar y estuvimos saliendo un tiempo a distancia. En esa época, él se dedicaba a la inversión bancaria y, como siempre estaba muy ocupado, solía ser yo quien iba a verlo en lugar de que viniera él aquí. Luego lo destinaron a la sede de Nueva York y me pidió matrimonio un mes antes de que yo abriera RR. PP. Kensington.

Cuando empezamos a salir, mi padre se puso contentísimo. Bentley tenía un buen trabajo, sabía exactamente qué debía decir en cada momento, y venía de una familia rica y «aceptable». Era el yerno de ensueño de George Kensington. La verdad es que creo que ahora que el yerno perfecto acabó con la hija perfecta en lugar de mí padre está aún más contento.

—Yo ya había empezado a mover los hilos para abrir mi propia empresa, así que tampoco podía posponerlo todo para la boda. Y, aunque hubiera podido, no habría querido. Sin embargo, los primeros meses después de la inauguración fueron... estresantes, lo cual afectó a nuestra relación. Los dos estábamos tan ajetreados que apenas nos veíamos, y cuando nos veíamos, nos peleábamos. Aun así, yo lo quería y pensaba que, cuando mi empresa hubiera alzado el vuelo y nos hubiéramos casado, conseguiríamos superar los baches.

No había nadie lo suficientemente cerca como para oírme a excepción de Xavier, pero no por eso dejé de sonrojarme y sentirme avergonzada. Había sido tan estúpida... Debería haberlo visto venir: si Bentley se había mostrado tan poco alentador cuando abrí la empresa, resultaba evidente que su resentimiento no haría sino aumentar a medida que yo fuera teniendo más y más éxito.

—Al cabo de unos meses de habernos comprometido, volé a Londres por trabajo. Se molestó, cómo no, porque el viaje caía justo en vacaciones, pero la crisis en cuestión tenía que ver con uno de mis mayores clientes de aquella época. Tardé menos de lo que creía en resolverlo y regresé a casa antes de lo previsto. Cuando entré en el departamento, me lo encontré cogiéndose a mi hermana en el sofá. La noche de fin de año.

Por más que intentara deshacerme de aquella imagen, seguía teniéndola grabada con fuego en la memoria. Mi hermana doblada encima del sofá que yo misma había elegido y él colocado justo detrás de ella; cómo gemían y jadeaban mientras yo seguía ahí, helada, intentando procesar qué carajos estaba pasando. Estaban tan ensimismados en el acto que ni siquiera se percataron de mi presencia hasta que terminaron.

La humillación volvió a adueñarse de mí. Que te pusieran los cuernos era una cosa. Que te los pusiera tu prometido con tu hermana ya era otro nivel de traición.

A pesar de que Georgia y yo no teníamos una relación demasiado estrecha, tampoco me había imaginado que fuera a ser tan desalmada. Nunca llegó a disculparse, siquiera.

—Dios. —Xavier soltó una sátira de groserías—. Carajo, lo siento muchísimo, Luna.

—No pasa nada. Aprendí una lección importante —respondí en un tono monocorde. «No confíes en la gente y no te abras con los demás». Si no me importaba alguien, no podrían hacerme daño—. Ni siquiera parecía que se arrepintieran. Eché a Georgia de casa, pero antes me dijo que si mi prometido se había alejado era por mi culpa, por trabajar demasiado. Cuando mi hermana se fue, Bentley y yo tuvimos una pelea enorme y me... —Me agarré al borde de la silla con tanta fuerza que se me quedaron los nudillos blancos—. Me dijo que era demasiado frígida. Que siempre había sido muy fría y que, desde que había abierto mi empresa de relaciones públicas, todo había empeorado. Me dijo que no podía culparlo por acostarse con Georgia porque ella era muy pasional y yo ni siquiera era capaz de mostrar mis emociones como es debido. Sobra decir que rompimos esa misma noche. Después de una semana, Bentley y Georgia hicieron oficial su relación.

Si no fueras siempre tan fría, a lo mejor no habría ido a buscar calor en otra parte.

Me ardían la garganta y la nariz.

—Lo peor es que mi padre se puso de parte de Georgia. Era imposible que la adorada de su hija perfecta hubiera hecho algo así a no ser que tuviera un buen motivo para ello. Me culpó y me echó en cara las mismas razones que mi hermana y Bentley, y cuando me negué a dejar el tema, me dio un ultimátum. O lo superaba o me iba. Así que me fui.

Volver a contar aquella historia en voz alta me abrió las heridas de nuevo. Sin embargo, mientras mis palabras se perdían por el aire esterilizado del hospital, el dolor inicial se fue transformando, lentamente, en un terapéutico entumecimiento.

Al encerrar aquellos recuerdos, les había otorgado poder. Se habían ido pudriendo con el paso de los años, y les habían ido creciendo cuernos y garras hasta acabar transformándose en una pesadilla de la que no paraba de huir, consciente o inconscientemente.

Al compartirlos, les había arrebatado dicho poder. Ya no eran más que un hombrecillo escondido detrás de una gran cortina, intentando convencerme de que podían hacerme daño.

No podían.

No era mi culpa que Georgia fuera una hermana horrenda o que Bentley fuera un cabrón inseguro e infiel. Ni tampoco era mi culpa que a mi padre lo cegaran tanto sus favoritismos que no lograra ver lo que tenía justo enfrente de sus narices. Ellos eran quienes deberían sentir vergüenza, no yo.

—Sloane, escúchame. —Xavier me agarró de los hombros e hizo que me girara para que quedara frente a él. Las oscuras ascuas del enojo le resplandecían en la mirada—. Tú no eres frígida, carajo. Eres una de las personas más apasionadas y con más motivación que conozco, aunque lo demuestres de forma distinta de los demás, y en cinco años has creado una de las mejores empresas de relaciones públicas del mundo. ¿A ti te parece que alguien sin pasión podría hacer algo así? Y aunque fueras, y cito textualmente, «fría» con el imbécil de tu ex, se lo merecía. Si no te valora por quien eres, ni de puta broma se merece que pierdas tu tiempo y energía en él.

Lo dijo con una expresión severa y su tacto fue tan ardiente que parecía que estuviera intentando grabarme su convicción en el alma.

Pasó tan de repente que, de haber estado de pie, me habría tambaleado.

Noté un vuelco en el estómago, seguido de la vertiginosa y desorientadora aunque no del todo desagradable sensación de estar a punto de caer por un precipicio. Partes de mí flotaron con sus palabras; eran como unas burbujas de champán que, tras un día tan pésimo como el de hoy, no deberían existir. Pero existían.

«Xavier Castillo. Tú y solo tú».

—Deberías ser *coach* motivacional. —Conseguí dibujar una temblorosa sonrisa—. Como orador, la romperías.

—Lo tomaré en cuenta. —Esta vez, no sonrió—. Dime que lo entiendes, Luna. Nada de todo eso fue tu culpa. A la mierda Bentley, a la mierda Georgia y a la mierda tu familia. —Guardó silencio un segundo—. Menos Pen.

Se me escapó otra sonrisa que se llevó por delante unas lágrimas que no había derramado.

—Lo entiendo.

Y lo entendí de verdad.

Segundos antes del discurso de Xavier, yo misma había llegado a esa conclusión. Sin embargo, pensar algo y oír a otra persona afirmándolo eran dos cosas muy distintas.

Me sentí como si me hubieran quitado cierto peso de encima y, por primera vez en años, me costó menos respirar.

Encontrarme a mi familia aquí había empezado siendo un desastre, pero había acabado resultando terapéutico. A ver cómo explico eso. Desde que Xavier había entrado en mi vida, nada en ella había salido como debería, pero tampoco me quejaba.

—Bien. —Me soltó los hombros, pero en su rostro aún quedaba algo de preocupación—. Deberíamos irnos pronto de aquí, a menos que primero quieras volver a ver a Pen.

—Tardará en despertarse, y no quiero meter a Rhea en problemas. —Le conté las instrucciones que le había dado mi padre. Xavier respondió con una palabra que empezaba por P y me hizo sonreír—. Pero estoy de acuerdo: deberíamos irnos antes de que el personal médico empiece a preguntar.

Miré el reloj rápidamente y vi que llevábamos aquí... Demonios. ¡¿Dos horas?! ¿Cómo era posible?

—Iremos por algo de comer en el camino. Luego te dejaré en tu departamento —me dijo Xavier mientras salíamos del edificio. Afuera ya había anochecido y la fresca brisa se me coló bajo las capas del abrigo y del suéter—. Seguro que tienes hambre.

—No te creas.

A pesar de mi reciente catarsis, palidecí al imaginarme regresando sola a mi departamento. A ver, tenía a El Pez, pero no es que su compañía fuera muy estimulante, que digamos.

Normalmente, no me importaba estar sola; lo prefería. Sin embargo, después de las últimas horas, necesitaba soltarme a nivel físico. Necesitaba algo para quitarme el mal sabor del día de encima.

—Tengo una idea mejor. —Me detuve justo al lado de la puerta del copiloto y, mirando por encima del techo del coche, sugerí—: El otro día me dijiste que hay un local en Greenwich Village que está genial. ¿Abre los miércoles?

Xavier arqueó las cejas.

—Sí, pero...

—Deberíamos ir.

—¿Estás segura? Tuviste un día largo.

—Por eso quiero ir. —Abrí la puerta, me senté y me abroché el cinturón mientras Xavier se acomodaba en el asiento del conductor—. Dijiste que debería ser más espontánea. Pues ya lo estoy siendo.

—No es el tipo de local que te imaginas. —Xavier buscó mi mirada. Debió de encontrar lo que esperaba en mis ojos porque dejó de fruncir el ceño y empezó a sonreír lentamente—. Aunque si quieres ir, vamos. Pero luego no digas que no te dije.

25
Xavier

—No puedo creer que me hayas hecho esto. —La jadeante acusación de Sloane bailoteó por el aire mientras yo la hacía girar. La falda del vestido le voló a la altura de las rodillas, creando una sedosa nube azul, antes de volver a acomodársele y a envolverle lánguidamente la piel—. Me trajiste a un club de salsa. No te lo voy a perdonar jamás.

Se me encorvaron las comisuras de los labios, divertido.

—¿Por qué? ¿Porque te lo estás pasando demasiado bien?

—Porque yo-no-sé-bailar-salsa.

—Lo estás haciendo bien, Luna. —La acerqué a mí de nuevo; le coloqué una mano en la curva que dibujaba su espalda baja y, con la otra, nos mecí al son de la música—. No todo lo que hagas tiene que ser perfecto. ¿Recuerdas nuestras clases de baile en España? Tú solo suéltate y diviértete.

Nos encontrábamos en un club de salsa clandestino en Greenwich Village. Entre la clientela, había tanto principiantes como bailarines profesionales que habían ganado campeonatos a nivel internacional. Y eso era lo más bonito del club: que todo el mundo era bienvenido y no se juzgaba a nadie.

Hacía dos horas que habíamos llegado y, con la ayuda de

José Cuervo, había convencido a Sloane para que bailara conmigo. Se había relajado lo suficiente para seguirme mientras yo la guiaba, pero tampoco tanto como para mimetizarse con el ambiente.

—Nuestras clases de baile. —Sloane levantó la barbilla para mirarme. Estaba sonrojada del cansancio y le brillaban los ojos de una forma que hizo que sintiera una punzada de dolor en el pecho. Sabía que era reservada, pero no me había dado cuenta de cuánto hasta que se abrió así—. Casi ni me acuerdo.

—Uy, esto sí que me dolió. Con lo que me esmeré, ¿y tú no te acuerdas? La próxima vez, miénteme directamente.

Giré sin soltarla, despacio, para ir hacia la orilla de la pista. El lugar era pequeño, de modo que no había demasiados espacios libres, pero quería tener a Sloane para mí solo tanto como pudiera.

—No me refería a eso, llorón. Me refería a que parece que pasaron siglos de lo de España y... —Se le cortó la respiración cuando, de forma distraída, le subí la mano por la columna vertebral.

—¿Y...? —insistí.

El vestido que llevaba le dejaba la espalda al aire y enseguida le rocé la piel. La palma de la mano se me deslizaba suavemente por ahí; su calor corporal hizo que la sangre se me convirtiera en lava y me ensució los pensamientos de tal forma que, si me importara un bledo, habría sido peligrosa.

No era el típico lugar que frecuentarían nuestros amigos o conocidos. Aquí nadie sabía quiénes éramos; de modo que, esta noche, teníamos luz verde.

—Y... —Sloane cerró los ojos una milésima de segundo cuando le rocé un punto sensible en la nuca—. Me parece increíble que pasó solo un mes.

—Si se hace bien, hay quien puede vivir años en un solo

mes. —Le envolví la nuca con los dedos y le acaricié su suave piel con el pulgar—. Y, como no te acuerdas, habrá que refrescarte la memoria.

Arqueó una ceja. Parecía divertida a la par que recelosa.

—¿Eso crees?

—Eso creo. Yo me tomo mis clases muy pero muy en serio. —Agaché la cabeza y acorté la distancia que nos separaba hasta que su respiración me acarició los labios.

No nos habíamos vuelto a besar desde lo de la biblioteca. Quería tomármelo con calma, pero, cuando estaba cerca de Sloane, lo que quisiera yo era irrelevante.

No es que la deseara. Es que la necesitaba. Desesperadamente.

La necesitaba al igual que la marea necesita la luna, y daría lo que fuera porque sintiera por mí aunque fuera un poco de lo que yo sentía por ella.

—Suéltate —repetí con un tono dulce—. Escucha la música. Piérdete en ella.

La incertidumbre le inundó el rostro.

Para Sloane, el control era una necesidad, no un lujo, pero todos teníamos que ceder un poco en algún momento. De lo contrario, nuestro mundo siempre estaría limitado a las barreras arbitrarias con las que lo circundáramos.

—No nos está mirando nadie. —Tenía la espalda contra la pared y yo la protegía de la pista con el cuerpo. Nos acercamos el uno al otro lo suficiente como para que pudiera oír la batalla que se estaba librando entre los firmes latidos de su corazón—. Solo somos tú y yo, Luna.

De fondo, una melodía rápida dio paso al pausado y seductor compás de otra canción. Una voz profunda permeó el aire y las demás parejas que bailaban a nuestro alrededor se adaptaron al ritmo de la música e hicieron más lentos sus movimientos.

Sloane tragó saliva.

—Está bien —susurró.

Su respuesta se me coló en la sangre como si de un *shot* de *whisky* de vainilla se tratara.

Estábamos hablando de clases de baile, pero ahora mismo, mientras la guiaba para que siguiera los pasos, eso era lo último que me pasaba por la mente.

El lugar era un espacio íntimo, lo suficientemente grande para acomodar a cien personas a la vez y lo bastante oscuro como para dar rienda suelta a las inhibiciones de la gente. En el techo resplandecían unas luces de color ámbar que le acentuaban las curvas de los pómulos y del cuerpo en general mientras yo volvía a recorrerle la espalda con la mano, de la nuca a la espalda baja.

Empezó con algo de rigidez, pero se movía con una precisión natural; meneaba el cuerpo en sincronía y me seguía el ritmo con los pies sin saltarse ni un solo paso. Sin embargo, entre más seguía sonando la música, ella más se soltaba. El acero se derritió hasta convertirse en seda y el recelo que antes le brillaba en los ojos se fue disipando hasta convertirse en algo que hizo que una ola de calor me recorriera las venas.

Las clases eran algo técnico. Impersonal.

¿Esto? Esto era lo más personal del mundo.

—Dijiste que, en la primera cita, no pasabas de los besos. —Le centelleó la mirada bajo las luces—. ¿Y en la segunda?

Aquella pregunta me azotó de arriba abajo y el calor que había sentido en un inicio se convirtió en una hoguera que abrasó cualquier otro pensamiento que pudiera tener hasta convertirlo en cenizas.

Solo quedaba ella, esto y nosotros.

—Podrías llegar a convencerme. —Arrastré las palabras con voz tan ronca que el deseo que me inundaba el cuerpo quedó al descubierto.

Los músculos me tensaban demasiado la piel y, si no la probaba pronto, implosionaría.

Sloane sonrió como si supiera lo que me pasaba exactamente por la cabeza.

Se puso de puntitas y, tras un breve y agonizante segundo, me rozó los labios con los suyos.

Y con eso bastó.

Un simple roce y las cadenas de contención estallaron.

Le coloqué una mano en el cabello, agarrándola por detrás de la cabeza, mientras ella me envolvía el cuello con ambos brazos. Con la otra, la empotré hacia la pared hasta que nuestros cuerpos acabaron acomodándose el uno al otro.

Me importaba una mierda quién nos estuviera viendo. En ese instante, no existía nadie más que no fuera ella y yo no tenía suficiente: la finura de sus labios, su dulce sabor y los discretos gemidos y chillidos que soltaba mientras le exploraba la boca con el apetito de un hombre hambriento.

Si los besos tuvieran colores, este reflejaría los jirones del control envolviéndonos en una sinfonía de rojo carmesí, ámbar y un impresionante azul cobalto. Dichos jirones se me metieron en el cuerpo e hicieron que unas corrientes eléctricas me flagelaran hasta el último nervio bajo la piel.

En un mundo en blanco y negro, Sloane era mi caleidoscopio.

—Xavier. —Su jadeante gemido me atravesó en aquella neblina—. Deberíamos irnos a algún lugar más privado.

Una explosión de lujuria sobrepasó mi deseo de prolongar ese momento mientras me separaba y me deleitaba al verle los labios hinchados y los ojos entrecerrados. Le caían mechones de cabello de aquel chongo algo revuelto y tenía la cara y el pecho sonrojados con un tono rojo fresa.

No había visto a ninguna persona más perfecta en toda mi vida.

«Tan increíblemente hermosa y tan completamente mía».

Me incliné para adueñarme de su boca y volver a besarla despacio.

—Conozco el lugar perfecto.

Casi no nos dio ni tiempo de cruzar la puerta antes de que la primera pieza de ropa acabara en el suelo de mi sala.

No habíamos tardado demasiado en ir del lugar a mi casa en coche, pero aquellos diez minutos, viéndola ahí sentada, tan preciosa, llena de ganas y de deseo, me pareció una eternidad. Si hubiéramos encontrado otro semáforo en rojo o algún peatón más caminando sin rumbo, a lo mejor habría chocado el coche por pura frustración sexual.

Pero llegamos a casa. Mientras nos desnudábamos el uno al otro, la urgencia chisporroteaba en el aire.

Vestidos. Zapatos. Camisa y pantalones.

Le desabroché el brasier y lo tiré a un lado. Ella me bajó los calzoncillos y los tiró a mis espaldas.

La ferocidad de nuestro anhelo nada sabía de ritmo y razón. Sin embargo, cuando la última pieza de ropa le resbaló cuerpo abajo, el ritmo y la razón me importaron una mierda.

La luz de la luna que se colaba a través de las ventanas encontró las curvas de su cuerpo. Le esculpió un par de sombras bajo los pechos y le envolvió los hombros de un brillo plateado.

Piernas largas. Piel cremosa. Cabello que brillaba claro bajo el beso de la luna. Parecía una diosa en el mundo terrenal, pero lo más hermoso de Sloane no era ni su cara ni su cuerpo desnudo.

Sino la confianza que se escondía bajo este.

Estaba ahí, en mi casa, desnuda y vulnerable, y yo no iba a ser tan estúpido como para no valorar todo eso.

Separó los labios mientras le acariciaba el hombro con la mano y se la pasaba por el cuello hasta llegar a su peinado. Estaba un poco fuera de lugar a causa de nuestra previa interacción, pero seguía con el cabello recogido, y la necesidad de ver cómo le caían los mechones por encima de la piel hizo que algo intenso y ardiente se despertara en mi interior.

—Suéltate el cabello, Sloane —dije en voz baja.

Pensé que dudaría, pero levantó las manos y se fue quitando los pasadores que le mantenían el chongo intacto lentamente, sin apartarme la mirada. Se le fue soltando el cabello, mechón a mechón, hasta que al final le cayó la melena entera, envolviéndole la cara en una cascada de clara seda. Las puntas le rozaron el pecho y yo sentí tal peso en los pulmones que no pude respirar.

Cuando creía que no podía ser más perfecta, venía y me demostraba que me equivocaba.

—Buena chica. —Le tomé el cabello con el puño y le eché la cabeza hacia atrás. Se le aceleró la respiración y sonreí sutilmente—. Me gusta más si te lo agarro yo.

Hubo un cambio en la atmósfera. Aquella embriagadora expectativa explotó hasta dar paso a una lujuria pura y natural.

Cuando la empotré contra la pared como había hecho en el club de salsa, Sloane ahogó un grito. Sin embargo, ahora no había nadie a nuestro alrededor que pudiera ser testigo de cómo le separaba las piernas con la rodilla o que pudiera oírla gemir cuando le rocé el sexo con los dedos.

La verga me latió dolorosamente y se me tensó el cuerpo entero.

Ca-ra-jo.

Estaba tan húmeda, tanto, que podría hundirme en su interior ahora mismo sin demasiada fricción. Pero no había llegado tan lejos como para meter el turbo justo cuando venía lo mejor.

A mí me gustaba jugar antes de comer.

—Ya estás empapada, Luna —señalé arrastrando las palabras y acariciándole perezosamente el clítoris con el pulgar. Cuandose le arqueó la espalda y volvió a gemir, se me encorvaron los labios de satisfacción—. Apenas empezamos.

Abrió los ojos de nuevo, los entrecerró y me fulminó con la mirada.

—¿Vas a seguir hablando o piensas terminar lo que empezaste?

Me entraron ganas de reír de nuevo. «Esa es mi chica». Sloane no sería Sloane si no fuera tan deslenguada, por más que estuviera debajo de mí sin poder moverse.

—Yo siempre termino lo que empiezo.

Le agarré el cabello con más fuerza y lo jalé otra vez. Se le arqueó el cuello, dejándome aquella delicada piel a la vista y, mientras se la recorría con la boca, un pequeño escalofrío la azotó entera.

Fui marcándole la piel a besos, poco a poco, hasta que llegué al punto donde le nacían las pulsaciones. Me detuve para saborear aquel descubrimiento y luego le metí dos dedos a la vez que le apretaba el clítoris con firmeza con el pulgar.

Las pulsaciones se le aceleraron a tope.

—¡Oh, Dios! —Sloane arqueó la cadera y, cuando me fui adentrando en ella para acabar hundiéndole los dedos hasta los nudillos, se le escapó un agudo grito de la boca. Me clavó las uñas con fuerza en los hombros, pero aquella sensación de dolor no hizo sino intensificar mi placer. Me encantaba verla así. Desatada, desinhibida y tan increíblemente preciosa que hacía que me doliera el corazón—. Xavier, que... Yo... ¡Ah!

Sus palabras dieron paso a una sátira de gemidos y jadeos ininteligibles mientras me cogía su dulce y estrecha vagina con los dedos. Se retorcía con tanta fuerza que tuve que soltarle el cabello y sujetarla con la mano que me quedaba libre.

La agarré por el cuello, no tan fuerte como para hacerle daño, pero lo suficiente como para evitar que se alejara de mí con empellones, mientras unos escalofríos la recorrían ferozmente sin cesar.

Tenía la verga tan dura que me daba la sensación de que se me iba a desgarrar la piel. No me la había tocado, pero tampoco lo necesitaba porque me bastaba con tocarla a ella.

—Así —musité. La llevé más al límite, encorvando los dedos lo justo para alcanzar su punto más sensible—. Suéltate, cariño. Termina para mí.

Y lo hizo.

Se le tensó el cuerpo y soltó un grito ronco mientras se deshacía de una forma hermosa a mi alrededor.

Las convulsiones se siguieron las unas a las otras, empapándome la mano y prolongándonos el placer hasta que al final se derrumbó contra mí, debilitada y sin aliento.

—Ca-ra-jo.

Mi pecho le acalló la voz y, mientras salía de ella, me temblaron los hombros al reír.

—Ya te dije que yo siempre termino lo que empiezo —bromeé—. Y bastante deprisa, además.

Sloane levantó la cabeza. Los ojos le resplandecían, divertidos y desafiantes.

—No presumas tanto, que aún no hemos comprobado nada.

La verga volvió a latirme dolorosamente.

—Cierto. Pruébalo. Seré tu conejillo de Indias por voluntad propia.

Reí y ella hizo lo mismo.

—Un consejo: nunca utilices la expresión *conejillo de Indias* mientras te estás cogiendo a alguien.

—Técnicamente, no me estoy co...

No acabé de pronunciar la frase porque me separó de ella con un empujón y me tiró en el sofá. Caí contra los cojines emitiendo un sutil gruñido; sin embargo, la sorpresa fue aún mayor y, cuando se me sentó encima a horcajadas, desató mi deseo.

—Probarlo lo probaré... —Sloane se inclinó un poco para rozarme el pecho con los pezones. Otra descarga eléctrica llena de anhelo me azotó el cuerpo—. Estoy segura de que puedo hacer que te vengas más rápido de lo que tú me hiciste terminar.

—Qué competitiva eres siempre. —Estaba tan distraído por la deliciosa cercanía de sus pechos en mi boca que fui incapaz de dar con una respuesta más ingeniosa—. ¿Cuál es el premio?

—Poder presumir. —Me mordió el labio inferior con delicadeza—. Quien pierda vivirá sabiendo, de por vida, que el otro es mejor.

—Trato hecho. —Le eché la cabeza hacia atrás para que me mirara directamente a los ojos—. Deja de hablar y siéntate. —Le dije, parafraseando su pregunta anterior y convirtiéndola en una orden—. Quiero ver cómo me coges.

Una llamarada le ardió tras las profundidades azules de sus ojos. Me puso las manos en los hombros y se levantó sin dejar de mirarme mientras se colocaba encima de la punta de mi verga para que le quedara justo en la hendidura.

—Tomo anticonceptivos —me contó— y estoy sana.

—Yo también.

Eso fue todo lo que pude responder antes de que las tenebrosas aguas de la lujuria se cernieran sobre mí, amplificando el estruendo que eran los latidos de mi corazón mientras ella me hundía el sexo en el suyo, centímetro a centímetro, hasta que estuve completamente dentro de Sloane.

Abrió la boca para hablar y ahogó un sutil grito. Sin embargo, el ruido que se me escapó fue tan puro y gutural que parecía más bien que fuera el de una bestia en lugar del de un humano.

Sloane la tenía estrecho, ardiente e increíblemente empapada.

Encajábamos tan a la perfección que era como si el mismísimo Dios nos hubiera hecho a medida el uno para el otro. Y, cuando se movió, fue como pasar de casa al cielo.

Empezó con movimientos lentos y sinuosos, pero enseguida aceleró el ritmo y tuve que apretar los dientes e ir repitiendo la presentación que había preparado para La Bóveda mentalmente solo para no quedar en ridículo y venirme demasiado pronto.

—Estar dentro de ti se siente delicioso —gruñí y eché la cabeza hacia atrás para poder mirarla bien.

Sloane iba subiéndome y bajándome por la verga, con el cabello enmarañado y sonrojada a causa del esfuerzo. El sonido de carne contra carne inundó la habitación, y yo me perdí tanto en eso, en ella, que la apuesta pasó a importarme una mierda.

La agarré de la cadera, la bajé de golpe y Sloane gritó. Le devolví el empellón para seguirle el ritmo y el volumen de nuestros gemidos y jadeos se intensificó hasta que me vine con una fuerza cegadora.

Lo vi todo blanco y noté ciertos reflejos de luz detrás de los ojos. Apenas la oí gritar de placer antes de lograr controlar un poco mis sentidos.

Cuando por fin se me aclaró la visión, ella todavía se estaba recuperando del orgasmo. Me sonrió y su expresión fue una mezcla de dicha poscoital, triunfo y algo más que no pude identificar.

—Gané.

—Sí. —La acerqué a mí y le di otro beso—. Ahora podrás presumir de por vida.

No mencioné que ninguno de los dos había cronometrado el aguante del otro, así que ¿cómo podíamos saber quién había ganado realmente? Aunque eso no era lo importante.

Una cálida y pesada cobija de felicidad me envolvió mientras nos quedábamos ahí, acompañados de un agradable silencio, y esperábamos a que se nos normalizaran las pulsaciones.

Me había pasado toda la vida persiguiendo el siguiente pico de emoción. Cuando lo tenías todo, te aburrías enseguida con cualquier cosa. Lo quería todo más rápido, más grande, mejor. Quería algo que durara. Y cuando Sloane se echó a un lado y se acurrucó junto a mí, supe que lo había encontrado.

Ese era mi mayor pico de emoción. Ella, saciada y feliz, en mis brazos.

No había nada en el mundo que pudiera superar ese momento.

26
Xavier

Me podría haber quedado felizmente en mi casa con Sloane para siempre, pero, por desgracia, había responsabilidades de la vida real que requerían mi atención.

El viernes, dos días después de aquella noche con Sloane y un día después de que casi la hiciera llegar tarde al trabajo porque habíamos tenido sexo rápido por la mañana (aún no me lo había perdonado), me encontraba sentado en la oficina de cristal y cromo que había en lo alto de una de las direcciones más codiciadas de todo Washington.

Unos gélidos ojos verdes me miraban con un escrutinio impersonal.

—Xavier Castillo. —El tono de voz de Alex Volkov era igual que aquel hombre: frío, distante y despiadado—. La última persona que esperaba que fuera a pedirme una reunión.

«Segundo contacto en la lista de Kai».

Levanté los hombros.

—Las cosas cambian. La gente, también.

Como director ejecutivo del Grupo Archer, la empresa de desarrollo inmobiliario más grande del país, Alex era el propietario de más de la mitad de los edificios de Manhattan, incluido el deseado local donde yo quería abrir mi discoteca. Aquella verdadera bóveda de banco de principios de siglo estaba ubicada en el sótano de uno de los rascacielos de Alex. Y si había dos cosas que le gustaban a la clientela a la que yo quería atraer eran las bóvedas de banco y las gemas escondidas.

Alex se recostó en la silla y le dio un golpecito en el escritorio con el dedo. Era la única persona que no me había dado el pésame tras la muerte de mi padre. Y se lo agradecía. Estaba empezando a cansarme de que la gente sintiera pena por mí.

—Eres consciente de lo que vale ese local. —No fue una pregunta.

«Ocho cifras».

—Sí. Y no es un problema.

Aún no tenía acceso a toda mi herencia; sin embargo, gracias a mi apellido y a quien me había presentado Kai, estaba en proceso de conseguir financiamiento de Capital Davenport, la empresa de Dominic Davenport. «Tercer contacto». Antes de reunirme con Alex, le había enviado los documentos como muestra de ello.

—¿Permisos y licencias?

—Están ocupándose del tema en Silver & Klein. No creen que vaya a haber ningún problema.

Aquel prestigioso bufete de abogados estaba ubicado en Washington D. C., pero representaba a empresas de todo el país. «Jules Ambrose, Silver & Klein. Cuarto contacto».

Alex siguió haciéndome más preguntas. Se las respondí valerosamente, pero sabía que su decisión dependía de un único factor: el único que no tenía en el bolsillo para esa reunión.

—Tu idea es impresionante y la documentación es la correcta. Pero te seré sincero —dijo cuando le resolví las dudas sobre posibles competidores en el mercado—. No creo que hayas cambiado tanto de la noche a la mañana. Nunca has tenido un negocio ni has abierto o estado al mando de uno, y esa reputación de fiestero imprudente te la has ganado a pulso.

—Eso de *imprudente,* no sé yo...

—También me consta que tu herencia pende de esta discoteca —prosiguió, haciendo caso omiso de mi intervención—. ¿Qué pasará si no pasa la primera fase?

Era una buena pregunta, en la que intentaba no pensar demasiado. Imaginarme fracasando de forma tan colosal delante de todo el mundo era como caerme del puente que aparecía en mis sueños: aterrador, algo que no podía controlar y prácticamente inevitable.

—Entiendo tus preocupaciones. —Disimulé lo mucho que se me acababan de revolver las tripas con una confiada sonrisa. «Créelo y lo conseguirás»—. De todos modos, lo que haya hecho en el pasado no define quién soy ahora. Sí, he destinado gran parte de los veinte a... otras actividades poco relacionadas con el emprendimiento; sin embargo, tal y como demuestra mi progreso, esto me lo propuse muy en serio.

Alex se me quedó mirando, impertérrito.

Demonios. Hablar con este hombre era como hablar con un iceberg; con uno extremadamente hostil.

Traté de dar con un argumento que no volviera a girar alrededor de lo que Alex ya sabía y me fijé en la única foto enmarcada que tenía a modo de decoración en el escritorio. Salía él, de pie, al lado de una mujer muy guapa con una larga cabellera negra y una alegre sonrisa. Cada uno sujetaba a un bebé en brazos; uno iba vestido de rosa de los pies a la cabeza, y el otro, de azul.

Alex no sonreía (no del todo), pero su rostro emanaba

más calidez de la que lo creía capaz. Ya llevaba unos años casado, pero aún recordaba vívidamente el día en que la relación de aquel frío y aparentemente descorazonado director ejecutivo hizo furor.

Nadie pensaba que pudiera enamorarse. Hasta que se enamoró.

—Dices que no crees que haya cambiado tanto de la noche a la mañana, pero no todos los cambios son graduales —argumenté con cautela, formando las palabras poco a poco—. A veces, ocurre algo inesperado que nos obliga a dar un paso al frente como no habíamos hecho hasta entonces, o conocemos a alguien que nos cambia la forma de ver las cosas. Pasa muy a menudo. Para mí, uno de esos factores detonantes fue la muerte de mi padre. —Más o menos. Aunque no pensaba ponerme a hablar de mi herencia ni de la carta de mi madre con alguien a quien a duras penas conocía—. No me enorgullezco del tiempo que he perdido, pero estoy intentando recuperarlo. —Miré a Alex fijamente a los ojos—. ¿Alguna vez has hecho algo de lo que te hayas arrepentido? ¿Algo que estuvieras desesperado por arreglar pero que dependiera de que alguien, en algún lugar del mundo, te diera un voto de confianza para que pudieras cambiar? —No se movió, pero una diminuta pizca de emoción le resplandeció en la mirada—. No nos conocemos demasiado, pero te prometo que si me das ese voto de confianza, yo le haré justicia al local. Porque ahí no solo estarán tu nombre y tu reputación en juego; los míos también.

El silencio que siguió a mi discurso se tensó bajo el acallado zumbido de la calefacción. Era imposible descifrar la expresión de Alex. Y, justo cuando pensé que ya no podía aguantarlo más, bajó muy sutilmente la mandíbula.

—Consigue un socio comercial. Y, si considero que es el adecuado, la bóveda será tuya.

El corazón me dio un vuelco enorme y se me detuvo en cuestión de cinco segundos.

Era una concesión mayor de la que había esperado por parte de Alex. Y también era justamente lo que no quería oír.

Vuk quería que consiguiera el local antes de firmar. Alex quería a Vuk o a alguien como él a bordo antes de confirmarme nada. Era un maldito pez que se mordía la cola.

«Al universo le encanta fastidiarme, pero de verdad».

—Voy dos pasos adelante. —Sonreí y proyecté una seguridad que no tenía ni de broma—. Estoy en proceso de conseguir a Vuk Markovic como socio capitalista.

—Bien. Entonces, conseguir que firme un contrato no será un problema. —Alex miró la hora en el reloj de muñeca que llevaba—. Espero recibir dicho contrato antes del Día de Acción de Gracias, señor Castillo. Ya he recibido varias ofertas para la bóveda; sin embargo, como siento cierta curiosidad por esta propuesta, dejaré un poco de margen. Mi oferta expira el 26 de noviembre a medianoche.

—Entendido. —Hice un cálculo mental rápidamente de las probabilidades que tenía de conseguir a Vuk y Alex. Tenía una probabilidad infinitamente más grande de conseguir que Vuk cediera que de lograr que lo hiciera Alex, ya solo por el hecho de que el primero vivía en Nueva York y podía incordiarlo con más facilidad—. Gracias por dedicarme este tiempo. De verdad.

«Para tener en cuenta: volver a agendar con Vuk y ver cómo diablos puedo hacer que se una a mí. No tiene por qué ser en ese orden».

Salí de la oficina de Alex con la cabeza que me daba vueltas de tantas ideas y estrategias. Mientras esperaba el elevador, vi las imágenes que aparecían, sin volumen, en una pantalla plana suspendida. La bomba del día era el nacimiento de la princesa Camilla, el bebé de la familia real de Eldorra.

La envidiaba. Los bebés no tenían que preocuparse ni por bares ni por negocios. Solo lloraban, dormían y comían. Y, aun así, la gente los seguía adorando.

Cuando llegué abajo, le pedí al conductor que había contratado ese día que me llevara a la sede de Seguridad Harper. Toda discoteca necesitaba un equipo de seguridad, y los de Christian Harper eran los mejores.

«Quinto contacto».

Esperaba que mi reunión con él fuera mejor que la que había tenido con Alex.

¿La parte positiva? En efecto, mi reunión con Christian fue mejor que la que había tenido con Alex. Seguramente porque él seguiría cobrando, funcionara la discoteca o no. Y si no cobraba, dejaba de ofrecerme sus servicios y listo.

¿La parte negativa? No tenía ni idea de cómo hacer que Vuk firmara un contrato vinculante en dieciocho días sin haber cerrado ya lo del local.

Por poder, podía intentar conseguir otro espacio. Tenía una lista de alternativas por si no conseguía la bóveda de aquel antiguo banco, pero el instinto me decía que ninguna acabaría de encajar del todo.

La primera impresión que se llevaba alguien de una discoteca era dónde estaba situada. No pensaba arruinar eso abriéndola en un lugar viejo cualquiera.

Después de reunirme con Christian, pasé por las oficinas de Silver & Klein para encontrarme con Jules. Era la asociada *senior* más joven que tenían y estaba ocupándose del papeleo legal para mi negocio, incluyendo las licencias, los permisos y los contratos. Me aseguró que me prepararía un contrato de socio capitalista listo para firmar antes de la semana siguiente.

En lugar de pasar la noche en Washington, tomé el tren de vuelta a Nueva York y dediqué el fin de semana a pensar en estrategias para convencer a Vuk. Las había legítimas y otras, eh..., éticamente cuestionables.

Los cargos a los que debería enfrentarme por secuestro temporal no podían ser tan malos, ¿no? Tampoco es que fuera a quedarme con el hombre, ni a matarlo. A lo mejor él sí me mataría a mí luego, pero, cuando le hubiera hecho ganar un dineral, tal vez se olvidaría de que había contratado a alguien para que fuera un rehén hasta que firmara el contrato. Hipotéticamente hablando.

El hecho de que estuviera planteándome algo así siquiera, por más que lo dijera en broma, ya decía mucho de mi nivel de desesperación.

Lo único positivo del fin de semana fue el domingo. Había convencido a Sloane para vernos en Queens porque le había preparado una sorpresa. El peso que sentía en el pecho cedió cuando la vi justo donde habíamos acordado.

Queens nos quedaba lejos a los dos, pero era lo que nos tocaba dadas las circunstancias.

Sloane estaba cerca de la entrada del edificio, resplandeciente con su vestido blanco, su abrigo y unas botas. Llevaba el cabello recogido en un chongo; a medida que me fui acercando, se le dibujó una sonrisa en los labios.

—Más te vale que valga la pena —me dijo—. Me perdí el *brunch* con mis amigas.

La saludé con un beso y saboreé su delicadeza antes de apartarme y responder:

—Tómatelo como tu anécdota dominguera. —Al ver que arqueaba la ceja a modo de pregunta, aclaré—: Un domingo en el que harás algo tan divertido que tendrás una historia para contar en el próximo *brunch*.

Su risa desbloqueó una ola de dopamina. Era como una canción que ya había oído anteriormente y que me había encantado, pero de cuyo nombre no me acordaba y que de golpe, años más tarde, volvía a escuchar.

—Te lo acabas de inventar —señaló siguiéndome—. Pero, ya que vinimos hasta aquí, ¿puedes decirme a qué se debe tanto secretismo? ¿Por qué vinimos a Queens un domingo por la mañana?

—Ya lo verás. —La guie por el pasillo hacia la sala que había reservado. Había hecho el *check-in* antes y pueeede que sobornara al personal para que nos dejara entrar por la puerta trasera—. ¿Qué tal Pen?

Sloane se puso seria al oírme mencionar a su hermana.

—Según Rhea, se está recuperando rápido, lo cual es positivo. Además, las heridas se le curarán con el tiempo, pero... —suspiró— yo sigo preocupada; sobre todo porque Pen intenta hacer como si no pasara nada con estas cosas. Le da miedo que, si no, la consintamos demasiado, y lo detesta.

—¿Y no puedes volver a verla?

—Le dieron el alta, y a casa no puedo ir a visitarla sin llamar la atención de mi padre y de Caroline. —Unas nubes de tormenta encapotaron el cielo e hicieron que los ojos azules de Sloane adoptaran un tono grisáceo—. En parte, ya veo venir que la enviarán con algún primo lejano en Europa. Lo harían solo para mortificarme y ponerme más piedras en el camino para que no pueda verla.

Diría que me resultaba difícil imaginarme a algún padre haciéndole algo así a su propia hija, pero, teniendo en cuenta que yo prácticamente me había criado en internados, no era quién para hablar.

Me detuve justo enfrente de nuestra sala.

—Pero no lo harán hasta que vuelvan de Washington.

Durante mis reuniones del viernes por la ciudad, había aprovechado para recopilar algo de información: George y Caroline estaban en Washington, participando en una gran recaudación de fondos.

La sorpresa se apoderó del rostro de Sloane.

—¿Cómo lo sabías?

—Tenía que confirmar dónde estaban antes de hacer esto. —Abrí la puerta.

Sloane entró, pero no consiguió dar más de dos pasos antes de quedarse boquiabierta.

—¡¿Pen?!

La sonrisa más alegre y preciada del mundo le iluminó la cara a Pen.

—¡Sorpresa!

Estaba sentada en el sofá con Rhea y un tazón de botanas en el regazo. Su niñera no paraba de mirar hacia la puerta, que seguía abierta, como si esperara que George Kensington fuera a entrar iracundo en cualquier momento, pero al menos ella estaba aquí. Y eso era lo que importaba.

—¿Qué haces aquí? —Sloane dio unas largas zancadas hasta llegar a su hermana. Sorprendida, abrazó a la pequeña rubia—. ¿Cómo lo hici...?

—Tuvimos que coordinarnos un poco, pero un amigo recogió a Rhea y a Pen en coche y las trajo hasta aquí. —En realidad, el «amigo» en cuestión había sido un trabajador de Seguridad Harper, que había conseguido sacarlas del ático sin levantar sospechas del portero, conserje o cualquier otra persona que pudiera haberle avisado a los Kensington.

Teníamos una coartada por si George y Caroline se enteraban de que Rhea y Pen habían salido del edificio (en concreto: boletos para el). Aun así y gracias a Dios, el plan estaba saliendo bien.

—Antes de que te preocupes, también lo consulté con el doctor de Pen —le conté mientras cerraba la puerta y me sentaba en el otro sofá—. Me dijo que no pasaba nada si venía, siempre y cuando nos aseguráramos de que se cansara lo mínimo a nivel físico.

Sloane miró a Pen y esta asintió solemnemente para confirmar lo que yo acababa de explicarle.

—Eso mismo.

Por lo visto, lo que le había ocurrido el miércoles había sido algo relativamente leve. La caída había hecho que pareciera peor, pero ya estaba lo bastante recuperada como para estar hoy aquí.

—¿Rhea? —Sloane desvió la atención hacia la niñera—. ¿Y tú...?

—Estoy bien. —La otra mujer le sonrió discretamente—. El señor y la señora Kensington se tragaron la excusa que le dio de Annie. Gracias.

—No tienes que agradecérmelo. De no ser por mí, no te habrías encontrado en esa situación. Quien debería darte las gracias soy yo. —Se le entrecortó la voz—. Por todo lo que has hecho durante estos años por Pen y por mí.

Mi plan había puesto nerviosa a Rhea, porque la otra vez casi la descubren. Sin embargo, la mujer tenía una lealtad inquebrantable hacia Pen y Sloane, más incluso que hacia sus jefes, y al final había acabado cediendo.

Esta vez, miró a Sloane al igual que lo haría alguien consanguíneo: con dulzura, tacto y muchísimo amor.

Aquel instante pasó y todos rompimos el contacto visual antes de que esa divertida reunión se convirtiera en una espiral de emociones.

—Bueno y... ¿dónde estamos, exactamente?

Sloane carraspeó y miró la sala, en la que había más bien poca cosa, a excepción de aquellos dos sofás, dos mesas, un mueble para la televisión y una pantalla gigantesca con un montón de controles y aparatos conectados. Unos cuantos cuadros de colores primarios decoraban las paredes.

—Estamos en el mejor centro de simulación deportiva de Queens. —Abrí uno de los cajones de la mesa de la televisión y saqué cuatro controles. Me quedé con uno y repartí los otros tres—. Me dijiste que a Pen le gusta el futbol, así que vamos a jugar al futbol.

—No me gusta el futbol. Me encanta el futbol —me corrigió Pen, que ya estaba mirando qué juegos había hasta encontrar el ideal, marcando bien el verbo *encantar*.

—Discúlpame. —Contuve las ganas de reír. Su descaro me recordaba al de cierta otra rubia—. ¿Quién es tu jugador favorito?

—Asher Donovan —respondió sin dudar siquiera.

«Típico». Lo adoraban chicas de todas las edades, aunque no les gustara tanto el futbol como a Pen, pero debía reconocerlo: el tipo era bueno.

El problema estaba en que era realmente molesto que alguien que parecía un Dios griego también pudiera jugar taaan bien y que, a juzgar por las pocas interacciones que había tenido con él, también fuera taaan amable. Y más molesto aún era el hecho de que fuera cliente de Sloane.

En fin. Siempre y cuando no fuera su favorito, me daba igual. Más o menos.

Después de molestar un poco a Pen al contarle que, en realidad, Vincent DuBois era mucho mejor que Asher, empezamos a jugar una simulación de la Eurocopa. Sloane y Rhea pararon a medio partido y quedamos solo Pen y yo en una riña por la victoria.

Yo no me consideraba una persona de esas a quienes le

gustan los niños. Me caían bien, pero no podía relacionarme con gente a quien le doblaba la edad y más.

Sin embargo, Pen era increíble. Era más madura que la mitad de los adultos y era una jugadora de diez. Me metió tres goles en la primera mitad, y eso que ni siquiera estaba dejándola ganar a propósito.

Demonios, para ser una niña que parecía tan dulce, también daba bastante miedo. De eso me di cuenta rápido y a la mala.

Cuando Sloane se excusó para ir al baño, Pen pausó la partida, se giró para mirarme y, sin preámbulo alguno, me preguntó:

—Bueno, ¿tú y mi hermana, qué?

Casi me atraganto con la Coca-Cola, y Rhea hizo un intento fallido por esconder una sonrisa.

—Nos vemos para pasar el rato —respondí vagamente.

No estaba seguro de cuántos detalles sobre mi vida amorosa debía compartir con una niña de nueve años, pero me daba la impresión de que sería mejor pecar de precavido.

—No. Nosotros nos vimos para pasar el rato. —Pen nos señaló a los dos—. Tú y Sloane hacen más que eso.

Dios mío de mi vida.

Miré hacia la puerta deseando que Sloane apareciera y me sacara de aquel aprieto.

No tuve tanta suerte.

—Estamos saliendo —aclaré.

Esperaba con todas mis fuerzas que Pen no fuera a preguntarme por lo de «hacer más que eso». No pensaba adentrarme en ese tema ni de broma.

—¿Desde cuándo?

—¿Oficialmente? Hará un poco más de una semana, pero...

—¿Estás saliendo con otras?

—No.

—¿Estás enamorado de ella?

—Me... —Una perla de sudor me recorrió la espalda. No podía creer que una niña que me llegaba a la altura de la cadera me estuviera interrogando—. Me importa muchísimo.

Me importa muchísimo más de lo que me ha importado nunca nadie. Pero no sabía si era amor. Yo nunca me había enamorado, o sea, que no tenía ni idea de cómo era sentirme así, aunque supongo que sabría reconocerlo cuando pasara, ¿no?

Me sentí un poco nervioso y también noté una pizca de incertidumbre.

—Esa no era mi pregunta. —Pen me miró fijamente con aquellos ojos azules falsamente inocentes. Detrás de ella, Rhea estaba riendo y le temblaban los hombros. A estas alturas, ni siquiera se molestaba en esconder su reacción—. Sloane nunca en la vida ha mencionado a sus exnovios, y menos aún me ha dejado salir con ellos, o sea, que debes de gustarle mucho.

La descarga eléctrica que sentí al oír aquellas palabras murió al notar una punzada enorme en el pecho.

Debes de gustarle mucho.

—No le hagas daño —me advirtió mirándome ferozmente con su carita—. Si lo haces, te las verás con Mary.

—Nunca le haría daño —respondí muy en serio. Me bastaba con pensar en eso para que me doliera la cabeza. Tras una breve pausa, pregunté—: ¿Quién es Mary?

—Enséñaselo, Rhea.

Rhea, que seguía riendo, buscó algo en el celular y me lo pasó.

Una muñeca de la época victoriana me miraba con sus imperturbables ojos azules a través de la pantalla. Tenía el cabello negro, llevaba un vestido con volantes de color blanco y sonreía con toda la maldad del mundo.

Era el juguete más increíblemente espeluznante que había visto en toda mi vida.

—Mi madre la compró en una tienda de antigüedades —me explicó Pen—. Era de la hija de una aristócrata inglesa a quien asesinaron, aunque no se sabe quién lo hizo. Dicen por ahí que el espíritu de la niña sigue dentro de su muñeca favorita.

—Hace unos diez años, alguien intentó robársela a su antigua dueña porque tiene un gran valor, pero dicha persona murió apuñalada, misteriosamente, mientras dormía —añadió Rhea.

No sabía si estaba bromeando o no.

Además, ¿qué demonios? ¿Quién le compraba a su hija una muñeca poseída que asesinaba a la gente? Aunque, viniendo de Caroline Kensington, tampoco me sorprendía.

—Ah. —Le devolví el teléfono a Rhea antes de que Mary *la Asesina* saliera de la pantalla y me acuchillara a mí—. No hace falta que llames a Mary. A mí no me gustan las muñecas y como dije antes... —Se me ablandó el tono de voz y me puse serio—. Nunca jamás le haría daño a Sloane. Es... —mi mundo— muy importante para mí.

Pen siguió arrugando la frente un segundo más, y luego se le relajó la expresión hasta adoptar otra más vulnerable.

—De acuerdo —contestó con un hilo de voz—. Porque bastante daño le han hecho ya.

No tenía previsto que hoy una niña de nueve años me diera una patada en el estómago. Aun así, la puntería de Pen era aún mejor que sus habilidades para jugar a un videojuego de futbol.

Sentí una quemazón que se me esparció del vientre al pecho, tanto por Sloane como por Pen. Ambas se merecían más de lo que recibían por parte de la gente que, técnicamente, las quería.

—¿Qué me perdí?

La voz de Sloane explotó aquella burbuja. Me había perdido tanto en mis pensamientos que no la había oído regresar.

—Nada —respondimos Pen y yo al unísono.

—Solo estábamos haciendo una pausa —añadí.

—Porque le estaba dando una tremenda paliza. —Pen rio cuando la fulminé de broma con la mirada—. No pasa nada. Eres el Vincent de mi Asher. Lo que pasa es que yo soy mejor que tú.

—Bueno, ya basta. —Me remangué—. Se acabó eso de ponértelo fácil. Ahora verás.

Continuamos la partida mientras nos vacilábamos e insultábamos en broma. Yo estaba demasiado perdido jugando para prestar demasiada atención a cualquier otra cosa, pero, en una o dos ocasiones, descubrí a Sloane mirándonos con una expresión extraña. Cada vez que me giraba para mirarla, apartaba la vista, pero no lo hacía lo suficientemente rápido para que no me percatara de aquel sospechoso brillo que le resplandecía en los ojos.

Nos quedamos media hora más en el centro de simulación. Luego, a Pen se le fue acabando la energía. No quería irse, pero resultaba evidente que las actividades de la jornada la habían agotado. Le prometí que volveríamos pronto. Cuando el tipo de Seguridad Harper las recogió a ella y a Rhea, Pen casi no podía ni abrir los ojos.

Sin embargo, aunó la energía suficiente para despedirse de mí y de Sloane con un abrazo. Jamás pensé que sentiría semejante vínculo con alguien a quien acababa de conocer; aun así, cuando le devolví el abrazo, sentí un feroz sentido protector hacia Pen.

Gracias a Dios que la niña tenía a Rhea y a Sloane, porque el resto de la familia de Pen podía irse directamente al infierno por desatenderla.

Sloane le susurró algo, Pen asintió y le tembló la barbilla. Luego siguió a Rhea y entró en el coche.

—Gracias —me dijo Sloane mientras veía cómo se alejaba el automóvil y se perdía calle abajo—. Fue... No tenías por qué hacerlo.

—Pero quería. —Sonreí—. Aunque de haber sabido que me iba a dar semejante paliza, a lo mejor se me habrían quitado las ganas.

Pen había ganado la partida. Siete a tres.

La sutil risa de Sloane alivió la pesadez que había supuesto la partida de Pen.

—Además, antes de que me alabes demasiado, tengo que confesarte algo —le dije, y ella arqueó una ceja en señal de pregunta—. Esto... —No quiero que se acabe este día. No quiero que te vayas. No creo que vaya a llegar un solo día en mi vida en el que quiera que te vayas—. Reservé mesa en un restaurante de por aquí cerca, pero no es hasta las siete, o sea, que supongo que tendremos que quedarnos por aquí lo que queda de día.

—¿Sí, eh?

—Eso me temo. Tendremos que entretenernos antes de que te hinche de tantos carbohidratos que hasta soñarás con pizza y fideos.

Le resplandeció la mirada, divertida.

—Tampoco estaría tan mal. He soñado cosas peores.

—Bien. —Entrelacé los dedos con los suyos y la guie por la calle principal—. Seb me contó que tenemos que ir a una heladería increíble que hay por aquí.

—¿Seb?

—Sebastian Laurent. Es como una guía gastronómica andante.

Era el sexto contacto en la lista de Kai. Yo ya lo conocía, así que me había resultado fácil pedirle a su equipo que diseñara y se encargara de la carta de La Bóveda.

—Ah.

La calidez que desprendía la palma de Sloane se metió

en la mía. La brisa que soplaba me trajo su olor, que me inundó los pulmones; a modo de respuesta y de forma instintiva, le di un apretón.

A veces, después de acostarte con alguien, las cosas se vuelven un tanto extrañas, pero no era nuestro caso. De no haber sido por lo del miércoles por la noche, tal vez no me habría atrevido a preparar esta escapada con Pen hoy. No obstante, esa noche hizo que algo entre nosotros cambiara. Y no tuvo nada que ver con el sexo.

¿Estás enamorado de ella?

La pregunta de Pen me retumbaba en la mente. Se quedo ahí un segundo más hasta que la sustituyó el recuerdo de Sloane durmiendo en mis brazos. Se había acurrucado en mí, con el cuerpo pegado al mío, y no parecía que nada la atormentara. Me había obligado a quedarme despierto un rato más solo para oír cómo respiraba.

No sabía por qué, pero eso me envolvió en una abrumadora sensación de paz y algo más que aún no sabía identificar.

Un fuerte sonido me devolvió al presente. Sonaba como el de un animal de los grandes, pero cuando miré por encima de los altos arbustos que circundaban el centro de simulación, no vi nada.

«Vaya. Qué raro».

Sacudí la cabeza y pestañeé para deshacerme tanto de aquellos sonidos fantasmagóricos como de los fantasmas del miércoles por la noche. Además, ¿qué haría un animal tan grande en medio de Queens?

Fuera lo que fuera, seguro que habían sido imaginaciones mías.

27
Sloane

—¿Por qué sonríes tanto? —se interesó Jillian—. Me pone nerviosa.

—No estoy sonriendo. Estoy estirando los labios. —Tenía el café que me había dado en una mano, y con la otra estaba enviando un mail. Al ver que no me respondía, levanté la vista—. Era broma.

No era buenísima, pero, eh, había perdido la práctica. Merecía que me dieran un poco de margen.

—Ya lo sé —respondió con un escalofrío—. Y eso me pone más nerviosa todavía.

—Qué graciosa —contesté fríamente—. Cuando termines con tu monólogo diario, comunícame con Asher. Si vuelve a llegar tarde a una reunión, pienso sumarle una tarifa de espera a la factura.

—Claro. —Suspiró embobada—. Los días en los que trabajamos con Asher son mis favoritos.

Sacudí la cabeza y esperé a que la puerta se cerrara antes de entrar en mi sistema de videoconferencias privado.

Jillian tenía razón. Sí que estaba sonriendo mucho, tanto que hasta me molestaba a mí misma; sin embargo, tras la semana pasada, aún seguía en una nube.

El miércoles había sido una montaña rusa de emociones. Que hospitalizaran a Pen y que me encontrara con mi familia no fue nada gratificante. No obstante, la noche que pasé con Xavier, tanto en el club de salsa como en su casa, ayudaron a mejorar un poco un día de mierda absoluta.

No tenía pensado acostarme con él. Una parte de mí se resistía vehementemente a ello porque sabía que era una mala idea. Pero la forma en la que me sujetó y me miró tuvo algo que... Xavier era el peor de los peligros para mi mundo perfectamente construido; aun así, nunca me había sentido más segura que cuando estuve entre sus brazos.

Suéltate el cabello, Sloane.

Fue una orden simple, pero, cuando la acaté, me pareció algo más.

Algo similar a la confianza.

Me quedé mirando la pantalla. Asher aún no se había conectado, y menos mal. Cuando empezaban, mis pensamientos no podían parar de enviarme imágenes de lo ocurrido en los últimos días: cómo era tener a Xavier dentro de mí, cómo nos movíamos a la par, la salida que había organizado con Pen y lo bien que se había llevado con ella... No es que yo tuviera el instinto maternal demasiado desarrollado, pero casi me explotan los ovarios cuando se abrazaron al despedirse.

No había nada más sexi que ver a un hombre que se llevaba bien con los niños.

Xavier había escogido una actividad que sabía que le gustaría a Pen y que no le empeoraría los síntomas, pero, a la vez, la había tratado como a una niña normal y no como a una muñeca de porcelana. Eso es justamente lo que quería Pen, y seguramente por eso Xavier le había caído bien tan deprisa. Mi única preocupación era que...

—Lo siento, jefa. —El perfecto rostro de Asher me llenó la pantalla. Su sonrisa era igual de pícara y encantadora que su acento británico. A pesar de sus palabras, no parecía demasiado arrepentido por su contratiempo—. Antes de que digas nada, no volverá a pasar.

Casi salto de la silla, pero me recompuse. Me había perdido tanto en mis pensamientos que por poco se me olvida que teníamos una reunión.

Me erguí, aparté de mi mente las preocupaciones de mi vida personal y me centré en el más famoso de mis clientes.

Asher estaba en su casa de Blackcastle. Llevaba una camiseta vieja de color gris y tenía el cabello empapado, o bien de sudor o porque se habría dado un baño. Debía de venir directo del entrenamiento diario.

Ojalá se dedicara tanto a guardar una buena reputación como a mantenerse en forma. Habría quien pensaría que el jugador de futbol más famoso del mundo estaría demasiado ocupado y protegería al máximo su carrera como para participar en carreras urbanas ilegales, pero no era la primera vez que había tenido que limpiar sus desastres antes de que la prensa se enterara de nada.

—No soy tu jefa. Si lo fuera, no me ignorarías cada vez que te dijera que hicieras algo —respondí con un tono de voz monocorde—. Permíteme que te aclare una cosa, Donovan: me da igual que tuvieras un récord brillante en el Holchester. Ahora, eres la nueva incorporación del Blackcastle. Tienes un contrato de nueve cifras que depende de tu capacidad de controlar tus impulsos, así que deja de meterte en problemas, limítate a conducir por debajo del límite de velocidad permitido y basta de pelearte con Vincent DuBois, por el amor de Dios, que son compañeros de equipo.

El equipo había fichado a Asher por doscientos millones de dólares a principios de año y esta noticia había llegado a los titulares de todo el mundo. Sin embargo, su contrato venía con una única cláusula: dos años de periodo de prueba durante los cuales Asher tenía que ceñirse, rigurosamente, a dicha cláusula moral, entre otras cosas. De lo contrario, rescindirían el contrato y tendría que devolverle al equipo la mitad de los beneficios que hubiera generado durante sus dos primeras temporadas.

Cuando mencioné a su rival, se le nubló la expresión. Vincent era el único jugador que era casi tan famoso y tan bueno como él.

—Vincent es un cabrón —espetó.

—Me da igual. Su rivalidad está siendo la comidilla de las revistas de chismes y se está convirtiendo en un frenesí. Y esto no nos interesa ahora mismo. Reacciona, Asher, o me ocuparé personalmente de contratar a un mercenario para que te robe todos y cada uno de los coches que tienes en el garage, ¡y me aseguraré de que Rahim no vuelva a venderte ningún otro vehículo nunca más! ¿Sabes ese Bugatti de edición limitada que están a punto de sacar y que tanto te gusta? Se lo llevará el segundo mejor postor.

Asher sería famoso, pero yo tenía convicción, estaba harta y me tenía enojadísima. Además, Rahim era un bróker de coches de lujo y estaba en deuda conmigo por la cantidad de clientes que le había enviado (y que eran conductores más responsables que cierto jugador).

Ante mi amenaza, Asher tragó saliva.

—Vamos, Sloane. No es...

—Ocúpate de eso. Ya.

Colgué. Con algunos clientes tenía que ser más dura que con otros; con Asher, tenía que serlo más que el titanio.

Aún faltaban unos cuantos minutos para la próxima reunión, así que le eché una ojeada rápida al celular.

Xavier: Café solo con dos de azúcar?

Sonreí y la frustración que me había hecho sentir Asher disminuyó un poco.

Yo: Estoy trabajando

Xavier: Esa no era la pregunta, Luna

Yo: ...

Yo: Nada de azúcar por hoy. Ya tomé demasiado

Culpé a las donas que había traído Jillian para desayunar.

Al ver que Xavier no respondía automáticamente, abrí el chat que tenía con la chicas.

Isabella: Operación P. W. activada :)

Isabella: Pueeede que hoy haya ido a escribir a la cafetería favorita de P. W. y pueeede que lo escuché hablar sobre un post que quiere subir pronto en el blog

Se me detuvo un segundo el corazón.

Yo: Y tiene que ver con...?

Isabella: Ajá. No dijo nombres, pero estoy casi convencida de que es sobre lo que organizamos

Vivian: Creen que lo publicará en serio?

Vivian: Es una de las pocas personas famosas a quienes más miedo le ha dado perseguir

Alessandra: Yo no sé si la tacharía de famosa

Vivian: Ya sabes a lo que me refiero

Isabella: Puede que P. W. necesite un empujoncito

Sloane: Yo me ocupo

Sonó el teléfono de la oficina e interrumpió mi interacción en el chat.

—Sloane, llegó tu próxima reunión —me dijo Jillian.

—Que pase, por favor.

Al cabo de dos minutos, Ayana entró en mi oficina, emanando una belleza increíble envuelta por aquella sedosidad de color caléndula y aquellos aretes que le llegaban a los hombros.

—Gracias por haberte reunido conmigo a pesar de haberte avisado con tan poca antelación.

Se sentó en la silla que había delante de mí con elegancia. La piel le resplandecía bajo la luz y tenía los pómulos tan marcados que podrían servir para tallar diamantes. Con razón había conquistado el mundo de la moda en el último año.

—Eres mi clienta. Estoy encantada de ayudarte con lo que pueda —respondí.

Desde hacía un tiempo, Ayana se había convertido en la última incorporación de mi cartera de clientes. Técnicamente, ya no aceptaba más representaciones, pero la madre de Alessandra era la mentora de Ayana en el mundo de la moda. Había quedado con ella a principios de año para hacerle un favor y me había caído tan bien que la había fichado ese mismo día.

—Bien. —Dudó y los nervios le ensombrecieron su encantadora cara—. Porque es posible que me haya metido en un problema.

Me pasé los próximos cuarenta y cinco minutos escuchando a Ayana mientras me contaba su situación. Mantuve una expresión neutral, pero se me petrificaron todas las células del cuerpo cuando llegó a la parte del matrimonio.

—No sé qué hacer —concluyó. Se quedó con la vista puesta en su regazo; estaba evidentemente nerviosa—. Le debo muchísimo, pero...

—Pero nada. Es tu vida —la interrumpí firmemente—. Mira, como representante, te diré que sería genial para la publicidad. No hay nada que le guste más al público que la boda de alguien famoso. Como mujer y ser humano, te diré que tienes que hacerle caso a tu intuición. ¿La gratitud que sientes compensa cinco años de tu vida?

Cuando Ayana se fue, aquella pregunta se quedó conmigo.

No podía responder por ella y mi trabajo consistía en tergiversar su decisión para que sonara todo perfecto a nivel mediático, fuera cual fuera. Solo esperaba que Ayana no se arrepintiera más adelante de la decisión que tomara.

Abrí la bandeja de entrada, pero no me dio tiempo de leer nada porque Xavier apareció por la puerta.

—¿La que acaba de salir de aquí era Ayana? —Entró despeinado por el viento, y la forma en la que se le ajustaba el suéter al cuerpo seguro que se consideraba pecado—. No sabía que seguía por aquí.

Me saltaron unas diminutas alarmas y a estas les siguió algo más oscuro que ignoré. Debía de ser la comida. A veces, la ensalada de atún podía no caer del todo bien.

—¿La conoces?

—A nivel personal, no, pero es amiga de un amigo mío y la he visto por ahí en algunas ocasiones —me contó levantando los hombros—. Luca me dijo que esta semana tenía una sesión de fotos en Europa para una campaña de Delamonte, pero supongo que hubo un cambio de planes.

—Ah.

Arqueó las cejas.

—¿Qué pasó? ¿Salió mal la reunión?

—Salió bien. —Me quedé mirando la pantalla con la esperanza de que se me pasara lo que fuera que notaba en el estómago—. Es genial. Evidentemente. Porque es lo primero que mencionaste al entrar.

Después de mi cortante respuesta, silencio.

Cuando volví a levantar la vista, Xavier no estaba mirándome estupefacto tal y como me había imaginado. El cabrón se estaba riendo.

Genial. Una risa silenciosa le azotaba el cuerpo e hizo que me sonrojara.

—Luna. —Le resplandecían los ojos, alegre—. ¿Estás celosa?

—No —le espeté—. Solo era una observación.

Volví a centrarme en la pantalla. Puse cara seria y permanecí con la vista puesta en las líneas de texto hasta que se fueron volviendo borrosas. Noté cierto cosquilleo en la nariz y detrás de los ojos.

Era estúpido e irracional, porque, en el fondo, no pensaba que Xavier estuviera interesado en Ayana de verdad, pero no podía controlar la válvula que estaba perdiendo en mi interior. Aquella que controlaba una crecida de inseguridades y que pensaba que había cerrado hasta que pequeños instantes como este hacían que dicho sentimiento volviera a gotearme por dentro.

Demasiado fría. Sin pasión alguna. Demasiado difícil de querer.

Xavier era mi antítesis total: era cálido a más no poder, tenía facilidad para caerle bien a los demás y era seductor por naturaleza. Había sido sincero y se había comprometido desde que habíamos empezado a salir, pero una parte de mí esperaba que fuera a salir por patas.

Algún día se despertaría y se daría cuenta de que yo no era la persona que quería que fuera. Y se iría.

—Sloane. —Ya no parecía tan juguetón. Se acercó con pasos discretos que me trajeron el olor de su perfume y me dio la vuelta con sus firmes manos—. Mírame.

Me quedé con la vista fijada en su cuello, tozuda. Uno de los tatuajes le sobresalía de debajo del suéter, y eso fue lo único que me impidió derrumbarme.

«¿Qué demonios pasó?». Primero estaba trabajando con una sonrisa tan grande en los labios que hasta había asustado a Jillian. Y justo después, estaba a punto de derrumbarme por completo por un hombre.

Mi yo del pasado estaría asqueada de mí misma, pero mi yo del pasado no sabía lo que sabía mi yo del presente: que me había salido el tiro por la culata de forma terrible con esto del periodo de prueba que yo misma había sugerido.

Había pensado que podríamos pasarlo bien durante dos meses y decir que lo habíamos intentado. Que podría salir de esta pasados los dos meses y estar bien.

Pero no era el caso. No cuando los celos me estaban carcomiendo por dentro con solo imaginarme a Xavier con otra persona.

—Mírame —repitió con más énfasis. Me agarró la barbilla con los dedos y me la levantó. Fijó los ojos en los míos y me desnudó la mirada—. No tienes por qué estar celosa en absoluto. Comenté lo de Ayana porque hablé con Luca hace nada y es lo primero que viene a mi mente. No tiene nada que ver con cómo me sienta, porque no siento nada por ella.

—Es una supermodelo. Todo el mundo siente algo por ella.

—Yo no —contestó—. Me da igual lo guapa o famosa que sea otra mujer, Luna. Nadie puede compararse contigo.

De haberse tratado de otra persona, habría dicho que su afirmación no eran más que palabras vacías. Pero estábamos hablando de Xavier, y precisamente porque se trataba de Xavier, su respuesta tuvo el mismo efecto que el aleteo de mil mariposas. Su sedosa voz me acarició el corazón, cerró aquella grieta y se llevó todas mis inseguridades.

Conseguí sonreír a pesar de lo fuerte que me latía el corazón.

—Siempre sabes qué decir.

—Es fácil cuando dices la verdad. Vamos... —Se inclinó y me dio un suave y largo beso. Xavier sabía a café y a calidez—. Eso sí que es un saludo como Dios manda.

Reí y sentí un cosquilleo en la piel, bien por el beso, o bien por cómo había terminado nuestra previa conversación, o tal vez fuera por ambas cosas. Me sentía un tanto avergonzada por aquel arrebato de celos tan poco habitual en mí, pero me alegraba enormemente ver cómo se preocupaba.

—¿Teníamos reunión hoy? —le pregunté intentando volver a entrar en modo trabajo—. Pensaba que hablaríamos por teléfono.

Xavier me había contado que tenía un plan para que Vuk firmara el contrato para ser socios sin tener aún el local y quería explicarme cuál era.

—No y sí. Pero no vine por trabajo. Vine a verte. —Señaló con la cabeza el vaso de café que había dejado en el escritorio—. Solo y sin azúcar.

Le di un sorbo y lo miré con los ojos entrecerrados por encima del borde del vaso.

—Tengo que ponerme al día con muchísimas cosas.

Había estado tan distraída desde que habíamos empezado a salir que no tenía el trabajo avanzado de dos semanas como de costumbre. Simplemente, lo llevaba todo al día, y eso era inaceptable.

—Es la hora de comer y Jillian me dijo que no tienes más reuniones hasta las dos.

—Jillian tiene que dejar de compartirte mi horario. Además, no tengo hambre.

—Ya. —La voz de Xavier adoptó un tono sedoso—. Pero yo sí.

No me dio tiempo a reaccionar antes de que me tomara y me sentara en el escritorio con un movimiento rápido y suave. Me levantó la falda hasta las caderas, me metió el pulgar por debajo del elástico de la ropa interior y me encontró húmeda y dispuesta.

—Xavier —susurré mirando por detrás de él y hacia la puerta, que no estaba cerrada con llave—. Nos van a oír.

El clítoris me palpitaba de necesidad a pesar de mi protesta. El calor se me fue adueñando de los pulmones, como si se tratara de una tormenta de fuego, al notar sus fuertes y hábiles manos acariciándome, amoldándose a mis caderas y muslos, y avivando hogueras cada vez más grandes y más ardientes hasta que calcinaron todos mis reparos.

—Mejor. —Xavier se arrodilló y me separó aún más las rodillas, lo cual le permitió tener una vista perfecta de mi empapada excitación. Me miró con los ojos resplandecientes, oscuros y brillantes como si fueran de vidrio volcánico—. Así les quedará claro a quién perteneces.

Un sutil aunque humillante gemido se me escapó de la boca cuando agachó la cabeza y se llevó aquella delicada seda con los dientes. Al imaginarme lo que iba a venir, jadeante y algo aturdida, el pulso se me aceleró a más no poder, y cuando me arrancó la ropa interior y hundió la boca en mí, se me escapó algo que quedó a medio camino entre un grito y un jadeo.

Ráfagas de luz me estallaron detrás de los ojos cuando, de repente, pasamos de una sensualidad perezosa a una hambruna salvaje y desatada. Mi cerebro no podía seguirle el ritmo, así que le cedí todo el poder a mi cuerpo. Meneé las caderas, le agarré el cabello y la excitación se apoderó de mí tan deprisa y con tanta vehemencia que fue casi doloroso.

Traté de cerrar las piernas, echarme hacia atrás, hacer lo que fuera con tal de recobrar la respiración antes de estallar de puro placer, pero Xavier estaba sujetándome con muchísima fuerza para que no me moviera de aquella posición. Su asalto estaba siendo despiadado, y estaba dando justo en todos mis puntos sensibles con una precisión devastadora con la lengua y con la boca.

No estaba segura de si estaba gritando, sollozando o sencillamente en silencio absoluto. No estaba segura de si mi equipo estaba en la puerta ahora mismo, viendo cómo me cogía desquiciadamente con la lengua mientras yo perdía el control del todo.

En el fondo, no estaba segura de absolutamente nada más allá del hecho de que no quería que esto terminara jamás. Con él, no. Lo nuestro, no.

La tormenta de fuego que se había ido gestando en mi interior por fin estalló, y esta vez sí me oí gritar antes de que Xavier me tapara bruscamente la boca con una mano para acallar aquel sonido.

Mi orgasmo fue tan intenso que me desintegré al momento. Trozos de mí fueron cayendo, flotando y ardiendo hasta que el humo se disipó y una neblinosa parte de mis sentidos volvió a mí.

Xavier me quitó la mano de la boca y la reemplazó por un punitivo beso. Sabía a mi excitación y los pezones se me tensaron de nuevo como si no acabara de venirme con tanta fuerza que ni siquiera podía respirar debidamente.

—Aquí tienes un previo. La próxima vez que dudes de lo mucho que te deseo... —Xavier me mordió el labio inferior y lo jaló. La punzada que sentí en la boca viajó directo al vacío que me palpitaba en la entrepierna—. Acuérdate de esto.

Volvió a agarrarme las caderas, me bajó de la mesa y me inclinó sobre el escritorio para verme desnuda. Seguía con la falda subida y mi ropa interior estaba hecha trizas en el suelo.

Oí que abría un cajón del escritorio, el sonido de un cierre y el inconfundible ruido de un trozo de cinta adhesiva al romperse.

Se me secó la boca.

—¿Qué...? —Me colocó la cinta adhesiva en los labios y la frase quedó a medias.

—Por si vuelves a gritar. No querías que nos oyeran, ¿recuerdas? —La oscura y aterciopelada respuesta de Xavier prometió todo tipo de perversidad—. Y yo necesito las dos manos para otra cosa.

Lujuria y miedo se adueñaron de mí en partes iguales, inmiscuyéndose entre sí. Xavier no me había atado las manos, así que podía quitarme la cinta adhesiva con facilidad..., pero no lo hice.

Me quedé ahí, con las piernas abiertas, con la boca tapada y con los fluidos chorreándome por los muslos ante el obsceno cuadro que debía ser la situación.

El miedo que sentía no derivaba de lo que estaba a punto de hacerme Xavier, sino de lo mucho que lo deseaba yo. De lo mucho que me gustaba aquella minúscula pérdida de control, porque significaba que no tenía que pensar, que podía limitarme a sentir.

—Agárrate de la mesa. —Me advirtió Xavier a la altura del cuello.

Apenas tuve tiempo de obedecerle antes de que me penetrara con firmeza y se me arqueara la espalda, en un acto reflejo, por la fuerza del empellón. Intenté gritar, pero la cinta adhesiva impidió que se oyera otra cosa que no fueran unos incoherentes gemidos mientras él me cogía bruscamente, sujetándome con una mano y metiéndome la otra por debajo de la camisa para juguetear con mis pechos.

Me agarré al costado del escritorio; había quedado reducida a un nervio puro, gigante y expuesto. Estaba sudada de arriba abajo y me palpitaba el clítoris con cada empellón; cada palpitación era tan fuerte que hacía que unas oscuras nubes me encapotaran la vista.

Cuando parecía que se me estabilizaba el placer, volvía a pellizcarme, a apretarme y a embestirme, de tal modo que mis sensaciones volvían a ensalzarse tanto que convertían ese gozo en uno insoportable. Mi cerebro ya era incapaz de procesar esa abrumadora ola de emociones que me azotaba el cuerpo, y por un segundo tuve la impresión de que me había ido de mí misma y de que estaba viendo la impúdica escena que estábamos presentándole al mundo.

Se me había deshecho el chongo. Unos mechones de cabello se me pegaban a la piel, que tenía incendiada, y se me caía la baba por debajo de la cinta adhesiva mientras Xavier iba entrando y saliendo de mí con fuerza y con unos profundos gemidos que iban metiéndose en mi interior, más hondo que cualquier otra cosa.

Me encantaba oír su placer. Me encantaba sentirme de esa forma: indefensa y forzada y, a la vez, sumamente segura. Me...

Se me tensó el cuerpo entero. Unos puntitos de luz se metieron en aquella corriente de nubes negras y yo temblé de manera descontrolada mientras llegaba al clímax, meneándome contra su verga y devolviéndole los empellones. Fui notando repetidos espasmos en el sexo, que le mandaban ráfagas de placer a mi estupefacto cerebro. Oí a Xavier soltar un último gruñido gutural antes de que él también se viniera, pero a mí me siguieron azotando las olas, recorriéndome el cuerpo cual océano interminable de un placer eléctrico y soporífero.

No tenía ni idea de cuánto tiempo nos quedamos así, yo hecha un manojo de carne encima del escritorio y él sin salir de mí. Sin embargo, cuando por fin nos movimos, ya casi eran las dos.

—Justo a tiempo para tu reunión —bromeó Xavier. Yo estaba hecha un desastre, pero él, más allá de estar sonrojado y de tener el cabello enmarañado, parecía que acabara de salir de una revista. Qué cabrón—. Tengo un sentido temporal impecable.

Me limpió, me acomodó la ropa con delicadeza y luego me quitó la cinta adhesiva de la boca.

—Qué gracioso. —Aquella voz no parecía la mía; sonaba demasiado afónica de... Me sonrojé y a Xavier se le ensanchó aquella sonrisa socarrona y satisfecha—. Voy a tener que posponer la reunión. No puedo hablar de estrategia mediática con aspecto de...

—¿De que te acaban de coger hasta los sesos?

Me sonrojé más todavía al oír a Xavier arrastrando las palabras con aquel tono ahumado.

—Yo no lo diría exactamente así —respondí con tanta

dignidad como pude, teniendo en cuenta que tenía la ropa interior hecha trizas.

Lo que habíamos hecho era tan poco habitual en mí que me estaba costando asimilarlo.

Yo no era el tipo de persona que mezclaba el trabajo con el placer, lo cual... De acuerdo, sí, hacía dos semanas que se había descarrilado la cosa. Pero yo era siempre superconsciente de dónde estaba y nunca había llevado a cabo actividades comprometedoras en la oficina.

Xavier era la única persona capaz de conseguir que me olvidara de mis propias normas y lo disfrutara. Era perturbador.

Dios, ojalá no nos hubiera oído nadie. Deberían estar todos comiendo, pero una secretaria emprendedora puede decidir quedarse para avanzar con el trabajo (y, ya de paso, acabar descubriendo a su jefa manteniendo relaciones sexuales). Nunca se sabe.

—Llámalo como quieras, Luna, pero es la verdad. —Xavier me rozó los labios con los suyos—. Por cierto, estás guapísima recién cogida.

—Qué encantador. —Convendría que tomara el teléfono y pospusiera la reunión de las dos, pero quería quedarme envuelta entre sus brazos un poquito más—. Deberían hacer un tutorial de maquillaje para conseguir este efecto.

—Seguro que ya existe. —Se apartó y me estudió con la mirada—. ¿Cómo estás?

—Bien. Un poco adolorida, pero... bien. —No se me ocurrió una palabra mejor para describir la ligereza que sentía. *Bien* no era el término adecuado, pero, a diferencia de lo que me ocurría con otras expresiones, no me agobiaba decirlo.

—Bien —repitió Xavier.

Apoyó las palmas de las manos en el escritorio, a ambos lados de mí y, mientras nos sonreíamos el uno al otro envueltos por un suave silencio lleno de dicha mientras saboreábamos aquellos últimos minutos antes de que tuviéramos que volver a la realidad, me vino otra palabra a la mente.

Feliz.

Algo sencillo y básico, pero no por eso menos cierto.

28
Sloane

Cuando ayer, al cabo de una hora, Xavier y yo salimos de mi oficina tras nuestra, eh..., sesión, un milagro quiso que nadie dijera nada. La gente siguió volviendo poco a poco después de la pausa del almuerzo y los trabajadores que sí se habían quedado ahí estaban demasiado ocupados admirando fotos de la princesa Camilla para prestarnos atención alguna.

Gracias a Dios, que a veces nos hacía estos favorcillos.

Había pospuesto la reunión y me olvidé del plan de Xavier para conseguir que Vuk aceptara ser su socio hasta que nos pusimos de acuerdo para cenar al día siguiente. Aparte del mensaje de texto que me mandó para decirme que tenía un plan, no había vuelto a comentarme nada más al respecto.

—Dos preguntas —dije mientras deambulábamos por el centro—. Una: ¿cuál es el plan para que Vuk acceda a ser tu socio? Y dos: ¿dónde estamos yendo a cenar? Me muero de hambre.

—Vaya, ahora sí tienes hambre —bromeó Xavier envolviéndome los hombros con un brazo. Su cálido peso hizo que las mariposas de mi estómago alzaran el vuelo—. Y eso que, cuando intenté llevarte a comer, me echaste.

—Porque no se me ha olvidado lo que ocurrió ayer a la hora del almuerzo. No hice nada de trabajo. —Intenté mirarlo con soberbia, pero él me lanzó una mirada pícara y me sonrojé.

Últimamente me sonrojaba muchísimo más. Lo bastante para hacer que alguien que odiaba sonrojarse, como yo, se volviera loca.

—Me consta. —Xavier arrastró las palabras y un deseo incandescente se apoderó de mí—. Te ves muy guapa arqueada sobre el escritorio, Luna. Sobre todo si me chorreas en la...

—Xavier. —Lo interrumpí con énfasis y sonrojada a más no poder.

Miré a nuestro alrededor, convencida de que cualquiera que estuviera en la banqueta podía oír sus groseras palabras. No es que fuera una mojigata, pero tampoco quería que cualquier persona de a pie se enterara de mi vida sexual.

Rio.

—De acuerdo. Me ahorraré los comentarios sucios para luego en el hotel.

—¡¿El hotel?! ¿Adónde vamos exactamente? —pregunté sorprendida.

—Ya lo verás. Hazme otra pregunta.

—Odio que seas tan evasivo.

—Te encanta porque te encantan las sorpresas.

—Soy virgo. Odio las sorpresas. —Menos aquel encuentro del domingo con Pen, pero eso no contaba.

—Hazme otra pregunta, Luna —insistió ignorando mi argumento astrológico perfectamente servicial.

Yo era una fiel defensora de la ciencia pura y dura, pero la astrología era demasiado genial como para no tomarla en cuenta.

—Está bien —musité. Sí me intrigaba lo que había planeado, pero nunca lo reconocería. No hacía falta que fuera organizándome sorpresas a diestra y siniestra—. La que te saltaste. ¿Qué plan se te ocurrió para ganarte a Vuk?

—Lo de Vuk. De acuerdo. —Giramos a la izquierda y caminamos por una calle menos transitada—. ¿Qué es lo que motiva a cualquier hombre de negocios de éxito? ¿Por qué hacen lo que hacen?

Fácil.

—El dinero, el poder y la fama.

—Y otra cosa más.

Fruncí el ceño.

—¿El ego? No, eso ya lo cubren los otros tres. ¿La venganza? ¿La ambición? ¿El rencor?

Xavier me miró de reojo.

—La pasión.

—Ah. —Arrugué la nariz—. El rencor es mejor.

Eso era lo que me había llevado a construir RR. PP. Kensington hasta convertirla en lo que era hoy. Sí, me apasionaba lo que hacía y sí, necesitaba el dinero; sin embargo, durante mis peores momentos y las noches que me había pasado en vela, el rencor había sido el fuego que había mantenido mis malos instintos a raya.

Había querido demostrar que podía ganarme bien la vida sin el dinero o el apoyo de mi familia, y lo había conseguido. Querían que fracasara y que fuera a pedirles ayuda, pero yo antes preferiría atarme el último ladrillo de mi empresa a un pie y tirarme al río Hudson que darles esa satisfacción.

Pero eso, yo. A lo mejor el resto de la población no lo veía igual.

—Puede ser —respondió Xavier fríamente—. Pero he estado investigando un poco a Vuk y su historia es interesante. ¿Sabes cuáles fueron los inicios del Grupo Markovic?

Negué con la cabeza.

—Cuando iba a la preparatoria, Vuk trabajaba en una destilería privada de su ciudad natal. Le encantaba ese lugar, pero no le gustaba nada cómo lo gestionaban, así que puso manos a la obra y ahorró hasta que tuvo el dinero suficiente como para comprarlo justo al salir de la universidad. Estudió ingeniería química y, cuando estuvo al mando de la destilería, revolucionó el proceso de creación del vodka para crear...

—Vodka Markovic —terminé por él, citando la marca de vodka más famosa del mundo.

—Exacto. Evidentemente, ha conseguido muchísimo más desde entonces, pero el caso es que el tipo no se metió en el negocio por una cuestión de dinero o de fama, sino que encontró algo que le encantaba y pensó que podía hacerlo mejor. Y lo hizo mejor. Tardó años y le costó un montón de trabajo, pero lo hizo. A eso se le llama pasión. —Xavier sacudió la cabeza—. Y ese fue mi error. Me centré única y exclusivamente en su parte empresarial y se me olvidó fijarme en la emocional.

Sonreí. Vuk no era el único con pasión; nunca había oído a Xavier hablando tan enardecidamente sobre algo hasta que se le ocurrió la idea de abrir una discoteca.

—Enfocarlo desde ese otro punto de vista es una buena idea —señalé—. ¿Cuándo vuelves a reunirte con él?

—Mañana. El problema es que no sé cómo enfocar el discurso. No es que haya crecido soñando con ser el dueño de un local.

—No, pero yo sí me acuerdo vívidamente del montón de bocetos que hiciste del bar en Colombia. Por algo se empieza.

—Y en Colombia siguen. En la basura —señaló.

—Supongo que si tenías esos ahí, algunos tendrás también por aquí. —Arqueé una ceja—. He visto tu casa. Aún tienes un trofeo de cuando te eligieron Galán del Año en la preparatoria.

—Oye, ese trofeo está hecho de oro macizo falso. Vale su peso en emotividad. —La blanca dentadura de Xavier resplandeció al entrar en contraste con su tez morena—. Aunque puede que tengas razón y haya algún boceto por ahí.

—Por eso me paga tanto la gente —respondí alegre.

Seguimos caminando cinco minutos más antes de girar, ir por una calle más tranquila y detenernos delante de un precioso edificio de ladrillos. Las paredes estaban envueltas de hiedra y, si mirabas por el cristal de la puerta, veías un elegante recibidor lleno de plantas y abundantes telas.

—Es un hotel *boutique* nuevo, regentado por una familia —me contó Xavier—. Abrió hace solo unos meses, pero su restaurante ofrece algunos de los platos *thai* más ricos de la ciudad.

Al oírlo hablar de comida, se me revolvieron las tripas.

—Genial.

—Antes de que entremos, otra cosa. —Se puso serio, aunque parecía algo nervioso—. Reservé el hotel para la noche, por si preferías quedarte aquí. Conmigo. Las *suites* son preciosas y...

—Está bien. —Mi corazón latió para dar voz a otra respuesta.

«Sí. Sí. Sí».

La sorpresa se le apoderó de los ojos y, a continuación, sonrió lentamente. Aquel gesto hizo que un incesante hormigueo me recorriera la espalda.

—Está bien —repitió.

No nos hizo falta decir nada más.

—Buenas noches, señor Castillo. —En la recepción, lo reconocieron al acto—. ¿En qué *suite* le gustaría hospedarse esta noche?

—Nos quedaremos en la *suite* Real y cenaremos al lado de la alberca. Que nos traigan pijamas y artículos de baño, también, por favor. No trajimos nada.

—Por supuesto. Si cambian de idea, tienen el resto de las *suites* a su disposición.

Al oírla pronunciar aquellas palabras, me detuve un segundo.

—Espera. —Miré a Xavier, incrédula—. Cuando dijiste que habías reservado el hotel, ¿te referías al hotel ¡entero!?

—Me gusta ayudar a los negocios familiares. —Le resplandecieron los hoyuelos con picardía—. Y también me gusta la privacidad.

La mujer de negocios que habitaba en mí me dijo que Xavier no debería estar derrochando dinero de esta forma cuando aún no se sabía qué ocurriría con su herencia.

La mujer romántica que habitaba en mí, en cambio, mandó a la otra parte a callar y me dijo que disfrutara de la experiencia.

Por primera vez en la vida, ganó la parte romántica.

El conserje nos dio un *tour* rápido de las instalaciones del hotel antes de llevarnos afuera, donde nos servirían la cena.

—Si desean pedir más comida, trajes de baño o cualquier otra cosa, pueden hacerlo con estas tarjetas —nos dijo pasándonos una fina tarjeta dorada a cada uno. Tenían varios botoncitos blancos que servían para varios propósitos, incluidos el servicio de limpieza, restauración y servicios generales—. Disfruten de la velada.

—Gracias —respondí.

La puerta se cerró tras de sí, me di la vuelta y...

Se me detuvo el corazón un segundo. ¡GUAU!

Me había alojado en muchísimos hoteles de lujo a lo largo de mi vida. La mayoría eran bastante genéricos, al igual que todos los hoteles de lujo, pero este lugar era verdaderamente precioso.

La alberca turquesa de estilo laguna tenía una cascada en miniatura en una punta y un hidromasaje en la otra. Un frondoso follaje y unas rocas hechas a medida ensalzaban la atmósfera tropical mientras una cabaña acolchada y con velas le daba a la escena un romanticismo encantador. Un techo de cristal protegía toda la zona de la intemperie; además, hacía una temperatura perfecta: unos agradables veinticuatro grados.

No estábamos en Manhattan. Estábamos en el maldito jardín de Edén.

Xavier entrelazó los dedos con los míos y me hizo entrar en la cabaña. Cuando nos acercamos, me fijé en la mesa baja de madera con comida.

Me corrijo: con un festín. Había palitos de hojaldre de coco al lado de unas brochetas de pollo asado y marinado; los fideos *pad-thai* estaban al lado del arroz frito con piña que habían servido dentro de una piña de verdad vacía, y un sinfín de sopas y curris perfumaban el aire de melisa, jengibre, comino y una decena de especias más que te hacían la boca agua.

Tenía tantas ganas de todo que me rugió el estómago.

—No nos acabaremos esto ni de broma —señalé mientras me dejaba caer en uno de aquellos cojines enormes que servían para sentarse.

—Seguramente —reconoció Xavier—. Como no sabía qué te gustaría más, pedí un poco de todo. —Volvieron a aparecerle los hoyuelos—. Pero sin nueces.

Las mariposas de mi estómago se estaban descontrolando. Necesitaba pesticida o algo.

—Dudo que los tailandeses cocinen demasiado con nueces —dije intentando disimular lo mucho que se me estaba ensanchando el corazón.

—Nunca se sabe. Además, ¿qué te han hecho esos pobres frutos secos?

—Parecen cerebros. Me dan asco... ¡Deja de reírte!

—No me estoy riendo —dijo entre carcajadas—. Es que no me esperaba que ese fuera a ser el motivo.

Intenté aferrarme a mi indignación, el motivo por el cual odiaba las nueces era perfectamente válido, muchas gracias. Sin embargo, la risa de Xavier era tan contagiosa que, al final, una sonrisa sustituyó mi ceño fruncido.

Nos acomodamos en un ambiente relajado mientras íbamos devorando aquel banquete. Hablar con Xavier era como hablar con mi mejor amigo. No tenía que ir pensando en temas de conversación ni preocuparme por si se tomaría algo mal. Xavier me entendía y, mientras fuimos conversando sobre comida, películas, música y viajes, me relajé hasta tal punto que se me olvidó absolutamente todo, a excepción de aquel instante.

—Tailandia —me dijo cuando le pregunté cuál era su lugar favorito de todos los que había visitado hasta entonces—. Fui al terminar la universidad, me enamoré y me quedé un verano entero allí. Hacía un calor de mil demonios, así que me pasé la mayor parte del tiempo en la playa. —Una pizca de melancolía le atravesó el rostro—. A mi madre también le encantaba. De pequeño, me hablaba de sus aventuras en el extranjero y decía que quería volver a Tailandia. La cultura, la naturaleza, la comida... —Señaló los platos medio vacíos que teníamos delante con la cabeza—. Le encantaba todo.

Permanecí en silencio para no asustarlo y que se reprimiera. Xavier nunca hablaba de su madre, y me fascinaba descubrir pinceladas de su relación.

Sabía que se llevaban bien. No había otra; sobre todo, por lo muy afectado que había quedado Xavier tras su muerte. Aun así, yo desconocía los detalles, aquellas pequeñas cosas que hacían que Patricia Castillo pasara de ser una pieza amorfa del pasado a un recuerdo sólido.

—A lo mejor, por eso me quedé tanto tiempo —reflexionó—. Porque hacía que me sintiera más cerca de ella.

Noté una punzada en el corazón, como si cargara con el mismo peso que él. Yo había podido disfrutar de mi madre unos cuantos años más, pero entendía su deseo por conectar con alguien que ya no estaba aquí. Su presencia, por breve que fuera, nos dejaba un vacío que nunca nada podría llenar del todo.

—Me escribió una carta cuando nací. —A Xavier se le encorvaron los labios para dibujar una media sonrisa cuando levanté la vista, estupefacta, para mirarlo—. No lo supe hasta hace un mes. Me lo dijo mi padre en... en nuestra última conversación. Me contó que se le había olvidado porque mi madre la había guardado en una caja fuerte. No sé si acabo de creerle, pero supongo que eso ya da igual. Está muerto. Y tengo la carta.

Levantó los hombros en un gesto que parecía forzado. Podría hacer como si nada, pero le importaba. Los dos lo sabíamos.

—¿La leíste? —pregunté sutilmente.

La manzana de Adán se le deslizó por la garganta.

—Sí.

Esperé. No quería presionarlo con un tema tan delicado. Sentía curiosidad por lo que decía la carta, pero me preocupaba más Xavier. Tener que gestionar la muerte de su padre y enterarse de que su madre le había escrito una carta hacía tantos años en tan poco tiempo debía de haberle afectado muchísimo, sobre todo porque no tenía a nadie con quien hablar del tema. Yo era lo más cercano que tenía a una confidente en esa casa.

Sentí que se me encogía más el pecho.

—Es gracioso —prosiguió finalmente—. Cuando la leí, fue como si oyera su voz. Fue como si estuviera justo ahí, cuidándome. En la carta decía que tenía muchas ganas de que descubriera mis lugares favoritos del mundo y que, si alguna vez no sabía dónde ir, fuera a algún sitio cercano a la playa. Fui a Tailandia mucho antes de saber de la existencia de esa carta, pero uno de los motivos por los cuales elegí ese destino fue, precisamente, por las playas. Tailandia quedaba lejos de mi padre, estaba rodeada de agua y me recordaba a mi madre. —Dibujó una ligera sonrisa—. Todo ventajas. Ojalá... —Las sombras de la melancolía le borraron la sonrisa de los labios—. Ojalá hubiera encontrado la carta antes. A lo mejor mi vida habría sido un poco distinta. A lo mejor habría hecho cosas de las que estar más orgulloso.

—No eres mala persona, Xavier —señalé con un tono de voz dulce—. No has hecho nada atroz de lo que debas avergonzarte. Y puede que no hubieras leído la carta hasta hace poco, pero yo creo que una parte de tu madre siempre te ha acompañado; te ha guiado. Además... —viajé cinco años atrás mentalmente, al día en que me fui de la única familia que tenía por aquel entonces—, nunca es demasiado tarde para cambiar. Si no eres feliz con tu camino, puedes elegir otro en cualquier momento.

Xavier se me quedó mirando. Atisbé un huracán de emociones en sus ojos, pero no logré descifrarlas.

—Ojalá te hubiera conocido —me dijo en un hilo de voz tan fino que, más que oír sus palabras, las sentí—. Te habría adorado.

La presión que noté tras las costillas se convirtió en un dolor genuino y penetrante. Se me extendió hasta llegarme a todas partes: a la garganta, a la nariz, detrás de los ojos y a las más absolutas profundidades de mi corazón.

No lloré, pero hacía mucho, muchísimo tiempo que no estaba tan a punto de hacerlo.

—Me dejó esto con la carta. —Xavier se llevó la mano al bolsillo y sacó un antiguo reloj de bolsillo dorado. Lo dejó en la mesa y acarició la tapa con el pulgar, pensativo—. Es una reliquia familiar. Yo no soy de relojes, pero lo llevo siempre conmigo porque... No sé. Me pareció lo correcto.

—Es precioso.

Lo tomé cautelosamente y lo abrí, admirando los detalles de zafiro y aquella exquisita artesanía. Resultaba evidente que quien sea que lo hubiera fabricado lo hizo con amor; cada pieza era pura perfección, incluida la frase que había grabada y que, a pesar de estar desgastada, aún podía leerse: *El mayor regalo de la vida es el tiempo. No lo desperdicies.*

Lo estudié con cuidado de no tocar las letras, ya desgastadas.

—La frase es un buen recordatorio, ¿no crees? —Se le encorvaron las comisuras de los labios con humor—. He desperdiciado años de mi vida sin hacer nada. Estaba demasiado resentido con mi padre y tenía tanto miedo de cagarla que ni siquiera lo intenté. En ese momento, me parecía lógico, pero... —Se le entrecortó la voz. Se quedó paralizado. Y entonces la conversación tomó un giro inesperado—: ¿Sabes por qué murió mi madre?

Cerré el reloj y volví a dejarlo en la mesa. El corazón me latía con fuerza.

—Hubo un incendio en su casa y no le dio tiempo a salir —respondí.

—No, eso responde a cómo murió, no a por qué. —El huracán de sus ojos se volvió más oscuro, más potente; se convirtió en algo que iba más allá de cualquier emoción que pudiera categorizarse—. Murió por mi culpa.

Nada podría haberme preparado para amortiguar el impacto de sus palabras. El aire me salió disparado de los pulmones y noté cómo me salía un moretón ante aquel inesperado y agonizante golpe.

—Xavier...

—No —me interrumpió con dureza—. No intentes decirme que no es mi culpa hasta que sepas toda la historia.

Guardé silencio. Unas lágrimas por derramar me quemaron los ojos.

—Yo tenía diez años. Mi padre estaba en un viaje de negocios y mi madre era voluntaria en un evento. Le encantaba el arte, así que destinaba muchísimo tiempo y dinero a galerías locales. —Tragó saliva—. Mi padre tenía que regresar el día antes de su propio cumpleaños. Mamá quería prepararle una fiesta sorpresa y me dejó a cargo de la decoración. Era la primera vez que tenía que ocuparme de algo tan importante. Quería que estuvieran los dos orgullosos, así que no escatimé en nada. Globos. Piñatas. —Se le pusieron los nudillos blancos—. Velas... —Noté cómo un ancla invisible hacía que se me hundiera el corazón hasta caer desplomado en el estómago. «No»—. Hice una prueba para ver cómo quedaría todo —prosiguió Xavier—, pero me pareció oír algo en otra habitación y me distraje. Tiré una vela al suelo sin querer. —Sus ojos adoptaron un tono sombrío—. Intenté apagar el fuego, pero había madera y cartón por todas partes. Se extendió muy rápido y me quedé atrapado ahí. Por suerte, en esa época no teníamos demasiado personal, solo una ama de llaves que en ese momento estaba fuera, recogiendo el correo; al ver las llamas, llamó a los bomberos. Pero justo entonces llegó mi madre y, al enterarse de que yo estaba dentro, no esperó a que llegara ayuda. Entró y me sacó. Cuando ya casi habíamos llegado a la puerta principal, cayó una viga y volvimos a quedarnos atrapados. No recuerdo demasiado bien qué pasó luego. Inhalé tanto humo que me desmayé. Cuando me desperté, estaba fuera con los paramédicos. Pero ella no.

No pensé. Tan solo alargué el brazo y le envolví la mano con la mía, deseando poder hacer algo, lo que fuera, aparte de escucharlo y ya.

—Cuando se enteró de lo ocurrido, mi padre vino corriendo a casa. Creo que no se creyó que mi madre, su mujer, se había ido hasta que vio el cadáver. Y cuando lo vio... Nunca he oído a nadie llorando como lo hizo él. A veces aún lo oigo. Era casi inhumano. —Acarició el reloj con los dedos con una expresión tensa—. Quería a mi madre más que a nadie en el mundo. Se conocieron en la universidad: un aspirante a empresario y una heredera que se enamoró de su carisma, su ambición y su lealtad. Mi madre era la razón por la cual se esmeró tanto en construir el Grupo Castillo, y cuando murió, una parte de mi padre se fue con ella. —Xavier levantó la cabeza de nuevo; una angustia acumulada de hacía décadas le nublaba los ojos—. Me echó la culpa a mí. Después del funeral me dijo que ojalá hubiera sido yo quien se hubiera muerto en lugar de ella. Estaba borracho. Mucho. Pero nunca me olvidé de sus palabras. Cuando desaparecen las inhibiciones, la verdad siempre sale a luz.

Tenía tantos nudos acumulados en el pecho que no podía respirar.

Yo tenía una familia de mierda, pero no podía imaginarme lo que debía ser que un padre le dijera eso a su propio hijo. Xavier tenía diez años. Era un niño.

—La cuestión es que no lo culpé —continuó—. Al menos, no al principio. Sí era mi culpa. Si no hubiera sido tan estúpido de prender aquella maldita vela, no se habría incendiado la casa y mi madre seguiría viva. Pero, a medida que fueron pasando los años y que yo... —titubeó—. Yo qué sé. Yo también me fui enojando. Era más fácil tragarme el enojo que la culpabilidad, y mi padre seguía ahí, desatando toda su ira contra mí. Física, mental y emocionalmente. Seguía queriendo que yo tomara las riendas de la empresa porque era su única alternativa. Yo era su único heredero. Pero, dejando eso de lado, que era una cuestión de obligaciones pura y dura, me odiaba. Y yo a él. —Se dio un golpecito en el tatuaje que tenía en el bíceps. Era el escudo del mayor rival de los Castillo y, cuando se lo hizo, causó un revuelo mediático espantoso—. Un año llegué a casa con esto y me fui con cicatrices.

Al oírlo contar aquello de forma tan natural, se me revolvieron las tripas.

—Mi padre era la única figura paterna que me quedaba —siguió Xavier—, lo cual debería habernos acercado, pero nos alejó todavía más. Cada vez que estábamos juntos era como un recordatorio de aquello que ya no teníamos, y era demasiado doloroso. Así que arremetíamos el uno contra el otro de distintas maneras, y cuando terminé la carrera, ya no aguantaba más. No quería saber nada más ni de él ni de la empresa, solo quería el dinero. Sé que es algo que me hace quedar fatal, pero es la verdad.

Un pesado silencio se abrió paso entre nosotros. Solo se oían el ruido del agua y la ligera música que provenía del interior del hotel.

Xavier reposó la vista en mi mano, con la que le estaba agarrando la suya, y mil emociones le inundaron el rostro antes de que sacudiera la cabeza.

—Lo siento. —Soltó una afligida risa—. Se suponía que teníamos que disfrutar de una cena maravillosa y te he contado la historia más mórbida del mundo. —Intentó apartar la mano, pero se la agarré con más fuerza aún.

Él había estado allí para mí en el hospital; en España, cuando recibí aquel correo de mi padre, y en decenas de momentos y situaciones más que, aunque él no lo supiera, importaban muchísimo.

Ahora me tocaba a mí estar ahí para él.

—Y es una cena maravillosa. Pedir hojaldre de coco es una buena forma para ganarse mi corazón —dije, y él sonrió suavemente—. Pero, antes de que diga lo que voy a decir, quiero que sepas dos cosas. Una: soy malísima animando a la gente. No se me da nada bien ni tengo intención de aprender a hacerlo, y me incomoda ver llorar a los demás. Y dos: odio las trivialidades. Son falsas y estúpidas. Así que quiero que escuches bien lo que te voy a decir: no fue tu culpa. Eras un niño y fue un accidente. —Le apreté la mano con la esperanza de que pudiera hacerle llegar mi sinceridad a través del contacto físico, pero lo que le estaba diciendo lo decía muy en serio—. No fue tu culpa —repetí marcando bien cada palabra.

A Xavier le centellearon los ojos, revueltos y con fuerza. *Playboy*, heredero, hedonista, galán... Todas esas facetas de él habían desaparecido y ahora solo quedaba un hombre en su lugar. Un hombre que había desnudado su vulnerabilidad y sus varias flaquezas, y que escondía heridas y moretones bajo aquella fachada falsamente reluciente.

Lo miré. Nunca había visto a nadie más hermoso.

Me agarró la mano y la apretó. Una única vez. Lo suficiente para encender algo dentro de mi corazón que ni siquiera sabía que existía.

Y entonces sus heridas se curaron y los moretones desaparecieron. Se levantó, separó la mano de la mía y se quitó la camisa por la cabeza.

Aquel cambio en la atmósfera me tomó tan por sorpresa que no conseguí articular ni una palabra hasta que Xavier ya estuvo a medio camino de la alberca.

—¿Qué haces?

—Bañarme en bolas. —Tiró los pantalones al suelo, junto a la camisa.

—No puedes hacer esto aquí en medio —siseé mirando alrededor. Hay cámaras de seguridad y podría aparecer alguien en cualquier momento.

—No vendrá nadie a no ser que los llamemos nosotros. Y, si vienen y estamos en la alberca, tampoco podrán ver nada. —Xavier se bajó los calzoncillos y sonrió, desafiante y divertido en partes iguales—. Vamos, Luna. No me hagas hacer esto solo.

Estaba de pie frente a la alberca, con su bronceada piel y sus esculpidos músculos, tan desnudo e impertérrito como si fuera una estatua griega que acaba de cobrar vida. Unos suaves rayos de luz le envolvían el marcado contorno del cuerpo y le acariciaban las crestas de los abdominales y los fuertes y marcados tendones de las piernas.

Una tórrida ola me recorrió el cuerpo, sumada a una inesperada pizca de envidia.

¿Cómo sería ser así de despreocupada y espontánea? ¿Hacer aquello que se me antojara sin preocuparme por las consecuencias?

«Mira, al diablo». Tampoco es que no me hubiera visto nunca desnuda.

Tomé una decisión impulsiva y me levanté antes de cambiar de opinión. A Xavier se le ensombreció la mirada mientras me acercaba a él, quitándome el vestido, las medias y la ropa interior a cada paso que daba.

Cuando llegué a su lado, no llevaba ni una prenda de ropa y me sentía bien. Más que bien. Me sentía liberada.

—Espectacular —susurró, y esa sola palabra me recorrió entera.

Nos hundimos en la alberca con unos movimientos lánguidos mientras nadábamos por aquellas cálidas y sedosas aguas. No hablamos; sencillamente flotamos por ahí, desprovistos del peso de la ropa y de aquellos secretos que tanto tiempo habíamos guardado, y entrelazamos los dedos más por costumbre que por un acto consciente.

Era imposible ver las estrellas brillando en el cielo de la

ciudad, pero aquel silencio, aquella calidez y la fragancia de las flores exóticas que engalanaban el aire transformaron nuestro pequeño rincón de Nueva York en un mundo secreto y mágico; al menos, por esa noche.

No teníamos unas vidas perfectas. Sin embargo, aquí, juntos, estábamos en paz.

29
Xavier / Sloane

Xavier

No tenía previsto hablarle de mi pasado a Sloane. Nunca le había hablado a nadie de lo ocurrido en el incendio, pero anoche hubo algo, la forma en la que me miró y lo cómodo que me sentí a su alrededor, que me arrancó las palabras de la boca antes de que pudiera procesar lo que estaba ocurriendo.

Y, cuando las pronuncié, fue como si me hubiera quitado un peso enorme de encima. No me había dado cuenta de lo mucho que me estaba carcomiendo por dentro el veneno de mi pasado hasta que me purgué. Y Sloane no solo me escuchó sin juzgarme, sino que después me reconfortó.

Sloane Kensington no reconfortaba a la gente, pero a mí me había reconfortado. Si en algún momento antes de eso llegué a pensar que podría alejarme de ella, lo de anoche confirmó que no podría.

Gracias a Sloane, también me había aparecido en la oficina de Vuk el viernes por la mañana, armado con una nueva estrategia. No fui con diapositivas ni folletos relucientes; ni siquiera fui con los bocetos del bar. Simplemente le conté la verdad. Le hablé de la deteriorada relación que tuve con mi padre, le expliqué que me había negado a tomar las riendas de la empresa por una cuestión tanto de miedo como de rencor, le conté lo de su muerte y lo de la carta de mi madre... Todo lo que había compartido con Sloane, lo reestructuré para convertirlo en una historia que no estuviera meramente repleta de cifras, sino también de alma.

—Te preocupa que, en el caso de que el Comité de la herencia no falle a mi favor en mayo, la discoteca se vaya a ir al traste. Si yo fuera tú, también lo estaría. Pero la cosa es que ya no lo hago por la herencia. —Vuk arqueó las cejas—. Ya no lo hago solo por la herencia —me corregí—. Me he pasado la vida dependiendo de lo que me diera la gente. He vivido de algo que yo no construí y me he ido diciendo que no pasaba nada porque no tenía el valor de desviarme del camino establecido. Pero esta discoteca y todo lo que he conseguido hasta ahora es mío, y estoy increíblemente orgulloso de ello.

Me habían ayudado por el camino porque nadie puede levantar un imperio por sí solo. Sin embargo, la visión y la ejecución sí eran mías y, de momento, no la había cagado. Las cosas iban bien, tan bien como puede ir abrir un negocio en esta ciudad, lo cual me hacía pensar que podía hacerlo: tomar el apellido Castillo y hacerlo mío.

—Me encantaría que fueras mi socio —añadí. Tal y como había esperado, Vuk no dijo ni una palabra mientras yo iba hablando, pero su mirada parecía sutilmente más cálida que cuando llegué. Eso o la falta de sueño me estaba haciendo delirar—. Pero, si dices que no, yo seguiré abriendo la discoteca. Si no puedo conseguir el local de la bóveda, encontraré otro. No será ideal, pero lo importante de un negocio no es que sea ideal; lo importante es hacerlo, y lo haré contigo o sin ti. —Me detuve un segundo para que asimilara mis palabras—. Aun así, preferiría hacerlo contigo a bordo. Así que...

—Hice un gesto con la cabeza en dirección al contrato que tenía en el escritorio—. ¿Qué me dices? ¿Te arriesgas o prefieres quedarte sobre seguro?

Provocar así a Vuk era arriesgado. Sin él, se me complicaría muchísimo el proceso de abrir la discoteca, pero encontraría la forma de hacerlo; seguro. No me había dado cuenta de esto hasta que lo dije en voz alta, pero eso de que podría hacerlo solo lo había dicho en serio. Tendría que hacerlo con uñas y dientes, y seguramente no volvería a dormir hasta mayo, pero había quienes habían tenido que enfrentarse a peores obstáculos con tal de alcanzar sus metas.

Y si ellos podían hacerlo, yo también.

Vuk me estudió con una mirada tan pálida que parecía que sus ojos estuvieran desprovistos de color.

No se movió. No sonrió. No habló.

Le aguanté la mirada mientras el corazón me latía a un ritmo inquietante.

Y entonces, tras un interminable y agonizante silencio y sin mediar palabra, Vuk Markovic se acercó el contrato, agarró la pluma y firmó.

Lo había conseguido.

¡Lo había conseguido, carajo!

Vuk era oficialmente mi socio y, con su sello de aprobación, todo lo demás fue saliendo poco a poco. Aquella noche, Sloane y yo lo celebramos con comida, vino, una comedia romántica que, de tan mala que era, era hasta buena, y mucho sexo (por supuesto).

También tuve el placer de darle personalmente las noticias por teléfono a Alex. Al enterarse, se mostró igual de emocionado que un bloque de cemento, pero se despidió con algo que me hizo sonreír:

—Y con dos semanas de antelación —señaló—. Puede que al final sí sobrevivas dentro del sector.

Fue lo más parecido a un cumplido que uno podía esperar por parte de Alex Volkov.

Pero ¿sabéis qué era lo más importante? Que la bóveda del banco era mía.

Jules aceleró los permisos y las licencias y ahora estaba trabajando codo con codo con los abogados de Alex para cerrar los temas de arrendamiento comercial. Mi relación con Sloane estaba yendo más allá de lo que había imaginado posible y la financiación de Capital Davenport se encontraba en las últimas etapas de aprobación.

Abrir una discoteca tan rápido requería una cantidad ingente de capital y, entre que aún no podía acceder a mi herencia y que Vuk se negaba a destinar «demasiado» dinero a algo que aún no sabía cómo acabaría, dependía del dinero de Davenport para cubrir el déficit. Confiaba en que la cosa saldría bien; sobre todo, ahora que tenía a Vuk de mi parte.

En general, la vida me estaba yendo bien. Muy bien.

Pero, tal y como diría un sabio, todo lo bueno acaba. Y, en concreto, esta racha de suerte frenó de sopetón al lunes siguiente.

Luca: Viste esto?

El próximo mensaje que me envió era el enlace a un post del blog de Perry Wilson.

Tomé un café en el sitio de siempre y dejé un billete de veinte en el tarro de las propinas antes de entrar en dicho enlace. Perry siempre contaba tonterías y la gente sabía que no había que tomarse en serio nada de lo que publicaba.

¿Qué sería, esta vez? ¿Que había organizado una orgía con modelos en plena Quinta Avenida? ¿Que me había peleado con alguien en un club? A estas alturas, ya era casi público que Sloane y yo estábamos saliendo. Había quien cuchicheaba en contra de nuestra relación, que había generado cierta controversia entre los grupos más conservadores, pero la gente no se escandalizó tanto como ella y Perry habían imaginado en un principio.

Porque, uno: no había pruebas concluyentes. Dos: estábamos hablando de Nueva York, donde cosas más lascivas ocurrían a diario. Y tres: Sloane era demasiado buena en su trabajo como para que sus clientes la despidieran por un «escándalo» de tan poca envergadura, carajo.

Sin embargo, mi desinterés se transformó inmediatamente en *shock* cuando vi la publicación de Perry. Sí era sobre Sloane y yo, pero no era lo que me había imaginado.

Los Kensington, ¿no tan distanciados?
¿Qué está pasando con la familia más
disfuncional de Nueva York?

Apenas había texto alguno, pero sí había fotos. Decenas de fotos.

Sloane y yo entrando en el centro de simulación de Queens. Nosotros dos saliendo con Rhea y Pen. Yo despidiéndome de Pen con un abrazo. Y así varias fotos más. Nuestro perfecto día en secreto capturado en alta definición y hasta el más mínimo detalle para exponerlo al mundo.

Bajé hasta el final. El rugido de mi pulso era tan alto que ni siquiera oí el claxon de los coches ni el bullicio de la calle.

Si había fotos nuestras en el hotel y Perry hubiera publicado alguna de Sloane desnuda...

La ira fue abriéndose paso bajo el pánico y a esta le siguió una pizca de alivio al ver que el post terminaba sin mencionar nada de nuestra noche en el hotel. No sabía desde cuándo nos estaba siguiendo el fotógrafo de Perry, pero resultaba evidente que nos había dejado tranquilos el resto de la semana.

De todos modos, el alivio se transformó en una fea y corrosiva sensación de culpa.

Pen. Sloane. Rhea. Todas en problemas por culpa de mi decisión. Había estado segurísimo de que podría organizar aquella salida sin que nos descubrieran y lo había organizado todo sin consultárselo a Sloane, a pesar de saber los riesgos que podía conllevar. La había visto tan inquieta por su hermana que había querido sorprenderla con algo bonito. Me había preocupado que, en caso de preguntárselo antes, hubiera intentado disuadirme y, carajo, Sloane habría tenido razón.

Porque a lo mejor acababa de arruinar la única oportunidad que tenía de que ella volviera a ver a Pen en el futuro.

«Mierda». Di media vuelta abruptamente y, en lugar de dirigirme hacia mi casa, fui a su oficina.

Su familia ya debería de haber visto la publicación. A nadie le gustaba admitirlo, pero todo el mundo leía a Perry Wilson, aunque fuera para asegurarse de que no se habían convertido en su nuevo objetivo.

—Vamos, Luna, contesta —murmuré a la vez que esquivaba a un taxista enojado y cruzaba la calle mientras el semáforo seguía en verde.

Entró el buzón. Llamé una segunda vez, y una tercera, pero tuve la misma suerte.

Su oficina quedaba a solo unas cuantas manzanas, y llegué ahí en tiempo récord. De camino, había hecho enojar a la mitad de los conductores de Midtown, pero me importaba una mierda. Necesitaba verla y asegurarme de que estaba bien.

—¡Xavier! —Al verme entrar enojado, Jillian hizo ademán de levantarse y me miró con los ojos abiertos como platos—. ¿Qué ha...?

—¿Está ocupada?

—No, pero está de observadora muda en una entrevista de Asher Donovan para una revis...

Antes de que terminara la frase, yo ya me había ido.

Cuando entré en su oficina, Sloane estaba sentada en el escritorio. Iba arreglada como siempre, con una blusa y una falda de tubo, y llevaba el cabello recogido en un chongo impecable; no obstante, la conocía lo suficientemente bien como para darme cuenta de aquellas minúsculas señales de tensión: estaba tiesa como un palo, tenía la barbilla sutilmente apretada e iba repiqueteando en el escritorio con una pluma.

Levantó la vista de la computadora en el mismo instante que abrí y cerré la puerta. Debió de leer la pregunta que tenía dibujada en la cara, porque le dio a alguna tecla en la computadora y la respuesta de Asher sobre su rutina de entrenamiento enmudeció.

—Ya lo vi —me dijo. Se le sonrojaron sutilmente las mejillas y la punta de la nariz—. Me llamó Rhea esta mañana. La despidieron.

—Mierda. —Las dentadas piedras de culpa que sentía se multiplicaron, se me fueron acumulando en el estómago y me hicieron sentir pesado al cruzar la sala—. Lo siento muchísimo, Luna, carajo. No debería haberlas llevado al centro. No pensé...

—No lo sientas. Tenías buenas intenciones e hiciste todo lo que pudiste para reducir al máximo la probabilidad de que nos descubrieran. —Sloane me dedicó una débil sonrisa—. Fue un día perfecto, Xavier. Nunca me arrepentiré de haber podido ver a Pen; además, la vi más feliz de lo que la había visto en muchísimo tiempo. Y fue gracias a ti. No es tu culpa que George y Caroline prefieran su mezquindad al bienestar de su hija. —Al mencionar a su padre y a su madrastra, agarró la pluma con mucha más fuerza—. La culpa la tienen ellos. No tú.

Su consuelo solo consiguió aliviar una pizca del sentimiento de culpabilidad que sentía. El resto siguió pudriéndose cual nido de víboras, haciendo que su serpentino cuerpo me reptara por el estómago y me lo estrujara aún más con cada *y si* y cada *no debería*.

«He aquí otra de mis cagadas».

Pero ya me autoflagelaría después. Ahora había venido para ver cómo estaba Sloane, no para ahogarme en la autocompasión.

—¿Cómo está Pen? —me interesé—. ¿Sabes algo?

Negó con la cabeza.

—Echaron a Rhea antes de que se despertara. Ni siquiera se pudieron despedir. Rhea llevaba cuidándola desde que nació y no puedo ni imaginarme... —se le entrecortó la voz—. En fin. Ahora que se fue Rhea, ya no tengo forma de saber qué pasa en esa casa. Hasta podrían haberla enviado fuera, con algún primo lejano de Europa. Capaces serían.

Se estaba haciendo la dura, pero vi las grietas que se escondían bajo sus frías respuestas. Estaba rompiéndose. Y me mataba saber que yo era el causante, carajo, por indirectamente que fuera.

Puede que Sloane no me culpara, pero yo sí me culpaba a mí mismo.

Sin embargo, dijo algo que me dio una idea. *Ahora que se fue Rhea, ya no tengo forma de saber qué se pasa en esa casa.* Sloane no tenía forma de saberlo, pero yo conocía a alguien que podía ayudarnos. Y, pagando el precio justo, nos ayudaría con lo que fuera.

De momento, me guardé aquel plan para mí. No quería darle esperanzas hasta que lo hubiera hablado primero con mi contacto.

Yo había armado este problema. Era yo quien tenía que arreglarlo.

—Encontraremos la forma. Te lo prometo. —Conseguí dibujar una sonrisa torcida—. Tú y yo podemos con todo. Somos unos genios.

A Sloane se le escapó algo a medio camino entre un sollozo y una risa.

Tenía los ojos secos; sin embargo, cuando estiré los brazos, pasó al lado del escritorio y me hundió la cara en el pecho sin responder. Le temblaron los hombros y le di un beso en el cabello deseando arrancarle ese dolor, aunque para ello tuviera que cargar yo con él.

No hablamos. Y Sloane tampoco lloró.

Pero la abracé igual.

Sloane

Había gente que se hundía tras un desastre. Otros se enojaban.

¿Yo? Yo entraba en acción.

Había tenido una semana para navegar por el *shock*, el enojo, el terror y las otras mil emociones más que me sacudieron tras el post de Perry. Podría darle vueltas sin parar a la injusticia que era que hubieran despedido a Rhea o podía entrar en pánico por no poder volver a ver a Pen nunca más, pero eso no le haría bien a nadie. Así que hice lo que mejor se me daba: pensar en cómo arreglar una crisis.

Empecé arruinando a Perry.

Ya había plantado las semillas de mi venganza. Había llegado el momento de cosechar los frutos.

Me di un golpecito en la rodilla con la pluma y me quedé con la vista puesta en la computadora. Era el miércoles antes de Acción de Gracias y estaba trabajando desde casa otra vez. Ya había llenado cinco páginas de apuntes sobre la Operación P. W. (Operación Perry Wilson).

Si Perry tenía poder era por dos cosas: porque tenía información y también una plataforma a través de la cual diseminarla. Con el paso de los años, aquella rata había cultivado una red de espías que iba desde Nueva York hasta Los Ángeles y que lo llenaban de chismes jugosos sobre los ricos, los famosos y los conflictivos. Algunos eran ciertos; muchos, adornados.

Era imposible deshacerse de absolutamente todos sus informantes porque cualquiera podía serlo. Meseras de hotel, jardineros, choferes, el peatón menos pensado... Las posibilidades de quiénes le enviaban aquella información anónima eran infinitas.

Como no podía deshacerme de las fuentes, tuve que deshacerme de la razón por la cual la gente quería soplarle información a él en concreto. Perry no les pagaba; sin embargo, si alguna persona quería desenmascarar a alguien famoso, devolvérsela a alguien que creían que les había hecho algo malo o sencillamente regocijarse al ver que utilizaban su información, la gente acudía al pez más gordo habido y por haber. Sabían que Perry tenía los medios para hacer llegar dicha información a un gran público, lo cual me llevaba al segundo punto de su poder: las plataformas y, en concreto, su blog y sus redes sociales.

Eran algo concreto. Tangible. Y esto significaba que podían eliminarse.

Pero no podía hacerlo sola. Necesitaba un ejército y, por suerte, sabía exactamente dónde encontrarlo.

Me apareció un mensaje nuevo en el servidor encriptado. Lo leí y lo releí, y me dio un vuelco el corazón.

«Confirmado».

Sonreí por primera vez desde que vi la publicación de Perry.

Sabía que Xavier se culpaba por lo ocurrido, pero no era culpa suya. No estaba molesta con él porque planeara uno de los mejores días que había vivido desde hacía un tiempo; sin embargo, aquel post sí avivó la rabia que sentía hacia Perry Wilson.

A mi lado, El Pez nadaba tranquilo en su pecera. La mayoría de las personas preferían animales a los que pudieran abrazar, como los perros o los gatos, pero a mí me gustaba tener un pez. El rol que teníamos el uno y el otro era evidente y nuestros mundos nunca se solapaban. Él se quedaba en su casa, y yo, en la mía.

Aun así, me gustaba tener a un ser vivo ahí para hablarle cuando estaba en casa, aunque no pudiera seguirme la conversación.

—Está acabado —le dije al animal, que no era para nada consciente de la situación—. No descansaré hasta que la carrera de este hombre se reduzca a escribir los mensajes de las latas de comida para gatos de Fast and Furriness.

El Pez se me quedó mirando un segundo y luego siguió nadando, mostrándose indiferente ante mi maquinación.

Sonó mi celular y, como estaba tan distraída imaginándome a Perry lloriqueando encima de un tazón de comida húmeda para gatos, no miré quién llamaba antes de responder.

—¿Diga?

—Sloane.

Aquella voz familiar hizo que sintiera un helado escalofrío bajándome por la columna vertebral. Las imágenes de las pésimas mechas de Perry y de su singular corbata de moño rosa se difuminaron y las reemplazó una de alguien de cabello castaño caído y ojos azules.

Me erguí y agarré el teléfono con tanta fuerza que hasta crujió un poco.

—No cuelgues —me dijo Bentley—. Sé que soy la última persona a quien quieres oír ahora mismo, pero tenemos que hablar.

30
Sloane

Debería haber mandado a Bentley a la mierda, pero la curiosidad le ganó al enojo.

Ese domingo, cuatro días después de que me llamara, bajé de un taxi y entré en un bar anodino en una zona remota de la ciudad. Eran las doce y media del mediodía y, como aún era temprano y era fin de semana, el local estaba vacío.

Xavier y yo habíamos disfrutado de un Día de Acción de Gracias tranquilo aunque agradable en su casa. A mí me había puesto nerviosa pasar esa celebración juntos (desde que terminé con Bentley, no había vuelto a celebrar ninguna festividad con otro hombre); sin embargo, tuve la suerte de que Xavier tampoco hizo nada demasiado ostentoso. Comimos, bebimos, vimos películas y nos acostamos. En algún momento, me convenció para que jugáramos a *strip* póquer y acabamos los dos en el suelo, desnudos, en unos dos minutos y medio (y no fue por las cartas). En general, fue justo lo que necesitaba.

El único engorro fue la salida con Bentley. No se lo había comentado a Xavier porque no había nada que contar hasta que descubriera qué quería mi ex.

Así que aquí estaba yo un gélido domingo, en medio de un bar que parecía que no había visto un trapeador desde los tiempos de Reagan y a punto de encontrarme con el hombre que me había engañado y roto el corazón.

«Sí que soy tonta».

Bentley ya estaba esperándome en la mesa de una esquina, vestido con una camisa tipo polo azul y la barba bien rasurada. Sobresalía más que nadie en contraste con aquella sucia decoración.

Cuando me vio, se levantó.

—Gracias por venir. En serio.

—Ve al punto. —Me senté delante de él sin quitarme el abrigo siquiera. No pensaba quedarme demasiado tiempo—. Estoy ocupada.

Bentley frunció el ceño y volvió a sentarse. Hijo de un exitoso financiero, tenía el físico del típico *snob* estadounidense con aspecto de modelo de Ralph Lauren y la arrogancia de alguien que había sido rico, popular y atractivo desde el día en que nació. No estaba acostumbrado a que lo trataran como si fuera una molestia; increíblemente triste, porque precisamente eso es lo que era.

—Es Georgia. —Hay que reconocer que Bentley se recuperó de mi insulto con suma rapidez—. Está... teniendo problemas con el embarazo.

De todo lo que había esperado que fuera a contarme, eso no entraba en la lista.

Arqueé una ceja y la confusión se mezcló con una pizca de preocupación. Odiaba a Georgia tanto como se podía odiar a una hermana, pero tampoco era un monstruo.

Aunque sí estaba confundida. No entendía por qué su marido estaba contándome esto a mí en lugar de contárselo a literalmente cualquier otra persona de su círculo.

—¿Y fue al médico? —pregunté.

Bentley pestañeó y luego rio.

—No, no es una cuestión médica —aclaró—. Ella y el

bebé están bien. Pero está teniendo muchos cambios de humor. Crecieron juntas. Ya sabes cómo puede llegar a ponerse. No deja de gritarme por estupideces; el otro día se enojado porque no fui a buscarle chocolate caliente helado a las tres de la madrugada y me tiró un jarrón de Lalique a la cabeza. Un jarrón de Lalique —repitió marcando bien la última palabra—. ¿Tú sabes lo que vale eso?

Cualquier tipo de compasión que hubiera podido sentir por él se desvaneció y la reemplazó una fuerte necesidad de empotrarle la cabeza contra la pared hasta que una minúscula pizca de sentido común le atravesara aquel cráneo tan voluminoso que tenía.

—A ver si lo entiendo —respondí—. ¿Me hiciste venir hasta aquí en un fin de semana festivo para quejarte porque te gritaron?

—Me podría haber matado con ese jarrón —se defendió—. Está fuera de sí.

—Está embarazada, Bentley, y eso quiere decir que está criando a un ser humano en su interior. Es normal que se le descontrolen un poco las hormonas. —Sobre todo si su marido es un idiota.

No podía creer que estuviera defendiendo a Georgia, pero Bentley se sentía la gran cosa que podría hasta estallarle la cabeza. Que se jodiera.

—Sí, bueno, no esperaba que un embarazo fuera a ser tan complicado —contestó como si estuviéramos hablando de una mascota que no se porta bien en lugar de su mujer y su futura criatura—. Pero hay más. Desde que te vio en el hospital, se ha puesto aún más paranoica. Me acusó de estar mirándote y de quererte todavía. Dijo que ella era mi segunda opción y que siempre la comparaba contigo. La cosa es que... —Se inclinó hacia delante y se le serenó la expresión—. No se equivoca.

Silencio absoluto.

Me le quedé mirando boquiabierta, convencida de que no lo había oído bien. Era imposible que hubiera sido tan estúpido como para atreverse a decirme eso a la cara.

El mesero se nos acercó antes de que pudiera responder. Bentley pidió una cerveza y, tras una breve pausa, yo pedí una copa de vino tinto. Cuando se fue, Bentley prosiguió:

—No quería que lo nuestro se fuera al traste de aquella forma. Tienes que entender que te pasabas el día trabajando. Y cuando estabas en casa, no hacías más que hablar de RR. PP. Kensington. Casi nunca cogíamos. Me sentí como si estuviera viviendo con una compañera de departamento en lugar de con mi prometida. Necesitaba más conexión física, ¿me sigues? Georgia estaba ahí, entendía muy bien mis preocupaciones y..., bueno, me recordaba a ti. Solo que, en esa época, era más cercana. —Se le volvió a escapar una risa.

Cuando llegaron las bebidas, noté que me temblaba un ojo. El mesero me miró compasivo (la gente que trabaja en bares desarrolla un radar increíblemente preciso), pero yo no dije ni pío y dejé que Bentley se cavara una tumba más honda todavía.

—Pensaba que Georgia era lo que quería. Pero las cosas ya no son como antes. Después de que nos casamos, se volvió muy mandona. Siempre se queja por algo y ya no cogemos tanto como antes. Además, está obsesionada con controlar todos los pasos que das. ¿Sabías que tiene una alerta activada para cada vez que te mencionan en alguna parte? No es saludable. Y cuando te vimos en el hospital y se enteró de que estabas saliendo con Xavier Castillo, estalló.

—Vaya —contesté sin tocar el vino.

Eso de la alerta me sorprendió, pero era justo el tipo de cosa que haría Georgia. Estaba firmemente convencida de que había que tener controlada a «la competencia».

—Te extraño, Sloane —Bentley me lanzó una mirada triste—. Tú siempre fuiste mucho más tranquila y racional. Nunca me habrías tirado un jarrón a la cabeza. No lo aprecié en su momento y debería de haberlo hecho.

—Interesante —añadí con frialdad—. Porque yo recuerdo vívidamente que me llamaste «fría» y me dijiste que salir conmigo era como salir con un bloque de hielo.

Palideció.

—Eso lo dije porque estaba enojado y parecía que te importara más el trabajo que nuestro compromiso, o sea, que...

—¿Te cogiste a mi hermana en el sofá de nuestra sala e intentaste hacerme creer que era mi culpa? ¿Y luego, al cabo de un año, te casaste con ella después de haberme pedido matrimonio a mí y no me has dirigido la palabra en años hasta que te topaste conmigo y, por arte de magia, te diste cuenta de que aún te gusto?

Esto no era ni por mí ni por su relación con Georgia. Tal vez hubiera problemas en el paraíso, pero, al fin y al cabo, a Bentley lo superaba el ego. Había visto a Xavier, que era mejor hombre que él en todos los aspectos, y se había fijado en la reacción de Georgia.

Se sentía amenazado y estaba intentando recuperar poder a base de: 1) seducirme para alejarme de Xavier; 2) demostrar que sí podía volver a ganarme, a pesar de lo que había hecho, y 3) echarle la culpa, en secreto, a Georgia por cualquier forma en la que esta hubiera podido menospreciarlo.

Era más transparente que una telaraña mal tejida.

—La cosa no fue así —respondió él, sonrojado—. No tienes ni idea de la presión que sentía en ese momento. Cuando me trasladaron a Nueva York, que lo pedí para poder estar cerca de ti, tuve muchísimo trabajo. Y, al llegar, tu ni siquiera me prestaste atención. Me sentí inseguro, lo reconozco, pero llevo pagando por ese error desde que lo cometí. —Me miró con aquellos mismos ojitos de cachorro a los que, hace años, no me podía resistir—. Juntos éramos increíbles. ¿Te acuerdas de Londres? Caminábamos por la orilla del Támesis, cenábamos cada noche en los mejores restaurantes, íbamos a un hotel y nos quedábamos a pasar el fin de semana... Era perfecto.

Pasé la mano por el tallo de la copa mirando, en silencio, al hombre que me había roto el corazón y que había arruinado mi relación con mi familia. Mi padre y Georgia también tenían parte de culpa, pero quien lo había iniciado todo había sido él.

En su momento pensé que Bentley era el amor de mi vida. Me habían embelesado a más no poder su atractivo, su falsa palabrería y la magia que supone enamorarse en el extranjero, al igual que ocurre en las comedias románticas que tan a menudo miraba. Se suponía que nuestro «felices para siempre» tenía que empezar cuando me pidió que nos casáramos.

Pero los «felices para siempre» no siempre acababan tan felizmente, y ahora que, con los años y la experiencia, se me había caído la venda de los ojos, lo veía con una claridad cegadora.

Tenía el cabello demasiado perfecto, la ropa demasiado bien planchada y una sonrisa demasiado falsa. Hablaba engreído en lugar de hacerlo con un tono sutilmente burlón y lo que antes había confundido por encanto no era sino manipulación vestida con ropa elegante.

Era tan sumamente aburrido y tan nauseabundamente falso que no podía creer que, en su momento, me hubiera enamorado de él.

Sobre todo, no podía creer que me hubiera mantenido alejada de otras relaciones durante tanto tiempo por culpa de este idiota. No se merecía el poder que le había otorgado, y estaba harta de dejar que me arruinara la vida.

—Sí, me acuerdo de Londres. —Sonreí. Él me devolvió el gesto. Claramente se lo había tomado como señal de que estaba cayendo en su red—. ¿Qué estás intentando decirme exactamente?

—Que podemos volver a tenerlo. —Guardó silencio y miró alrededor—. No puedo dejar a Georgia mientras esté embarazada, pero sé que este matrimonio no va a funcionar. En cambio, mientras tanto, tú y yo podemos reavivar lo nuestro. Sé que me extrañas tanto como yo a ti.

—Estoy saliendo con alguien, Bentley.

—¿Quién? ¿Xavier? —Rio en voz baja—. Vamos, Sloanie. Los dos sabemos que ese perdedor no es lo bastante bueno para ti.

—Ya. —No dejé que me cambiara la expresión al oír aquel apodo que tanto detestaba: *Sloanie*; era demasiado condescendiente—. Me... siento halagada y, evidentemente, solo tengo una respuesta para eso.

—Evidentemente —repitió con tanta soberbia que ni en una residencia universitaria entera.

—Toma tu propuesta y métetela por el trasero.

Bentley pestañeó. Al asimilar lo que acababa de decirle, le desapareció la sonrisa de los labios y se le encendió la cara.

—Eres una...

—Déjame que te deje claras unas cuantas cosas —dije, pisándole las palabras—. Uno: preferiría acostarme con un ogro leproso antes que dejar que vuelvas a tocarme nunca más. Eres un cerdo asqueroso y misógino con un cerebro inversamente proporcional al tamaño de tu gigantesco ego, y tienes suerte de que era demasiado joven para darme cuenta de esto cuando nos conocimos. Dos: Georgia tiene muchos defectos, pero tanto ella como cualquier otra mujer que tengan la desgracia de cruzarse en tu camino se merecen a alguien mejor que tú. Espero que la próxima vez que te tire un jarrón no le falle la puntería. Y tres: Xavier es diez veces más hombre de lo que tú puedes aspirar a ser jamás. Es más listo, más amable y mejor en la cama. —Ladeé la cabeza—. ¿Adivina qué, Bentley? No eres la máquina del sexo que tanto te crees. Tienes una técnica de mierda y no le encontrarías el clítoris a una mujer ni aunque te lo dibujaran en un mapa y te lo marcaran con una X enorme.

Alguien se echó a reír cuando acabé con él. Un grupo de veinteañeras que había en un gabinete cerca del nuestro estaba escuchándonos con gran atención.

«Vaya anécdota dominguera». Ojalá alguna de ellas reconociera a Bentley y le hablara a todo el mundo de sus limitaciones. Era esperar mucho, pero se lo merecía.

Me levanté con una amplia sonrisa mientras él no paraba de farfullar, indignado.

—Con eso vengo a decir que irrespetuosamente rechazo la oferta de ser tu amante. No vuelvas a ponerte en contacto conmigo en tu vida o te pondré una orden de alejamiento y me aseguraré de que todas las personas que forman parte tanto de tu trabajo como de tu círculo social sepan que no entiendes que no es no.

—Hija de la gran pu...

Había pedido la copa de vino tinto más grande que tenían y no esperé a que acabara de soltar aquel vulgar insulto antes de tirársela entera en toda la cara e irme. Una vez fuera, detuve la grabación del celular y la guardé en los archivos.

Aún no sabía si enviársela a Georgia. Merecía saber lo que estaba haciendo y diciendo su marido a sus espaldas; no obstante, como teníamos una relación complicada, de momento, decidí guardármela.

Bentley no me siguió, aunque tampoco esperaba que lo hiciera.

Se me dibujó una sonrisa en los labios al recordarlo boquiabierto y con el vino chorreándole por el cabello y la barbilla.

Había escrito muchísimas reseñas de películas en las cuales me quejaba de aquel cursi gesto de poder que le atribuía a alguien el tirarle una bebida en la cara al tipo. Sin embargo, mientras silbaba para parar un taxi e irme a casa, llegué a la conclusión de que me había equivocado.

Puede que ese gesto fuera un cliché, pero era increíblemente gratificante.

A veces, las comedias románticas daban en el clavo.

31
Xavier

Sloane y yo pasamos un tranquilo Día de Acción de Gracias juntos hasta que tuve que ponerme a trabajar con cosas de la discoteca. Era un fin de semana festivo, pero no por eso dejaron de llegarme correos electrónicos sobre aspectos de construcción, iluminación, inventario y un millón de temas más de los que tenía que ocuparme antes de la inauguración.

Se quedó a dormir en mi casa tanto el jueves como el viernes; el sábado, en cambio, cada uno se fue por su lado para dedicarnos a nuestros respectivos trabajos. Al despedirse de mí, me pareció verla algo extraña, pero supuse que pasar una festividad tan importante juntos la habría asustado, así que tampoco le pregunté. No quería presionarla y que se alejara; y menos teniendo en cuenta lo ocurrido esa semana.

Yo seguía flagelándome por lo de Rhea y Pen, pero al menos había hablado con mi contacto y podría conseguir la información necesaria para saber qué ocurría en esa casa. Tendría algo pronto; con algo de suerte, podría hacer que Sloane se relajara un poco.

Además de ella, la única persona a la que vi ese fin de semana fue a Luca. Parecía haber salido ya de su espiral por lo de Leaf y había vuelto a trabajar en la oficina central que tenía la empresa familiar en la ciudad. Era eso o que Dante lo había asustado hasta la médula y había hecho que se pusiera las pilas.

Yo aún no entendía cómo había acabado Dante en el Comité de la herencia de mi padre y, hasta la fecha, mis intentos por preguntárselo habían sido rechazados.

A lo mejor Dante seguía molesto por aquella vez en la que comprometí a Luca para que hiciera una fiesta en el ático de las Vegas que acabó con la poli de por medio y terminamos pasando la noche entre rejas. Si ese era el caso, no podía augurar nada bueno para mi primera evaluación, pero ya me preocuparía por eso llegado el momento.

Ahora tenía cosas más urgentes de las que ocuparme.

—Nuestro sistema de sonido Void es perfecto para este espacio —dijo mi nuevo contratista—. No llegará al mercado hasta finales del año que viene, pero puedo ofrecértelo antes encantado.

—Por pura amabilidad, entiendo.

Killian Katrakis me miró con una sonrisa enigmática. «Séptimo contacto».

De familia grecoirlandesa, Killian era el director ejecutivo del Consorcio Katrakis, un conglomerado internacional de electrónica, tecnología y telecomunicaciones. Vendían de todo, desde celulares hasta computadoras o televisiones y sistemas de sonido, siendo este último el motivo por el cual me estaba reuniendo hoy con él.

Por lo general, a esta clase de reuniones iban los ejecutivos de cuentas, no los directores generales de toda la empresa. Aun así, Kai me había puesto en contacto directo con la oficina de Killian y este se había mostrado sorprendentemente intrigado cuando le conté dónde iba a abrir la discoteca. Había insistido en ver el espacio en persona para encontrar el sistema que mejor se adecuara al local.

—Soy un hombre de negocios, Xavier —respondió—. Yo no hago nada por pura amabilidad. —Fue mirando a nuestro alrededor y asintiendo con la cabeza—. La inauguración de este local llegará a los titulares de todo el mundo porque va ligado a tu nombre. Cualquier persona que tenga una discoteca en otra parte intentará fijarse en la tuya y hacerte la competencia.

—Cosa que llevará a dicha persona a comprar el mismo sistema de sonido que utilicemos aquí el día de la inauguración. —Arqueé una ceja—. Confías mucho en que vaya a conseguirlo.

Su razonamiento para darme acceso al sistema Void era simple, pero no me tragaba que Killian estuviera preocupado por la publicidad del nuevo sistema de sonido de su empresa. El modelo vertical de ventas del producto en sí, en comparación con los celulares y las computadoras, le aportaba unas ganancias mínimas al Consorcio Katrakis, aunque tal vez le apasionara ese producto o quizá fuera una cuestión de orgullo.

Los millonarios eran excéntricos, y si lo que se rumoraba por ahí era cierto, la excentricidad de aquel infame soltero abarcaba más de un aspecto.

—Confío porque reconozco en ti la misma cualidad que he visto en cada empresario que ha conocido el éxito —contestó—. Afán. No quieres que te salga bien; necesitas que te salga bien porque la discoteca es tu reflejo. Si fracasa el negocio, fracasas tú, y harías lo que fuera con tal de no fracasar.

Sentí un escalofrío en la nuca.

No hacía ni una hora que nos conocíamos y Killian ya me había leído a la perfección. ¿De verdad era tan transparente, o es que el tipo era demasiado bueno?

Acabamos de hacer el *tour* por la bóveda. Aún había que hacer obras en el local, pero la estructura estaba ahí: suelos de piedra, cornisas originales, espacios donde antes había habido cajas y que ahora podían servir para exponer las botellas... Cuando lo arreglara y colocara mis artículos de diseño, quedaría espectacular.

—¿Quién se encarga del diseño? —se interesó Killian, que supo cómo redirigir la conversación hacia aguas más seguras tras su inquietante psicoanálisis.

—Farrah Lin-Ryan, de Creaciones F&J.

«Octavo contacto».

Era la diseñadora de interiores del sector hotelero y espacios gastronómicos más importante de la ciudad.

—Buena elección —señaló Killian en señal de aprobación—. Hemos trabajado juntos en varios proyectos.

Sabía que Farrah era buena, pero oírselo decir a otra persona era alentador.

Tras unas cuantas preguntas más sobre el diseño y después de haber llegado a un acuerdo verbal, Killian prometió que me enviaría un contrato y se fue a otra reunión.

Yo me quedé ahí, mirando todo lo que me rodeaba.

Era la segunda vez que estaba en la bóveda desde que Alex me había dado las llaves y aún seguía intentando hacerme a la idea de que ese local era mío. Un local al que yo le iba a dar forma, que yo iba a arreglar y a diseñar tal y como a mí me pareciera conveniente (con algo de ayuda profesional). Era mi responsabilidad, y eso me entusiasmaba y me aterraba en partes iguales.

Un ruido familiar reverberó por aquel espacio vacío.

Bajé la vista y toda mi ilusión fue convirtiéndose en inquietud al ver quién llamaba. Había quedado con Sloane para comer dentro de poco, pero la preocupación pudo más que yo y no dejé que entrara el buzón.

—¿Está todo bien? —Al responder, fui directo al grano.

Eduardo no me llamaría a mitad del día a no ser que ocurriera algo. Aunque, en realidad, tampoco es que me quedaran padres para perder ya.

Mi humor negro dio paso a una breve sonrisa desprovista de gracia alguna. Cada uno gestionaba sus emociones como podía, por mórbida que fuera su forma de hacerlo.

—Quería ver cómo estabas y qué tal va lo de la discoteca —me dijo—. Sloane me ha hablado bien del tema, aunque puede que su testimonio sea algo sesgado teniendo en cuenta los, eh..., recientes acontecimientos.

O sea, que lo de nuestra relación ya había llegado a Bogotá. No me sorprendía. Seguro que el Comité de la herencia estaba controlando cada paso que daba.

—Cuando empezamos a salir, a mí ya se me había ocurrido la idea —le conté—. Si te preocupa que a Sloane se le vaya a nublar el juicio con esto, tranquilo: no es de esa clase de personas. Salgamos o no, será sincera.

Podría ser menos estricta conmigo porque estábamos saliendo (que no era el caso), pero yo no se lo permitiría. O me salían bien las cosas por mérito propio o que no me salieran directamente.

—Soy consciente, *mijo*, pero no todo el mundo lo es. Cada vez hay más gente hablando de este conflicto de intereses. Es tu publicista y, además, una de las personas que tiene que evaluarte en mayo. Y son... cercanos —dijo Eduardo con delicadeza—. No da buena imagen.

—Me da igual la imagen que dé —contesté, terco, apretando la mandíbula—. Somos adultos. Lo que hagamos en nuestro tiempo libre es cosa nuestra, y mi padre no dijo nada en el testamento sobre conflictos de intereses ni tampoco me prohibió que saliera con alguien que formara parte del comité. Si a alguien le supone algún problema que estemos saliendo, que se las vea con el notario. Me evaluarán cinco personas; Sloane es solo una de ellas, Eduardo. No será ella quien decante la balanza.

—A no ser que haya un empate, pero entiendo lo que dices. —Tras una larga pausa, añadió—: Nunca te había oído defender así a una mujer.

—No es una mujer cualquiera. Sloane... —Lo es todo.

Casi lo dije. La frase me viajó con tanta facilidad a la punta de la lengua que se me habría escapado de no ser porque, en ese mismo instante, lo que implicaban esas palabras me atravesó cual bala expansiva.

Sloane no podía «serlo todo» para mí.

Sí, me importaba muchísimo, y no, no podía dejar de pensar en ella. Hacía que se me acelerara la sangre cada vez que la tenía cerca, y cuando la veía mal, lo pasaba mal yo. Era la única persona con quien me había sentido lo suficientemente cómodo para compartir los secretos que le había confiado, y si un genio saliera de una lámpara ahora mismo y me preguntara qué querría cambiar de Sloane, no cambiaría nada.

Pero nada de eso era lo mismo que el hecho de que ella fuera mi todo. Porque de serlo, eso significaría que Sloane... Significaría que yo...

—Ah —dijo Eduardo con un tono de voz más dulce—. Ya veo.

No sabía qué le habría indicado mi silencio, pero yo no estaba preparado para enfrentarme a ello. Todavía no.

—¿Y a ti qué tal te va la búsqueda de director ejecutivo? —pregunté, cambiando abruptamente de tema.

Necesitaba hablar de algo que me sacara de aquella espiral de pensamientos de Sloane y la que parecía ser una búsqueda eterna para encontrar director ejecutivo para el Grupo Castillo era igual de buena que cualquier otra distracción.

—Bien. Dudo que la Junta vaya a tomar una decisión final hasta Año Nuevo. Hay mucha controversia sobre qué candidato es mejor para el puesto.

—Deberían escogerte a ti.

Lo dije en broma, porque Eduardo nunca había querido ser director ejecutivo, pero cuanto más lo pensaba, más claro lo veía. Lo habían añadido a la lista por cortesía, pero ¿por qué no iban a elegirlo? Había visto quiénes eran los otros candidatos y él les daba mil vueltas. Además, no era un cabrón, como el noventa por ciento del resto de los aspirantes.

Rio sorprendido desde el otro lado de la línea.

—Xavier, ya sabes que esto siempre ha sido algo temporal. Mi mujer me mataría si asumo el cargo de por vida.

—A lo mejor está más abierta a la posibilidad de lo que tú crees. —Cuando se trataba del tiempo en familia, la mujer de Eduardo era inflexible, pero era abogada: sabía cómo conciliar la vida laboral con la profesional, y seguro que Eduardo también—. Te importa la empresa y tienes el conocimiento institucional necesario; además, se te da bien el trabajo. Fuiste tú quien ayudó a mi padre a construir el negocio hasta convertirlo en lo que es hoy. ¿Qué otro candidato podría superar eso?

Eduardo guardó silencio unos cuantos segundos.

—No sé. Es una decisión importante. Y, aunque quisiera, no puedo asegurarte que a los de la Junta vaya a parecerles bien.

—Tú piénsalo. Seguro que los de la Junta no te están presionando porque creen que quien no quiere eres tú.

—Puede ser. —Suspiró cargado de pena y frustración—. Alberto tenía que irse y dejarnos con este problema, ¿no?

—Siempre le gustó fastidiar a los demás. —Me apoyé contra una columna y me quedé mirando la pared que había en el otro lado, llena de cajas fuertes viejas. Ver eso me transportó a Colombia: el cuarto de mi padre, la carta de mi madre, el olor a cuero y a libros viejos mientras leían el testamento...—. ¿Sabes lo que no entiendo? Por qué mi padre no se fijó en aquella laguna del testamento. ¿Cómo puede ser? No especificó de qué empresa tenía que convertirme en director ejecutivo, Eduardo. ¿A ti te parece que Alberto Castillo haría algo así?

—No. Al menos no el Alberto Castillo que yo conocía antes de que le dieran el diagnóstico. Pero la muerte cambia a la gente, *mijo*. Nos obliga a replantearnos nuestra ética y a reevaluar aquello que es realmente importante.

Reí por la nariz. Si hablábamos de mi padre, a Eduardo siempre le gustaba embellecer las palabras.

—¿Qué quieres decir? ¿Que, de repente, en el lecho de muerte, cambió de opinión?

—Quiero decir que durante los últimos días antes de que se lo llevara la enfermedad, tuvo mucho tiempo para pensar. En el pasado, en su legado y, sobre todo, en su relación. —Hubo otra pausa, esta vez más pesada, y hasta pude oír a Eduardo pensar—. Encontró la carta de tu madre a principios de año, mientras estaba ordenando sus cosas. Alberto quería decírtelo en persona, pero... —Dudó—. Por eso te insistía yo tanto en que fueras a verlo. No sabía cuánto tiempo le quedaba de vida, y hay cosas que tienen que contarse cara a cara.

Una fría ráfaga se apoderó de mí y me estrujó el pecho.

—No me hagas cargar a mí con esto, Eduardo —respondí con aspereza—. Ya sabes por qué no iba a casa.

—Sí. Y no te culpo, Xavier —respondió en un tono de voz amable—. Solo quería contarte la otra parte de la historia. Aunque deberías saber que tu padre no leyó la carta. Iba destinada a ti y solo a ti. Conocía demasiado bien a Patricia para saber que eso es lo que habría querido. Sin embargo, ver esa carta que había escrito tu madre... creo que lo obligó a pensar en lo que le habría dicho si los hubiera visto después de morir, en que ella habría detestado que se separaran de esa forma, que se le habría roto el corazón al verlo culparte por lo ocurrido. Tu madre los quería, tanto a ti como a tu padre, más que a nada en este mundo. Su distanciamiento la habría destrozado.

Sus palabras me cayeron como una patada en el estómago y demolieron la muralla de cemento que me había levantado alrededor del pecho. El dolor se me extendió por las costillas y se me cerró la garganta.

—¿Todo esto te lo dijo él o estás poniendo palabras en su boca?

—Un poco de todo. Tu padre y yo éramos amigos desde niños, y nos habíamos contado tantas cosas el uno al otro que no hacía falta que verbalizara siempre lo que pensaba para que yo lo entendiera.

Las cajas fuertes se volvieron borrosas un instante, y pestañeé para deshacerme de aquella neblina.

—De acuerdo. Supongamos que todo lo que me acabas de contar es cierto. ¿Qué tiene que ver esto con el testamento?

—No puedo asegurártelo, porque no me dijo que iba a cambiar el testamento hasta que ya lo había hecho —reconoció Eduardo—, y no tenía ni idea de la cláusula sobre tu herencia ni de que yo estaría en el comité de evaluación. Pero tienes razón, Alberto Castillo no era el tipo de hombre al que se le habría escapado un vacío tan flagrante como ese, lo cual significa que lo hizo a propósito. Creo que... —Esta vez dudó, pero lo hizo con algo de cautela—. Creo que fue su forma de hacerte una ofrenda de paz y de darte un empujón para que alcanzaras tu máximo potencial a la vez. Podría haberte dejado sin herencia fácilmente si no cumplías con los términos exactos que él mismo estipulara o podría no haberte ni mencionado en el testamento para acabar pronto. Pero no lo hizo.

Mi padre haciéndome una ofrenda de paz. Aquella idea me parecía tan ridícula que me dieron ganas de reír, pero Eduardo no se equivocaba. Podría haberme dejado sin herencia directamente. Podría haber sido su última gran forma de arruinarme antes de morir.

Yo pensaba que había cambiado lo estipulado en relación con mi herencia para manipularme y conseguir que siguiera haciendo lo que él quería incluso después de muerto. Y esto encajaba perfectamente en su plan, pero... tal vez había otros motivos.

«O tal vez estoy siendo un ingenuo y estoy delirando».

—Pues en la última conversación que mantuvimos no parecía que hubiera cambiado de opinión —señalé.

Madura, Xavier. Ya es hora de que hagas algo útil de una vez por todas.

Se me empezó a resbalar el celular de la mano y lo sujeté con fuerza.

—No digo que fuera un santo. Tenía su orgullo y también sospecho que creía que habrías rechazado cualquier propuesta que te hubiera hecho. Lo último que quiere un hombre que está a punto de morir es volver a pelearse con su hijo —concluyó—. No hace falta que te tomes todo lo que te digo como si fuera la verdad absoluta, pero date la posibilidad de pensar que puede que sí lo sea y así pasar la página. Puedes continuar guardándole rencor de por vida y dejar que esto te consuma o puedes dejarlo en el pasado, que es donde tiene que estar, y seguir adelante.

Después de colgar, las palabras de Eduardo siguieron retumbándome por la mente durante un buen rato.

Mi primer instinto fue refutar su interpretación de los acontecimientos. Lo quería como a un padre, más que al mío;

no obstante, cuando algo tenía que ver con su amigo de la infancia y socio empresarial, su opinión estaba sesgada.

Sin embargo, por extraño y retorcido que fuera, en parte lo que me había dicho tenía sentido. Y eso me asustó muchísimo. Me había aferrado al resentimiento que sentía por mi padre como un bote salvavidas, para así navegar las tormentas de nuestra relación. Sin este resentimiento, a lo mejor me hundía bajo una marea de arrepentimientos y de «y si...».

Unas nubes de incertidumbre me siguieron hasta fuera de la bóveda y me acompañaron hasta que llegué a la calle, donde se disiparon bajo la acometida de ruido y actividad. Sabía que volverían a aglutinarse cuando estuviera a solas, pero, por ahora, las aparté a un lado de lo más feliz mientras me dirigía hacia mi cita con Sloane.

La gente podía decir lo que quisiera de la ciudad, pero la cantidad de distracciones que ofrecía era ideal.

Cuando llegué, Sloane ya estaba esperándome en el restaurante. Esta vez le tocaba elegir a ella y había escogido un local diminuto que se encontraba en plena Koreatown, atendido por una familia. Olía genial.

—Siento llegar tarde. —La saludé con un delicado beso y me senté delante de ella—. Me llamó Eduardo y se nos alargó la conversación.

—No pasa nada; tampoco hace tanto que llegué. —Al intuir por dónde iba la cosa, me miró avispada—. ¿Te llamó por algo relacionado con lo de la herencia?

—Más o menos. —Le resumí la charla por encima, y cuando terminé, la empatía hizo que se le relajara la expresión.

—¿Y cómo te sientes ahora que te dijo esto?

—No lo sé. —Exhalé largo y tendido.

A mi madre se le había olvidado decirme una cosa en la carta: lo complicada que se volvía la vida cuando crecíamos.

A cada año que sumaba la Tierra, se le añadía otra capa más de cambios y dramas.

La vida era más fácil cuando todo era en blanco y negro. Cuando la línea que separaba dichos tonos se difuminaba, todo se volvía confuso.

—Estoy indeciso —confesé—. Lo fácil sería continuar odiando a mi padre, pero tengo que... No puedo pensar en eso ahora mismo. Están pasando demasiadas cosas. Y, hablando del tema, tengo algo para ti. —Le pasé un sobre de papel manila por encima de la mesa. Christian Harper hizo que me lo entregara un mensajero en persona esa mañana y me había pasado el día llevándolo de un lado para otro—. Espero no haberme metido donde no me llaman.

Por suerte, Sloane no me dijo nada ante aquel evidente cambio de tema. Abrió el sobre y ojeó los documentos. Con cada palabra que leía, iba abriendo más los ojos.

Cuando terminó, levantó la vista para mirarme.

—Xavier —exhaló—. ¿Cómo lo hicis...?

—Conozco a alguien que está especializado en la búsqueda de información. —Le di un golpecito al sobre—. Pen sigue en la ciudad, no ha tenido problemas graves de salud y tiene una nueva niñera. Espero que esto signifique que George y Caroline no tienen intención de mandarla al extranjero.

No era mucho, pero esperaba que fuera suficiente para que Sloane estuviera un poco más tranquila. A veces, la incertidumbre era peor que el dolor de saber algo.

—Eso espero. —Le resplandecieron los ojos, llenos de emoción—. Gracias. Es... No tenías... —Carraspeó y volvió a meter aquellos documentos que hablaban del estado de salud de Pen y de dónde se encontraba en el sobre. Se le sonrojaron las mejillas y el cuello—. Vaya, no tenías por qué hacerlo, pero te lo agradezco. De verdad.

—No tienes que agradecerme nada. Lo hice encantado.

Nos aguantamos la mirada y el ruido del restaurante se fue disipando bajo el peso de palabras por decir.

La luz del sol que se metía por las ventanas le dibujó algunas sombras bajo los pómulos y le iluminó más aún aquellos rubios mechones de cabello que le envolvían la cara. Los pozos de color azul glacial que le blindaban los ojos se agrietaron y revelaron una pizca de vulnerabilidad que se me clavó en el corazón y me lo estrujó.

Era tan increíblemente preciosa que mirarla casi dolía.

Me preguntaba si lo sabía.

Me preguntaba si sabía lo mucho que se había adueñado de mis pensamientos, y que cuando no estábamos juntos, contaba los minutos que faltaban para volver a verla.

Me preguntaba si yo le habría puesto la vida patas arriba como había hecho ella con la mía, hasta el punto en el que las piezas de mi interior ya no encajaban si ella no estaba ahí. Porque Sloane no era una parada. Era el destino.

La bala de antes se me clavó todavía más.

Abrí la boca, pero Sloane pestañeó y apartó la mirada antes de que yo pudiera decir algo de lo que me arrepentiría luego. No porque no lo dijera de verdad, sino porque habría sido algo demasiado fuerte y demasiado rápido para ella.

Decepción y alivio me azotaron en partes iguales.

—Hablando de llamadas, a mí me llamó Rhea anoche —me contó rompiendo aquel momento con eficacia. Se acomodó un mechón de cabello detrás de la oreja y el rosa que le sonrojaba las mejillas adoptó una tonalidad más oscura—. Me dijo que ayer le llegó un misterioso cheque al buzón. Quien sea que se lo haya enviado se mantuvo en el anonimato, pero había bastante dinero como para cubrir los gastos de vivienda y de alimentación de todo un año.

—¿En serio? —Mantuve una expresión neutral—. Pues

qué suerte. Supongo que a la gente buena sí le pasan cosas buenas.

—Supongo que sí. —Sloane guardó silencio y luego dijo con doble intención—: Mencioné la dirección de Rhea en Acción de Gracias, ¿verdad? Cuando dije que le enviaría dinero para sacarla del apuro mientras encontraba otro trabajo.

—¿Sí? —Tomé la carta y miré qué había para comer. Deberíamos pedir pronto; me estaba muriendo de hambre—. No me acuerdo.

—Mmm. —Sloane hizo una mueca con los labios—. Seguro que no.

Al oír su tono sabiondo, sonreí discretamente, pero ni ella ni yo continuamos con esa conversación. En lugar de eso, empezamos a hablar de algo más placentero: la venganza.

—¿Seguimos con la idea de ir a la fiesta de Dante y Viv este fin de semana? —me preguntó.

Me había contado cuál era su plan para la Operación P. W., y acudir a dicha fiesta era esencial para ejecutarlo. Además, a mí también me ofrecería la posibilidad de hablar con Dante y, con algo de suerte, conseguir unas cuantas respuestas. Y lo más importante: podría pasar más tiempo con Sloane y sus amigas. Que tampoco es que iba en busca de la aprobación de sus amigas, pero tenerlas de mi parte tampoco haría daño, ¿no?

Sonreí.

—No me la perdería por nada del mundo.

32
Sloane

La Operación Perry Wilson empezó oficialmente ese sábado, en la gala de fiestas anual de Dante y Vivian.

Antes de que naciera Josephine, solían celebrarla en su casa. Sin embargo, desde que habían tenido a su hija, como no querían molestarla, alquilaban el salón de baile del Club Valhalla para una reunión «íntima» a la que asistían trescientas de las personas más ricas y poderosas de Manhattan.

Y una de esas trescientas personas era Kai Young.

—Conozco esa mirada —me dijo cuando me acerqué a él, que estaba en la barra. Había traído a Xavier como mi «más uno», pero nos habíamos separado para ocuparnos de nuestros asuntos primero: yo con Kai y él con Dante—. ¿A quién quieres arruinar?

A su lado, Isabella me sonrió y levantó un pulgar cuando él no miraba. Se había ofrecido a mencionarle el tema a Kai, pero yo había rechazado la ayuda. Era mi batalla, e Isabella ya había hecho de todo y más.

—Creo que ya lo sabes —respondí—. Nos incordia tanto a ti como a mí.

—A ver si adivino. —Kai miró a su prometida y ella

apartó la mirada enseguida, fingiendo estudiar la bebida—. ¿Sus iniciales son P y W?

—Sí.

—Un *blogger* vergonzoso. Sé que te molestaron las publicaciones que ha subido últimamente —el tono de Kai dejaba entrever que Isabella había hablado con él en más de una ocasión—; sin embargo, como director ejecutivo de una empresa de medios de comunicación, no puedo entrometerme en las disputas personales de mis amigos.

—No es personal —repliqué—. Puede que sea un *blogger* vergonzoso, pero tú mismo has estado peleándote con él durante años por clics y cuestiones de tráfico web. Además, odias a ese tipo. Todo lo malo del periodismo, lo tiene él.

—Lo suyo no es periodismo —respondió Kai. Arqueé una ceja y, tras un breve segundo, sacudió la cabeza y sonrió, sardónico—. Te entiendo.

Para alguien como Kai, que se ceñía a las normas y había nacido con un sentido del honor natural, los vulgares métodos de Perry eran como manchar de mierda el negocio que los Young habían pasado décadas construyendo. Una manzana podrida podía echar a perder la canasta.

—¿Y si te dijera que hay una forma de arruinarlo y, además, asegurarte de que no vuelva a suponer un problema para el futuro?

—Te diría que si algo suena demasiado bien para ser verdad, por algo será. —Se terminó la bebida y dejó la copa—. Pero te escucho.

Le conté mi plan. Kai no me interrumpió; aun así, cuando terminé, negó con la cabeza.

—No lo aceptará —señaló.

—No le quedará más remedio.

—Me corrijo: ¿y por qué iba yo a aceptarlo? Quiero que me relacionen menos con él, no más.

—Porque no será él. Será su propiedad, de acuerdo, pero el hombre en sí ya no estará. —Adopté un tono de voz persuasivo—. Piensa en lo maravillosa que sería la historia: «Kai Young transforma el famoso aunque polémico blog de chismes en un resplandeciente y respetuoso haz de luz en el corrupto sector de las noticias sobre famosos». Nadie más intentaría siquiera limpiar la imagen de este blog. Lo consigues y te conviertes en una leyenda.

Kai se me quedó mirando de esa forma tan suya, en silencio y pensativo. Isabella volvió a levantar la cabeza por encima del hombro de su prometido; esta vez, me mostró los dos pulgares.

«Lo tienes», dijo en silencio con los labios, sin llegar a pronunciarlo en voz alta.

—Isa, cariño, deja de hablar con Sloane a mis espaldas —señaló él sin darse la vuelta.

A mi amiga se le desdibujó la expresión.

—¿Cómo te das cuenta siempre? En serio, no eres humano —se quejó—. Pero está bien, ya me voy con Ále hasta que hayan terminado. Más le vale no estar teniendo sexo con Dom en la biblioteca otra vez...

Le dio un beso en la mejilla y se fue. Kai la siguió cariñosamente con la mirada durante un segundo y luego volvió a girarse hacia mí.

—Entre esto y lo de la discoteca de Xavier, se te da bien convencer —dijo.

—Es mi trabajo. —Ladeé la cabeza—. Gracias por ayudarme, por cierto. Tu lista ha sido de gran ayuda.

—Yo solo le pasé unos contactos. El que tenía que cerrar los acuerdos era él, y lo ha conseguido. Convencer a Vuk Markovic para que sea su socio no es andarse con rodeos. —Se le encorvaron los labios en una sonrisa—. Después de lo de España, no debí de haberlo infravalorado.

Me saltaron las alertas.

—¿A qué te refieres?

—Al post del blog que hablaba de ti en España —aclaró—. Cuando lo publicaron, se puso en contacto conmigo y me preguntó si podía limitar el acceso. No lo conocía demasiado, pero insistió bastante. No pude garantizarle nada porque el blog de Perry no pertenece a la Sociedad Young, claro está, pero sí pude evitar que nuestros medios se centraran en ciertas publicaciones.

Lo que no dijo fue que casi todas las páginas web relevantes de noticias y los medios de comunicación importantes sí pertenecían a su empresa. Al evitar que estos se centraran en mi historia, consiguió que el post cayera en el olvido. La gente podría compartirlo en redes sociales, sí, pero no se le había dado tanto foco a la historia como para que acabara ocurriendo. Sin oxígeno, las ascuas de aquella publicación sobre mí no tardaron en apagarse.

Xavier no me había comentado nada al respecto. Yo había dado por sentado que a la gente no le importaba la vida personal de una publicista, aunque implicara a Xavier. A lo mejor era cierto, pero a lo mejor no se había convertido en una bomba gracias a lo que él hizo antes de que empezáramos a salir.

Las emociones se me amontonaron en el pecho y me esmeré por ponerlas en orden como buenamente pude.

—En cuanto a tu propuesta, me parece interesante, pero no puedo comprometerme todavía —dijo Kai, que no sabía el caos que acababa de desatar con su confesión—. Tendré que comentárselo a mi equipo.

Ya me lo había imaginado, pero era mejor que un no. Confiaba en que su equipo, tras evaluar los pros y los contras, lo viera igual que yo (porque los pros superaban los contras y por mucho).

Cuando Kai se fue en busca de Isabella, pedí un *shot* doble de *whisky* y dejé que su escozor se llevara el aturdimiento que acompañaba cualquier pensamiento relacionado con Xavier.

Ahora no era el momento de sonrojarme y embelesarme con él. Tenía que acabar de ejecutar mi plan de venganza.

Armada con absoluta determinación y el estómago lleno de licor, fui hasta la mesa de regalos, donde Tilly Denman y sus amigas estaban riéndose de algo. Apostaba mi armario ordenado por colores a que Tilly ya había cambiado uno de los regalos; sin embargo, yo no había venido hasta aquí para controlar sus costumbres de cleptómana.

En nuestro mundo, Tilly y compañía tardaban menos en esparcir un rumor que un incendio en quemar arbustos secos. Y cuando les di la espalda y fingí responder una llamada, lo hice con la esperanza de que hicieran justamente eso.

—Hola, Soraya... ¿Qué pasa? —Guardé silencio para darle dramatismo al asunto—. Tranquila. Cuéntame qué pasó.

Las chicas que tenía detrás dejaron de reír inmediatamente.

Soraya (sin apellido) era una de las mayores *influencers* del planeta. Se la conocía por sus *vlogs* informales, por sus *outfits* sexis y por su increíble atractivo; tenía más de 150 millones de seguidores en las redes y eran unos fanáticos. Por ejemplo: hubo alguien que una vez pagó dos mil dólares por una servilleta que Soraya utilizó en una Met Gala.

Todo lo que hacía acababa siendo noticia, y si estaba involucrada en algún escándalo, era ya un notición.

—No, escúchame. No puedes ir a su casa. Está casado —dije enfatizando en la última palabra. Bajé la voz lo suficiente como para que las que estaban ahí cuchicheando pensaran que estaba manteniendo una conversación confidencial, pero no tanto como para que no pudieran oírme—. Si la gente se entera de que tú y Bryce... —Me alejé, reprimiendo una sonrisa tras dejar a Tilly y compañía con aquella intriga.

Bryce era otro *influencer* cuyos seguidores también eran unos fanáticos. Se había casado por todo lo alto hacía poco y había documentado cada segundo de la boda en su canal de YouTube. Sin embargo, habían corrido rumores sobre él y Soraya durante años.

Mis amigas habían avivado dichos rumores a través de distintos canales que acabarían llegándole a Perry. Era cuestión de minutos que la «confirmación» del supuesto problema entre Bryce y Soraya llegara a oídos del *blogger*.

Una persona con dos dedos de frente se preguntaría cómo puede ser que una publicista con experiencia se ponga a hablar de temas tan delicados de una clienta en medio de la mayor fiesta de la temporada, pero a Tilly y a sus amigas les daba igual la lógica. Lo único que les importaba eran el dramatismo y los chismes.

Yo ya había hecho lo que me tocaba. Ahora solo tenía que sentarme y ver cómo Perry mordía el anzuelo.

Cuando terminé con lo que tenía que hacer esa noche, me paseé rápidamente por la sala para saludar a mis clientes y a personalidades importantes antes de reunirme con Vivian. Xavier y yo habíamos acordado que nos encontraríamos en la barra cuando acabáramos con nuestras respectivas tareas; como no lo vi ahí, di por sentado que seguiría hablando con Dante.

—Gran fiesta, como siempre —dije mientras le pasaba una copa de champán a Vivian. Era la organizadora de eventos de lujo más cotizada de la ciudad, o sea, que tampoco esperaba nada menos—. Te superaste.

—Gracias. —Sonrió y unas discretas marcas de cansancio le ensombrecieron la expresión. Aun así, con su vestido de fiesta rojo y aquellas joyas que pondrían celosa a la difunta reina de Inglaterra, estaba resplandeciente—. Me alegro de que ya se haya acabado tanta planificación. Recuérdame que nunca más vuelva a organizar una fiesta después de unos meses de haber dado a luz. No sé en qué estaba pensando.

Vivian y Dante podrían permitirse tener todo tipo de ayuda con Josie, pero preferían dedicarse más a criarla ellos mismos. Yo no lo entendía, pero yo no tenía hijos, así que ¿qué iba a saber?

—Hecho —respondí y paseé la vista por la sala—. ¿E Isa y Ále?

—Isa y Kai desaparecieron, vete tú a saber dónde están. Pensé que era mejor no preguntar. Ále no se sentía bien y Dom la llevó a casa.

—¿Y con que «no se encontraba bien»...?

Vivian arqueó una de sus perfectas cejas.

—Ya —contesté con una sonrisita.

«Pues bien hecho».

El matrimonio de Alessandra y Dominic había sufrido unos cuantos baches a causa de la obsesión de Dominic por el trabajo y de su poca atención por ella. El año pasado se divorciaron durante un tiempo porque él canceló un aniversario importante; sin embargo, tras pasar unos meses separados, sentirse él sumamente arrepentido y cambiar su estilo de vida, consiguieron arreglarlo, y ahora eran más fuertes que nunca.

—Hablando de parejas... —Vivian miró detrás de mí—. Mira quién viene.

Cuando noté la calidez de una mano posándose en mi espalda baja, se me aceleró el pulso. No tuve que mirar para saber quién era. Tenía tan interiorizadas la forma del tacto de Xavier y la sensación que me provocaba que podría reconocerlo con los ojos vendados.

—Hey, Vivian —saludó, tranquilo—. Siento interrumpir, pero ¿te importa si te robo a Sloane un minuto?

—Adelante. —Le brillaron los ojos, divertida—. Supongo que ahora mi marido ya podrá hablar, ¿no?

Xavier le respondió con una sonrisa encantadora y algo tímida.

—Todo tuyo. Siento haberlo acaparado toda la noche. Teníamos que comentar bastantes cosas.

—Ya me lo imagino. —Al irse, Vivian me guiñó un ojo—. Acaben de disfrutar de la fiesta.

—Mira que eres lameculos —señalé cuando mi amiga se fue.

—¿Yo? —Xavier se llevó una mano al pecho—. Yo prefiero pensar que soy encantador.

—Un lameculos encantador.

—Solo intento llevarme bien con tus amigas —explicó—. Por desgracia, Alessandra se fue antes de que pudiera mostrarle mis encantos, e Isabella no sé dónde está. Pero creo que a Vivian le caigo bien.

—Después de haber monopolizado la atención de Dante toda la noche, lo dudo —bromeé, conteniendo las ganas de reír—. Hablando del tema, ¿qué tal estuvo la conversación?

—Estuvo. —Xavier dejó de estar tan gracioso—. Fue poco concreto sobre por qué mi padre lo incluyó en el testamento. Solo me dijo que, como hombres de negocios, se respetaban mutuamente y que mi padre confiaba en su juicio. Aunque lo que sí hizo fue soltarme un sermón sobre aquella vez que Luca y yo acabamos detenidos.

—O sea, que no te dio ninguna respuesta —resumí.

—Básicamente.

Dante no solía ser así de evasivo. A lo mejor él tampoco sabía cómo había acabado en el testamento de Alberto.

Le habría pedido a Vivian que investigara un poco por

nosotros (si con alguien se sinceraba Dante, era con su mujer), pero no era problema de mi amiga y bastante tenía ya con Josie y con el trabajo. No quería agobiarla más todavía.

—Supongo que tampoco es que importe demasiado, más allá de querer acabar con la curiosidad. Sepa yo el porqué o no, Dante sigue siendo uno de los jueces —señaló Xavier—. ¿Qué tal te fue a ti con Kai?

Se lo conté mientras nos dirigíamos hacia la salida. No teníamos pensado irnos antes, pero Vivian y Dante estaban ocupados con los invitados y un acuerdo silencioso hizo que nos alejáramos de la multitud y fuéramos hacia el tranquilo pasillo que había al lado del salón.

—O sea, que te fue mucho mejor que a mí —bromeó Xavier cuando terminé—. ¿Crees que aceptará?

—Noventa por ciento. —Kai era un hombre de negocios y mi propuesta tenía muchísimo sentido a nivel empresarial.

Sin embargo, si con algo me había quedado de esa conversación era con algo ajeno a mi plan contra Perry.

Al post del blog que hablaba de ti en España. Cuando lo publicaron, se puso en contacto conmigo y me preguntó si podía limitar el acceso.

El cosquilleo que había sentido antes volvió a azotarme con muchísima más vehemencia, y más ahora que Xavier estaba ahí mismo, con una postura mucho más deleitable de la que debería ofrecer cualquier hombre con un esmoquin y despeinado. Había ignorado el código de vestimenta y no se había puesto corbata, pero a él le quedaba bien igual.

Todo le quedaba bien siempre. Xavier era el encanto natural en persona.

Lo agarré por la camisa y lo metí en el baño más cercano. Arqueó las cejas al instante.

Como ocurría con todo lo demás en el Valhalla, estaba

impecable: suelos de mármol, espejos relucientes, unos difusores que desprendían un aroma hecho específicamente para el club... Más que un baño público, parecía el vestidor de un famoso. Y, para lo que tenía en mente, serviría a la perfección.

—¿Te acuerdas de la reunión de la otra semana en la oficina? —Cerré la puerta con seguro—. Esa que tuvimos justo después de que se fuera Ayana.

Xavier estaba apoyado en el lavabo y, a medida que iba asimilando por qué lo había traído aquí, se le fue ensombreciendo la mirada.

La atmósfera cambió y se volvió más pesada, más densa, más candente.

—Puede que algo recuerde. —Aquellas palabras, pronunciadas con languidez, estaban repletas de deseo.

Xavier no se movió, pero me recorrió con los ojos como si fuera un depredador hambriento y con una oscura mirada mientras yo me iba acercando.

—Bueno... —Me detuve frente a él y las puntas del tacón le rozaron las de los zapatos. Me agarré a las presillas de su cinturón y lo acerqué a mí—. Pensé que a lo mejor hoy sería el momento adecuado para devolverte el favor.

Aquel susurro me salió tan ronco que no me reconocí la voz. Sin embargo, meter a alguien en un baño para hacer lo que quisiera con él tampoco era algo típico de mí, o sea, que esta noche estaba llena de primeras veces.

Se le aceleró la respiración, pero cuando le desabroché el cinturón y le bajé la cremallera, siguió sin moverse. Una ola de adrenalina cargada de electricidad me recorrió las venas, pero no me apresuré.

Quería saborear el momento y había algo muy excitante en la espera. En la voracidad de su mirada y en la sutil tensión que se le marcaba en los músculos, como si estuviera valiéndose de toda su fuerza de voluntad para no agarrarme y cogerme como le diera la gana.

Al pensar en eso, sentí una ola de calor en la entrepierna.

Me arrodillé y le bajé pantalones y calzoncillos. Al ver su gruesa y palpitante erección esperándome, se me hizo agua la boca. La tenía bastante dura y tan jodidamente grande que se me aceleró el pulso. De la punta le caían algunas gotas de líquido preseminal y, cuando le di un lengüetazo para probarlo, un escalofrío lo recorrió entero.

Y ese fue todo el estímulo que necesité.

Cerré la boca alrededor del glande y succioné, pasándole la lengua por la parte baja y sensible del pene mientras se lo acariciaba entero con ambas manos.

—Carajo. —Siseó y echó la cabeza hacia atrás mientras yo iba bajando la boca hasta donde tenía las manos.

Técnicamente, estaba dándole placer a él, pero se me encendió la piel como si me estuvieran provocando a mí. Cada vez que succionaba, lo notaba directamente en el clítoris, y cada vez que se la acariciaba lo notaba en el estómago, hasta que al final gemí de ganas.

Me la metí aún más hondo con la esperanza de saciar aquella ansia cada vez mayor. Los obscenos y húmedos sonidos de la mamada se mezclaron con sus fuertes gemidos mientras me agarraba el cabello con fuerza para sujetarse a la vez que jadeaba y me daba empellones en la boca.

La suave forma en la que me jalaba del cabello hizo que se me pusiera la piel de gallina. Se me endurecieron tanto los pezones que me dolían, pero no tuve tiempo de disfrutar de aquella sensación, porque enseguida noté la punta de la verga en el fondo de la garganta.

Me atraganté y se me llenaron los ojos de lágrimas. Mientras intentaba asumir toda su longitud, la baba me fue cayendo por la comisura de los labios.

Xavier dejó de agarrarme con tanta fuerza, pero yo gemí a modo de protesta y volvió a sujetarme con firmeza. Se me escapó una risa con una pizca de áspera diversión.

—Te gusta, ¿eh? —Me jaló del cabello hasta que mis ojos encontraron los suyos. La lujuria le dibujaba unas muescas bajo los pómulos y unas finas líneas de tensión en el entrecejo—. Carajo, Luna, estás guapísima así, arrodillada y atragantándote con mi verga.

Al oír aquellas sucias palabras, se me tensaron los muslos. Unas minúsculas mariposas alzaron el vuelo en mi estómago mientras él me agarraba la cabeza hacia atrás y acababa de meterme los últimos dos centímetros de verga en la boca. Volví a atragantarme. La tenía metida tan hasta el fondo que le rozaba el estómago con la nariz y, justo cuando se me empezó a nublar la vista, volvió a sacármela hasta dejarme solo la punta dentro.

Conseguí tomar una rápida bocanada de aire antes de que me la metiera de nuevo, una y otra y otra vez. Cada empellón era más rudo y más rápido, hasta que el brutal ritmo de sus embestidas igualó el de los dolorosos latidos de mi corazón.

La ola de necesidad que sentía en el estómago se volvió más densa. Estaba tan sonrojada que si me caía una gota de agua en la piel, seguro que se evaporaría automáticamente. Y a pesar de la aspereza que notaba en el cuello, no pude sino llevarme una mano a la entrepierna.

—Con tu mano no. —Aquella severa orden hizo que detuviera el recorrido justo antes de llegar a tocarme.

Gemí para quejarme de nuevo, pero Xavier fue implacable. Se movió; sin embargo, mientras me colocaba el zapato en la entrepierna, no me soltó el cabello. Me tocó la parte más sensible del sexo con la punta y se me escapó un sordo grito.

Estaba tan desesperada por conseguir más fricción que

no pensé. Sencillamente hice lo que me pedía y me froté con su zapato. Me abrí más de piernas y aquella increíble presión y el roce del cuerpo contra la seda y mi sensible piel hicieron que mis ganas fueran en aumento.

Los gemidos se me fueron volviendo más intensos a medida que aceleraba el ritmo, frotándome descaradamente con su zapato mientras él me cogía la boca.

Me daba igual lo obscena que fuera la imagen o si había alguien al otro lado de la puerta. Estaba demasiado perdida en aquella bruma de sensaciones.

El encaje me rozó mi hinchado clítoris e hizo que unas fulgurantes e intensas olas de placer me recorrieran entera. No podía creer que estuviera tan húmeda; estaba dejando el suelo empapado, como si fuera a llegar a un orgasmo por primera vez.

Y, aun así, no fue suficiente. Quería, necesitaba más fricción, así que me agarré a su muslo para sujetarme bien mientras se la chupaba y me frotaba con más ímpetu todavía. Me cogió la boca a más velocidad, para ajustarse al ritmo al que me estaba frotando, y se me nubló la mente; fui meneando las caderas con fuerza y mis movimientos se volvieron frenéticos mientras aquella necesidad iba haciéndose cada vez mayor dentro de mí y...

La presión que notaba en mi interior explotó a la vez que unos gruesos y cálidos chorros de semen me bajaron por la garganta. El ruidoso gruñido gutural de Xavier se mezcló con mis gritos ahogados y se me difuminó la vista hasta que solo vi una neblina blanca.

Los temblores fueron apoderándose de mí mientras me dejaba llevar por el orgasmo. Todo era tan cálido, tan hábil y tan agradable... Y cuando aquella neblina por fin cedió y Xavier dejó de agarrarme el cabello, me dejé caer contra su pierna. Estaba demasiado agotada para levantarme.

Me desenvolvió los brazos del muslo con sus fuertes manos y me levantó. Me sentó en el lavabo con unos movimientos hábiles y suaves y me limpió.

Cuando acabó, me alisó el vestido. Le brillaban los ojos con deseo y diversión.

—Bueno —dijo arrastrando la voz con un tono ronco—. Si necesitas otro favor, lo que sea, aquí me tienes totalmente dispuesto.

Reí, me besó y se me dibujó una sonrisa.

Se me había ido todo al traste: vestido, ropa interior y maquillaje. A él le había ocurrido lo mismo con los pantalones y los zapatos. Y, aunque no sabía cómo íbamos a salir de aquí sin que la gente tuviera clarísimo lo que acabábamos de hacer, me dio igual.

Me sentí demasiado saciada y feliz. Y, por lo menos esta noche, las preocupaciones no pudieron conmigo.

33
Sloane

Después de lo del sábado, ya podía añadir el baño del Club Valhalla a la lista de lugares que nunca volvería a ver con los mismos ojos (justo después de mi oficina, mi cocina, la sala de Xavier y..., bueno, prácticamente cualquier otro lugar en el cual nos hubiéramos acostado).

Fue una maravillosa forma de cerrar la noche, pero, dejando las mamadas y los orgasmos aparte, la gala también había servido para saltar al segundo paso de la Operación Perry Wilson, que había comenzado oficialmente el lunes.

Acababa de salir del elevador para entrar en mi oficina cuando me llegó una alerta de noticias de última hora al celular.

¡¿Tiene Soraya una aventura con un *influencer* CASADO?!

Me bastó con un clic para llegar al blog de Perry, que exponía, con afán, aquel supuesto romance utilizando detalles que mis amigas habían ido esparciendo por ahí: los regalos, la escapada secreta de fin de semana en la zona norte del estado de Nueva York, la mamada en un baño de avión durante un viaje de trabajo con una marca con la que habían colaborado el verano pasado tanto Soraya como Bryce...

Era lascivo, llamativo y totalmente falso, pero a Perry no se le conocía por contrastar la información. Su publicación estaba llena de alegaciones sin prueba alguna.

Sonreí. Se había tragado la historia de principio a fin.

—¿Es verdad? —quiso saber Jillian, jadeante. Ya estaba en el escritorio, con la taza de café llena y una foto ampliada en la pantalla de la computadora en la que salían Soraya y Bryce en el viaje en cuestión. El logo del blog de Perry ocupaba toda la parte superior de la página—. ¿Es en serio que Soraya se está acostando con Bryce? Antes de que se casara, los *shippeaba* totalmente, pero...

—Jillian. —La miré fijamente con una ceja arqueada—. ¿Soraya es nuestra clienta?

Suspiró.

—No...

—Céntrate en nuestros clientes, por favor. ¿Qué sabemos de las propuestas de perfiles de revista para Ayana?

Tras gruñir un poco, Jillian me puso al día con ese tema. Mientras me contaba lo mucho que odiaba a cierto editor, envié un mensaje rápidamente:

Yo: Te toca

Soraya: Voy 😈

Puede que Soraya no fuera mi clienta, pero su publicista era amiga mía, así que habíamos hecho un pacto que nos beneficiaba a las dos y lo habíamos dejado todo atado con un riguroso acuerdo de confidencialidad.

Como dije ya, necesitaba un ejército para arruinar las cuentas de Perry, y resultaba que Soraya tenía una de las redes de fans más aterradoras y más grandes de internet. Una vez inhabilitaron la página web de una marca de maquillaje durante cuarenta y ocho horas después de que la directora de *marketing* dijera que nunca trabajarían con Soraya porque su «imagen» no era «la imagen que buscaban».

Yo tuve la suerte de que Soraya estaba abriéndose camino en el mundo musical y pronto sacaría su primer álbum. Quería que se hiciera mucha promoción publicitaria, y un escándalo sexual era una superbomba. Nada de mala publicidad y cosas de esas. Además, a aquella intrépida estrella de las redes sociales no le daba miedo encararse con Perry, a quien ya odiaba porque este se había inventado un apodo repugnante para su mejor amiga, otra *influencer*, y había hecho que la pobre chica acabara yendo a terapia.

Soraya era una de las pocas figuras públicas con las que Perry había intentado no meterse, a causa de sus fans. Sin embargo, gracias a unos cuantos empujoncitos de mi parte, el tipo había cedido cuando la jugosidad de la historia parecía mayor que su instinto de supervivencia.

Entré en mi oficina. Hacía semanas que no me sentía tan ligera.

Bryce también sabía que iban a publicar esa historia. Yo no arrastraría a alguien que es inocente y lo metería en mis planes sin habérselo comentado previamente, pero tanto a él como a su esposa les había parecido bien el plan. El escándalo que había supuesto su boda ya había amainado y les interesaba que su relación siguiera llamando la atención del público.

Después de que Soraya subiera un video negándolo todo, acompañado con fotos y recibos que demostraban que estaba en Europa el fin de semana durante el cual, teóricamente, debía haberse escapado con Bryce, sería solo cuestión de tiempo para que sus seguidores empezaran a despedazar a Perry.

Arruinar a Perry no solucionaría el dilema de Pen, pero al menos me daba cierta sensación de control, cosa que necesitaba desesperadamente. Entre salir con Xavier y el sabotaje de Perry, mi vida, desde ese viaje a España, se había descontrolado.

Encendí la computadora y luché contra la necesidad de volver a leer las novedades que me había pasado Xavier sobre Pen. La situación podía haber cambiado desde que me dio los archivos, pero esperaba que, en las vacaciones que estaban por venir, George y Caroline no fueran a hacer nada demasiado cruel. Mantenían a Pen alejada del punto de mira tanto como podían, pero la gente seguiría preguntándoles si habían enviado, misteriosamente, a su hija pequeña al extranjero justo antes de Navidad.

La única cosa más potente que su deseo de fastidiarme era su deseo de mantener las apariencias. Y eso quería decir que tenía hasta Año Nuevo para encontrar una solución, porque no volver a ver a Pen nunca más no era una alternativa.

Me pasé la mañana y gran parte de la tarde respondiendo llamadas y cerrando hilos de correos electrónicos antes de las vacaciones. Estaba revisando la entrevista de Asher con *Sports World* cuando alguien abrió la puerta de par en par.

Levanté la cabeza, esperando encontrarme a Jillian o Xavier. Cuando vi la delgada figura de mi hermana, la estupefacción se apoderó de mí.

—Eres una perra.

Arqueé las cejas ante aquel mordaz saludo. Georgia solía ser más sutil.

—Eso es algo subjetivo, pero yo solo soy una perra con quien se lo merece —respondí, recomponiéndome de la sorpresa inicial y sonriéndole con frialdad—. Por ejemplo, cuando alguien se presenta en mi oficina sin que la haya invitado y me ataca antes de que me haya tomado mi segundo café.

Georgia se detuvo justo enfrente de mi escritorio. Su piel, impecable, estaba repleta de manchas rojas y vi que le temblaba un músculo debajo del ojo. Nunca la había visto tan molesta, ni siquiera cuando la abuela dejó estipulado en el testamento que me dejaba su colección *vintage* de Chanel a mí y no a ella.

—Bentley me contó lo que hiciste —me espetó.

—¿Ah, sí? —Esto iba a ser bueno—. ¿Y qué hice? Ilumíname, por favor.

—Intentaste cogértelo. Lo llamaste, fingiste que tenías algo importante que contarle y que él tenía que saber y le propusiste que se vieran a la hora del *brunch* que celebramos las chicas de la Sociedad Windsor Rose después de Acción de Gracias porque sabías que yo tendría el día ocupado. —Aquellos ojos azules le resplandecieron con animadversión—. ¿Intentaste seducir al marido de tu hermana embarazada? Esto es caer bajo hasta para ti.

—No más que tú, que te cogiste al prometido de tu hermana en la sala de la casa donde vivían los dos la víspera de Año Nuevo.

Georgia apretó los labios.

—Vamos. Eso fue hace años. Además, Bentley tenía un buen...

—Ahórrame tus estupideces, Georgie. —Odiaba que la gente la lamara así, por eso lo hacía siempre que tenía la oportunidad—. No pienso volver a tener la misma conversación que ya hemos tenido un millón de veces en el pasado, pero sí voy a decirte algo: no somos las mismas personas que en esa época y yo no volvería a ponerle una mano encima a Bentley ni aunque me pagaras un millón de dólares. —Volví a centrar mi atención en la computadora—. Si tanto lo quieres, puedes quedártelo.

—Eres muchas cosas, Sloane, pero no te tenía por mentirosa. —Georgia me tiró el celular en el escritorio—. Quedaron de verse el sábado. No me mientas.

Bajé la vista. «Vaya cabrón». Bentley me había sacado una foto en el bar mientras pedía la copa y estaba distraída. A un costado, también se apreciaba su mano y su Rolex favorito.

No sabía qué lo había poseído como para hacer eso (igual lo habría hecho para cubrirse las espaldas o por una cuestión de chantaje), pero el tipo era más tonto que un zapato. Aquella foto era más incriminatoria para él que para mí.

—Sí, quedé de verlo. Después de que fuera él quien me llamara a mí y me dijera que quería hablar. —Le pasé el teléfono desde el otro lado del escritorio—. El que se me insinuó fue él, Georgie. —No entré en detalles de lo que me había dicho. Todavía.

Ocurrió tan rápido que casi ni me di cuenta. A Georgia le cambió la expresión una milésima de segundo, pero fue lo suficiente para hacerme pensar que, a lo mejor, el paraíso estaba atravesando turbulencias desde antes de que accediera a ver a Bentley.

—Estás mintiendo.

—O sea, ¿que eso de que le tiraste un jarrón de Lalique a la cabeza es mentira?

Se quedó petrificada.

Lo del jarrón era algo ínfimo y muy específico que yo nunca habría sabido de no ser porque Bentley me lo hubiese contado. De pequeña, Georgia no estaba acostumbrada a ir tirando artículos caros de la casa por ahí.

—Eso no quiere decir nada —contestó, bastante más pálida que cuando había entrado—. Es algo que pudo haber salido sin más en plena conversación.

—Pues no me creas. Mi trabajo no consiste en tener que

convencerte de la infidelidad de tu marido. —Se me enfrió aún más la voz—. Pero te recuerdo una cosa, Georgie: si me engañó contigo, también puede engañarte a ti. —Guardé silencio y dejé que la mezquindad hiciera el resto—. Y otra cosa: el karma es cabrón.

Las manchas rojas de antes hicieron una gloriosa reaparición y se le esparcieron por la cara y por el cuello, tiñéndole la piel de un rojo escarlata.

—Por eso nadie quiere estar contigo, Sloane —siseó. Cuando se sentía amenazada, sacaba las garras, y ahora mismo le brillaban amenazantes y letales bajo la luz de la oficina—. Eres una víbora desalmada; siempre lo has sido. Ni siquiera lloraste cuando mamá murió. ¿Qué clase de monstruo enfermo y despiadado no derrama ni una sola lágrima al perder a su propia madre?

El hielo me inundó las venas y me heló desde el interior.

Podía gestionar cualquier cosa que dijera sobre nosotras, sobre Bentley o sobre mi distanciamiento, pero, para no variar, Georgia sacó a colación el único punto débil que me quedaba: la idea de que tenía algún problema interno, que me pasaba algo porque no sentía las emociones como una persona «normal». El temor de ser un monstruo vestido de persona, desprovisto de compasión e incapaz de establecer conexiones genuinas.

Sabía que no era del todo cierto. A fin de cuentas, quería a mis amigas y a Pen, y había conectado con Xavier más que con cualquier otro hombre en el pasado, incluido Bentley. Sin embargo, a menudo el miedo invalidaba la razón, y Georgia me había arrancado los puntos de sutura de las heridas con una diligencia alarmante.

Me levanté y me reconforté al verme más alta que ella. Mi hermana tenía la extraordinaria capacidad de hacerme sentir pequeña, pero yo preferiría morir antes que dejar que lo viera.

—Sal de mi oficina —le ordené en voz baja a modo de advertencia.

Georgia me ignoró.

—Menos mal que se deshicieron de Rhea. —Cuando olisqueaba un punto débil, era como un tiburón siguiendo el rastro de sangre—. Total, era una niñera pésima y no me habría gustado nada que Penny creciera con una traicionera mentirosa en casa. ¿Cuánto dinero le diste para sobornarla?

—Sal-de-mi-oficina.

—Hablando de deshacerse de los demás, sabes que Xavier te dejará. —Georgia volvió a darme en otro punto flaco con una puntería impecable—. Seguro que salir contigo ahora, al principio, es toda una novedad. Todo el mundo quiere derretir a una persona tan fría como tú; Bentley dice que es la única razón por la cual te pidió matrimonio. Le gustaba saber que era él quien te había domado, pero enseguida se dio cuenta de que se equivocaba, ¿verdad que sí? —Ladeó la cabeza; tenía una expresión despiadada en el rostro—. Imaginémonos ahora a Xavier. Rico, guapísimo, acostumbrado a pasárselo bien... ¿Cuánto tiempo crees que tardará un tipo como él en aburrirse de estar con alguien como tú? Xavier no...

—Desde que te vio en el hospital, se ha puesto aún más paranoica. Me acusó de estar mirándote y de quererte todavía —fue diciendo la voz de Bentley desde la grabadora de mi teléfono. Georgia se quedó helada y, al oír las palabras de su marido, se le fue desdibujando la sonrisa—. Dijo que ella era mi segunda opción y que siempre la comparaba contigo. La cosa es que... No se equivoca.

No aparté la mirada de la cara de mi hermana, que iba palideciendo con rapidez mientras seguíamos escuchando la grabación de mi charla con Bentley. Si no le había enviado el audio justo al salir del bar había sido por un motivo: quería ver cómo reaccionaba. Y su expresión estaba siendo tan gloriosa como me había imaginado.

Por una vez, Georgia se quedó sin palabras.

Una parte de mí se había planteado no compartirle ese audio, pero eso había sido antes de que entrara iracunda en mi oficina, me acusara y me ignorara tras pedirle que se fuera.

Si tanto quería quedarse, que lo hiciera, pero bajo mis putas condiciones.

Las palabras que me había dicho antes aún me dolían, pero la satisfacción de verla temblar de rabia fue suficiente para entumecer aquellas heridas durante un rato.

—Preocúpate menos por mi relación con Xavier y más por tu matrimonio —señalé, en un tono frío y calmado—. A Bentley le bastó con encontrarme una sola vez por casualidad para volver arrastrándose a mí. A diferencia del resto, yo prefiero estar con alguien que entienda lo que es la lealtad, pero soy capaz de irme y no volver a pensar en el tipo en cuestión ni un solo segundo. Tú, en cambio, estás atada a él. —Levanté los hombros como quien no quiere la cosa—. Quizá podrían intentar ir a terapia de pareja o algo así. Me imagino que ser el segundo plato de alguien no es fácil, pero a estas alturas ya deberías haberte acostumbrado. Parece que tú solo quieres lo que yo ya tuve antes.

A Georgia se le fue manchando más aún la piel a medida que yo iba hablando. Para ella, esto era lo peor que le podía pasar: no solo porque acababa de oír la mierda que había ido soltando Bentley sobre ella a sus espaldas, sino porque sabía que yo, en concreto, estaba al tanto de su humillación. No le gustaba nada quedar en ridículo delante de su «competencia», y por más que ella y sus amigas intentaran superarse entre sí constantemente, para mi hermana yo siempre había sido su mayor rival.

Si había algo en esta vida que Georgia Kensington no toleraba era quedar en segundo lugar.

—Y ahora, si ya terminaste, tengo trabajo que hacer. —Me recosté de nuevo en la silla—. Xavier y yo vamos a cenar al Monarca y no quiero llegar tarde.

El Monarca era uno de los restaurantes más exclusivos de la ciudad. Hasta a mi padre le costaba reservar mesa.

—Tsss —soltó Georgia—. El Monarca está pasado de moda. Ya nadie come allí.

Era la respuesta menos ingeniosa que le había oído jamás a mi hermana. Apenas volví a mirarla hasta que dio media vuelta y salió de la oficina sin terciar palabra.

Esperé a que se cerrara la puerta y hubieran pasado unos cuantos segundos antes de dejar que el desprecio se me desdibujara del rostro.

¿Qué clase de monstruo enfermo y despiadado no derrama ni una sola lágrima al perder a su propia madre?

Menos mal que se deshicieron de Rhea.

Sabes que Xavier te dejará.

Ahora que ya se había ido, las provocaciones de Georgia llenaron su vacío. Y, como ya no podía aferrarme al orgullo, de repente me sentí agotada.

Cerré los ojos e intenté respirar, a pesar de lo rápido que me latía el corazón. No me gustaba nada la forma en la que había caído en su trampa antes de interrumpirla y ponerle el audio de Bentley. No me gustaba nada lo transparente que le resultaba a mi hermana y cuán hondo se me clavaban sus palabras cuando ya debería ser inmune a ellas.

Sabía que estaba intentando hacerme daño y se lo había permitido de todas formas.

Me agarré al borde del escritorio con ambas manos. Ese gesto me hizo pensar en Xavier y, por extensión, en lo que había dicho Georgia.

Todo el mundo quiere derretir a una persona tan fría como tú.

¿Cuánto tiempo crees que tardará un tipo como él en aburrirse de estar con alguien como tú?

Nuestro periodo de prueba llegaba a su fin a finales de mes. Había evitado pensar en ello porque no estaba segura de cómo proceder: ¿seguía en una relación que me hacía inmensamente feliz y me arriesgaba a que se acabara algún día, o volvía al confort que suponía mi burbujita de soltera? Eso, claro está, suponiendo que tuviera elección y que Xavier aún quisiera seguir conmigo cuando expirara dicho periodo.

¿Y si él no quería?

Eso me facilitaría las cosas. No tendría que elegir y podría volver a mi vida anterior como si nunca hubiera pasado nada. Como si nunca nos hubiéramos besado ni hubiéramos flotado en una alberca bajo el cielo de la ciudad. Como si él nunca me hubiera agarrado la mano mientras conducía a toda velocidad para llegar al hospital o como si nunca hubiera organizado una noche de peli en una terraza un precioso día de otoño. Como si yo nunca lo hubiera reconfortado, nunca hubiera confiado en él y...

El mundo se volvió borroso por un segundo.

Como era tan poco habitual en mí, me desconcertó tanto que me costó entenderlo. Y, cuando lo hice, un peligroso haz de esperanza me atravesó. Alargué el brazo y sentí que el aire se me quedaba atorado en algún punto entre los pulmones y la garganta.

Me llevé los dedos a las mejillas. Las tenía secas.

Pestañeé y volví a verlo todo con claridad.

«Cómo no».

Decepción y alivio se sumaron a la presión que notaba en el pecho. De repente, tuve la sensación de que mi oficina era demasiado pequeña y no había suficiente aire. Aún podía oler el perfume de mi hermana, y se me revolvieron las tripas.

Tenía que irme de aquí antes de que me asfixiara.

Cuando salí, me encontré a Jillian esperándome al otro lado de la puerta.

—Sloane, lo siento mucho —me dijo con expresión afligida—. Intenté detenerla, pero me ignoró por completo, y cuando ya estaba dentro, no quise...

—No pasa nada. —Al menos no me tembló la voz. «Gracias a Dios que no se torció todo»—. Por favor, llama a los de seguridad y pídeles que no vuelvan a dejar a entrar a Georgia Kensington-Harris ni a Bentley Harris. Si alguno de los dos se acerca a menos de trescientos metros de mi oficina, quiero que llamen a la policía.

—Hecho. —Jillian se mordió el labio inferior—. ¿Estás bien? ¿Quieres, eh..., una dona?

Jillian creía que el azúcar era la solución a cualquier problema.

Casi sonreí, pero a mis músculos faciales no les salió.

—No, gracias. Me voy a ir a casa a trabajar lo que queda de día. Dile a Tracy que se ocupe de supervisar la entrevista de *Curated Travel* con los Singh por mí. —Le di unas cuantas instrucciones más antes de irme y me fui caminando hasta el departamento en lugar de tomar un taxi.

Nada me despejaba la mente como una buena caminata.

Extrañaba a Pen. Extrañaba a Rhea. Incluso echaba de menos aquel diminuto rayo de esperanza de que mi hermana y yo nos reconciliáramos algún día, lo cual era paradójico si teníamos en cuenta que a mí nunca me había dado la sensación de encajar del todo en mi familia. Aunque en su momento sabía fingir. Y en las ocasiones en las que una está demasiado cansada para luchar, con fingir basta.

Lo ocurrido en la oficina había arruinado aquella esperanza de raíz. Y ya no quedaba nada.

«En cuanto a lo de Xavier...».

Entré en mi edificio y me metí en el elevador justo antes de que se cerraran las puertas.

En cuanto a lo de Xavier, él no me había dado ninguna pista que indicara que quería que lo dejáramos. Se había mostrado constantemente alentador y cariñoso conmigo desde que habíamos empezado a salir. Dudar de él sería una estupidez. ¿No?

Cuando salí del elevador y abrí la puerta del departamento, conseguí arrinconar las provocaciones de Georgia. No podía controlar lo bien que se le daba meter el dedo en la llaga, pero lo que sí podía controlar era cómo reaccionaba yo a todo esto, y ya le había regalado más energía de la que se merecía.

«Olvídate de lo que dijo. Céntrate en el trabajo».

Encendí las luces y me quité los zapatos con los pies. Tenía una buena hora y media para trabajar antes de ir a cenar con Xavier. Una parte de mí quería pedirle que aplazáramos la cita, pero siempre que lo veía me sentía mejor. Después de esta mierda de día, necesitaba verlo.

Necesitar...

Nunca había necesitado a nadie, y la idea de necesitar a Xavier hizo que un escalofrío me recorriera entera. O por miedo o por placer; no lo tenía del todo claro.

Tiré la *totebag* al sofá y, justo cuando iba a ponerme algo de ropa más cómoda, me detuve. Miré a mi alrededor con los pelos de punta.

Algo no estaba bien.

El departamento estaba en silencio. En un silencio brutal.

Despacio, tomé el aerosol de gas lacrimógeno que tenía en la bolsa mientras paseaba la vista por la televisión, los libreros y la puerta de mi habitación. Todo seguía igual que como lo había dejado esta mañana. ¿Por qué...?

Me fijé en la mesita auxiliar.

Encima descansaba la pecera de El Pez, limpia y clara.

En la pecera, El Pez solía nadar a sus anchas, saludándome con sus escamas naranjas cada vez que yo entraba por la puerta.

Pero esta vez no fue el caso.

El Pez estaba flotando boca arriba, con los ojos hundidos y las pupilas nubladas.

El aerosol se me cayó al suelo, pero el rugido del flujo de sangre en mis oídos acalló el golpe. No pude recogerlo.

Muerto. Estaba muerto. Muerto.

No entendí el manantial de dolor que se me esparció por el pecho ni el temblor que hizo que se me debilitaran las rodillas. No encontré una explicación clara de por qué me ardían los ojos ni de por qué, de repente, en mi departamento se respiraba una inmensa sensación de vacío.

No estaba preparada para nada de eso, porque El Pez no era una mascota linda a la que pudiera acariciar y que me hubiera comprado *motu proprio*. Se había convertido en mi mascota por defecto, porque lo había abandonado un desconocido y yo había dejado que se quedara aquí temporalmente mientras esperaba el momento oportuno para encontrarle un nuevo hogar. Nunca me había apoyado la cabeza en el regazo cuando estaba triste ni me había traído un juguete para que se lo lanzara, porque era un puto pez.

Aun así, había convivido cinco años con él. Y durante cinco años, en este árido departamento, yo solo lo tuve a él y él solo me tuvo a mí.

Me hundí en el sofá y deseé poder ponerme a llorar para deshacerme de la presión que se me iba amontonando en el pecho.

Una vez. Solo quería sentir aquel alivio una única vez. Pero, para variar, no lo conseguí.

Y, al cabo de una eternidad, cuando dicha presión se volvió insoportable y mi voluntad por luchar se redujo a la nada, me limité a acurrucarme en el sofá, a cerrar los ojos para mitigar el dolor y a fingir ser otra persona en algún otro lugar, porque eso era lo único que había sido capaz de hacer en toda mi vida.

34
Xavier

Algo no iba bien.

Tenía una reservación para cenar con Sloane a las siete, y eran las siete y cuarto. Para la mayoría, llegar quince minutos tarde no era el fin del mundo; para Sloane, sí. Ella nunca llegaba tarde.

No me había respondido a ningún mensaje, y si le llamaba, me entraba directamente el buzón.

Volví a mirar el reloj de muñeca. A cada minuto que pasaba, me preocupaba más. Antes había llamado a su oficina y Jillian me había dicho que se había ido hacía un par de horas para trabajar desde casa. ¿Se habría quedado dormida? ¿La habrían atracado? ¿Habría tenido un accidente de tráfico y estaría en el hospital?

Una fría ola de terror se apoderó de mí con solo pensarlo.

—A la mierda.

Hice caso omiso de la escandalizada mirada asesina que me dedicó la pareja que tenía al lado y tomé el saco del respaldo de la silla. No pensaba quedarme aquí sentado cual idiota mientras Sloane tal vez estaba desangrándose en alguna parte.

Dejé un billete de cincuenta en la mesa por las molestias

causadas y fui directo a la salida. A lo mejor estaba exagerando y Sloane aparecería justo después de que yo me fuera, pondría los ojos en blanco y resoplaría porque me había precipitado al sacar conclusiones, pero dudaba que iba a ser el caso.

Y aunque no estuviera herida de gravedad, seguía estando herida. Lo sentía. Un insistente cóctel formado por el instinto y la intuición hizo que me subiera a un taxi y me dirigiera a su departamento.

Le di la dirección al taxista y, acto seguido, sonó mi celular.

Se me aceleró el pulso, pero se me detuvo al momento. No era Sloane; era de la oficina de Vuk.

—Buenas tardes. Soy Willow, la secretaria del señor Markovic. Llamo con relación al mail que nos envió esta mañana —me explicó una suave voz femenina desde el otro lado de la línea—. Al señor Markovic le gustaría que le enseñara la bóveda cuanto antes. También querría hablar con usted de unos cuantos asuntos relacionados con su colaboración. ¿Le vendría bien ahora?

—Hey, Willow. Me alegra oír todo eso, pero... —El taxi se detuvo bruscamente al llegar a un *stop* y luego volvió a arrancar a paso de caracol. ¿Cómo demonios me había podido tocar el único taxi lento de todo Manhattan?—. Me atrapas en plena emergencia personal y no puedo hablar ahora mismo.

Tras una larga pausa, preguntó:

—Solo para aclararlo: ¿rechaza la reunión?

—Pospongo la reunión debido a la emergencia que acabo de mencionar. —Tapé el teléfono con la mano y me incliné hacia delante—. Si estoy ahí en diez minutos, le doy cien dólares de propina.

El taxista aceleró de inmediato.

Sloane se quejaba constantemente de la cantidad de efectivo que llevaba siempre encima, pero me venía de maravilla en momentos como este.

Volví a centrarme en la llamada.

—Por favor, dile al señor Markovic que lo siento. Hablaré con él encantado en cualquier momento, pero ahora no puede ser. En cuanto a lo de ir a la bóveda, por favor, mándame su disponibilidad por correo electrónico y buscaré un espacio.

Colgué antes de que le diera tiempo de responder. Estaba demasiado enervado como para discutir o mantener una conversación de ese tipo en tono profesional.

Puede que acabara de cavar mi propia tumba al insultar a Vuk justo después de que firmara los documentos para asociarse conmigo, pero lo único que me preocupaba ahora mismo era asegurarme de que Sloane estaba bien.

El taxista paró justo enfrente del edificio. Le pagué el viaje y otros cien dólares más y salí corriendo del vehículo. Era la primera vez que iba a su departamento (siempre nos habíamos quedado en mi casa o en un hotel), pero doscientos dólares, una foto que tenía en el celular en la que salíamos Sloane y yo y una llamada sin respuesta a su departamento consiguieron que el conserje me dejara pasar.

No respondía el teléfono. ¡¿Por qué no respondía el teléfono?!

Unas imágenes de Sloane inconsciente en el suelo de la habitación o ahogándose en la tina o..., carajo, qué sé yo, desangrándose porque se había cortado una de las arterias principales con un cuchillo me inundaron la mente.

A veces odiaba mi imaginación a más no poder.

El elevador se detuvo en su piso. Salí como bala al pasillo y pasé volando por delante de unos cuantos departamentos hasta llegar al suyo.

—¡Sloane! —Aporreé la puerta—. Soy Xavier. ¿Estás ahí?

Obviamente, si estaba inconsciente, no podía contestar. v haberle pedido al conserje que me acompañara para que pudiera abrir en caso necesario.

Volví a tocar a la puerta mientras no paraba de imaginarme un montón de cosas. Podía quedarme aquí y esperar un minuto más a que respondiera. Podía bajar la escalera a toda prisa y que subiera el conserje. Podía llamarle y pedirle que subiera, pero tenía más probabilidades de convencerlo de que abandonara su puesto si lo hacía cara a cara.

Cada segundo contaba y...

¿Ese sonido venía del otro lado de la puerta?

Me detuve. Ojalá el corazón me latiera más despacio, para oírlo con más claridad. Había oído una especie de crujido, estaba convencido, y le había seguido el clic de un seguro.

Cuando la puerta se abrió, apareció Sloane. Melena rubia, ojos azules y una piel de porcelana, desprovista de sangre o de moretones.

El alivio se abrió paso entre el pánico, pero desapareció rápidamente en cuanto me fijé en su atormentada mirada y en las marcas de tensión que le envolvían los labios.

—Hey. —Alargué el brazo para agarrarla, pero me detuve antes de poder hacerlo por miedo a que se rompiera bajo mi tacto. Sloane siempre era muy fuerte, pero en aquel preciso instante, parecía delicada. Frágil—. ¿Qué pasa?

—Nada. —Entró para dejarme pasar y evitó mirarme a los ojos todo el moretones.

—Sloane —dije a modo de pregunta, súplica y orden, todo a la vez.

Detestaba hablar de sus problemas con los demás. Sin embargo, si se los iba quedando todos para sí misma, acabaría explotando en algún momento.

No sé qué oyó cuando pronuncié su nombre, pero le tembló la barbilla. Aun así, cuando respondió, lo hizo sin emoción alguna en la voz.

—El Pez murió.

—El... —«El Pez». Su pez mascota. Se me revolvieron las tripas—. Demonios. Lo siento mucho, Luna.

A Sloane no le gustaban nada los clichés, pero lo dije en serio. Cuando murió Hershey, estuve desconsolado. Era una de las razones por las cuales no había vuelto a tener ninguna mascota. No quería volver a pasar por el dolor que suponía una pérdida como esa.

—No pasa nada —respondió.

Giró la cabeza y le seguí la mirada hasta la hoja de papel que había en la mesita.

La observé más de cerca y vi que había una lista, cuidadosamente mecanografiada, de instrucciones para atender bien a El Pez:

1. Darle un gránulo al día cada día menos los domingos. NO darle más cantidad de la estipulada o comerá demasiado.
2. Los domingos, darle una artemia congelada para una alimentación más rica.
3. El agua debe estar a una temperatura constante de 23 grados Celsius.

El resto de la lista lo tapaba otro papel, pero claramente Sloane le había puesto mucho empeño.

—Solo era un pez. —Tomó las instrucciones, las rompió y las tiró al bote de basura que había ahí cerca—. Al final de todo, ni siquiera era mío. No podía salir de la pecera, hacer ruido o cualquier otra cosa típica de una mascota. No es el más listo ni el más lindo, y seguramente no sabe... —Volvió a temblarle la barbilla—. Vaya, que probablemente no sabía o no le importaba quién era yo, siempre y cuando le diera de comer.

—Lo tuviste durante años —señalé con delicadeza—. Es normal que te duela que se haya muerto tu mascota.

—A los demás sí. A mí no. —Me miró el saco y los pantalones. No solía vestirme tan formal, pero el restaurante tenía un código de vestimenta muy estricto. Al asimilarlo, se le desdibujó un poco el estoicismo de la cara—. Teníamos reservación para cenar, ¿no? Lo siento. Regresé un poco antes para trabajar, pero cuando llegué a casa y lo vi, tuve que pensar qué haría con el cadáver. Y luego tuve que limpiar la pecera porque no tiene sentido que siga aquí ahora que está muerto y cuando fui a la cocina y vi todas las bolsas de comida para pez que quedaban y que ya nadie va a necesitar, obviamente, yo...

—Sloane. No pasa nada. Solo era una reservación. —Le levanté la barbilla para que me mirara a los ojos—. No era importante.

Tragó saliva. Tenía el contorno de los ojos y la nariz de un color rosado.

—Sí —dijo con un tono grave—, supongo que no.

La acerqué a mi pecho y no opuso resistencia. Y, cuando se acurrucó en mí, aunque fuera solo un poco, me entraron ganas de abrazarla muy fuerte y no soltarla jamás.

—¿Qué hiciste? —preguntó—. Cuando Hershey...

—Lloré —confesé—. Mucho. Era mi mejor amigo. Por suerte, estaba fuera, con la empleada doméstica, cuando se produjo el incendio en el que... —Al acordarme de Hershey corriendo hacia mí al despertarme, vacilé. Tras el accidente se negó a dejarme solo, como si supiera que si no tenía algo a lo que agarrarme, me derrumbaría—. De no haber sido por él, no sé cómo habría salido adelante esos primeros meses. Fui a terapia de apoyo emocional durante un tiempo, pero no me fue tan bien como el simple hecho de tener a Hershey a mi lado.

A Sloane se le destensaron sutilmente los hombros mientras yo le iba contando mi experiencia. Cuando terminé se quedó entre mis brazos, y luego, con un hilo de voz, me explicó:

—A mí también me ayudó tener a El Pez. En su momento no me di ni cuenta, pero cuando sentía el bajón me venía bien tener a alguien o algo con quien hablar. —Me hundió aún más la cara en el pecho, como si se avergonzara de lo que iba a decir a continuación—. Me da tristeza que se haya muerto. Nunca llegué a ponerle un nombre de verdad.

—Bueno, era un pez —contesté, con pragmatismo—. Peores nombres le podrías haber puesto.

Su risa, acallada por mi pecho, me hizo sonreír. Sabía que a Sloane le costaba muchísimo reconocer sus emociones en voz alta, de modo que esa confesión que parecía tan pequeña era, en el fondo, un paso enorme para ella.

—Bueno, por eso iba retrasada —concluyó—. Perdimos la reservación, pero si me das quince minutos, puedo cambiarme y...

—Olvídate de la cena. Pediremos algo a domicilio y veremos la nueva película de Cathy Roberts. —Además, yo prefería quedarme aquí que ir a algún restaurante atiborrado de gente.

Sloane levantó la cabeza.

—¿Esa en la que una ricachona de la gran ciudad se ve obligada a mudarse a la Australia rural y se enamora de un ranchero arisco aunque superguapo? —preguntó esperanzada.

—Sip. Hasta te dejaré que escribas una malévola reseña en paz sin cuestionar tu injusta dureza contra los pobres actores o el pobre guionista.

Le resplandecieron los ojos.

—Hecho.

Mientras yo pedía la comida, Sloane preparó la película y tomó su libreta de reseñas y una pluma.

De todos modos, cuando salieron los créditos iniciales, se mostró algo dubitativa. Su rostro fue el campo de una batalla secreta antes de que volviera a hablar:

—Otra cosa... Hoy vino Georgia a verme a la oficina. Me acusó de intentar seducir a Bentley.

Desvié la vista de golpe hacia ella. Aquella declaración me vino tan de la nada que no pude sino quedármele mirando, perplejo, mientras me contaba lo ocurrido con su hermana y con Bentley durante el fin de semana.

Sin embargo, cuanto más escuchaba, más se iba apoderando de mí el enojo, de forma lenta aunque sofocante. Lo mantuve bien a raya, de momento, pero ni de puta broma iba a dejar que alguien hablara a Sloane como lo habían hecho Georgia y Bentley.

—Debí haberte contado antes lo de la llamada, pero no sabía lo que quería Bentley y no tenía ganas de dejar un mal sabor de boca el fin de semana de Acción de Gracias. —Sloane se dio un golpecito en la rodilla con la pluma. Era un tic nervioso que tenía y del cual me había dado cuenta hacía años, al poco tiempo de haber empezado a trabajar juntos. En esa época, era una de las pocas grietas que tenía su perfecta fachada—. Georgia me hizo enojar un montón y, como estaba demasiado molesta para quedarme en la oficina, vine a casa. Y entonces vi... Bueno. —Carraspeó—. No sé por qué te lo estoy contando, pero supuse que deberías saberlo. Solo por si alguien intenta sacar de contexto el hecho de que lo vi.

Sentí una cálida ola arremolinándoseme en el estómago y calmándome la furia. Me tragué todas las palabras que había ido escogiendo para su ex y me limité a contestar:

—Puedes contármelo todo.

Sloane dejó de mover la pluma.

—Lo sé —respondió con un hilo de voz más sutil aún que el de antes.

Y así, un tabique esencial y diminuto que tenía alrededor del corazón se me desmoronó.

Después de eso, no dijimos mucho más. Sin embargo, entrada la noche, cuando la peli se acabó y la comida que aún no nos habíamos terminado se enfrió, llevé a una soñolienta Sloane a su cuarto y la tapé con el edredón.

Se quedó dormida antes incluso de acabar de apoyar la cabeza en la almohada. Había tenido un día largo y muy cargado a nivel emocional, pero me alegré de ver que se quedaba dormida con tanta paz al estar yo aquí.

Mientras le apartaba un cabello de la cara con cuidado, dejándole a la vista la sinuosidad del pómulo y las oscuras semilunas que dibujaban las sombras de sus pestañas, oí el eco de la pregunta que me había hecho Pen en el centro de simulación.

Y me pregunté, dejando que mi mente volara del primer segundo en que nos conocimos en su oficina a este preciso instante, aquí y ahora, cómo diablos me había enamorado yo de Sloane Kensington.

35
Xavier

No se lo confesé a Sloane. Todavía no.

No estaba seguro de si aquel sentimiento era mutuo, y tenía que encontrar la forma de decírselo sin asustarla.

Lo que sí hice, en cambio, fue quedarme con ella la noche del lunes al martes, hasta que se fue por la mañana para ir a trabajar y yo le devolví la llamada a Vuk, me disculpé y confirmé que podíamos ponernos de acuerdo ese mismo mes, aunque más adelante, para ir a ver la bóveda. El resto del día lo destiné a obligaciones de la discoteca.

El miércoles me ocupé de unos asuntos no tan oficiales.

El club de tenis privado Arthur Vanderbilt era uno de los más antiguos de la costa Este. Era el refugio favorito de aquellos que vestían con camisetas tipo polo y jugaban al polo; el acceso anual costaba un riñón y parte del otro, y era famoso porque, una vez, la superestrella del tenis Richard McEntire, que jugaba como visitante, atacó a un recogepelotas con la raqueta y le dejó sin unos cuantos dientes. Personalmente, desconocía hasta qué punto se le podían romper los dientes a alguien con una raqueta, pero, por lo visto, era posible, porque McEntire y el club llegaron a un acuerdo por la increíble cantidad de dos millones de dólares.

Como Castillo que era, yo tenía acceso directo. Así pues, el miércoles por la tarde, casi terminada la hora de comer, cuando los banqueros que nadaban en la abundancia iban a las canchas interiores a practicar deporte y a mantener conversaciones de hombres, comencé a caminar por los pasillos hasta llegar al vestidor de hombres.

Una ruidosa cacofonía me dio la bienvenida al entrar. El aire estaba cargado de vapor y opacaba parcialmente los tablones de color caoba y la multitud de *bros* del mundo financiero mientras se iban cambiando para regresar al trabajo. Aun así, no me costó demasiado encontrar a la persona a quien andaba buscando.

Bentley Harris II se encontraba en el solicitado pasillo central. Estaba ocupado riendo y haciendo bromas con unos cuantos tipos que parecían sus copias exactas: un pulcro corte de cabello, barba bien rasurada y a medio vestir con sus trajes formales.

Como estaba de espaldas a mí, no me vio acercarme.

—La nueva recepcionista está buena, pero es rubia —dijo—, y bastante tengo ya de eso en casa. Últimamente, Georgia es una cabrona que no veas. El lunes volvió enojadísima por... ¿Qué?

Uno de sus amigos se percató de mi presencia y le dio un golpe en el brazo.

Bentley se dio la vuelta, y al verme, le cambió la expresión a una más rancia.

—Harris —lo saludé con un tono amable, como quien saluda a un antiguo compañero de clase o a alguien a quien conoce y con quien tiene buena relación.

—Castillo —respondió él con frialdad—. No sabía que eras miembro del club.

—Me ofrecieron una membresía de cortesía cuando me mudé a Nueva York —respondí, perezoso, escondiendo la rabia que tenía amontonada en el estómago con una sonrisa—. Aunque no la utilizo demasiado, claro. ¿Para qué venir aquí cuando puedo ir al Valhalla?

Una ola de vergonzosa incomodidad se coló en el aire, sutil aunque evidente.

En realidad, tampoco es que fuera demasiado, pero todo el mundo sabía que aquel club de tenis era el premio de consolación para las personas que no conseguían acceso al Valhalla. Como Bentley y compañía, por ejemplo.

A este le tembló la barbilla y desvió la vista rápidamente hacia sus amigos antes de soltar una risa forzada.

—Pues qué suerte tenemos de verte por aquí, entonces —se burló—. ¿Ahora perdiste estatus o es que por fin te echaron del Valhalla porque se dieron cuenta de que podrían darle tu puesto a alguien que valga más la pena?

—¿A alguien como tú, quieres decir? Lo siento mucho, pero siguen llenos —contesté, arrastrando las palabras—. Y en cuanto a lo de perder estatus, sí, tienes razón: vine a verte a ti.

El ruido del resto del vestidor amainó mientras todo el mundo intentaba fingir, sin éxito alguno, que no estaba escuchando. La hostilidad que se fue cociendo chisporroteó como si se tratara de electricidad estática justo antes de una tormenta, y el continuo goteo del agua de las regaderas sonó exageradamente fuerte en aquel ambiente tan cargado de tensión.

Bentley dio un paso hacia mí. Estaba sonriendo, pero los ojos le brillaban con rabia y enojo a causa de la humillación.

—Si quieres verme, pide cita —soltó con desacertada bravuconería. Pensaba que aquí, rodeado de sus amigos y del hedor a privilegio, estaba a seguro—. Yo no hablo con perdedores que no tienen ni trabajo.

La rabia que sentí el lunes por la noche se avivó de nuevo. Y no por lo que acababa de decirme a mí, sino porque me lo imaginé hablándole a Sloane con el mismo dejo insidioso y condescendiente.

—Ahí te equivocas —señalé con el mismo tono amable de antes—. No vine a hablar.

En ese instante, eché el brazo hacia atrás y le estampé el puño en la cara.

Se oyó el placentero ruido de un hueso al romperse y a este le siguió un aullido de dolor. La sangre le chorreó de la nariz mientras se tambaleaba hacia atrás y se desataba la tormenta que se había ido gestando, lo cual dio paso a un frenesí de gritos y abucheos mientras los demás ocupantes del vestidor se iban empujando los unos a los otros para poder verlo todo mejor.

A pesar de que nadie intervino, aquel alboroto no hizo sino enardecer el enojo que ardía, ágil y sofocante, en mi interior.

No me consideraba una persona violenta. Casi nunca había tenido que recurrir a la fuerza física para resolver un problema. Y en el caso de Bentley, no es que tuviera que recurrir a ella; es que quería.

Se recompuso lo suficiente para salir disparado hacia mí con los puños cerrados, pero yo ya estaba esperándolo.

Me aparté con rapidez para esquivar su fiero golpe y aproveché la ocasión para darle en el abdomen.

Se retorció a causa del impacto y se agarró el estómago, intentando respirar. No le di tiempo para recuperarse; lo agarré por el cuello y lo empotré contra el casillero que había más cerca.

—Primera y última advertencia —dije en voz tan baja que solo podía oírme él—. Si vuelves a tocar, a hablar o incluso a pensar siquiera en Sloane, haré que lo que Richard McEntire le hizo al recogepelotas con la raqueta de tenis parezca una nimiedad. Y eso incluye ponerte en contacto con ella de forma indirecta, sea la que sea. Si le complicas la vida de cualquier manera, acabarás expulsado de la alta sociedad de Nueva York tan deprisa que hasta la cabeza te dará vueltas.

—No tienes tanto poder como para hacer eso —contestó Bentley con desdén, a pesar de que sus turbios ojos escondían una pizca de miedo.

Para alguien como él, que te excluyeran de la alta sociedad era aún peor que el recibir unos puñetazos.

—¿Que no? —insistí en voz baja—. Tú ponme a prueba.

No solía abusar de la riqueza ni del apellido familiar, pero seguía siendo un Castillo. Tal vez ahora no pudiera acceder a mi herencia y tuviera reputación de hedonista, pero podía acabar con Bentley Harris II como si estuviéramos hablando de una puta mosca.

Y él lo sabía tan bien como yo. Por eso, cuando lo dejé caer al suelo cual costal de papas, no dijo nada.

—Pásale el mensaje a tu mujer —añadí serio—. También va para ella.

No pensaba tocar a Georgia. La relación que tuviera Sloane con su hermana era cosa suya, pero no por eso tenía que quedarme de brazos cruzados viendo cómo Georgia aniquilaba a la mujer que amaba.

Que amaba.

Era un concepto extraño; uno que no había experimentado en el pasado. Sin embargo, ahora que lo había identificado, no podía creer que hubiera tardado tanto en darme cuenta.

La forma en la que mi mente había ido almacenando hasta el más mínimo detalle sobre Sloane, tanto consciente como inconscientemente; la forma en la que sentía que me ahogaba si no respiraba su olor. Lo fácil que me resultaba compartir mis secretos con ella y cómo se me aceleraba el pulso siempre que la tenía cerca. Aquella calidez, aquellos celos, aquel feroz y exorbitante sentido protector.

La amaba. Total y perdidamente. Y no pensaba dejar que nadie le hiciera daño.

Bentley debió de percatarse del despiadado tono de mi voz, porque ni siquiera intentó quedar bien delante de sus compañeros. Los gritos de los demás se fueron convirtiendo en murmullos de decepción por lo rápido que había terminado la pelea, pero mi intención tampoco había sido alargarla.

A fin de cuentas, los tipos como Bentley Harris eran unos cobardes. Los cobardes no duraban ni dos segundos contra aquellas personas dispuestas a ponerles los puntos sobre las íes, y yo sabía, con una certeza cegadora, que ni él ni Georgia volverían a molestar a Sloane nunca más.

Pasé por encima de las piernas abiertas de Bentley y me fui. Él se quedó ahí, en el suelo, sangrando y humillado.

Al irme, no presté atención alguna al resto de los miembros ni tampoco aproveché las canchas que había vacías.

Mi misión aquí había terminado.

36
Sloane

Debería haberme avergonzado por venirme abajo de esa forma por un pez (¡un pez!), pero había sido algo sorprendentemente catártico; al menos, con Xavier. Tenía la impresión de que si hubiera abierto la puerta y me hubiera encontrado a otra persona, me habría sentido de una forma completamente distinta.

Pero no había sido el caso. Y Xavier había estado ahí. Y se había quedado.

Toda la noche.

Eso, para mí, ya era mucho, porque yo no le abría mi espacio personal a un tipo cualquiera. Pero Xavier no era un tipo cualquiera: era él. Y había notado una energía tan fuerte en casa cuando estuvo allí que lancé la precaución por la ventana y lo invité a pasar el fin de semana.

Sí, tal cual: yo, Sloane Kensington, había invitado voluntariamente a una persona a que pasara (vamos a contar...) una, dos, ¡tres! noches conmigo. Y sin miedo alguno.

«Pero ¿qué me pasó?».

Siguiendo esa dinámica de persona apagada y sentimental cuyo cuerpo habían abducido los aliens, el viernes por la noche intenté marcarme un Martha Stewart. El resultado fue... interesante.

—¿Has cocinado alguna vez?

Xavier estaba apoyado contra el marco de la puerta, mirando mi intento por preparar galletas con chispas de chocolate mientras los *cupcakes* se iban cociendo en el horno, y arqueó una ceja. Tenía una mirada divertida, aunque también escondía una pizca de inquietud.

Hasta esa noche, yo apenas había utilizado aquellos electrodomésticos. Solía comer fuera o pedir comida a domicilio; tenía la cocina como algo bonito y porque, de vez en cuando, me preparaba algún café.

—No, pero aprendo rápido.

Miré la receta que había impreso y arrugué la frente.

«Unir la mantequilla con el azúcar». ¿Qué diablos quería decir eso? ¿Que tenía que mezclar los ingredientes? En ese caso, ¿por qué no utilizaban el verbo «mezclar» en lugar de algo tan genérico y desesperante como «unir»?

—¿En serio? —Xavier no parecía del todo convencido, cosa que no me gustó.

—Sí.

A la mierda. Iba a mezclarlos.

—No es que no te crea, cielo, pero se te están quemando los *cupcakes*.

El sonido del detector de humo acalló el final de la frase y un fuerte olor me inundó las fosas nasales.

—¡Mierda!

Me di la vuelta justo a tiempo para ver cómo salía humo del horno. Abrí la puerta y tosí mientras una nube de humo de color gris pastel me envolvía entera.

Una mano quemada, una ventana abierta y unas cuantas abanicadas de revista después, el detector dejó de sonar y el silencio lo envolvió todo.

Nos quedamos mirando la bandeja de *cupcakes* quemados que había en la mesa.

Xavier tiró la revista que había utilizado para disipar el humo en la cubeta de reciclaje.

—Crumble & Bake hace envíos —dijo con delicadeza—. A lo mejor deberíamos pedir algo.

Se me hundieron los hombros.

—Supongo que sí.

Al cabo de media hora, nos encontrábamos acurrucados en mi sofá, con una película de Nate Reynolds y una caja de *cupcakes* de Crumble & Bake. Había abandonado la masa de galletas en la cocina; era lo mejor, pero no me hacía ni pizca de gracia.

—Quería probar algo nuevo —me quejé—. Saber cocinar es esencial en esta vida.

Me daba demasiada vergüenza reconocer que había intentado impresionarlo. Eso de que a una mujer se le tenía que dar bien la cocina me parecía tan estúpido y retrógrado... Hola, ¿no habían inventado la idea de pedir comida a domicilio justamente por eso? Pero Xavier me gustaba muchísimo y preparar algo me había parecido una bonita actividad doméstica para darle un poco más de vida al departamento.

Intenté no mirar hacia el costado de la mesa donde antes solía estar El Pez. Hacía días que había tirado la pecera, pero aún notaba su ausencia.

—¿Sabes qué más es esencial en esta vida? Vivir —bromeó Xavier—. Y me preocupa que vayas a incendiar la cocina si sigues intentando cocinar.

—Qué gracioso. —Hice una bola con un trapo y se lo tiré—. La próxima vez, lo intentas tú.

—No hace falta. Soy consciente de cuáles son mis talentos, y el culinario no es uno de ellos. —Tenía el brazo apoyado en el respaldo del sofá y me estaba acariciando el hombro con la punta de los dedos—. Pero a mí no tienes que cocinarme, Luna. Soy feliz pidiendo a domicilio.

—¿Porque en los restaurantes lo hacen mejor?

—Bueno... Sí.

Le di un golpe en la rodilla con la mía y él rio. A mí, a pesar del malhumor, se me dibujó una sonrisa.

Si le echaba las suficientes horas y me esforzaba, estaba convencida de que sería una repostera de diez. No podía ser que perdiera una batalla contra un poco de azúcar y harina, pero es que no me gustaba cocinar y tampoco tenía por qué ser buena en todo (aunque si quería, podía).

—Cambiando de tema a algo más positivo: bloquearon las cuentas sociales de Perry —le conté mientras, en la pantalla, Nate Reynolds se metía en un tiroteo con un grupo de mercenarios.

Xavier siempre veía comedias románticas conmigo, así que yo soporté aquel *thriller* de acción por él. La peli no era tan mala como me había imaginado. En realidad, era bastante buena y Nate era un regalo para la vista.

Xavier volvió a arquear las cejas; esta vez, sorprendido.

—¿Cuándo? Ayer por la noche aún estaban activas.

—Hace menos de una hora, justo antes de que se activara la alarma del detector de humo —respondí—. Vi el mensaje de Isa en la pantalla del celular.

Había buscado, ansiosa, la historia en internet mientras Xavier le pagaba al repartidor.

Después de que Soraya subiera su video a principios de semana, sus fans infestaron las cuentas de Perry con una determinación despiadada y consiguieron que le bloquearan absolutamente todas las redes sociales. Por lo visto, las plataformas habían rechazado sus apelaciones y Perry ya había subido un nuevo post en el blog pidiendo que le ayudaran a restablecer las cuentas.

Eso no haría que mi padre volviera a contratar a Rhea ni me facilitaría ver a Pen, pero era absolutamente gratificante.

—O sea, que ya se vengaron —señaló Xavier.

—Todavía no. Aún queda lo de su blog. —Repiqueteé en el celular—. Un pajarito me contó que Bryce lo va a denunciar por difamación y por el malestar emocional que le causó a su matrimonio.

—Mucha gente lo ha denunciado ya por difamación y nunca ha servido de nada.

—Pero ahora es distinto. Hay pruebas que demuestran que Perry actuó de forma imprudente, sin ser conocedor del tema, y subió una publicación sin contrastar ninguno de los «hechos».

—Perry Wilson en los juzgados. Digno de ver —dijo Xavier arrastrando las palabras—. Me sorprende que fuera lo suficientemente estúpido para hacer algo así. Tú dirás lo que quieras, pero el tipo suele vigilar más estas cosas.

Levanté los hombros.

—Ese ego masculino que tiene es su perdición constante. —Se me dibujó una diminuta sonrisa en los labios—. Además, puede que yo misma haya esparcido el rumor de que un blog foráneo estaba a punto de convertirlo en el escándalo del año.

Dejando de lado su mezquindad general, a Perry se le conocía por lo paranoico que estaba con que alguien le usurpara el trono.

—Sus publicistas ya están asustados —añadí—. Si esta demanda por difamación surte efecto, y creo que será el caso, habrá un éxodo; Perry necesitará dinero, y eso quiere decir que...

—Estará listo para vender —terminó Xavier por mí—. ¿Kai Young?

—Me escribió un mail ayer. Me dijo que estaba abierto a ello siempre y cuando el precio y las condiciones fueran los adecuados. —No tenía ninguna duda de que Kai pudiera conseguir el mejor acuerdo posible para el moribundo blog de Perry.

—O sea, que arruinarása a Perry Wilson como persona y te asegurarás de que la plataforma que sobreviva esté en manos de alguien de fiar. —Xavier silbó—. Recuérdame que no te tenga nunca de enemiga.

—No hago cosas así a menudo, pero se lo tiene merecido —señalé.

No era solo por lo relacionado conmigo o con Xavier; era por la clase de cultura que había propagado Perry. Los rumores y los chismes llevaban existiendo desde tiempos inmemoriales, pero él los había llevado a un nivel deshonesto y repugnante.

Y sí, está bien, también era un poooco personal. Cada vez que pensaba en la publicación de su blog sobre Pen, me hervía la sangre. Atacar a los adultos era una cosa; arrastrar a una niña con ellos era otra.

—Si tuviera acceso a mi herencia, se lo compraría yo y te ahorraría las molestias —me dijo Xavier—. Siempre he querido tener un pedazo del reino de internet.

Reí.

—Te agradezco el gesto, pero imaginarte a ti llevando un blog de noticias me resulta aterrador.

—¿No crees que pueda hacerlo?

—Creo que puedes hacerlo demasiado bien.

Solo que, en lugar de publicar noticias sobre famosos, Xavier seguramente lo utilizaría para documentar sus aventuras, la mayoría de las cuales lo pondrían justo en el punto de mira de la prensa.

Tomé un trozo de *cupcake* mientras mi cabeza iba a mil por hora. *Si tuviera acceso a mi herencia...*

—Si te hago una pregunta, ¿responderás con total sinceridad? —le pregunté.

Xavier me miró, hizo una mueca y paró la película.

—Oh, oh... Esta clase de pregunta nunca lleva a nada bueno.

—No es nada malo —lo tranquilicé—. Es pura curiosidad. ¿Por qué tienes tantas ganas de acceder a tu herencia? No puede ser solo por el dinero.

A simple vista, parecía evidente por qué alguien querría miles de millones de dólares. Sin embargo, Xavier tenía ciertos prejuicios con el dinero de su padre y, a pesar de que iba quemando efectivo con la misma facilidad con la que algunos famosos se hinchaban de cocaína, no me parecía alguien que fuera a querer tantísimo dinero por el mero hecho de tenerlo y punto.

—¿Por qué no? —preguntó tranquilo—. A lo mejor soy un codicioso de mierda, simple y llanamente.

Lo miré sin decir nada y, tras un largo y tenso silencio, su irreverencia dio paso a un suspiro.

—Voy a donar la mitad a organizaciones benéficas.

Casi me atraganto con la comida. Eso no me lo esperaba. Para nada.

—No es que crea que donar el dinero a organizaciones benéficas no sea de admirar, pero, según el testamento de tu padre, ¿no es justamente eso lo que pasará con tu herencia si no te conviertes en director ejecutivo?

—Sí.

—¿Y por qué...? —Xavier sonrió y yo dejé la frase a medias. Entrecerré los ojos y desvié la vista hacia el tatuaje que tenía en el bíceps (el escudo familiar del rival de los Castillo), que simulaba una representación de la dualidad de Xavier: su terquedad y resentimiento en contraste con su pasión y dedicación. Era el tipo de persona que se tatuaría el símbolo de su guerra contra su padre para siempre. Y, entonces, entendí perfectamente dónde estaba la trampa—: Vas a donarlo a las organizaciones benéficas que tu padre odiaba, ¿verdad?

Se le ensanchó más aún la sonrisa.

—Yo no diría que odiaba las organizaciones benéficas en sí —me corrigió—. Pero definitivamente no le daría el visto bueno a que lo donara a ciertas causas.

Me pasó el teléfono. Tenía la aplicación de notas abierta y fui leyendo la lista de organizaciones benéficas que había apuntadas. La mayoría eran de derechos civiles y derechos humanos, y también había algunas que estaban centradas en cuestiones artísticas y musicales. Apostaba mi departamento a que esas las había elegido por su madre.

Le encantaba el arte, así que destinaba muchísimo tiempo y dinero a galerías locales.

También pensé en las organizaciones que se mencionaban en el testamento de Alberto. Todas estaban orientadas a propósitos empresariales o de comercio.

Cuando llegué al último punto de la lista, estallé de la risa.

—¿El fondo fiduciario de Yale?

—Mi padre era un hombre de Harvard; odiaba Yale con todo su ser. Era una cosa de esas de rivalidad entre universidades. —Los hoyuelos le hicieron una fugaz aparición—. Me aseguraré de que tenga una biblioteca bien bonita en el campus.

—Mira que eres malo; aunque eres un genio. —Le devolví el celular sin parar de reír—. Eres un genio malvado.

—Gracias. Siempre he aspirado a ser ambos. Los malvados se lo pasan mejor y los genios son..., bueno, genios. —Se guardó el teléfono—. Si te soy sincero, habría donado el dinero a estas organizaciones de todos modos. El hecho de que a mi padre no le gustara el noventa por ciento de ellas es ya la cereza del pastel.

Levanté mi *cupcake* a medio comer y dije:

—Por la venganza.

—Por la venganza. —Brindamos con su *cupcake* de chocolate y el mío de limón y frambuesa. Le dio un mordisco y se tragó la comida antes de añadir—: Pero no vayamos a confundir las cosas: también me quedaré parte del dinero, claro. Me gustan los coches y los hoteles de cinco estrellas.

—Querrás decir que te gusta destartalar hoteles de cinco estrellas.

Xavier hizo caso omiso a mi alusión a su fin de semana en Miami.

—Pero no lo necesito todo. Es más de lo que cualquier persona razonable podría gastarse en toda su vida. —Adoptó una expresión pensativa—. Cuando la discoteca esté en marcha, ganaré mi propio dinero y no tendré que depender del suyo. Podré cortar por lo sano de una vez por todas.

Ni él mencionó nada de la teoría de Eduardo sobre el vacío legal del testamento ni yo tampoco saqué el tema.

—Te irá bien —me limité a responder.

La sonrisa con la que contestó Xavier era pura calidez y, más tarde, esa misma noche, mientras estábamos acostados, sudorosos, saciados y envueltos en un abrazo, yo aún sentía cómo esta misma sonrisa me acariciaba la piel.

Por primera vez desde que El Pez había muerto, dormí sin soñar.

37
Xavier

La mala suerte nunca viene sola.

Había crecido expuesto a esta superstición desde que era un niño, pero nunca nadie había definido el periodo de tiempo durante el cual podía durar dicha racha de mala suerte. Podía ser un día, una semana, un mes o, en mi caso, tres meses.

La muerte de mi padre y la nueva cláusula de la herencia en octubre.

Perry dejando al descubierto nuestra salida con Pen en noviembre.

He ahí dos casos de mala suerte. Sin embargo, el periodo de tiempo relativamente tranquilo que pasé después de que se publicara eso en el blog me había sumido en un falso estado de satisfacción. Continuábamos preocupados por lo de Pen y Rhea, pero al menos Pen seguiría en la ciudad durante un buen tiempo y Rhea podría arreglárselas hasta que encontrara un nuevo trabajo.

Después de que le bloquearan las cuentas a Perry y del significante cambio que había sufrido mi relación con Sloane aunque no le hubiera dicho nada (básicamente, me había dado cuenta de que la amaba, pero si no quería que saliera por patas, no podía decírselo todavía), la vida había retomado su curso normal. Es decir: volvía a estar ajetreadísimo.

A pesar de que las vacaciones estuvieran a la vuelta de la esquina, estábamos trabajando sin parar en la discoteca. Había contratado a todo un equipo de constructores, plomeros, electricistas y todo aquel que necesitara para acelerar el proceso antes de que Farrah se pusiera manos a la obra con el diseño en sí. Y cuando llegó finales de diciembre, yo estaba ocupadísimo preparando la gran inauguración.

Estábamos avanzando mucho con la discoteca, pero aún no era suficiente. Mi trigésimo cumpleaños se iba acercando cada vez más y cada día que pasaba hacía que me pusiera más y más nervioso. Cada vez que pensaba en aquella interminable lista de cosas por hacer, sentía que me faltaba la respiración y me abrumaba sobremanera.

Sin embargo, mientras les enseñaba la bóveda a Vuk y a Willow, me guardé todo eso para mis adentros.

—Vamos a mantener el suelo y las ventanas originales, pero cambiaremos las cavidades de las cajas fuertes y las convertiremos en expositores para las botellas —les conté—. Los baños estarán donde ahora hay cajas de conteo privadas, y pintaremos las cajas fuertes para que formen una pared de acento.

Vuk me escuchaba con expresión imperturbable. En lugar de ir con el típico traje de marca que tanto le gustaba a la mayoría de los directores ejecutivos, él iba con una simple camisa negra y pantalones. A su lado, su secretaria tomaba notas sin parar en el portapapeles.

Willow era una mujer de unos cuarenta y pico años, de cabello cobrizo y de actitud serena. O leía la mente de los demás o había trabajado el tiempo suficiente con Vuk para leerle la mente a él, porque era ella quien hacía todas las preguntas que habría formulado él de haber... hablado.

—¿Cuándo acabarán las obras? —quiso saber.

Como aún no habían terminado, íbamos los tres con el equipo de protección pertinente. Sin embargo, podía imaginármela analizando hasta el más mínimo detalle con sus ávidos ojos tras aquellos lentes de seguridad.

—A final de mes —respondí—. Farrah ya está comprando gran parte del mobiliario y del material necesario para que podamos dedicarnos a eso cuando estén.

Gesticulé con el brazo para señalar todo el local. Los trabajadores no paraban ni un segundo: clavaban clavos, instalaban el cableado y se gritaban entre sí para oírse por encima del ruido de taladros, martillos y sierras.

Tener a tantos trabajadores ahí dentro a la vez no era lo mejor del mundo, puesto que aumentaba el riesgo de accidentes. No obstante, como íbamos a contrarreloj, no había otra opción. Necesitaba que lo principal estuviera terminado antes de Año Nuevo para luego poder centrarnos en la decoración. Era lo que más tiempo nos llevaría, y eso que ni siquiera estaba pensando en todo lo que aún me faltaba por hacer, como contratar a los trabajadores y a alguien que llevara las cuestiones de *marketing*.

Vuk era socio capitalista. Sus contribuciones principales se limitaban a poner el nombre y aportar dinero; lo demás tenía que resolverlo yo.

Me deshice de una sensación de pánico ya familiar y fui respondiendo el resto de las preguntas de Willow tan bien como pude. No era un experto de los aspectos prácticos de la construcción, pero sabía lo suficiente del tema para satisfacer su curiosidad, de momento.

—Oiga, jefe. —Ronnie, el electricista principal, se me acercó a medio *tour*. Era un hombre bajito y corpulento con los ojos del mismo color que las monedas antiguas y una cara que parecía una roca; eso sí: era el mejor en lo suyo—. ¿Puedo hablar un segundo con usted?

Mierda. A juzgar por el tono de voz que había utilizado, mi presión arterial iba a tener problemas.

Mientras Vuk y Willow estudiaban los huecos de las cajas fuertes, yo seguí a Ronnie hasta el fondo del local, donde un montón de cables enredados formaban una especie de nudo gordiano terrible.

—Tenemos un problemilla —soltó—. Hace décadas que no se revisa el cableado. La situación no es nefasta; seguramente podría pasar un año o así hasta que haya que cambiarlo, pero pensé que igual le interesaría dejarlo hecho antes de abrir.

—¿Dónde está el problema?

Que hubiera que cambiarlo era considerablemente sencillo, pero Ronnie no me habría venido a buscar a no ser que ocurriera algo más.

—Que no podemos hacerlo antes de Año Nuevo —me contó—. Cambiar el cableado entero de un local como este nos llevará, como mínimo, diez días, y eso sin contar lo que falte por poner con el tema de la decoración.

Faltaban catorce días para que terminara el año. Las vacaciones de Ronnie empezaban el miércoles. Abrí la boca, pero él sacudió la cabeza antes de que me diera tiempo a decir ni una palabra.

—Lo siento, jefe, pero no podemos hacerlo. Mi mujer lleva planeando el viaje de las vacaciones de Navidad de este año desde la Navidad pasada. Si lo anulo o lo pospongo, me cortará los huevos, y no lo digo en el sentido figurado. No me juego los huevos ni por todo el dinero del mundo.

—Es una cuestión de tiempo. Si aplazan el viaje hasta pasado Año Nuevo, yo mismo cubriré todos los gastos.

Ronnie hizo una mueca.

—Me cortará un huevo solo por proponerle algo así. Le encanta la Navidad.

Era evidente que no iba a convencerlo, y eso me dejaba con más bien pocas alternativas.

Alternativa n.º 1: podía intentar encontrar a otro electricista que pudiera cambiar el cableado a tiempo (posible, pero la calidad del trabajo tal vez sería insuficiente y acabaría causándome más problemas a la larga).

Alternativa n.º 2: podía esperar a cambiar el cableado pasado Año Nuevo, pero eso significaría que tendría que aplazar la decoración del local. Teniendo en cuenta el tiempo del que disponíamos y toda la organización y el esmero que requería ese proceso en concreto, esa opción era de todo menos ideal.

Alternativa n.º 3: podía dejar el cableado que había ahora y cambiarlo una vez que ya hubiéramos la discoteca. De nuevo, seguía sin ser una opción ideal, pero ninguna lo era.

—Dijiste que no era nefasto, ¿no? O sea, que no tenemos que cambiar el cableado antes de abrir el local sí o sí —señalé.

—No, pero... —titubeó—. El aislamiento de algunos cables se deterioró y eso supone un problema de seguridad.

«Carajo, hombre».

Me froté la cara con la mano y sentí que la jaqueca se iba abriendo paso en mi interior.

—¿Y cómo es este problema de seguridad?

—No se trata de una emergencia, pero hay que vigilarlo. Habría que asegurarse de dar un buen uso a los cables y de no sobrecalentarlos; si no, con el susto, se podría quedar tieso.

Conseguí medio sonreír ante su elección de palabras.

—¿Hubo algún fallo eléctrico? —quiso saber—. ¿Que parpadeen las luces, algún apagón o algo por el estilo?

Negué con la cabeza.

—Entonces yo diría que, de momento, no pasará nada. Insisto en que yo recomendaría cambiar el cableado lo antes posible, pero sé que va con el tiempo justo e intentaré avanzar tanto como pueda antes de las vacaciones. —Ronnie señaló la pared con la cabeza—. Bueno, ¿qué hacemos?

Llevar un negocio implicaba tomar decisiones complicadas, y yo tomé la mía antes de que pudiera darle demasiadas vueltas.

—Cambiaremos el cableado cuando terminemos con la decoración. ¿Quién sabe? Igual conseguimos hacerlo antes de la inauguración y todo —añadí con más optimismo del que sentía realmente.

—Igual sí. —Ronnie levantó los hombros—. El jefe es usted.

Zanjado el tema, regresé con Vuk y Willow, que había guardado el portapapeles en su enorme bolso.

—Me temo que tenemos que irnos antes de lo previsto —señaló ella—. Al señor Markovic le acaba de surgir una emergencia personal.

Desvié la vista hasta Vuk *ipso facto*, pero este no parecía especialmente preocupado por esa supuesta emergencia. A lo mejor compartía genes con Alex, porque tenían prácticamente la misma capacidad de expresión emocional.

—Nos gustaría que nos acabara de enseñar el local en otro momento —añadió Willow—. El señor Markovic estará... ocupado lo que queda de año a partir del domingo, pero podríamos venir el sábado por la mañana. Le quedan algunas preguntas más en relación con los planes para la discoteca.

El sábado había quedado para ir a patinar sobre hielo con Sloane, pero no quería posponer otra reunión con Vuk y ofenderlo. Si acababa de enseñarle la bóveda por la mañana, aún podría dedicar toda la tarde y la noche a mi cita.

Sonreí.

—Nos vemos el sábado, entonces.

El sábado amaneció claro y soleado.

Sloane se había quedado a dormir en mi casa y seguía en la cama cuando me fui para reunirme con Vuk. Casi nunca dormía hasta tarde; sin embargo, como la mantuve entretenida toda la noche, decidí no despertarla antes de salir.

Cuando el taxista me dejó delante del rascacielos donde se encontraba la bóveda, la ciudad ya había despertado y estaba llena de energía. Una familia de turistas vestidos con suéteres navideños a conjunto bloqueaba el paso y tuve que soportar su improvisada ronda de villancicos matutina mientras los esquivaba para entrar.

Al mismo tiempo, alguien que venía por el otro lado chocó conmigo. No le pude ver bien la cara porque se la ensombrecía la visera de una gorra, pero aquel rostro me resultó un tanto familiar. Antes de que pudiera seguir haciendo memoria para recordar quién era, dio vuelta en la esquina y desapareció, y la curiosidad que sentí por su identidad quedó apartada en un rincón de mi mente en cuanto entré en la bóveda y vi que Vuk y Willow ya estaban esperándome.

Él iba con la misma ropa que la otra vez. Ella, en cambio, llevaba puesto un vestido rojo a juego con su melena.

—Con unos cuantos accesorios verdes, le puedes hacer la competencia al Rockefeller —bromeé.

A Willow no le hizo gracia.

Yo mismo había pagado un dineral a la empresa constructora para que vinieran a trabajar los fines de semana. Aun así, como estábamos tan cerca de Navidad, el equipo lo formaba muy poca gente.

Dentro solo había tres trabajadores, lo cual hizo que el *tour* de hoy resultara mucho más dinámico que el primero. De hecho, fue mucho más que dinámico.

Fue fácil.

Perfecto.

Hasta que se torció.

Acababa de responder a la última pregunta de Willow sobre las medidas de seguridad cuando esta giró la cabeza de repente hacia la izquierda. A su lado, Vuk entró en tensión y se le ensancharon las fosas nasales; era la primera vez que atisbaba emoción alguna en su rostro.

—¿Pasa algo? —pregunté.

—¿Huele eso? —Tanto el tono de voz de Willow como su postura estaban más tensos que las cuerdas de un violín.

Me detuve. Mis sentidos se deshicieron del potente olor a madera y a metal de las obras y se centraron en otro mucho más fuerte.

«Humo».

Lo asimilé justo en el mismo instante en el que dejaron de oírse los taladros y un grito horrorizado reverberó por toda la sala:

—¡¡¡Fuego!!!

Lo que vino después ocurrió tan deprisa que mi cerebro fue incapaz de procesarlo hasta que la pared trasera ardió en llamas.

Más gritos. Gente corriendo. Movimiento. Calor.

Muchísimo calor, carajo. Y era del malo, del que te toma tan desprevenido como cuando se va la luz, haciendo que los circuitos esenciales de tu mente se queden a oscuras y se corte la conexión entre tu cerebro y tus músculos.

Un calor asfixiante. Paralizante. Que te quita la vida.

El sudor me envolvió entero.

«¡Xavier! ¿Dónde estás, mi hijo?».

Se quedó atorada... No le dio tiempo de salir...

Murió por inhalación de humo...

Tuvimos suerte de haber podido recuperar el cuerpo...

Debió haberte pasado a ti.

La mente se me llenó de imágenes que prefería que siguieran enterradas. La realidad fue volviéndose borrosa, y mi cabeza fue viajando al pasado, después al presente, y, luego, al pasado otra vez.

Debió haberte pasado a ti.

Intenté respirar, pero inhalé humo en lugar de oxígeno. Tosí. Me ardían los pulmones y, por paradójico que parezca, eso fue lo que me hizo reaccionar.

El olor, el calor, el pánico. Ya había pasado por aquí.

Había estado a punto de morir con solo diez años, pero ahora había crecido. Y no pensaba dejar que otro incendio terminara con lo que había empezado el primero ni de broma.

Pestañeé y volví a ver todo lo que me envolvía con una claridad aterradora. Llamaradas que danzaban a mi alrededor con un maligno júbilo y que se extendían a tal velocidad que me resultaba imposible seguirlas con los ojos. Las llamas rojas y naranjas se cargaban, famélicas, todo lo que se les cruzara por el camino y daban un brillo irreal a los suelos de madera y a los abovedados techos del local. La temperatura alcanzó unos niveles insoportables; la piel me pedía una tregua a gritos.

Y, aun así, mis pies permanecieron anclados al suelo.

Mentalmente, lo estaba asimilando todo. Sin embargo, me había quedado físicamente paralizado hasta que, por suerte, un sonoro crac me sacó de aquel estado de aturdimiento y por fin conseguí recuperar la movilidad.

No perdí el tiempo mirando de dónde había provenido el ruido.

Simplemente me eché a correr, esquivando herramientas que había por ahí tiradas, mientras me cubría la boca y la nariz con el antebrazo. Las llamas me seguían como si fueran hormigas yendo hacia una canasta de pícnic caída y, cuando ya había recorrido la mitad del camino hasta llegar a la salida, el desfallecimiento me frenó.

Trastabillé, pero no me detuve. Bastante mareado estaba ya por el humo; si dejaba de moverme, me moriría.

Avancé unos trescientos metros hasta que vi algo negro por el rabillo del ojo.

Se me detuvo el corazón. «Vuk».

—¡Markovic! —Tosí a causa del esfuerzo por gritar a pesar de la falta de oxígeno—. ¡Tenemos que salir de aquí!

El fuego estaba acorralándolo todo rápidamente. Si no salíamos de inmediato, nos quedaríamos atrapados.

Vuk no se movió. Se quedó ahí, inexpresivo y tan tieso que ni siquiera parecía que respirara. De no ser porque seguía de pie, habría pensado que estaba muerto.

A Willow no la veía por ninguna parte.

—¡Vuk!

Me importaba una mierda que odiara que lo llamaran por su nombre. Lo único que quería era hacerlo reaccionar.

No lo logré.

«Mierda».

En silencio, fui soltando todas las groserías que conocía tanto en inglés como en español mientras acortaba la distancia que nos separaba y lo empujaba hacia la salida.

Yo estaba en plena forma. Hacía ejercicio a menudo y estaba bastante musculoso; sin embargo, intentar arrastrar a un serbio nada cooperativo de ciento seis kilos para salvarlo de un incendio fue como intentar empujar un tren de mercancías con un coche de juguete.

El sudor se me escurrió en los ojos. Se me fueron debilitando los músculos a más no poder. La distancia que nos separaba de la puerta parecía cada vez mayor y cada paso que daba era como subir el monte Everest una y otra y otra vez.

Una parte de mí quería desistir; quería que me quedara ahí acostado en el suelo y dejara que las llamas me consumieran el dolor, las preocupaciones y los arrepentimientos.

Pero si lo hacía, si no conseguía que ninguno de los dos llegara a la salida, moriríamos. No volvería a ver a Sloane y otra persona habría muerto por mi culpa.

No podía dejar que ocurriera.

Gracias a una inmensa fuerza de voluntad, fui arrastrándonos poco a poco por el suelo. A estas alturas, jadeaba más que respiraba y unas manchas negras me nublaban la vista.

Aun así, al final, lo logré.

No sé cómo. A lo mejor fue por la misma fuerza sobrehumana que hacía que las madres pudieran levantar un coche entero para salvar a sus hijos o a lo mejor porque mi cuerpo me estaba ayudando a dar un último empujón antes de caer rendido.

La cuestión es que conseguí que saliéramos los dos de la bóveda y pudiéramos dirigirnos hacia la escalinata. La puerta estaba abierta de par en par, y acto seguido, empecé a ver destellos negros y amarillos.

Atisbé la sigla FDNY antes de que alguien me arrancara a Vuk de los brazos y otra persona me sujetara a mí. Estábamos agachados, moviéndonos y subiendo la escalera a toda velocidad mientras unos cuantos bomberos más se enfrentaban a aquel fuego invasor.

Dejé que me guiaran a mí también. Estaba demasiado aturdido y desorientado como para hacer otra cosa que seguirlos. Sin embargo, miré hacia atrás un segundo, solo para ver cómo ardían la bóveda, mi sueño y todo lo que tuviera que ver con él.

38
Xavier

Había sido el cableado.

Cuando se disipó el humo y tras responder a las preguntas del personal de primeros auxilios, me encontraba sentado en la parte trasera de una ambulancia, viendo el bullicio a mi alrededor con la mirada apagada.

La causa del incendio no se haría oficial hasta que las autoridades y la compañía de seguros lo investigaran, pero yo había oído parte de lo que habían dicho los bomberos.

Incendio eléctrico. Cableado viejo. El mismo cableado que yo le había dicho al electricista que dejara hacía solo dos días.

La lógica me decía, discretamente, que no era mi culpa y que el incendio habría ocurrido de todos modos porque el electricista no habría podido acabar de cambiarlo todo por más que le hubiera dicho que lo hiciera. Sin embargo, una parte de mí, una mayor y más traicionera, se preguntaba cómo podía ser que no hubiera tomado las medidas de seguridad adecuadas antes de abrir las puertas de la bóveda y poner en riesgo a decenas de trabajadores.

Debería haberme asegurado de que todo estaba en orden antes de empezar con las obras, pero no lo había hecho porque estaba demasiado centrado en llegar a la puta fecha límite.

Un error. Y había gente herida.

El ardor que había notado en la garganta volvió a avivarse. Después de que los médicos me pusieran una máscara de oxígeno, los síntomas inmediatos por inhalación de humo habían desaparecido; aun así, todavía me notaba la garganta adolorida y áspera, como si alguien la hubiera puesto al revés, dejando la parte interior hacia fuera, y me la hubiera pateado hasta sangrar.

Por suerte, no había muerto nadie; sin embargo, habían tenido que llevar a dos albañiles con quemaduras graves al hospital. El otro trabajador había podido salir con algunos moretones, aunque con la mano rota porque se le había caído algo encima. Desde que los bomberos nos habían rescatado, no había vuelto a ver a Vuk, pero había visto a Willow afuera, con la cara blanca como la nieve. Cuando terminé de responder a las preguntas de los paramédicos, Vuk y Willow ya se habían ido.

Había tenido suerte de que no hubiera más personal dentro y de que el fuego no se hubiera expandido a otras plantas ni hubiera dañado la estructura integral del edificio. Y aún había tenido más suerte de que no hubiera ocurrido una vez abierta la discoteca, atiborrada de gente.

De todos modos, no me sentía afortunado. Sentía que me estaba ahogando.

Era culpa mía.

Todo esto volvía a ser culpa mía, carajo.

Intenté sentir un poco de algo (enojo, tristeza, vergüenza), pero no conseguí nada más allá de una enorme y tremenda insensibilidad. Hasta la culpabilidad que sentía estaba vacía, como si el incendio hubiera consumido su esencia y me hubiera esparcido las cenizas por el cuerpo. Ya nada quedaba de aquellas afiladas dagas clavándoseme en la consciencia; la sensación estaba sencillamente ahí, omnipresente e intangible.

¿En qué momento había pensado que podría hacerlo? Abrir una discoteca en seis meses era una locura; no debería ni haberlo intentado. Debería haber sabido que querer hacer las cosas con prisas solo podía acabar en desastre, pero el ego y el orgullo me habían cegado demasiado.

—Debió haberte pasado a ti. —Mi padre me fulminó con la mirada, con los ojos rojos a causa del dolor y del alcohol—. Debiste haber muerto tú, no tu madre. Es culpa tuya.

Tenía razón. Siempre la tenía...

—Xavier.

Otra voz penetró aquella neblina de recuerdos. Una que sonaba más remota, como si acabara de salir de un sueño.

Era suave, calmada, femenina.

Era una voz que me gustaba. Tenía la sensación de que me había reconfortado enormemente en el pasado, pero no fue suficiente para sacarme de aquel estupor.

—Xavier, ¿estás bien? —Una pizca de preocupación se llevó la calma de dicha voz—. ¿Qué pasó?

Una melena rubia muy clara y unos ojos azules me inundaron la vista y me la bloquearon de los rascacielos, los médicos y un transeúnte curioso que tenía delante.

«Sloane».

De los mil nudos que sentía en mi interior, uno de ellos se desató. Y fue suficiente.

El mundo recobró su claridad habitual. Volví a oír el claxon de los coches de la calle, los de emergencias seguían centrados en su trabajo y aquel desagradable fantasma del humo siguió serpenteándome por los pulmones.

Era un frío día de diciembre, pero ese punzante humo se me aferró cual plástico adherente y me atravesó la piel, sofocándome desde el interior.

—Xavier. —Unas cálidas manos me envolvieron la cara—. Mírame.

Lo hice, aunque fuera solo porque no tenía fuerzas para responder.

El rostro de Sloane emanaba preocupación. Me estudió frenéticamente, y cuando volvió a hablar, lo hizo con el tono de voz más delicado que le había oído jamás:

—¿Estás bien? —repitió.

Llevaba un suéter de cuello alto de cachemir, un abrigo y unos pantalones. Dadas las circunstancias, era extraño que me fijara en su ropa, pero eso hizo que me acordara de que habíamos quedado en ir a patinar hoy. Ahora mismo deberíamos estar en el Rockefeller Center mirando a la gente mientras tomábamos chocolate caliente.

Tenía gracia la forma en la que los días, los planes, la vida... podían cambiar así, de repente. Pestañeabas y todo era distinto.

—Estoy bien —confirmé con un tono de voz igual de apagado que mi sentido de culpa.

Y ahí estaba el problema. Que yo estaba siempre bien y quien sufría era siempre la gente que me rodeaba.

Yo seguía vivo; mi madre había muerto. Yo había salido de la bóveda sin un rasguño siquiera, mientras que había dos hombres en el hospital con quemaduras de tercer grado.

—¿Qué pasó? —me preguntó aún con delicadeza—. ¿Cómo emp...?

—Fue un incendio eléctrico —respondí en un tono de voz monocorde.

Se lo conté todo: lo del cableado, la advertencia del electricista, mi decisión de cambiarlo más adelante y (lo que era más importante aún) mi falta de previsión al no haberme ocupado de estas cosas antes de empezar con las obras.

—No fue culpa tuya. —Sloane tenía la espeluznante capacidad de poder leerme la mente—. El mismo electricista te dijo que no se trataba de ninguna emergencia. No podías...

—Puede que no, pero sí era mi trabajo pensar que podía pasar algo así. —Apreté la mandíbula—. No puedo hacer las cosas a lo loco. Imagínate lo que hubiera pasado si hubiera ocurrido después de abrir la discoteca. Habría sido como lo de Cocoanut Grove otra vez. —El incendio de 1942 de la discoteca Cocoanut Grove, en Boston, había sido el más mortífero en una discoteca hasta la fecha.

—Pero no pasó. —Sloane se mantuvo firme—. Hablé con uno de los paramédicos. No murió nadie y los daños causados no son tan drásticos como crees. La bóveda tiene muchos materiales inflamables. Tendremos el tiempo justo, mucho más que antes, pero con el personal adecuado todavía podrás poner el cableado de la discoteca, arreglar lo que se perdió y abrir a tiempo. A lo mejor no será...

—¿Qué? —Me le quedé mirando, intentando procesar lo que me estaba diciendo. Por separado, sus palabras tenían sentido, pero si las juntaba solo formaban un caos incomprensible—. ¿De qué me estás hablando?

—De la discoteca. Hice unos cuantos cálculos rápidamente. Tardaremos dos meses en limpiar lo que se arruinó, lo cual entorpecerá tus planes iniciales con el diseño; sin embargo, si recortamos en decoración y nos centramos en la experiencia, podemos hacerlo.

No podía ni creer lo que me estaba diciendo.

—No vamos a recortar en nada porque no habrá discoteca. Se acabó.

Sloane se quedó en *shock*.

—Xavier, podemos arreglar la bóveda. No...

—No, no podemos arreglarla. —El nudo que se me había soltado antes volvió a estrujarse de la forma más tensa posible—. Lo intenté lo mejor que pude y mira lo que pasó. —Señalé a nuestro alrededor—. Si esto no es una puta señal de que tengo que dejarlo, no sé qué será.

—Esto no es una señal de nada. —Si yo era tozudo, Sloane era implacable—. Será más complicado, pero...

—¡Maldición, Sloane!

Un torrente de emociones embotelladas me atravesó el entumecimiento de golpe. Dolor, ira, frustración, arrepentimiento... Me fueron saliendo todas, llevándose por delante control y racionalidad hasta que ya no quedó nada que no fuera un instinto de lo más puro y auténtico.

Y ahora mismo, mi instinto fue explotar con la primera persona que tuviera delante.

—Me importan una mierda la discoteca y el diseño —solté con voz grave y cruel—. Hay gente que casi muere por mi culpa porque yo pasé algo por alto y yo tomé la decisión equivocada —dije marcando bien los *yo*—. Sobreviví a un puto incendio esta mañana ¿y tú crees que quiero organizar una puta fiesta? Es lo último que tengo en mente ahora mismo.

A Sloane le temblaron los labios una milésima de segundo antes de cuadrarse los hombros y levantar la barbilla.

—Entiendo que estés enojado, y tienes razón —respondió con una calma exasperante—. Ahora no es momento de hablar de negocios. Podemos hacerlo luego, después de que te...

—No vamos a hablarlo; ni luego ni nunca. —Noté una presión que me asfixiaba y no me dejaba respirar—. Te dije que no habrá discoteca. ¿Me oyes? Se acabó. Para siempre. ¿Por qué no lo entiendes?

—¡Porque están hablando tus emociones! —Al final, perdió la compostura y estalló—. Hoy has tenido un día horrible y no estoy intentando suavizar el asunto. Pero no puedes tomar una decisión que vaya a dictar todo tu futuro en relación con...

—¡Claro que puedo! —Me levanté. Necesitaba moverme; necesitaba hacer algo para alimentar a la asquerosa bestia que sentía en mi interior—. Por intentar asegurarme un puto «futuro», hay gente que casi muere. Este proyecto fue imposible desde el principio, y no puedo quedarme aquí sentado, haciendo cálculos empresariales, cuando hay hombres heridos en un hospital por mi culpa. ¡No todos podemos ir por la vida fingiendo que no tenemos emociones, Sloane!

Como tú.

Eso último no lo dije, pero no hizo falta. Ahí estaba nuestro problema: que nos conocíamos demasiado bien.

Sloane palideció. Al levantarme, ella había dado un paso atrás y ahora me estaba mirando con algo que nunca le había visto en los ojos: dolor en su estado más puro.

Un dolor que yo le había infligido. Intencionada, cruel y maliciosamente. Sabía cuál era su punto débil y había atacado sin pensarlo siquiera.

Ahora que ya no tenía de qué alimentarse, la bestia que había en mi interior se debilitó y, en su lugar, solo quedó arrepentimiento.

«Mierda». Alargué el brazo para agarrarla mientras notaba cómo el amargo regusto de mis propias palabras me inundaba la garganta.

—Luna...

—Tienes razón. —Se apartó para que no pudiera tocarla. Aún le brillaban los ojos a causa del dolor—. No todo el mundo puede.

—No quería...

—Tengo que irme. —Sloane se alejó respirando deprisa y con pesadez—. Ya hablaremos de todo cuando se haya calmado la cosa.

No te vayas.

Lo siento.

Te amo.

Debí habérselo dicho, pero no lo hice. No pude.

Lo único que pude hacer fue quedarme viendo cómo se iba mientras mi mundo ardía en llamas por segunda vez en lo que iba de día.

39
Sloane/Xavier

Sloane

No lo pensaba de verdad.

Sabía que Xavier no pensaba eso de verdad porque, en el fondo, no era ni mala persona ni cruel. Estaba enojado por lo del incendio y había estallado.

Visto con perspectiva, no debería haberle insistido tanto con lo de reconstruir la discoteca justo después del incendio. No era el momento. Sin embargo, al verlo ahí sentado, tan desanimado, me había entrado el pánico y, con el piloto automático puesto, me había lanzado a hacer lo que mejor se me daba: resolver crisis. Como no sabía cómo librarlo de aquel sentimiento de culpa, había ido directo a tratar el tema de la discoteca.

Desde un punto de vista lógico, lo entendía. Desde uno emocional, no podía deshacerme de las espinas que habían supuesto sus palabras. Se me habían clavado en viejas heridas, habían vuelto a arrancarme las costras y las suturas, y me habían metido el dedo en la llaga.

¡No todos podemos ir por la vida fingiendo que no tenemos emociones, Sloane!

Si eso me lo hubiera dicho alguien más que no fuera Xavier, me habría dolido, pero habría podido hacer como si nada al cabo de poco tiempo. A fin de cuentas, de peores cosas me habían acusado.

Sin embargo, como me lo había dicho él, aquel sentimiento me había dejado devastada. Tampoco se equivocaba del todo, y justamente por eso me dolía tanto. A nadie le gustaba que la persona que más le importaba le dijera la cruda verdad, y menos si dicha persona lo hacía desde el enojo.

Incluso ahora, una semana después y siendo consciente de que no lo pensaba de verdad, sus palabras me dolían tanto que no me dejaban ni respirar. Y eso era lo que más me aterraba: el hecho de que una persona que no fuera yo tuviera tanto poder sobre mí.

—¿Más palomitas? —Alessandra me dio un golpecito en la pierna con el tazón.

Negué con la cabeza mientras veía la cuarta comedia romántica del día sin prestarle prácticamente atención. Tenía la libreta de reseñas en el regazo, vacía; cada vez que intentaba escribir algo, me imaginaba a Xavier vacilándome con el tema, divertido, y me quedaba sin palabras.

—Esta peli es aburridísima. —Isabella bostezó—. A lo mejor deberíamos cambiar de género. Podríamos ver un *thriller*.

—De acuerdo —respondí sin entusiasmo alguno. Total, no estaba de humor para ver cómo una pareja ficticia acababa viviendo feliz para siempre. El concepto de «felices para siempre» era una mentira tan grande como una catedral.

Mis amigas se miraron entre sí. Era el día después de Navidad y ya hacía una semana entera del incendio. El incidente había llegado a los titulares; sin embargo, como la gente estaba distraída con las fiestas, no había generado el revuelo mediático que habría causado si hubiera sucedido cualquier otra semana del año.

Les había contado a mis amigas lo ocurrido y había rechazado la oferta de Alessandra de pasar la Navidad con ella y Dominic. Si había algo peor que estar sola en Navidad era ser mal tercio.

Isabella y Kai habían pasado las fiestas en Londres, y Vivian, Dante y Josie se habían ido a Boston a visitar a la madre de Vivian. Así que, cuando llamaron esa misma tarde, lo último que me esperaba era encontrarme a mis tres mejores amigas amontonadas en la puerta y armadas con palomitas y vino suficientes para atiborrar a un elefante.

Y eso había sido lo único destacable de mi semana.

Mientras Isabella buscaba la película, Vivian me observó, preocupada.

—¿Has vuelto a hablar con Xavier desde el sábado? —se interesó con delicadeza.

Aquella pregunta me rascó las heridas ya expuestas. Sacudí la cabeza, negándome a mirarla a los ojos.

—¿Y quieres hacerlo?

Volví a negar con la cabeza, aunque en esta ocasión no lo hice tan convencida.

Xavier y yo no habíamos hablado ni nos habíamos mandado ningún mensaje desde que me fui después del incendio; ni siquiera nos habíamos deseado feliz Navidad. En parte, me sentía tentada de ser yo quien se pusiera primero en contacto con él para asegurarme de que estaba bien y disculparme por haberme metido donde no me llamaban. Sin embargo, el orgullo y el instinto de supervivencia me refrenaban cada vez que tomaba el celular.

Quizá era mejor que no habláramos. Resultaba evidente que no tenía ni idea de reconfortarlo como es debido y que mi presencia, en lugar de mejorar las cosas, las empeoraba.

—En algún momento tendrás que hablar con él —señaló Alessandra—. Pronto terminará su periodo de prueba.

El dolor me inundó el cuerpo entero.

—Lo sé.

Hoy no me darían ningún premio por elocuente, pero es que me daba miedo que fuera a perder el poco control que tenía sobre mis emociones en el caso de pronunciar frases largas.

No me había permitido sentir realmente todo lo que implicaba lo ocurrido con Xavier y el silencio posterior a esto. Y si podía evitarlo, no me lo permitiría nunca. Había cosas que era mejor reprimir.

Isabella dejó de buscar el *thriller* perfecto un momento y mis amigas volvieron a intercambiar miradas.

—¿Qué vas a hacer cuando termine el periodo de prueba? —se interesó Isabella con cautela.

Apreté la mandíbula para mantener a raya la presión que notaba en el pecho.

—No lo sé.

Aunque sí lo sabía.

Lo que no sabía era si tenía la fuerza necesaria para hacerlo de verdad.

Xavier

Podría describir la semana de después del incendio con un solo adjetivo: infernal.

¿El papeleo? Infernal. ¿Ir al hospital a ver las quemaduras de los obreros de cerca? Infernal. ¿Hablar con los angustiados familiares de los obreros? Infernal.

¿No ver ni hablar con Sloane a pesar de que sabía que le había hecho muchísimo daño durante nuestra última conversación? Terriblemente infernal y multiplicado por mil.

Debí haber salido corriendo detrás de ella y disculparme

justo cuando se fue, pero tenía miedo de que lo empeorara todo. No tenía el ánimo para hacer nada aparte de irme a casa, servirme un vaso de *whisky* y perder el maldito conocimiento.

Los días siguientes fueron un no parar de llamadas, reuniones, más papeleo y un millón de cosas extra que no tenía ganas de hacer. Había intentado ponerme en contacto con Vuk, pero no había conseguido hablar con él, y me había pasado la Navidad en casa, debatiéndome entre llamar a Sloane y evitar nuestra inevitable confrontación, como un cobarde.

Ganó la parte cobarde.

No me enorgullecía de ello, pero nuestro periodo de prueba estaba a punto de expirar y no hacía falta ser muy listo para ver que la había cagado yo solito.

Si no hablábamos, podía vivir en un estado de negación y fingir que estábamos pasando por un pequeño bache. Y por eso terminé el domingo después de Navidad en el Valhalla, ahogando mis penas en Lagavulin.

Me terminé la bebida y le hice un gesto al mesero para que me sirviera una copa más. Me pasó otro vaso de *whisky* por la barra a la vez que alguien tomaba asiento en el taburete que tenía justo al lado.

—Ahórratelo —dije sin girar la cabeza.

—Esto es tristísimo. —Kai ignoró mi comentario preventivo y preguntó con un tono delicado—: ¿Te has planteado otra forma de gestionar las cosas más allá de estar bebiendo solo a las —se miró el reloj de muñeca— tres de la tarde?

—No estoy de humor para que me juzgues. Además, no soy el único que está sentado en una barra a las tres de la tarde. —Lo miré con doble intención—. ¿Tú no deberías estar en Londres ahora mismo?

—Isabella insistió en que volviéramos antes. —Hubo una

sutil pausa—. Por lo visto, una de sus amigas necesita «muchísimo ánimo»; palabras textuales.

Era evidente de quién estaba hablando.

Ante aquella indirecta mención a Sloane, se me retorcieron las tripas y tuve que echar mano de todas mis fuerzas por contenerme y no interrogar a Kai.

¿Habló ya con Sloane? ¿Qué le dijo? ¿Cómo está? Ahora mismo, ¿cuánto me odia?

—Su amiga no es la única. —Con un gesto de cabeza, Kai le dio las gracias al mesero cuando este le trajo un *gin-tonic* de fresa. Tenía una afinidad un tanto extraña con ese cóctel—. Siento lo del incendio. En serio. —Sonó sincero, lo cual empeoró aún más la situación.

La última semana había servido más bien de poco para aliviar mi sensación de culpa y tenía la impresión de que no merecía la compasión ajena.

—¿Ya hablaste con Alex? —se interesó Kai.

Hice una mueca.

—Aún no. Lo haremos mañana.

Tenía cero ganas. Quien había fijado la reunión había sido la ayudante de Alex, así que yo no tenía ni idea de lo que pensaba él sobre el incendio, pero me imaginaba que no sería nada bueno.

—Tampoco he hablado con Markovic desde lo ocurrido. —Volví a recordar la tormentosa mirada de Vuk y las cicatrices que tenía en el cuello de unas quemaduras antiguas—. Cuando salimos de la bóveda, desapareció. ¿Crees que...?

—El Serbio es así —concluyó Kai. Casi todo el mundo llamaba a Vuk «el Serbio» porque él mismo lo prefería, pero a mí me costaba deshacerme de la manía de llamar a la gente por..., bueno, por su nombre real—. Nadie sabe qué le pasa por la cabeza, pero si todavía no ha anulado su acuerdo, imagino que está todo bien.

Se me tensaron los hombros.

Tras los lentes, a Kai se le agudizó la mirada.

—Porque está todo bien, ¿no?

—¿Aparte de la nimiedad de que se incendiara el local? Claro. —Me bebí el *whisky* de un trago—. Porque ya me encargaré yo personalmente de anular el acuerdo después de Año Nuevo. Se acabó.

—¿Por qué?

Noté más jaqueca detrás de los ojos. Estaba cansado, harto de tener que explicar lo mismo una y otra vez.

Le di las mismas razones que le había dado a Sloane. Y, al igual que ella, Kai no pareció impresionado.

—La gente comete errores —señaló—. Y los emprendedores, aún más. Un negocio no puede tener éxito si no conoce los fracasos, Xavier.

—Quizá, pero apuesto a que la mayoría de esos errores tienen más que ver con problemas de flujo de efectivo o con algún problema con los medios que con un incendio que podría haber acabado con la vida de unas cuantas personas.

—Podría, pero no pasó.

—De milagro.

—Yo no creo en los milagros. Todo pasa por algo. —Kai se giró para mirarme a la cara—. ¿Sabes la lista de contactos que te di? Son algunas de las mejores personas en el mundo de los negocios. Y creyeron lo suficiente en ti como para invertir su tiempo, dinero y recursos en la discoteca; de haber pensado que no ibas a poder sacar el proyecto adelante, no lo habrían hecho. Así que deja de hacerte el mártir y de poner excusas y empieza a pensar cómo vas a terminar lo que ya empezaste.

Que Kai soltara una ferviente reprimenda de ese calibre era tan poco habitual que me quedé atónito y en silencio. No es que fuéramos amigos exactamente, y tal vez por eso sus palabras consiguieron llegarme mejor. No había nada tan humillante o esclarecedor como que te fustigara un mero conocido.

Abrí la boca, la cerré, volví a abrirla, pero no pude decir nada porque Kai tenía razón. Me estaba haciendo el mártir. Había tomado el incendio y había hecho que girara alrededor de mí y de la culpabilidad que sentía, y lo había utilizado como una excusa para echarme para atrás con lo de la discoteca.

A pesar de que había conseguido empezarlo todo y de que contaba con un equipo muy potente, seguía teniendo miedo al fracaso. Y el incendio me había dado la oportunidad de dar un paso atrás sin que tuviera que reconocerlo.

Antes de que llegara Kai, me había tomado tres copas de *whisky*. No obstante, la realidad me desembriagó *ipso facto*.

Primero Sloane y ahora esto. Era un maldito cobarde. «Y pensar que acusé a Bentley de ser justamente así cuando yo soy todavía peor».

Me tragué el nudo que sentía en el estómago (y que era del mismo tamaño que una pelota de golf) e intenté pensar con claridad.

Tal vez Kai tenía razón, pero eso no cambiaba el hecho de que conseguir inaugurar una discoteca antes de principios de mayo fuera, desde un punto de vista logístico, prácticamente imposible. Podía hacerlo a menor escala; aun así, hiciera lo que hiciera, tendría que aprobarlo el Comité de la herencia.

Es decir, podía esforzarme más, pero las probabilidades de que fuera a fracasar habían aumentado exponencialmente.

Me froté la sien y deseé, no por primera vez, haber nacido en una familia más sencilla, más normal, con trabajos y vidas más corrientes, en lugar de haber nacido en este caos «sucesionesco».

—Esto fue cosa de Isabella, ¿no?

Incluso en mi estado actual tenía la claridad suficiente para ver que la presencia de Kai en el bar del Valhalla a esta hora en concreto no era pura coincidencia.

No respondió, pero la sutil forma en la que se le torció la boca me lo dijo todo.

—¿Cómo sabías que estaría aquí? —le pregunté.

—Suposición fundamentada. Este bar ha visto a mucha gente ahogando las penas en alcohol. —Señaló la reluciente exposición de botellas carísimas y vasos de cristal con la cabeza—. Y puede que también les haya pedido a los de seguridad que me avisaran si entrabas.

Reí en voz baja.

—Sí que te tomaste la molestia. Me siento halagado.

—Pues no. No lo hice por ti —respondió con sequedad—. Lo hice por mi reputación y por Isa. Quien te puso en contacto con la gente de esa lista fui yo, y si lo de la discoteca no sale bien, quien quedará mal también seré yo. Además... —desvió la vista hacia su celular—, si no te hacía entrar en razón, Isa me lo recordaría eternamente.

«Sloane».

Otra ola de arrepentimiento se apoderó de mí y agarré el vaso con fuerza. Había intentado ayudarme y yo la había alejado. Y luego había sido incapaz de decirle que lo sentía, ni siquiera en Navidad, porque había estado demasiado metido en mis mierdas mentales.

Dios, sí que era idiota.

Me levanté abruptamente, tomé el abrigo del perchero que había bajo la barra y dije:

—Oye, la charla estuvo bien, pero...

—Vete. —Kai siguió bebiendo—. Y si alguien que no sea Isa te pregunta, tú y yo no hemos hablado nunca de esto.

No tuvo que decírmelo dos veces.

Salí del club corriendo y tomé una de las limusinas con

chofer del Valhalla. Le di la dirección de casa de Sloane al conductor.

Habían pasado ocho días, dos horas y treinta y seis minutos desde la última vez que había hablado con ella.

Esperaba que no fuera demasiado tarde.

40
Xavier/Sloane

Xavier

—Lo siento, señor, pero no puedo dejarlo subir —me dijo el conserje sin compasión alguna—. No tiene usted acceso autorizado.

—Llevo semanas viniendo. —Disimulé la frustración con una sonrisa por eso que dicen de que se consigue más por las buenas que por las malas—. Departamento 14 C. Llámele. Por favor.

—Lo siento, señor. —No era el mismo conserje que me había dejado subir el día en que pensé que le había ocurrido algo a Sloane, y se mostró extremadamente resistente a mis habilidades de persuasión—. La señorita Kensington dejó instrucciones muy claras de que no quiere que dejemos pasar a ningún visitante que no aparezca en su lista de personas autorizadas.

—Es mi novia. Estoy en la lista —señalé. Técnicamente, no estaba mintiendo. Estábamos saliendo y nadie podía asegurarme que no hubiera añadido mi nombre a la lista de visitantes que sí podían pasar—. A lo mejor usted la perdió.

—No.

—A lo mejor la perdió otro conserje.

—No.

Apreté los dientes. A la mierda intentarlo por las buenas. Con este tipo quería hacerlo por las malas, pero por las malas de verdad; lo que pasaba era que no tenía tiempo ni para la violencia ni para discutir tampoco.

—Déjeme subir y es suyo. —Deslicé un billete de cien dólares por el mostrador.

El conserje se me quedó mirando con cara de póquer. No tocó el dinero.

Le sumé otros cien dólares más.

Nada.

Trescientos. Cuatrocientos.

¡Carajo! ¿Qué le pasaba a este tipo? Nadie le decía que no a un billete de cien.

—Diez mil en efectivo. —Era todo lo que llevaba encima—. Dinero libre de impuestos que se lleva si me deja subir solo unos minutos.

Físicamente, podía pasar junto a él. No obstante, sin una tarjeta de residente, el elevador no se movería y tampoco podría abrir la puerta de la escalera.

—Señor, esto es innecesario e inapropiado —respondió, sosegado—. Yo no acepto sobornos. Y ahora, insisto en que se vaya o tendré que pedir a seguridad que lo escolten.

Hizo un gesto con la cabeza en dirección hacia un par de guardias de seguridad igual de musculosos que Hulk que parecía que acababan de aparecer de la nada.

¿Cómo no? El edificio donde vivía Sloane tenía que contar con dos escoltas que parecían roperos y el único conserje incorruptible de todo Manhattan.

De todos modos, no pensaba irme sin verla, o sea, que necesitaba un plan B. Escaneé el recibidor en busca de otra vía posible y ahí fue cuando reparé en una placa que había en la pared.

EL LEXINGTON: PROPIEDAD DEL GRUPO ARCHER

Se me aceleró el corazón. «El Grupo Archer».

En ese momento, solo había una persona que podía ayudarme.

Teniendo en cuenta que acababa de quemarle una de sus propiedades, pedirle un favor no era la idea más brillante del mundo, pero cuando hay hambre, no hay pan duro.

Después de una llamada a un Alex Volkov enojado y un conserje muy amargado, salí del elevador en el pasillo de Sloane.

Por sorprendente que fuera, Alex no me lo había puesto difícil, aunque intuía que se lo estaba ahorrando para cuando nos reuniéramos. Pero ya me preocuparía por eso mañana; ahora, tenía algo más apremiante que gestionar.

Toqué la puerta de Sloane con los nudillos.

No contestó, pero estaba ahí. Lo presentía.

Volví a tocar y fui sintiendo un nudo cada vez más y más grande en el estómago a medida que pasaban los minutos. Era extraño que Sloane no abriera la puerta. ¿Y si le había llamado el conserje para advertirle de que subía?

Ya estaba a punto de llamarle solo para ver si oía cómo le sonaba su celular cuando lo oí: un sutil sonido de algo moviéndose que paró enseguida. Si me hubiera movido, o si el elevador hubiera emitido algún ruido en ese preciso instante, no lo habría ni oído. Pero no fue el caso y fue suficiente como para sumarle energía a mis esfuerzos.

Toqué por tercera vez; ahora, con más fuerza.

—Abre la puerta, cariño. Por favor.

No tenía claro si me había oído. Sin embargo, al cabo de

una eternidad, oí unos pasos acercándose y la puerta se abrió de par en par.

Al volver a ver a Sloane, me dio un vuelco el corazón. Hacía una semana que no la veía, pero me habían parecido meses; la estudié como si fuera un trotamundos perdido que acaba de encontrar un oasis en medio del desierto. Iba sin maquillar y con su pijama de seda; llevaba el cabello recogido en un chongo y me miraba cautelosa, sin quitar la mano del picaporte de la puerta.

—Hola —la saludé.

—Hola.

Los segundos fueron pasando, manchados por la acidez de nuestra última conversación.

—¿Puedo entrar? —pregunté finalmente.

Hacía muchísimo tiempo que no estábamos así de incómodos con el otro, y la tensión oscureció toda la entrada.

—Ahora no es un buen momento —contestó, evitándome la mirada—. Tengo mucho trabajo.

—¿El domingo después de Navidad?

Silencio.

Me froté la cara en un intento por juntar las palabras adecuadas. Quería decirle mil cosas, pero, al final, opté por algo sencillo y sincero.

—Sloane, lo que te dije la semana pasada, no lo pensaba de verdad —confesé con un tono de voz suave—. Eso de que no tenías emociones. Estaba frustrado y enojado, y me desquité contigo.

—Ya lo sé.

Flaqueé. Eso no lo había visto venir.

—¿Ah, sí?

—Sí —contestó con rigidez. Vi que se le sonrojaban muy pero muy sutilmente las orejas—. Yo también debería disculparme. No debí haberte insistido tanto justo después del incendio. No era... no era lo que necesitabas en ese momento.

—Solo intentabas ayudar. —Carraspeé. Aún me sentía incómodo—. Y siento no haberte dicho nada por Navidad. De verdad. Me daba demasiada vergüenza llamarte como si nada y pensé que no querrías hablar de lo del incendio durante las fiestas... —No fue la mejor excusa del mundo, pero es que nada de lo que había hecho yo últimamente podía tacharse de inteligente.

—No eres el único que no dijo nada. Esto es cosa de dos. —Sloane deslizó el dije por la cadena del collar.

—Igual podemos celebrarlo con un poco de retraso —señalé—. Las pistas de hielo siguen abiertas.

—Igual —respondió en voz tan baja que apenas la oí.

Me detuve e intenté entender por qué todo eso me daba mala espina. A simple vista, los dos opinábamos lo mismo: yo me había disculpado, ella también y todo iba genial. Visto así, ¿por qué seguía habiendo tanta tensión acechándonos como si fuera una nube de tormenta? ¿Por qué no me miraba a los ojos? ¿Por qué sonaba tan increíblemente triste?

Lo único que se me ocurría era que...

No. El pánico se apoderó de mí, pero camuflé mis sospechas con una sonrisa.

—O sea, que todo va bien. Sé que aún tenemos que ocuparnos de un montón de cosas de la discoteca, pero ¿nosotros estamos bien?

Le estudié la cara en busca de una señal, la que fuera, que me diera a entender que estaba de acuerdo conmigo.

No la encontré. Y, cuando abrió la boca, una parte de mí ya sabía lo que iba a decir.

—Xavier...

—No. —Apreté la mandíbula—. Aún no ha llegado el momento.

—El periodo de prueba termina en dos días. —Por fin me miró a los ojos y fue como mirar el cielo en una noche estrellada. Daba la falsa impresión de que podías tocarlas con la punta de los dedos; sin embargo, por más que alargara la mano e intentara aferrarme a aquellas emociones fugaces, se me deslizaban entre los dedos como si de provocaciones silenciosas se tratara—. Y luego, ¿qué?

—El periodo de prueba habrá terminado y empezaremos a salir en serio. —Dejé de hacerme el tonto—. Eso es lo que quiero, Luna. Dime que no es lo que tú quieres también.

Había muchísimas cosas de las que yo no tenía ni idea, pero conocía a Sloane. Y sabía que sentía algo por mí. Había saboreado sus sentimientos en los besos que nos dábamos; los había oído cuando reía y los había sentido cuando su cuerpo y el mío colisionaban. No eran alucinaciones de un hombre enamorado; eran reales. Y no pensaba dejar que se me escaparan.

Aun así, cuando se cuadró de hombros y se le enfrió la expresión, tuve la ligera sensación de que aquellos sentimientos que yo había pensado que nos acercarían acabarían siendo justamente lo que la apartara de mí.

—No quería hacer esto hoy, pero, ya que estás aquí... —Agarró el picaporte con fuerza y se le pusieron los nudillos blancos—. Nos lo hemos pasado bien, eso no te lo voy a negar, pero nuestro periodo de prueba ya casi se terminó y no... —Tragó saliva—. A la larga, tú y yo no vamos a funcionar.

Un extraño rugido me inundó los oídos.

—¿Qué estás diciendo? —pregunté con un hilo de voz.

Sabía perfectamente lo que estaba diciendo, pero quería oírselo decir a ella. No pensaba ponérselo fácil.

—Estoy diciendo que no habrá prórroga. —Le temblaron un segundo los labios y luego volvió a ponerse firme—. Quiero que terminemos.

Sloane

Estaba helada.

La calefacción estaba al máximo, pero tenía la piel de gallina y parecía que el picaporte de la puerta fuera un cubito de hielo.

O a lo mejor es que estaba entrando el frío del pasillo, donde Xavier seguía de pie, completamente inmóvil y en *shock*.

Me le quedé mirando y su rostro fue serenándose hasta convertirse en determinación. Negó con la cabeza.

—No —respondió.

Cerré los ojos. Ojalá estuviera en cualquier otra parte menos aquí; ojalá la súplica que le había oído decir desde el otro lado de la puerta no me hubiera debilitado tanto las defensas. Debí haber seguido adelante con mi plan inicial y romper con él por teléfono.

No habría sido muy valiente, pero era diez veces mejor que tener que ver a Xavier incrédulo y dolido ante mí.

Abrí los ojos de nuevo y me serené para deshacerme de aquella voz interna que me decía: «No lo hagas».

Tenía que hacerlo. Si no rompíamos ahora, en algún momento tendríamos que hacerlo, y yo prefería hacerlo ahora antes que empezar a sentir mucho por él.

«Ya sientes mucho por él», masculló esa voz.

La ignoré.

—No lo hagas más difícil de lo que ya es —le dije—. Las condiciones eran claras: tendríamos citas durante dos meses y luego decidiríamos si podíamos funcionar como pareja.

Bueno, pues esos dos meses terminaron y decidimos que no funcionamos.

—Lo decidiste tú. Y, si mal no recuerdo, dijiste que esto era cosa de dos. —El frío sosiego de Xavier desapareció y dejó a la vista un destello de emociones en su mirada—. Dame un buen motivo por el cual no podamos funcionar.

—Somos demasiado distintos.

—Durante estos dos meses no ha supuesto un problema. Hay muchísimas parejas que son polos opuestos y que mantienen relaciones duraderas, Luna. No es un motivo suficientemente fuerte.

—Para nosotros, sí. —Algo enorme y áspero se me había instalado en la garganta y me dolía más con cada palabra que pronunciaba—. Yo no estoy hecha para tener relaciones duraderas, ¿de acuerdo? Me aburro. Las cosas no funcionan. Lo que tenemos ya es complicado de por sí porque trabajamos juntos; será más fácil que rompamos ahora antes de que nos veamos obligados a hacerlo luego, tanto para ti como para mí.

Había practicado ese discurso cien veces en los últimos dos días. Aun así, soné igual de falsa que la primera vez.

Sí tenía un buen motivo por el cual no podíamos funcionar, pero no podía decírselo porque me aterraba. Me aterraba él. Esto. Nosotros.

Xavier no me haría daño conscientemente (ahora mismo, no), pero si le daba la mano, me tomaría el pie. Yo acabaría cediendo a sus promesas, él iría ganando poder sobre mí y, al final, llegaría un día en el que me despertaría y me daría cuenta de que Xavier me había roto en muchísimos pedazos más que cualquier otra persona. Su despectivo comentario, ese que soltó porque estaba enojado la semana pasada, ya me había hecho trastabillar. ¿Qué pasaría si lo hacía a propósito?

En una relación, todo va bien durante los primeros meses

de enamoramiento. Sin embargo, estos meses de enamoramiento también llegan a su fin. Y yo me negaba a llegar a ese punto siendo vulnerable.

Por más que doliera a corto plazo, lo mejor que podíamos hacer a la larga era romper.

—¿Obligados? —A Xavier le centelleó la vista ante mi respuesta—. ¿Quién va a obligarnos a hacerlo, Sloane? ¿Tu familia, nuestros amigos, el mundo...? Pueden irse todos a al diablo.

—Déjalo así. Es lo más sensato...

—Me importa una mierda la sensatez. Lo que no me importa una mierda somos nosotros y que me estés mintiendo.

El calor me azotó las mejillas e hizo que desapareciera el frío.

—No te estoy mintiendo —le espeté, en un intento por disimular el temblor de mi voz—. ¿Te acuerdas de cuando nos encontramos con Mark en el restaurante? Me dijiste que el tipo no captaba las indirectas. No cometas tú el mismo error.

Fue un golpe bajo. Xavier se estremeció y a mí se me partió el corazón.

No quería hacerle daño, pero, a falta de alternativas, no pude hacer otra cosa. Por más que eso también me destrozara a mí.

—Puede ser. Pero existe una diferencia abismal entre Mark y yo.

Xavier dio un paso hacia mí y yo, por instinto, di uno hacia atrás. Sus anchos hombros llenaban todo el marco de la puerta y, a pesar de que no había entrado en el departamento en sí, su presencia permeó absolutamente todas las moléculas del aire hasta que lo único que pude ver, oler y saborear fue a él. Su olor terroso se me adueñó de los pulmones y los estrujó, y el recuerdo de su piel bajo mi tacto fue tan vívido que, por un segundo, tuve la impresión de que si alargaba la mano, podría acariciar los ecos de los momentos que habíamos compartido en el aire.

—Déjame que te cuente un secreto —dijo en voz baja.

Crucé los brazos, pero no conseguí evitar la cascada de escalofríos que noté cuando volvió a hablar.

—Siempre me pedías que te contara por qué te llamaba Luna. No te lo dije porque tenía miedo de alejarte. Incluso antes de que nos besáramos, antes de que fuéramos nada más que una publicista y su cliente, ya eras la luz de mi vida. Una persistente y, en ocasiones, aterradora, pero seguías iluminándome. —Xavier tragó saliva y se le movió la manzana de Adán—. *Luna* es la versión corta de «mi luna» en español. Porque, por más oscuras que fueran las noches, tú siempre estabas ahí, brillando con tanta fuerza que yo siempre conseguía encontrar la salida.

Noté que me ardían los ojos. Tenía el pecho tenso y hecho un pozo de emociones, pero me llevé la mano allí porque me dio miedo que, si jalaba un solo hilo mal atado, fuera a descomponerme entera.

—No sé cuándo ocurrió. Un día eras alguien con quien tenía que apechugar si quería seguir viviendo la vida a mi manera, y al siguiente, eras... tú. —Sonrió, triste—. Preciosa, radiante e increíblemente cariñosa bajo esa máscara que te pones para mostrarte ante el mundo. Puedes intentar esconderlo, pero ya es demasiado tarde. Ya he visto tu yo de verdad, con sus partes perfectas y con las rotas también, y las adoro absolutamente todas.

Aquel ardor se volvió insoportable. Me nubló la vista; tornó el rostro de Xavier borroso y convirtió mi mundo en una acuarela de emociones. Era como si me estuviera clavando puñales, y estaba segura de que si Xavier seguía hablando, si yo no escapaba, empezaría a sangrar aquí mismo, en mi propia sala.

—Para —susurré.

No me hizo caso.

—Llevo años enamorándome de ti día a día y ni siquiera era consciente de ello —añadió con la voz rasposa—. Pero ahora ya lo sé.

—Basta.

La sala se fue cerrando a mi alrededor, arrancándome el aire de los pulmones, y un acto tan sencillo como respirar se convirtió, para mí, en una ardua tarea.

Me daba vueltas la cabeza. Quería sujetarme a algo para no perder la estabilidad, pero lo único que tenía cerca era a Xavier, y tocarlo me destrozaría.

Prosiguió, como si le diera igual estar desgarrándome viva.

—Te amo, Sloane. Te amo de los pies a la cabeza, carajo, y quiero que me mires a los ojos y me digas que no sientes lo mismo. Dime que no estás alejándote de mí porque tienes miedo de que vuelvan a hacerte daño. Dime que de verdad crees que no podemos funcionar cuando los últimos dos meses han sido los mejores de mi vida. A pesar de que muriera mi padre, a pesar de lo de Perry y a pesar de decenas de cosas más que han salido mal, han seguido siendo perfectos porque los viví contigo.

Unos temblores me azotaron el cuerpo. La presión era cada vez peor y no podría contenerla mucho más.

—Eso da igual. —Esa mentira me supo tan amarga que casi me atraganto—. Quiero que te vayas. Por favor.

—No te pregunté eso —respondió con dureza—. Tú siempre has sido sincera conmigo. No...

—¡Lo estoy siendo! —Algo pesado y frenético se me adueñó del cuerpo y empujó a Xavier por el pecho. No podía quedarse aquí. No podía ver cómo me rompía. Y yo sabía, con total certeza, que estaba a nada de derrumbarme—.

No te quiero aquí —dije marcando bien las palabras—. Tú me amas, pero yo a ti no. Así que ¡vete!

Empujar a Xavier era como empujar una pared de ladrillos, pero aquella gigantesca ola de pánico que me había imbuido me dotó de una fuerza sobrehumana.

No lo vi venir. Solo sé que en un segundo, Xavier estaba en la puerta, y al otro, se la cerré en la cara. Apenas puse el seguro con el clic pertinente, me dejé caer al suelo, pusilánime, mientras intentaba acallar sus golpes y súplicas.

Aquel ardor se sumó a una mezcla blanca y gris, y el vacío dolor que notaba en mi interior fue tan arrollador que me dio la impresión de que el corazón se me había vuelto ceniza.

Nunca me había sentido tan desesperada. Ni siquiera cuando me encontré a Bentley con Georgia hacía ya tantos años.

Lo que no me importa una mierda somos nosotros y que me estés mintiendo.

Al final, como tenía la vista nublada, no había podido ver bien a Xavier, pero sí le había oído la agonía en la voz y la había notado en el aire. Era igual que el mismo dolor que se había apresurado a llenar aquel vacío que sentía yo en el corazón, porque Xavier tenía razón. Le había mentido.

Sentía que me importaba. Sentía más que eso.

Xavier me hacía sentir de todo cuando yo creía que no podía sentir nada, y darme cuenta de eso me llevó a descubrir una verdad innegable: lo amaba. Lo amaba tanto que no podía respirar. Y lo había alejado de mí porque sabía que el amor solo podía acabar rompiéndote el corazón.

No merecía recorrer ese camino para llegar a aquel destino.

Quién sabe cuánto tiempo me quedé ahí, con la espalda pegada a la puerta y con el peso de lo que acababa de hacer anclándome al suelo. Sin embargo, sé que fue suficiente como para que los golpeteos de Xavier cedieran.

Algo cálido y húmedo me resbaló mejilla abajo.

Fue una sensación tan extraña que ni lo toqué por miedo a lo que pudiera encontrarme, hasta que me cayó por la barbilla.

Me llevé los dedos a la cara. Una gota de aquella sustancia me recorrió los labios, pero yo no me di cuenta de lo que era hasta que noté su salado sabor.

Una lágrima.

41
Xavier

Mi familia no solía llamarme *pequeño toro* porque sí.

La noche anterior me había quedado fuera del departamento de Sloane hasta que su vecino llegó y me amenazó con llamar a la policía. En otras circunstancias, eso no me habría disuadido (lo peor que podían hacer era acusarme de estar merodeando por ahí), pero Sloane no iba a cambiar de opinión y lanzarse a mis brazos el mismo día en que rompíamos.

Necesitaba otra estrategia.

Esa mañana, me pasé todo el trayecto en tren hasta Washington agonizando al respecto. Sloane había dicho que no me amaba, pero su reacción no había sido la de alguien a quien le da igual el otro. Nunca la había visto tan acongojada, y por más que me matara saber que estaba sufriendo, su dolor era un buen indicio. Significaba que sentía algo; de lo contrario, me habría despachado igual que había hecho con Mark.

Lo paradójico era que cuanto más sintiera, más probabilidades había de que se cerrara en sí misma y se alejara. Tenía miedo de que volvieran a hacerle daño, pero, por más que yo intentara convencerla de que eso no ocurriría, ella seguiría asustada por culpa del cabrón de Bentley. Sloane tenía que llegar a esa conclusión por sí sola.

La pregunta era: ¿cómo podía hacérselo ver?

Porque ni de puta broma iba a tomarme yo esa ruptura en serio. Y menos cuando parecía que a ella la había destrozado tanto como a mí.

No te quiero aquí. Tú me amas, pero yo a ti no. Así que ¡vete!

Tuve la sensación de que me estaban atornillando el pecho. Me froté la cara con una mano, intentando quitarme la imagen de la torturada expresión de Sloane de la mente.

—¿Quieres un minuto más para seguir fantaseando sobre frivolidades o podemos empezar la reunión? —Una fría voz me devolvió al presente. Era igual de acogedora que un campo de cactus, pero al menos consiguió ahuyentar los pensamientos relacionados con mi ruptura. De momento.

Alex Volkov me estaba estudiando desde el otro lado de la mesa. Irradiaba descontento, pero estaba ahí y, en parte, eso ya era algo positivo.

—Tuve que posponer una excursión familiar al zoológico para estar aquí, así que vayamos al grano —señaló—. Tienes diez minutos.

Intenté imaginarme a Alex empujando un carrito por el zoológico, pero solo podía imaginármelo ahí en el caso de que se transformara, por arte de magia, en uno de aquellos despiadados felinos salvajes que tenían encerrados en jaulas.

—Mira la parte positiva —dije intentando suavizar el asunto—. Estoy seguro de que el zoológico seguirá ahí en diez minutos a no ser que el Smithsonian haya hecho enojar muchíiísimo a alguien.

Me observó inexpresivo, aunque habría jurado que la temperatura bajó en picada.

«Sí». Se me había olvidado que Alex tenía el mismo sentido del humor que una piedra.

Le conté rápidamente lo ocurrido con el incendio. Ya estaba informado, pero aquel resumen me permitió ver cuál era su reacción en persona.

Se había mostrado extrañamente calmado a pesar de la destrucción de una de sus propiedades más preciadas. Está bien, no es que fuera precisamente un hombre muy emotivo, pero me había imaginado que habría... algo. Un fuerte reproche, un francotirador apuntando a mi mansión desde fuera... O que arrugara la frente, maldita sea.

Pero no hubo nada de eso.

—Ya veo —dijo cuando terminé. El regusto amargo de la culpabilidad seguía inundándome la boca; no obstante, cuando pronunció las siguientes palabras, este sabor se volatilizó—. Estuve investigando. El incendio no fue el resultado de un accidente eléctrico cualquiera. Fue un sabotaje.

Sabotaje. Aquella palabra detonó cual bomba atómica. Unas ondas expansivas se propagaron por toda la sala y yo me quedé mirando a Alex; estaba seguro de que lo había dicho de broma, pero este tipo no hacía bromas. Nunca.

—¿De qué estás hablando?

—Mi equipo ha investigar las causas del incendio porque no me puedo fiar de que los idiotas del seguro hagan algo competente —soltó—. El cableado era viejo, pero no explotó por sí solo. Alguien lo trucó.

—Ahí dentro no había nadie aparte de mí, Vuk, Willow y los albañiles —le conté—. Y Harper investigó minuciosamente a los trabajadores.

—No; ellos no podían ser. Quien sea que lo hiciera, se metió en el local antes de que llegaran los de las obras, arrancó el recubrimiento de los cables que aún estaban bien y los volvió a colocar para maximizar la exposición.

Dios. Era como si me hubiera ido a dormir y me hubiera despertado en medio de una película de Nate Reynolds.

—¿Y tu equipo pudo determinar todo esto a partir de una bóveda chamuscada?

La sonrisa de Alex estaba completamente desprovista de calidez.

—Yo contrato a los mejores.

Si le preocupaba que quien sea que hubiera perpetuado aquel sabotaje tuviera en mente atacar otro de sus edificios, no lo mostró.

Sabotaje. Fui repitiendo mentalmente esa palabra y todo lo que implicaba.

—No tiene ningún sentido —contesté—. ¿Por qué querría alguien sabotear la bóveda hasta el punto de llegar a causar un incendio premeditado?

El sector de la noche era despiadado, pero la mayoría de las personas en este mundo evitaban cometer delitos, a no ser que fueran de la mafia. Y en el caso de que fueran de la mafia, el tipo de establecimiento que tenían distaba muchísimo del mío, o sea, que no había amenaza posible.

—Tengo bastantes enemigos. Al igual que Vuk. Y que tú. —Alex parecía aburrido, como si estuviéramos hablando del clima en lugar de un incendio premeditado—. Tardaremos en encontrar al culpable, pero lo conseguiremos.

Y ahí estaba, por fin: una pizca de rabia gélida que le atravesó la compostura exterior. Fuera quien fuera el culpable, cuando Alex diera con él, sufriría como nadie.

—Yo no tengo enemigos —lo corregí.

¿Competencia? Clarísimamente. ¿Gente a la que no le caía bien? Sin lugar a dudas. Pero ¿enemigos? Yo no era un mafioso. Yo no tenía a gente detrás que quisiera matarme o hacer daño a quienes me rodeaban.

—Cualquier persona rica y en el punto de mira tiene enemigos, aunque no lo sepan —me explicó Alex. Le dio un golpecito al reloj de muñeca que llevaba; ya habían pasado los diez minutos—. Ya me ocuparé yo del culpable. Tú ocúpate de reparar los daños.

Se me había olvidado mi inminente decisión sobre el futuro de la discoteca. Había estado demasiado distraído con lo de Sloane y esta reunión con Alex.

Kai no se había equivocado del todo con eso de que me estaba comportando como un mártir. Sin embargo, a no ser que encontrara la forma de detener el tiempo, no iba a poder tener la discoteca lista parar abrir antes de mayo ni en toda una vida.

Y eso mismo le dije a Alex.

—Eso es irrelevante en esta situación —contestó volviendo a mirar el reloj—. ¿No fuiste tú quien le dijo a Markovic que lo conseguirías costara lo que costara? «Si dices que no, yo seguiré abriendo la discoteca. Si no puedo conseguir el local de la bóveda, encontraré otro. No será ideal, pero lo importante de un negocio no es que sea ideal; lo importante es hacerlo, y lo haré con o sin ti».

Hice una mueca. Oír las palabras que le dije a otra persona citadas de pe a pa por Alex resultaba espeluznante.

—Querías algo que fuera tuyo. Bueno, pues aquí tienes tu oportunidad —prosiguió—. A no ser, claro está, que mintieras y solo quisieras abrir la discoteca para acceder a la herencia. En este caso, me equivoqué seriamente contigo, y a mí no me gusta equivocarme. —Una señal de advertencia le resplandeció en aquellos ojos verdes—. Decídete antes del 1 de enero a las doce del mediodía.

Se levantó y me dejó a solas en su oficina, con aquellas palabras colgando cual guillotina a punto de caer.

No había nada como que un tipo al que no le importabas una puta mierda te regañara para ponerlo todo en perspectiva. Y rápido.

Puede que a Alex le importara la discoteca, pero yo no le importaba. Y el tipo había ido directo al quid de la cuestión.

Además, tenía razón. Lo de la bóveda había empezado siendo algo que tenía que hacer para acceder a mi herencia, pero enseguida se había convertido en un proyecto que me apasionaba. Me gustaba construir un negocio. Me encantaban la adrenalina, los retos y crear algo que fuera mío. ¿En serio iba a dejar que una fecha límite cualquiera arruinara todo eso?

No necesitaba esperar al 1 de enero para darle una respuesta. Cuando regresé a Nueva York ese mismo día, ya la sabía.

Sin embargo, no se lo dije directamente a Alex. Tenía algo de lo que ocuparme con muchísima más urgencia. Mi periodo de prueba con Sloane terminaba oficialmente mañana, pero antes necesitaba hacerle ver las cosas de otra forma.

Mi reunión con Alex me había inquietado lo suficiente para mitigar el dolor de la noche anterior. Aun así, cuando vi el edificio donde Sloane tenía la oficina, volví a sentir un dolor desgarrador.

Quiero que terminemos.

Tú me amas, pero yo a ti no.

Aquel dolor se convirtió en una especie de daga que se me clavó muy hondo. Algunos hombres, después de que los rechazaran de esa forma, habrían tirado la toalla. Y yo me habría creído que lo decía de verdad. Pero si algo fue peor que oírle pronunciar aquellas palabras a Sloane fue verle la cara al decirlas. Su aflicción fue un reflejo de la mía, y detestaba que le hubieran hecho tantísimo daño como para que le tuviera tanto miedo al amor.

O a lo mejor es que estaba delirando a lo bestia.

Fuera como fuera, lo nuestro no se había terminado. Quedaban solo unos cuantos minutos de margen, pero aún tenía la oportunidad de darle la vuelta a la tortilla y marcarme un tanto. Aquel haz de esperanza era lo único que me daba fuerzas para seguir, porque pensar en perder a Sloane...

«No va a pasar. No vas a perderla».

No podía. No cuando acababa de encontrarla. Y menos aún cuando perderla a ella significaba perder una parte crucial de mí en el proceso.

El dolor me latía con tanta fuerza que dolía cuando entré en el edificio; sin embargo, al llegar a RR. PP. Kensington me encontré a Jillian y a unas cuantas representantes *junior* más amontonadas fuera de la oficina de Sloane y con las orejas pegadas a la puerta, y la ansiedad le cedió el paso a la confusión.

—¿Qué...?

—Shhh. —Jillian se llevó un dedo a la boca—. Perry —dijo con los labios sin llegar a pronunciarlo en voz alta.

Maldita sea.

Me acerqué a ella y eché una ojeada por la ventana. Sloane no tenía las persianas del todo cerradas, así que pude atisbar un detalle del espectáculo que había armado ahí dentro.

Perry Wilson, el gurú del chisme en persona, estaba gesticulando como loco. Hasta la fecha, solo lo había visto en carne y hueso una vez y, en esta ocasión, lo banal que parecía ese tipo volvió a dejarme atónito.

Si ignorábamos sus características mechas rubias y aquella corbata de moño rosa, podía pasar por un tipo cualquiera de a pie. No debía medir más de uno cuarenta, estaba flacucho e iba vestido con unos pantalones de mezclilla y un *blazer*. Para desprender tanta arrogancia desde el teclado, era terriblemente pequeño.

Su voz, en cambio, era lo suficientemente fuerte para salirse por la puerta.

—Sé que fuiste tú. Tú eres quien soltó todas esas mentiras.

Sloane estaba sentada detrás de su escritorio, mirándolo, aburrida.

—Perry, rey, no tengo ni idea de qué me estás hablando. Soy una publicista con inquietudes empresariales legítimas. No tengo tiempo para artimañas como esa de la que me acusas. —Le dio un golpecito al celular—. Ya te acusaron de difamación. No le sumes también calumnia.

A Perry la cara se le volvió del mismo color que la corbata de moño.

—Tengo ojos por todas partes, Sloane. Me dijeron que Tilly te oyó hablando de esa aventura en la fiesta de Navidad de los Russo. Y ahora los estúpidos *minions* de Soraya hicieron que me bloqueen las redes. Y esa denuncia por difamación es una estupidez.

—Bien. Entonces no deberías preocuparte —respondió ella—. En cuanto a eso de tener ojos y oídos en todas partes, igual deberían comprobar los hechos antes de que vayas tú y lo subas a las redes. Estamos en el siglo XXI, Perry. Si no sabes cómo lidiar con una chica de veintidós años y sus fans, igual deberías cambiar de profesión. Escuché por ahí que los de Fast and Furriness están buscando redactor.

Perry tembló de indignación.

—No te vas a salir con la tuya.

—Por favor, ahórrame estos clichés de villano. —Sloane suspiró—. Tengo clientes a los que atender y tú, anunciantes a los que calmar antes de que abandonen los bártulos y te dejen a la deriva.

El *blogger* estaba tan enfurecido que de tanto que bajó la voz, prácticamente ni se le oyó. De todo lo que dijo a continuación, solo oí unas cuantas palabras:

—Perra... Controla a tu cliente estrella... Por no hablar del que te estás cogiendo.

Jillian y las demás publicistas se apartaron de la puerta.

Al cabo de un minuto, Perry salió enojado, envuelto en un tornado rosa y perfumado.

—Hey, hombre. —Le di una palmada en el hombro con la fuerza suficiente como para que trastabillara al pasar—. Me enteré de que estás en problemas; lo siento. Buena suerte en Fast and Furriness.

Graznó enojado, pero fue lo suficientemente listo como para no retarme de forma física. Se fue iracundo hacia el elevador, como niño haciendo un buen berrinche; me parecía increíble que este tipo fuera el que había angustiado sobremanera a tantísimas personas poderosas durante años.

Era como mirar a través de la cortina y descubrir al verdadero Mago de Oz. Toda una decepción.

A Jillian se le escapó una risita y, cuando entré en la oficina de Sloane y cerré la puerta tras de mí, no me detuvo.

Ahora que Perry se había ido, a Sloane se le relajaron los hombros. Sin embargo, cuando me vio, volvió a entrar en tensión.

Estaba claramente exhausta. Aun así, hasta con aquel sutil tono violeta bajo los ojos y las tensas líneas que le envolvían los labios, era la mujer más hermosa que había visto en mi vida. Y nada tenía que ver con su aspecto físico, sino con cómo era.

Lista, implacable y totalmente mía.

Debí haberme dado cuenta antes. Y esperaría una eternidad hasta que ella también se diera cuenta.

—O sea, que Perry está definitivamente acabado, ¿eh? —pregunté.

Hablar de algo tan banal como Perry cuando aún estábamos navegando por los estragos causados por la conversación de la noche anterior era extraño. Las ruinas de todo eso flotaban a nuestro alrededor y cada fragmento era un silencioso recordatorio de aquello que estaba en juego.

Aun así, si saltaba directamente a la razón que me había traído aquí, solo conseguiría que Sloane se cerrara en sí misma. Necesitaba tantear el terreno y la verdad es que utilizaría cualquier excusa con tal de volver a hablar con ella; la que fuera.

—De momento. Pero los tipos como él siempre encuentran la forma de sobrevivir. —Sloane repiqueteó en el escritorio con la pluma con una mirada cautelosa—. No tenemos ninguna reunión hoy.

—No.

Tac. Tac. Tac.

Aquel nervioso ritmo imitaba la tensión que permeaba el aire. Era tan potente que incluso podía saborearla y, a pesar de que no había nada de lo que tuviera más ganas que agarrar a Sloane y besarla con firmeza, tenía que actuar con sensatez.

Tenía una última oportunidad. Y no pensaba cagarla.

Sloane tragó saliva y se le movió la manzana de Adán.

—Xavier...

—Tranquila, no vine a hacer ningún numerito. —Me metí las manos en los bolsillos y cerré los puños para contener las ganas de agarrarla—. Vine a decirte tres cosas. Una: vi a con Alex esta mañana para hablar sobre el incendio. Fue un sabotaje.

Sloane dejó de repiquetear con la pluma. Casi podía ver cómo le daba vueltas la cabeza mientras procesaba la información.

—Sabotaje. ¿Por parte de quién?

—Aún no lo sabemos. —Le resumí cómo había estado la reunión—. Es Alex. Descubrirá quién fue y pondrá escoltas para asegurarse de que no vuelva a ocurrir nada parecido mientras arreglo la bóveda.

Sloane se detuvo. Los ojos le centellearon con sorpresa y una precavida esperanza que avivó la mía de nuevo. Aquella esperanza era sinónimo de que aún le importaba, y si aún le importaba tenía una probabilidad infinitamente más grande de ganar mi inminente apuesta.

—Ahí va la segunda cosa —dije con un tono de voz algo más bajo—. Voy a seguir adelante con lo de La Bóveda. Tanto tú como Alex tenían razón, y me da igual si no llego a la fecha límite y no puedo acceder a la herencia. La discoteca ya no se trata de eso. Solo necesitaba darme de frente para verlo. —Se me dibujó una sonrisa socarrona en los labios—. O dos.

A Sloane le centelleó la mirada con otra emoción que no supe descifrar antes de que ella misma la reprimiera con ferocidad.

—Bien. No serviría de nada que todo el esfuerzo que le has puesto se echara a perder.

—Y lo último. —Di un paso al frente sin apartarle la mirada—. Nuestro periodo de prueba no termina hasta mañana, lo cual significa que aún no hemos terminado. No oficialmente.

Sloane agarró la pluma con más fuerza.

—Ya tomé una decisión.

—Pero no cuenta porque aún tengo tiempo para que cambies de opinión.

Le tembló la boca un segundo, pero enseguida apretó los labios.

—No lo hagas más difícil de lo que ya es.

Se le escuchó un tono dolorido en la voz y eso me bastó para crecerme. Detestaba verla sufrir, pero si eso significaba que estaba consiguiendo que abriera los ojos, apechugaría con ello.

—Lo haré tan difícil como pueda —respondí con vehemencia—. Te amo, Sloane, y si crees que voy a dejarte escapar así como así, estás muy equivocada. Me pasé media vida huyendo de lo complicado y escogiendo siempre la salida más fácil porque nunca había querido tanto nada ni a nadie como para soportarlo. —Tragué saliva—. Pero luego te conocí a ti y por fin entendí eso que decía la gente de que vale la pena luchar por amor. Sé que es un cliché y que si oyeras esta frase en una película seguramente escribirías una reseña durísima al respecto —a Sloane se le escapó una risa ahogada—, pero lo digo en serio. He aprendido a luchar por lo que de verdad importa y no hay absolutamente nada en este mundo que me importe más que tú. Ni la discoteca ni mi herencia ni mi reputación. —Di otro paso más al frente, desesperado por tocarla a pesar de que sabía que no podía—. Sé que tienes miedo. Yo también lo tengo, carajo. Nunca me he enamorado y nunca he querido estar enamorado siquiera. No tengo ni idea de lo que hay que hacer en estos casos y seguramente por esto estoy ahora aquí, poniéndome en ridículo. —Una pizca de autocrítica se me escuchó en la voz—. Si de verdad no sientes nada por mí, lo aceptaré. —Aunque me muera—. Pero en el caso de que sí sientas algo, por ínfimo que sea, no hagas lo mismo que hice yo hasta ahora. No huyas de lo que podría ser por miedo a lo que pueda pasar.

Fui tajante, pero Sloane siempre respondía mejor cuando la gente era directa. Y era una de las cosas que más me gustaban de ella.

—No te mentiré ni te diré que sé lo que nos depara el futuro. Eso no lo sabe nadie. Pero lo que sí sé es que, pase lo que pase, saldremos adelante juntos —añadí con dulzura—. Como siempre.

Sloane no se movió ni dijo nada, pero le resplandecieron los ojos con un sospechoso centelleo.

Tomé una profunda bocanada de aire y me armé de valor para pronunciar las palabras que iba a decir a continuación:

—Mañana, en la parte superior del Empire State. Te esperaré a medianoche. —Era justo cuando acababa nuestro periodo de prueba—. Si no vienes... —tragué saliva a pesar de notar cómo unas esquirlas de cristal me desgarraban la garganta—, lo tomaré como una respuesta y no volveré a mencionar nada de esto nunca más.

A Sloane se le volvió a escapar una sonrisa húmeda.

—¿Estás intentando un *Algo para recordar* conmigo?

—Más bien un *Gossip Girl*. A Doris le encantaba —la corregí con una fugaz sonrisa. Volví a serenarme y adopté un tono de voz mucho más tierno—. Sé que crees que eso de ser felices para siempre no es realista, Luna, pero no tiene por qué serlo. Solo tienes que creer lo suficientemente en ese concepto para ti.

No respondió. Tampoco esperaba que fuera a hacerlo. Sin embargo, cuando me fui con el corazón en un puño, no pude sino cuestionarme mi estrategia.

Acababa de arriesgarme como nadie al ponerle un ultimátum a Sloane, pero a pesar de que fuéramos distintos en muchos aspectos, también éramos iguales en tantos otros. Y ella necesitaba ese empujón.

Solo esperaba que al habérselo dado, no hubiera cometido el peor error de mi vida.

42
Sloane

No podía dejar de mirar la hora.

Era la una del mediodía. Aún faltaban once horas para que expirara mi periodo de prueba con Xavier, pero aquel amenazante ultimátum me dejó sin apetito y dejé la ensalada a un lado del plato.

Si no vienes..., lo tomaré como una respuesta y no volveré a mencionar nada de esto nunca más.

Dejando aparte el fin de nuestra relación, ¿qué pasaría si no iba? ¿Dejaríamos de trabajar juntos directamente? ¿Dejaría de verlo para siempre? ¿Quedarían esos dos meses en el olvido como si no hubieran sucedido jamás?

Eso debería alegrarme. Era lo que yo quería; pero si realmente era así, ¿por qué tenía tantas náuseas?

La comida que me había metido antes en la boca se me removió en el estómago. Cortar lazos con Xavier sería lo más sensato. No podíamos volver a trabajar codo con codo como antes ahora que había descubierto cómo sabían sus labios, cómo era tenerlo dentro de mí y cómo me envolvía con los brazos, como si...

—Hooolaaa, Tierra llamando a Sloane. —Isabella hizo aspavientos con la mano delante de mi cara y me sacó de aquella espiral de pensamientos—. ¿En qué planeta estás ahora mismo?

—Perdona. —Intenté comer un poco más, pero me sabía todo a cartón—. Solo estaba pensando.

—¿En lo de esta noche? —A Alessandra le centelleó cierta preocupación en la mirada—. ¿Ya decidiste qué vas a hacer?

Los días laborales solía pedir algo para llevar; sin embargo, le había pedido a mis amigas que fuéramos a un restaurante como Dios manda porque necesitaba que me aconsejaran. Les había contado lo del ultimátum de Xavier y sus reacciones habían sido de lo más variopintas.

Isabella quería que fuera y punto final. Vivian dijo que debería hacerle caso a mi corazón, lo cual no ayudaba porque mi corazón tenía por costumbre tomar unas decisiones pésimas. Alessandra se mostró sorprendentemente neutral, pero, de entre todas las personas que estábamos en esa mesa, ella entendía lo importante que era tomar una decisión cuando yo me sintiera lista, no cuando me lo dijeran los demás.

El problema era que yo no tenía demasiado tiempo. Tenía, cuando mucho, unas cuantas horas.

—No. —Aparté un trozo de nuez. Se me había olvidado pedirle al mesero que me las quitaran de la ensalada.

Como no sabía qué te gustaría más, pedí un poco de todo. Pero sin nueces.

Noté que se me atragantaba cierta emoción en la garganta. No había vuelto a llorar desde anoche y tampoco se lo había contado a mis amigas. Tampoco era tan importante; era una reacción física, nada más.

¿De qué? No lo sé; no me permití adentrarme en esa cuestión.

—No debería ir. No iré —dije con una convicción desganada—. Ir sería una estupidez, ¿verdad? A la larga, acabaremos terminando, así que más vale arrancar la curita de una vez.

Isabella arrugó la frente, Alessandra cortó el pollo en silencio y Vivian le dio un sorbo al agua sin mirarme a los ojos.

Pfff. Adoraba a mis amigas, pero era evidente que no eran imparciales. Todas estaban asquerosamente enamoradas y, por más que ellas sí hubieran conseguido tener su «felices para siempre», lo suyo no contaba. Ellas querían estar enamoradas; no se autosaboteaban sencillamente por su forma de ser. Yo nunca sería la típica chica dulce y cariñosa a la que se le da bien eso de tener relaciones, y era perfectamente feliz estando sola.

Perfectamente feliz.

Apuñalé la fresa con tanta fuerza que hasta tembló el plato.

—Bueno, basta ya de hablar de mi vida sentimental —solté—. ¿Les conté que ayer vino Perry a verme a la oficina? Estaba que echaba chispas.

Entretuve a mis amigas con la satisfactoria crisis de Perry y ellas dijeron lo correcto para animarme. Aun así, noté que seguían pensando en mi dilema con Xavier.

Y, si soy sincera, yo también.

Hacia el final de la explicación, se me fue apagando la voz porque me acordé de lo ocurrido cuando Perry se fue. Xavier apareció y el corazón me latió con tanta fuerza que parecía desesperado por salirse de su sitio.

Sé que crees que eso de ser felices para siempre no es realista, Luna, pero no tiene por qué serlo. Solo tienes que creer lo suficientemente en ese concepto para ti.

Me dio otro vuelco el estómago y me levanté con tanta brusquedad que mis amigas se sobresaltaron y levantaron la vista del plato.

—Voy al baño —me disculpé—. Enseguida vuelvo.

Agaché la cabeza y me afané para llegar al sanitario de chicas. Cuanto más me alejaba, menos me costaba respirar y bloquear las emociones de Xavier: la calidez de sus ojos, la naturalidad de su voz, la breve aparición de sus hoyuelos después de que yo soltara ese comentario de *Algo para recordar*... Oír el ruido de la sala del restaurante también me ayudó. No había nada como un poquito de ruido blanco para reprimir pensamientos indeseados.

Había decidido ver a mis amigas en Le Boudoir, que había conseguido limpiar su reputación después de que un comensal muriera la noche de la inauguración el año pasado. Los forenses concluyeron que se había tratado de una muerte por causas naturales y aquel mórbido acontecimiento le sumó cierto misticismo al restaurante, que estaba sorprendentemente lleno en esta época del año.

En una esquina estaba Buffy Darlington, reinando en una mesa con figuras adineradas y distinguidas de la alta sociedad. En otra, Ayana estaba sentada con su cita, un tipo atractivo de cabello oscuro con una viva expresión. Parecía que estaban manteniendo una acalorada discusión, así que no me acerqué a saludar; total, tampoco estaba yo para charlas banales.

Abrí la puerta del sanitario con fuerza y fui al baño.

Tenía la piel fría y pegajosa; aun así, cuando me lavé las manos y me volví a pintar los labios, ya había logrado controlar las náuseas. Más o menos.

Volví a mirar el celular. «Diez horas y media».

Tragué saliva para deshacerme de la bilis que me estaba subiendo por la garganta. Aún faltaba mucho tiempo. Seguro que...

—Sloane.

Desvié la vista hacia la puerta.

Reconocía esa voz, y de todas las personas a quienes no quería ver ahora ni nunca, ella estaba entre las primeras cinco.

Mi madrastra se me acercó vestida con su traje de *tweed*

de Chanel y la misma expresión de alguien que acaba de tragarse un limón entero.

Me aseguré de que mi cara no dejara entrever nada de lo que sentía por dentro.

—Caroline.

Nunca había defendido eso de que las mujeres tienen que ir al baño acompañadas, pero ojalá alguna de mis amigas estuviera aquí conmigo ahora. Al menos así no me acusarían de agresión con agravantes por arrancarle los ojos a Caroline.

Había echado a Rhea, estaba impidiéndole a Pen que me viera y, en general, era un ser humano despreciable. Considerando cuál era mi estado actual, tenía suerte de que no la apuñalara con el tacón de mi zapato.

Los suyos repiquetearon por los azulejos del suelo a medida que se me fue acercando. Metió la mano en la bolsa y sacó el labial.

—No esperaba verte aquí un martes por la tarde —señaló, sumándole una capa más a aquel minimalista color malva con precisión—. ¿No deberías estar en ese trabajillo tuyo que tienes?

—Resulta que mi «trabajillo» es una de las empresas de relaciones públicas más importantes del país. —Le sonreí con frialdad—. No todo el mundo se casa por dinero. Hay quienes somos lo bastante listas para ganarlo.

—Qué pintoresco. —Volvió a tapar el labial y lo metió en la bolsa—. Por más que me entusiasme oír tus aventuras de plebeya... —arrugó la nariz—, querría hablar de otro tema.

—No sé dónde puedes limarte los cuernos. Igual deberías buscar «Servicios para demonios» en internet, a ver qué encuentras.

Apretó los labios.

—De verdad, Sloane... Por eso te va mejor trabajando que

buscando un marido como Dios manda. No hay hombre respetable que vaya a tolerar un humor tan pueril.

—Pues qué suerte que no me gusten los hombres «respetables». Tienen por costumbre decir una cosa y, cuando te despistas, hacen justo lo contrario; a veces, hasta con tu hermana.

Ante aquella referencia a Bentley, Caroline entrecerró los ojos, pero no mordió el anzuelo.

—Es sobre Penelope —dijo.

Y así, sin más, me dejé de bromitas sarcásticas.

Desde las últimas novedades que me había dado Xavier, no había vuelto a saber nada más de Pen. No quería darle a Caroline la satisfacción de rogarle que me diera más información, pero el pulso se me aceleró hasta adoptar un ritmo frenético mientras esperaba a que prosiguiera.

—Últimamente no está siendo ella misma —me contó tras una pausa—. Apenas come y la adaptación a la nueva niñera está siendo... difícil. Y mira que suele comportarse siempre muy bien.

¿Y tú qué sabrás? Si a duras penas hablas con tu propia hija.

Me guardé esa réplica mordaz para mis adentros con tal de no enemistar a mi madrastra ahora que me estaba informando personalmente de lo ocurrido después de la bomba que publicó Perry. Enterarme de que Pen no estaba comiendo bien me preocupó, pero me costaba creer que Caroline estuviera tan sorprendida de que la cosa hubiera ocurrido así. Ya debería saber a qué se debía.

—Extraña a Rhea —le conté—. La ha cuidado desde que nació. Es prácticamente una madre para ella y tú la alejaste de Pen de la noche a la mañana sin decirle absolutamente nada. Está molesta. Y con razón.

Caroline se tensó. No pensaba que se preocupara por nada que no fuera su estatus social y su ropa, pero juraría que vi una pizca de dolor atravesándole el rostro al oír aquel comentario sobre Rhea haciéndole de madre a Pen.

—Sí, bueno, puede que nos precipitáramos un poco en ese aspecto —respondió tensa—. Sin embargo, Rhea conspiró contigo para que pudieras ver a Penelope a escondidas cuando George y yo no estábamos. No podemos confiar en ella, y tenía que pagar por sus actos.

—¿Que no pueden confiar en ella? —De no ser porque estaba tan indignada, me habría reído—. Si te preocupa no poder confiar en la gente, deberías mirar bien a otras personas que tienes en casa. Sí, Rhea mintió por omisión, pero lo hizo por Pen. Puede que tú te sientas feliz teniendo a tu hija encerrada en casa y fingiendo que no existe porque no es lo bastante «perfecta» para ti, pero es una niña. Necesita a alguien que se preocupe por ella y tú le arrebataste a la única persona que tenía en casa y que daba la talla.

Caroline apretó sus labios color malva.

—Sea como sea, tú eras consciente de la gravedad de la situación cuando te fuiste y humillaste a esta familia hace años. Por tu culpa, el escándalo manchará el apellido Kensington de por vida. En nuestro mundo, nadie se olvida de los distanciamientos, Sloane, y tú decidiste abandonar a Penelope junto con los demás privilegios que tenías. No fuiste capaz de tragarte tu orgullo entonces y ahora arrastraste a Rhea contigo. La única culpable de todo esto eres tú.

—Que consideres el darme acceso a Pen como un privilegio, como si fuera una tarjeta de crédito o una cuenta bancaria, es exactamente el motivo por el cual no das la talla como madre —señalé con un frío tono de voz a causa de la ira.

—Anda ya, bájate de ese pedestal de santurrona —contestó ella con desdén—. Si no «diera la talla como madre», ahora mismo no estaría hablando contigo. Créeme, tengo cosas mejores que hacer que perder el tiempo hablando con mi exhijastra en el baño de un restaurante. —Inhaló profundamente y luego, más calmada, añadió—: Como te dije, Penelope nos ha estado dando guerra. También nos pregunta por ti. Sin parar. Y, al contrario de lo que tú puedas pensar, no soy un monstruo desalmado. Es mi única hija y me preocupo por sus deseos y necesidades.

No me tragué aquella actuación repentina de madre cariñosa. Puede que Caroline se preocupara por los deseos y necesidades de Pen, pero se preocupaba más por sí misma.

—Tanto que llevas ignorándola desde que le diagnosticaron SFC —respondí.

No pude evitarlo. Llevaba años muriéndome por reclamarle a Caroline y, ahora que me acababa de surgir la oportunidad, me resultó imposible echarla a perder.

Debí de meterle el dedo en la llaga, porque se le encendió la cara en el acto.

—No la he ignorado —me espetó—. La he dejado en casa para protegerla. Dudo mucho que, en sus condiciones, pueda ir correteando por la ciudad, y tú más que nadie debería saber ya cómo trata la gente de nuestro mundo a aquellas personas que son «distintas» o que no son «lo suficientemente buenas». —Dibujó una mueca con los labios—. Sabe Dios que, después de casarme con George, mi vida no ha sido nada fácil. Me he pasado años sin ser aceptada en la junta de ninguna buena organización benéfica.

—Mi más sentido pésame. Me resulta increíble que hayas podido superar semejante penuria.

—Suelta todas las ocurrencias que quieras, pero esto no se trata ni de ti ni de mí —contestó Caroline apretando los dientes—. El único motivo por el cual estoy hablando contigo es porque ya lo hemos probado todo para ayudar a Pene lope y no ha funcionado. Hasta Georgia ha intentado hablar con ella.

—Pedirle a Georgia que reconforte a alguien es como pedirle a un escorpión que te dé un abrazo.

Por sorpresa mía, mi madrastra rio en voz baja, como dándome la razón.

—A mí nunca me ha caído bien tu hermana. Siempre se ha creído mejor que yo.

—Se cree mejor que todo el mundo. Y yo tampoco te he caído nunca bien.

—No, pero eres la única que puede hacer entrar a Penelope en razón. Esto está siendo más que el típico berrinche de niña pequeña. Si sigue así, su salud se verá gravemente afectada. —Caroline paseó la mirada por el baño—. George todavía no sabe que estoy haciendo esto, pero estoy dispuesta a llegar a un acuerdo. Penelope dice que quiere verte y yo puedo conseguirlo si deja esa huelga de hambre de lado.

Al pensar en la posibilidad de volver a ver a Pen sin tener que estar escondiéndome, me dio un vuelco el corazón. Aun así, una parte de mí se mantuvo precavida.

—¿Dónde está la trampa?

Caroline no era lo bastante altruista como para hacer esto solo en beneficio de Pen.

—Qué cínica eres para ser tan joven... —Mi madrastra sonrió sin gracia alguna—. No hay ninguna trampa. Lo creas o no, no todo el mundo quiere hacerte daño constantemente. Hablaré con George; tú estate pendiente del celular. Y, mientras tanto, no le digas a nadie que tuvimos esta conversación.

El eco de su oferta me acompañó hasta la mesa, donde mis amigas estaban terminando de comer.

—¿Está todo bien? —me preguntó Vivian cuando me senté—. Te tardaste bastante.

—Sí. —Tomé la copa, desesperada por aliviar aquella incertidumbre que me bloqueaba la garganta. Xavier, Caroline, Pen... Eran demasiadas cosas a la vez, y una amenazante migraña me estaba empezando a aporrear la mente—. Todo bien.

43
Sloane

Las desgracias nunca vienen solas.

Por lo visto, a las malas noticias les daba igual que fueran vacaciones, porque cuando regresé a la oficina, tuve que gestionar una crisis tras otra. Jillian investigó un poco acerca de la advertencia que Perry nos había soltado sobre Asher al irse y encontró un video en el que salían Asher y Vincent DuBois peleándose a puñetazos. Aún no se había difundido demasiado por internet y me pasé unas buenas dos horas asegurándome de que no ocurriera.

Cuando terminé de apagar ese fuego, tuve que atender las llamadas de un director ejecutivo aterrado al que habían descubierto cogiéndose a la recepcionista de un restaurante en el baño, una estrella de cine a la que habían detenido por atacar a un *paparazzi*, y a una figura de la alta sociedad que había olvidado un bolso Dior de edición limitada en algún lugar entre París y Nueva York (le había dicho que lo hablara con su ayudante; no me pagaban lo suficiente como para ir rastreando bolsos de lujo que se habían perdido en viajes transatlánticos).

Fue el día que más trabajo tuve en todo el año y, cuando conseguí un segundo para respirar, me fijé en que ya eran las diez de la noche. Le había dicho a Jillian que se fuera a casa hacía horas, o sea, que solo quedaba yo en la oficina, con una triste cena a base de ramen instantáneo y una inquietante cuenta atrás para la medianoche.

«Dos horas y media».

Me tragué un buen bocado de fideos grasientos. Desde la hora de la comida, la migraña no había hecho sino empeorar, pero no por eso dejé de perderme navegando por las redes sociales con tal de no pensar en Xavier.

Ayer, su presencia llenaba esta sala. Ahora, sin él, la oficina parecía vacía, como una película sin alma.

«Dos horas y cuarto».

Desistí y tiré los fideos que no me había terminado y que ya se habían enfriado a la basura. Ya había acabado de trabajar. ¿Por qué seguía aquí en lugar de irme a casa y disfrutar de una buena película mientras me tomaba una copa de vino?

«Porque el Empire State está a veinte minutos caminando».

«Porque si te vas a casa significará que tomaste una decisión».

«Porque la última vez que lo viste fue aquí y aquí es donde te sientes más cerca de él; más que en cualquier otra parte».

Gruñí y ejercí presión en los ojos con la parte inferior de la palma de la mano.

Ojalá tuviera una bola de cristal que me dijera lo que tenía que hacer. Siempre me había enorgullecido de ser una persona decidida, pero cuando algo tenía que ver con Xavier, era un desastre.

A veces me sacaba de quicio, pero me desafiaba como nadie. Me sacaba de mi zona de confort y, a la vez, me hacía sentir segura como para hacerlo. Y me había hecho reír, llorar y sentir más que cualquier otra persona en toda mi vida.

La Sloane más joven había estado convencida de que lo vivido con Bentley había sido amor. Sin embargo, cuando llegó Xavier me di cuenta de que lo que había tenido con Bentley no había sino un simple prólogo de la historia de verdad.

Xavier y yo, la pareja más inverosímil de la historia. Polos opuestos en muchísimos sentidos, pero muy parecidos en otros tantos. Me conocía perfectamente en todos los aspectos; conocía mi mente, mi cuerpo y mi corazón. Y me quería; no a pesar de mis defectos, sino por ellos.

Habíamos visto al otro en sus peores momentos y, aun así, nos habíamos enamorado.

Sentí una fuerza sobrehumana estrujándome el pecho.

No hay ninguna trampa. Lo creas o no, no todo el mundo quiere hacerte daño constantemente. Las palabras de Caroline se me metieron en el subconsciente.

Jamás habría pensado que vería el día en que esa mujer dijera algo que fuera a ayudarme. No obstante, ahora que estaba aquí, sentada y sola en mi oscura oficina mientras el hombre al que amaba me esperaba en un punto que quedaba a solo minutos de donde me encontraba yo, sus palabras hicieron mella.

No hay ninguna trampa.

Tenía miedo de que si Xavier y yo acabábamos rompiendo cuando me hubiera enamorado más de él, fuera a pasarlo peor; la cosa es que ya estaba enamorada de él y ya lo estaba pasando tan mal que ni siquiera podía pensar con claridad. Por el amor de Dios... Había llorado por primera vez en mi vida y estaba cenando ramen instantáneo sola en mi oficina.

La misma oficina donde nos conocimos.

La misma oficina donde me dio un ultimátum.

La misma oficina donde le conté la verdad a Georgia sobre

lo de Bentley. Yo que pensaba que la traición de Bentley ya no tenía control alguno sobre mis propias decisiones; me había equivocado como nadie. Seguía teniendo tanto miedo de volver a sufrir que estaba dispuesta a dejar que un caso hipotético me alejara del hombre con el que sí me veía compartiendo mi futuro.

No huyas de lo que podría ser por miedo a lo que pueda pasar.

Y, si era sincera conmigo misma, sabía que lo nuestro podía funcionar. Xavier era la única persona que me entendía, que encajaba en mi vida a la perfección e incluso la hacía mejor. Sin él, todos mis días serían como el de hoy.

Estaría sola, me sentiría sola y lo pasaría mal por algo que podría haber tenido, pero que yo misma había dejado escapar.

—Dios, Sí que que soy idiota —exhalé.

Mi cuerpo se puso en marcha antes que mi cerebro. Tomé el abrigo y salí como bala por la puerta antes de poder procesar lo que estaba haciendo. Solo sabía que tenía que llegar a la parte superior del Empire State. Inmediatamente.

Por suerte, era tan tarde que el elevador no se fue parando en todos los pisos al bajar. Aún tenía muchísimo tiempo para...

Las luces parpadearon y el elevador se detuvo al acto. En la pantalla aparecía el número 4 y de ahí no se movió.

—Tiene que ser una broma.

En todos los años que llevaba trabajando en este edificio, nunca jamás había tenido problemas con el elevador. El universo debía de estar castigándome por mi previa indecisión, porque esto no podía ser una coincidencia ni de broma.

Furiosa, me puse a darle al botón de la entrada. Nada.

Miré el celular. No había cobertura y solo tenía un dos por ciento de batería. Había estado tan centrada en el trabajo que me había olvidado de ponerlo a cargar.

«Maldita sea...».

Solo me quedaba una opción: darle al botón de emergencias y rezar para que: 1) respondiera alguien a pesar de la hora que era y de que estábamos en plenas vacaciones, y 2) me sacaran pronto de aquí.

Tras lo que pareció una espera interminable, una voz ronca respondió la llamada y me prometió que los técnicos estaban «en camino». Le pedí que me diera una franja exacta de tiempo, pero no me respondió.

Anduve de un lado al otro de aquella minúscula caja de metal y volví a mirar el reloj de muñeca. «Las 22:30». No pasaba nada. Aunque los técnicos tardaran una hora, seguiría llegando al Empire State antes de medianoche.

Dios, esperaba que no tardaran una hora.

Alguien debió de oír mis plegarias en alguna parte, porque al cabo de veinte minutos, llegaron un par de técnicos y me sacaron de ahí. Me quedé el tiempo justo para darles las gracias y luego me fui.

«Las 23:05».

El aire de los últimos días de diciembre me ofreció una fresca bienvenida tras aquella claustrofóbica experiencia en el elevador. Cuando llegué a la 34, donde se encontraba el Empire State, frené en seco. Unas vallas metálicas obstruían el paso a ambos lados de la calle. Las había visto al venir, pero pensaba que acabarían antes de que llegara a mi destino. Claramente, me había equivocado.

Me acerqué a un oficial de policía que había ahí cerca y me obligué a sonreír con educación.

—Hola. ¿Podría contarme qué ocurre? —Señalé aquella exasperante fortaleza improvisada con las manos—. Necesito llegar al Empire State.

—La *Snowflake Parade* —respondió con expresión aburrida y gesticulando con el pulgar hacia atrás, haciendo referencia al desfile anual de invierno—. Está toda la avenida cortada. Si quiere cruzar la calle, va a tener que dar toda la vuelta.

Contuve las ganas de gruñir. ¿Cómo me había podido olvidar de una de las peores tradiciones de la ciudad? Había dado por hecho que aquella aglomeración serían los típicos turistas que inundan la ciudad durante las vacaciones, pero no, era un desfile entero dedicado a un fenómeno natural para nada interesante.

—¿La vuelta por dónde?

Cuando me lo dijo, casi suelto una grosería en voz alta al pensar en lo que tardaría en llegar a la primera calle que estuviera abierta.

El edificio estaba ahí mismo. Podía verlo iluminado desde aquí, con su punto más alto clavándose en la noche. Tardaría, como mínimo, cuarenta minutos en llegar por un camino alternativo (o quizá más, teniendo en cuenta la de gente que había), pero no tenía elección: el desfile ya había empezado y no podría saltar las vallas sin que me derribara algún agente del Departamento de Policía de la Ciudad de Nueva York.

En lugar de perder más tiempo discutiendo, me di la vuelta y comencé a caminar a toda prisa. No era matemática, pero hasta yo sabía que caminar con tacones de ocho centímetros mientras esquivaba una multitud que iba a paso de tortuga y gente que estaba por ahí sacándose selfis no era sinónimo ni de rápido ni de cómodo.

Cuando por fin llegué a la calle transversal, estaba sudada, exhausta y jadeante porque me faltaba el aire.

«Propósito de Año Nuevo: hacer más cardio». El yoga y los pilates no me habían preparado para recorrer la ciudad con unos Manolo Blahniks.

El otro lado de la avenida estaba igual de atiborrado de

gente, pero al menos no tenía que esquivar un desfile entero. Quien sea que hubiera inventado el concepto de los desfiles, todos en general, merecía que le dieran un tiro.

Fui abriéndome paso a codazos entre la multitud. A medio camino, alguien chocó conmigo con tanta fuerza que me temblaron los dientes. Levanté la vista, lista para encarar al tipo en cuestión.

Ojos verdes y un rostro de un atractivo brutal. Me resultó un tanto familiar, lo suficiente para hacer que me detuviera, pero desapareció antes de que me diera tiempo a decir ni una sola palabra.

Y mejor. No tenía tiempo para ponerme a discutir con un desconocido, por más maleducado que hubiera sido el tipo.

«Las 23:47».

Aceleré el paso y casi tiro a una mujer con un gorro blanco adornado con un copo de nieve.

—¡Oye! ¡Atenta, güerita! —gritó.

La ignoré. Coches, gente y escaparates fueron volviéndose borrosos hasta que, al final, por fin llegué a la entrada del Empire State.

«Las 23:55».

Pasé el control de seguridad a toda prisa y recé para que, por lo menos, el elevador de este lugar funcionara bien.

«Las 23:58».

Aquel elegante elevador de cristal me llevó al piso 86. Fue subiendo a tanta velocidad que me explotaron los oídos, y entonces...

Llegué.

«Medianoche».

Salí a la plataforma de observación empapada en sudor y con el corazón latiéndome tan fuerte que hasta podría partirme las costillas. En otra situación, me había preocupado ir con este aspecto; sin embargo, ahora mismo, lo más importante no era eso.

Lo más importante era encontrar a Xavier.

Paseé la vista por el mirador. Estaba prácticamente vacío, y con razón. Con el vendaval que hacía aquí arriba, de poco servía la calefacción. El aire me azotaba las partes del cuerpo cuya piel quedaba al descubierto con una ferocidad implacable, y aquel penetrante frío se me metía por debajo de las capas de lana y cachemir hasta calarme los huesos.

Mi aliento fue formando unas diminutas nubes blancas mientras yo recorría la zona exterior. En la primera vuelta, se me heló la cara, pero no fue para nada comparable a lo gélida que se me puso la sangre tras una segunda ojeada.

No estaba aquí.

O sea, se había ido... o es que directamente no había venido.

Me detuve en algún punto entre la salida y el borde exterior y me quedé ahí, tiritando. Estaba tan cansada que me sorprendía que las piernas aún me respondieran. El manto que formaban las luces de la ciudad a mis pies adoptó una especie de toque irreal, como si fuera polvo de estrellas esperando a que pidiera un deseo.

Si no vienes..., me lo tomaré como una respuesta.

Había llegado aquí a medianoche en punto. Si Xavier se hubiera ido justo entonces, lo habría visto. ¿Y si se había atrasado o le había surgido alguna emergencia y había tenido que irse antes?

No. Si dijo que estaría aquí, estaría. A no ser que hubiera cambiado de opinión.

Y no lo culpaba. De ser él, yo también habría cambiado de opinión, porque ¿por qué iba alguien...? ¿Por qué...?

Un sollozo se escuchó en el aire.

Nunca había oído algo así agarrándoseme con tanta fuerza a la garganta para salir. Tardé un minuto en asimilar que provenía de mi interior.

Y, cuando solté el primero, los demás le siguieron sin que pudiera reprimirlos. Era como si yo fuera una muralla de arena intentando frenar un tsunami.

El domingo por la noche lloré en silencio. Ahora, en cambio, mis sollozos eran de todo menos silenciosos. Eran guturales, desgarradores. Su eco resonó por todo el mirador e hicieron que el mismísimo aire mostrara compasión. Si alguien me hubiera visto, habría sido humillante. Aunque, a estas alturas, ya me daba igual.

Había arruinado la relación con el único hombre al que había amado de verdad en toda mi vida y la única culpable era yo.

—Luna.

Temblé con un nuevo sollozo. Me llevé el puño a la boca, pero mi llanto siguió oyéndose igual y, cuando cerré los ojos con fuerza, pude sentir el fantasma de la calidez de Xavier acariciándome la espalda.

Fue peor que notar aquel frío, porque eso no era real. Era mi mente, evocando recuerdos para torturarme.

—Luna.

Tenía que salir de aquí. Si me quedaba un segundo más, o moriría congelada o me volvería loca; aun así, fui incapaz de moverme.

«No es él». Era producto de mi imaginación y...

Unas manos fuertes me agarraron los brazos y me dieron la vuelta. Y ahí estaba él. Con su cabello negro cayéndole enmarañado por la frente, con los labios arrugados en señal de preocupación y una mirada que envolvió mis heladas lágrimas de cierta calidez mientras me estudiaba.

Seguía sujetándome. Su calor corporal me atravesó la ropa y volví a tiritar, pero esta vez no fue por el frío, sino por su calidez. A lo mejor mi mente era capaz de evocar sonidos, imágenes y sensaciones, pero no podía crear esto: la paz total y absoluta que sentía solo cuando estaba con él.

«No es producto de mi imaginación». Era real.

Me puse a llorar con más ímpetu.

—Hey. —Le centellearon los ojos, alarmado—. No pasa nada. No llores. —Me secó una lágrima con dulzura con el pulgar—. Shhh. No pasa nada.

—Pensaba que te habías ido —dije entre hipos, avergonzada pero demasiado aliviada como para hacer nada para evitarlo.

A Xavier le cambió la expresión, comprensivo.

—Había una pareja de señores mayores; uno se cayó y los ayudé a bajar. Te envié un mensaje por si aparecías y no me veías.

—Se murió mi celular. —Hipé otra vez—. Me olvidé de cargarlo.

—Ah... —Se le volvió la voz ronca y me acercó a él—. Estoy aquí, Luna. No me he ido. Estoy aquí.

Sus palabras deberían haberme tranquilizado, pero solo me hicieron llorar con más vehemencia todavía. Le hundí la cara en el pecho mientras las emociones que llevaban años reprimidas en mi interior me brotaban por los ojos.

Todos mis miedos, todas mis frustraciones y todas las veces que me habían roto el corazón. Todas esas emociones habían esperado una vida entera para liberarse y, ahora que por fin lo habían hecho, no pararon hasta que la última gota que tenía en mí se evaporó. Y yo me dejé caer contra Xavier, vacía y agotada.

Mientras tanto, él me sujetó. A pesar de que le estuviera arruinando un suéter que seguramente era carísimo y de que me estuviera dejando hecha polvo.

—Lo siento —dije entre sollozos—. No... Cuando...

Yo no era de las que hacían discursos emotivos ni entendía de florituras. Y el hecho de que Xavier supiera lo que estaba intentando decirle sin necesidad de echar mano de ninguna de esas habilidades era muestra suficiente de lo mucho que me conocía.

—No tienes que disculparte. Ya lo sé. —Me envolvió en un abrazo más fuerte—. Lo único que importa es que estás aquí.

Levanté la cabeza. Mientras miraba al hombre que siempre había estado ahí para mí de una u otra forma desde el día en que entró en mi vida, noté una punzada en el corazón.

—Te amo —dije en voz baja. Ya había pronunciado esas mismas palabras antes, hacía muchísimos años; sin embargo, al decirlas ahora, me sentí distinta. Sentí que ahora sí—. Siento haber tardado tanto en admitirlo y siento haberte alejado de mí. Es solo que... tengo miedo —confesé con un hilo de voz.

Me gustaban las cosas estructuradas y la rutina. Surcaba la vida sujeta a un puerto seguro que yo misma había construido al romper con Bentley, y lo que Xavier y yo teníamos significaba adentrarme en aguas desconocidas. Dejarnos llevar por esa corriente podía guiarnos hasta el mejor destino que hubiéramos conocido jamás o hacer que acabáramos cayendo por un acantilado de treinta metros y sin bote salvavidas.

—Yo también, por eso vale la pena. —Me apartó un mechón de cabello de los ojos con una ternura insuperable—. La vida sería bastante aburrida si supiéramos lo que nos depara cada día.

Sorbí por la nariz.

—Pues a mí me parecería maravilloso. Me encantaría.

—Bueno, es que tú ordenas el material de oficina por colores, o sea, que no me sorprende.

Se me escapó una risa húmeda que aligeró un poco el ambiente.

—Listillo.

—Supongo que esa es una de las cosas que más te gustan de mí. —Xavier me dedicó una de esas sonrisas socarronas suyas que yo tanto detestaba y tanto adoraba a la vez; de esas que hacían que le aparecieran los hoyuelos—. Y tu compromiso en asegurarte de que tus marcadores verdes estén siempre bien alineados a la izquierda de los azules es una de las cosas que más me gustan de ti. —Agachó la cabeza y apoyó la frente en la mía—. El amor no se trata de perfección, Luna; se trata de que personas imperfectas creen su propia versión de un felices para siempre. Y aunque yo no lo sé todo, sí sé una cosa: todas mis versiones de un felices para siempre siempre incluirán una versión de ti.

Una nueva flota de lágrimas se me acomodó en la garganta. Madre mía. Me había pasado veintipico años sin llorar y ahora no podía parar.

Xavier se acercó para besarme, pero me eché para atrás en un inesperado arrebato de consciencia.

—Mejor no me beses ahora. Estoy hecha un desastre.

Evité a propósito estudiarme el reflejo en un cristal que había cerca, pero ya sabía lo que vería: ojos hinchados, nariz roja, el rímel corrido y el cabello empapado en sudor. No era exactamente la imagen de alguien a quien quieres besar.

Xavier me envolvió la cara con las manos para sujetarme.

—Yo siempre quiero besarte. Y eres perfecta tal y como eres.

Si me lo hubiera dicho cualquier otra persona, no le habría creído. Sin embargo, cuando me rozó la boca con los labios, todos mis pensamientos se fueron volando. El viento, las lágrimas mediosecas, el puto periplo de esta noche para llegar aquí... Cuando le enredé los dedos en el cabello y me abandoné para devolverle el beso, nada de eso importó.

Este momento hizo que valiera la pena pasar por todo lo que había pasado.

Y sí: que una pareja se bese en el punto más alto del Empire State después de una gran reconciliación era un cliché peliculero tan grande una catedral, pero como dije ya...

A veces, las comedias románticas daban en el clavo.

44
Xavier

Cuando volví a salir a la plataforma de observación y vi a Sloane ahí de pie, el alivio que sentí fue tal que estuve unos cinco segundos largos sin poder moverme.

Llevaba horas ahí esperando y hubo un momento (muchos, de hecho) en que pensé que no vendría. Me había convencido de que la había cagado al darle un ultimátum y que había arruinado las posibilidades de volver a ganármela en el futuro.

Aun así, algún milagro quiso que viniera. Y eso era todo cuanto necesitaba para no volver a soltarla jamás.

No nos quedamos demasiado tiempo en el Empire State. Para empezar, porque hacía un frío bestial. Y, en segundo lugar... Bueno, pues porque teníamos mejores cosas que hacer.

Sloane y yo entramos a tropezones en su departamento sin quitarnos las manos de encima ni dejar de besarnos.

Conocíamos el cuerpo del otro a la perfección y el anhelo fue aumentando cada vez más, mientras, sin pensarlo, dábamos en los puntos justos: una mordidita en aquella zona sensible que tenía Sloane detrás de la oreja izquierda, una caricia que me recorría el estómago, el pecho y los hombros...

Fuimos quitándonos la ropa desde que entramos por la puerta hasta que llegamos a su habitación, donde la empujé a la cama y me detuve un segundo para admirarla.

Sloane me miró fijamente con los labios hinchados de tanto que se los había besado y mordido. Los ojos le resplandecían de una forma que hizo que se me encogiera el corazón.

Te amo.

Dos palabras que se habían dicho un sinfín de personas en un sinfín de ocasiones a lo largo de los siglos. Y, aun así, pronunciadas por ella, eran tan poderosas que hasta conseguirían que me arrodillara.

Volví a besarla recorriéndole, con calma, labios, cuello y hombros. Prolongué el recorrido hasta llegar a los pechos, donde, cuidadosamente, le rocé sus endurecidos pezones con los dientes. Un escalofrío la envolvió entera y sus gemidos se convirtieron en súplicas mientras yo lamía, succionaba y jugueteaba con su cuerpo hasta que la tuve suplicándome que me la cogiera.

—Por favor —jadeó—. Necesito sentirte dentro de mí, Xavier.

Cuando finalmente le solté los pechos para ir besándole el vientre hasta llegar a su vulva, volvió a gemir. Estaba tan increíblemente húmeda por mí que se me hizo agua la boca.

Quería tocarla, saborearla, llenarla. Quería tener toda su piel pegada a la mía y no podía esperar ni un segundo más.

Me hundí en ella cual hombre hambriento, chupándosela por fuera y por dentro, saboreándola entera. Utilicé dedos y mano y, cuando le pasé la lengua por su pequeño y necesitado clítoris, el gemido que se le escapó fue directo a mi adolorida verga.

Succioné su delicada carne con cuidado antes de acariciársela con la lengua y dejar que fuera ella quien sentara el ritmo mientras se retorcía a una velocidad más y más frenética. Se frotó contra mi cara, agarrándome el cabello con las manos y meciendo las caderas cada vez más y más rápido hasta que...

Sloane gimió en señal de protesta cuando me aparté.

—Todavía no, cariño. —Tomé un preservativo del primer cajón de su buró, me lo coloqué y apoyé la punta en su hendidura—. Quiero notar cómo te vienes a mi alrededor.

Entrecerró los ojos, sonrojada a causa del cansancio y del orgasmo que acababa de negarle.

—Pues cógeme ya.

Se me escapó una risa que enseguida se convirtió en gruñido cuando le agarré las caderas y me hundí finalmente en ella.

Dios. Juraría que noté hasta el último centímetro de su vagina mientras se la metía hasta el fondo; la tenía tan estrecha, estaba tan húmeda y era tan perfecta que nunca conseguiría creer que no estaba hecha para mí. Y menos cuando estar dentro de ella era como volver a casa después de llevar años deambulando sin rumbo.

La cogí con unas embestidas largas y lentas, dándole tiempo para que se acostumbrara y dándome margen a mí para volver a recuperar el control antes de acelerar el ritmo. Se le escapó un chillido con el primer empellón fuerte y, cuando encontré el ángulo exacto que hacía que me clavara las uñas en la espalda con abandono, jadeó sin aliento.

Empezó a mover las caderas con fuerza para seguirme el ritmo y la cabecera de la cama fue chocando contra la pared mientras me la cogía hasta que estuvimos empapados de sudor y fluidos. Los golpes de dos cuerpos al chocar, los gemidos de Sloane, la forma en la que le temblaba el cuerpo a causa del brío con el que la estaba empotrando...

Era demasiado.

Contuve las ganas de gruñir de nuevo. Estaba a punto de venirme, pero no pensaba llegar a eso sin que se viniera ella conmigo.

Mantuve un ritmo constante mientras le buscaba el clítoris con los dedos. Aún lo tenía hinchado y sensible de cuando se lo había chupado, y apenas me dio tiempo de rozárselo antes de que se le tensaran los músculos y se le contrajera el sexo a mi alrededor.

Me clavó las uñas en la piel con tanta fuerza que dolía y se vino con un sonoro grito. Noté sus contracciones por todo el cuerpo y eso me empujó a alcanzar mi propio clímax con un enérgico estallido.

No sabría describir el sonido que se me escapó ni queriendo, pero mi orgasmo fue tan intenso y arrollador que se me quedó la mente en blanco durante un minuto antes de que fuera volviendo poco a poco a la realidad.

Apoyé la frente en la suya, respirando con pesadez, y permanecí así hasta que la verga dejó de palpitarme y los espasmos cedieron.

Salí de ella con total reticencia y me quité el condón antes de acomodarme al lado de Sloane. La envolví con un brazo por la cintura y la acerqué a mí, reconfortándome con el constante ritmo de su respiración.

—Los vecinos me odiarán —musitó.

Reí y le aparté el cabello de la cara para admirar su rostro. Estaba sonrojada y satisfecha.

—Porque estarán celosos.

—¿Hasta Irma, la señora de noventa años? —parecía escéptica.

—En especial Irma, la señora de noventa años. —Guardé silencio un segundo—. Aunque si alguna vez tienes ganas de hacer un tr...

—Xavier. —Sloane me empujó por el pecho y nos echamos a reír los dos—. Eres de lo que no hay.

—Y te encanta.

—Pues sí. —Suspiró—. Tengo un gusto cuestionable.

—Ese comentario me ofendería si no fuera porque me siento muy seguro de mi atractivo físico y mi personalidad de galán. —Le robé un beso—. Y si no fuera porque te amo a más no poder.

A Sloane se le relajó la expresión.

Parecíamos una de esas parejas tan cursis y empalagosas de las películas, pero me daba igual. Y a juzgar por cómo me devolvió el beso, a ella también.

Se quedó dormida sin que volviéramos a decir nada más. A mí también me empezaron a pesar los párpados, pero me obligué a permanecer despierto un rato más para poder disfrutar de aquel momento: tenía a Sloane en brazos, con su cabeza apoyada en el hombro y respirábamos al unísono.

Y, mientras le estudiaba la delicadeza de las pestañas y la alegre curva que tenía dibujada en los labios con la mirada, me vino un único adjetivo a la mente:

«Mía».

45
Xavier/Sloane

Xavier

Sloane y yo nos pasamos el resto de las vacaciones en una dicha orgásmica, interrumpida solo por la ocasional entrega de comida a domicilio y una película de veintitrés minutos que, de tan mala que era, hasta era casi buena y que trataba de familias conflictivas, duendes y un perro llamado Tobey con un solo ojo. Cuando llegamos al minuto veinticuatro, ya nos habíamos olvidado de la película y pasamos a actividades más interesantes.

Sin embargo, después de Año Nuevo, nos pusimos las pilas de golpe. A ella la atrapó la vorágine que supuso anunciar el compromiso de Ayana y yo me volqué de lleno en tener la bóveda lista lo antes posible sin saltarme ningún paso.

Lo más importante ya no era terminar antes de mi cumpleaños, pero intentaría abrir la discoteca antes de ese día sí o sí. Era un reto que me puse a mí mismo.

Si lo conseguía, fantástico. Si no... Bueno, mi padre había levantado su imperio de la nada. Yo también podría hacerlo.

Hablé con media docena de contratistas y, por lo general, me dijeron que los daños no eran tan graves como yo me temía. Sloane tenía razón: la bóveda tenía muchos materiales inflamables y, a pesar de que había mucho trabajo por hacer, si pagaba la cantidad de dinero adecuada al equipo adecuado, podríamos tenerlo hecho en dos meses.

Y pagué ese dinero de mi propio bolsillo de lo más feliz.

Aquel nuevo marco temporal implicaba que tendría que cambiar el plan de diseño inicial, pero por algo Farrah era la mejor diseñadora de interiores de hostelería del país. Tras unas cuantas lluvias de ideas, se me ocurrió un nuevo concepto que sería más rápido de implementar y que seguiría encajando con la visión que tenía yo de la discoteca. A ella sí que se le vendría el tiempo encima, pero la cantidad extra que le pagaba compensaría las molestias causadas.

Aun así, todavía me quedaba un cabo suelto por atar antes de meterme por completo en mis nuevos planes.

El segundo martes del año, cuando la ciudad se recuperaba de la calma de las fiestas y volvía a su acelerado ritmo habitual, entré en la mansión de Vuk en el Upper East Side.

Desde fuera, aquel inmenso edificio parecía una fortaleza más que el hogar de alguien. Contaba con tantas medidas de seguridad que hasta le hacía sombra a Fort Knox, pero el interior era la personificación del lujo tradicional. Abundaban escaleras de caracol, ventanas ojivales y detalles góticos. Cada habitación era más grande que la anterior y unos bustos de mármol me fulminaban con la mirada desde sus respectivas mesas de exhibición mientras seguía al mayordomo hasta la oficina de Vuk.

El mayordomo anunció mi llegada y desapareció con un discreto centelleo de cabello canoso y algodón blanco almidonado.

La oficina de Vuk era igual de oscura y lúgubre que el resto de la casa. Revestimiento de madera negro, escritorio negro y muebles de cuero negros. Los únicos detalles en color eran una lámpara de cristal de tono esmeralda que tenía en el escritorio y sus glaciales ojos azules, que me estudiaron mientras me acercaba.

Era la primera vez que lo veía desde el incendio. Su lejana expresión nada tenía que ver con el terror que le había visto antes de arrastrarlo hasta la salida de la bóveda, pero nunca me olvidaría de esa mirada.

Helada. Desesperada. Poseída.

—¿Cómo estás? —pregunté.

Una preocupación genuina me hizo pasar de mi irreverencia estándar. Vuk y yo no éramos amigos, pero sí era mi socio y había apostado a lo grande por mí. Además, si había acabado en medio de ese incendio también había sido por mí, así que, en parte, me sentía culpable por lo que sea que hubiera sentido esas últimas semanas.

Asintió sutilmente con la cabeza y me lo tomé como una señal de que estaba considerablemente bien.

—¿Y Willow?

Repitió el gesto.

—Ya —respondí.

Se me había olvidado lo difícil que era mantener una conversación con alguien que se negaba a hablar. Como Vuk no parecía que tuviera intención alguna de compartir sus pensamientos, le resumí rápidamente mis nuevos planes para la discoteca y le puse al día respecto al tema de la inauguración.

Se me hacía raro estar hablándole de negocios cuando, la última vez que nos vimos, casi morimos. No obstante, Vuk tampoco me parecía el tipo de persona al que le gustaba hablar de emociones o traumas del pasado (o de nada, en realidad).

Cuando terminé, emitió cierto ruido en señal de aprobación y garabateó algo en una hoja de papel:

¿Quién está invitado a la inauguración?

Interesante. De todo lo que le había dicho, esto era en lo que menos pensaba que fuera a fijarse.

—Acabaré de escribir la lista esta semana —le conté—. Te la enviaré cuando la termine.

No estaba seguro de que pudiéramos inaugurar la discoteca antes de mi cumpleaños, pero de lo que sí estaba seguro era de que yo sabía cómo organizar una buena fiestota. Tal vez la gente dudara de mi visión para los negocios, pero seguirían viniendo para ver si estaba a la altura o si fracasaba y, de paso, se lo pasarían en grande.

—Si quieres que invite a alguien en especial, solo tienes que decírmelo —añadí.

Se lo dije por cortesía. Vuk no salía con nadie, no tenía un círculo de personas cercano y le daban igual las apariencias públicas, de modo que no esperaba que fuera a tener a nadie en mente.

Sin embargo, me demostró que me equivocaba al escribir algo en otra hoja de papel.

Solo había una palabra. En concreto, un solo nombre:

Ayana.

La misma Ayana que acababa de comprometerse.

Levanté la vista de golpe y lo miré a los ojos. Estaba observándome, estoico. No me dio ninguna explicación sobre el motivo de ese nombre y yo tampoco se la pedí.

—Ya está en la lista, pero me aseguraré de revisarlo —le confirmé recuperando una expresión neutral.

Él asintió, yo me fui y ahí se quedó el tema. Fue la reunión más rápida y más fácil que había tenido desde que se me ocurrió la idea de La Bóveda.

La verdad es que podríamos habernos reunido online, pero quería ver cómo estaba Vuk en persona y asegurarme de que se encontraba bien después del incendio. Era evidente que estaba bien.

Al salir de su mansión, enseguida me vino a la memoria el nombre de Ayana escrito en unos trazos negros y gruesos en aquella hoja. Había ejercido tanta presión con la pluma que hasta había agujereado muy sutilmente el papel.

A ver, a lo mejor no estaba tan bien. Pero eso no era asunto mío.

Yo ya tenía suficientes cosas de las que preocuparme como para meterme en los asuntos de los demás. Así que me olvidé de aquel extraño interés de Vuk por la supermodelo y simplemente tomé nota de que debía asegurarme de que Ayana asistiera a la inauguración costara lo que costara.

Sloane

Estar enamorada era extraño.

Por lo general, mi día a día continuaba con su ritmo habitual: seguía yendo a trabajar, salía con mis amigas y me ocupaba de las demandas de mis clientes. Aun así, había pequeñeces que sí eran distintas. Los días eran más dulces y menos pesados, como si fueran rayos de luz de luna colándose entre las rígidas persianas de mi vida.

Me costaba menos sonreír y más enojarme. El aire tenía un olor más fresco y mis pasos eran más ligeros. Todo parecía más tolerable ahora que sabía que, pasara lo que pasara, había alguien ahí fuera a quien pertenecía y que me pertenecía a mí.

Algunas mañanas, me quedaba en la cama con Xavier, perezosa, en lugar de despertarme temprano para practicar yoga. Algunas noches, cuando él lo sugería, cedía a ver pelis de terror (los protagonistas eran casi siempre un poco estúpidos) y humor físico (no estaba hecho para mí). Por las tardes comíamos en mi escritorio (sobre todo, en días laborales) o en un sinfín de bistrós cada vez más adorables que descubría Xavier.

La rutina dio paso a las sugerencias, que eran cada vez más mágicas, porque eso era lo que ocurría cuando algo tenía que ver con Xavier.

A pesar de sentirme asqueadamente feliz, había aspectos en mi vida que seguía teniendo que limar.

Y uno de ellos eran las circunstancias de Pen y Rhea.

Dos semanas después de haberme encontrado con Caroline en Le Boudoir, recibí un breve mail en el que me pedía que me reuniera con ella en el ático familiar. Xavier había ido a ver a Vuk, así que fui sola. Cuando vi el edificio que había sido mi hogar durante la mitad de mi vida, se me encogió un poco el corazón.

Estaba exactamente igual que la última vez que había estado allí. Hasta tenía la misma marquesina de color verde oscuro y las mismas macetas con las mismas plantas en la entrada.

—¡Señorita Sloane! —El portero me saludó sorprendido y con una sonrisa—. Me alegro de volver a verla. Hacía mucho que no pasaba por aquí.

—Hola, Clarence. —Le devolví la sonrisa, extrañamente emocionada de que se acordara de mí después de tantos años. De pequeña, siempre me daba dulces a escondidas cuando volvía del colegio. Mi padre me había prohibido comer demasiadas gomitas, y cuando descubrió unas cuantas envolturas en mi cuarto, le salió humo por las orejas. Le mentí y le dije que me los habían dado en el colegio—. Muchísimo, sí. ¿Qué tal Nicole?

—Genial. —Se le agrandó la sonrisa al oírme mencionar a su hija—. Está en primero de Periodismo en Northwestern.

Hablamos un poco más antes de que bajara otro residente para pedir un taxi. Me despedí de Clarence y tomé el elevador para subir al ático. No reconocí a la empleada doméstica que me abrió la puerta; sin embargo, cuando la seguí por los pasillos, tuve que luchar contra un inesperado golpe de nostalgia.

Las pinturas al óleo. Aquellos suelos de mármol de color crema. El aroma a calas. Era como si alguien hubiera preservado la casa donde me había criado de pequeña en una cápsula del tiempo de oro y, a pesar de que no extrañaba vivir aquí, sí extrañaba los momentos felices que había vivido al crecer en esta casa.

Claro que tampoco es que hubiera habido tantos. Y, los que había habido, los habían eclipsado, de una forma u otra, o mi padre o mi hermana.

Me bastó con pensar solo en eso para volver a la realidad.

Sacudí la cabeza para deshacerme de aquellos resquicios de un sentimentalismo comprensible pero indeseado y entré en la sala, done me encontré a mi padre y a Caroline esperándome.

Evidentemente, Caroline había hablado con él, tal y como había prometido, pero ninguno de los dos parecía demasiado contento de verme. Lo cual no me importaba; tampoco es que yo me alegrara de verlos, aunque sí me sorprendió ligeramente ver que mi padre estaba en casa una tarde entre semana en lugar de estar trabajando. Supongo que era una de las ventajas de ser tu propio jefe.

Me senté en el sofá que les quedaba enfrente y arqueé

una ceja. Me moría de ganas de hacerles mil y una preguntas sobre Pen, pero no iba a ser yo la primera en dar el brazo a torcer e iniciar la conversación.

La tensión nos envolvió durante unos cuantos minutos hasta que Caroline cedió.

—Hablé con George sobre la situación de Penelope —dijo sin preámbulo alguno—. Él también cree que es insostenible. Así que hemos decidido que, a pesar de lo estipulado originalmente cuando te fuiste de esta familia, sería... beneficioso para todas las partes implicadas que recuperaras tu conexión con Penelope. —A cada palabra que pronunciaba, parecía que Caroline se estuviera arrancando un trozo de piel.

—Pero déjanos que aclaremos algo. Esto no es ninguna carta blanca para que vuelvas a meterte en esta familia. —Bajo aquellas gruesas y grises cejas, a mi padre le ardía la mirada—. Nos faltaste al respeto, nos ridiculizaste y nos ignoraste cuando te dimos la oportunidad de arreglar las cosas. Sin embargo... —Cuando Caroline lo fulminó con la mirada, frunció todavía más el ceño—. Resulta evidente que Penelope está muy unida a ti, así que, por su bien, estamos dispuestos a darte un poco de manga ancha siempre y cuando actúes como es debido.

—No tengo intención alguna de «volver a meterme» en esta familia —respondí con frialdad. Me entraban ganas de reír con solo imaginármelo—. Me va de maravilla solita, así que déjenme que sea yo quien aclare algo. Si estoy aquí hoy es única y exclusivamente por Pen. Es la única Kensington con la que quiero relacionarme y no tengo ni pizca de interés en hurgar en el pasado. Si me traicionaron ustedes a mí o si fui yo quien los dejó en ridículo... Eso me da igual. Y, ahora, pasemos al verdadero motivo por el cual vine, ¿les parece?

No me preocupaba que fueran a echarme. Se habían tragado una cantidad ingente de orgullo con solo pedirme que viniera hasta aquí y no iban a echar todo eso a perder sin antes decirme lo que querían.

A mi padre se le tiñó la cara de un fascinante tono violeta. Me había desconcertado en el hospital, pero ese día no tenía pensado verlo ni enfrentarme a él. Hoy, en cambio, había venido preparada; aunque ya no me importaban tanto como para discutir más de lo necesario.

En algún punto entre que ingresaron a Pen en el hospital y ahora, me había hecho lo suficientemente fuerte como para no dejar que el simple hecho de la existencia de mi padre me afectara.

—Estamos dispuestos a dejarte ver a Pen bajo nuestras condiciones —prosiguió Caroline fríamente y consiguiendo que volviera a centrar mi atención en ella. Su elección de palabras me molestó, pero no dije nada hasta que terminé de hablar—. En concreto: una vez al mes, y nosotros elegiremos el día, la hora y el lugar.

—Una vez a la semana, y seremos nosotras quienes elijamos el día y la hora —contraataqué. Caroline hizo ademán de responder; negué con la cabeza y añadí—: Tiene nueve años. Como estudia en casa, apenas tiene la posibilidad de interactuar con niños de su edad. George y tú casi nunca están en casa, y echaron a la única persona de por aquí que la trata como a una niña normal. Lo mínimo que pueden hacer es dejar que Pen tenga un poco de voz y voto en cómo quiere vivir su vida.

La sala se sumió en silencio.

Caroline miró a George. Una delatadora vena le palpitó en la sien, pero mi padre soltó su beneplácito con los dientes apretados:

—De acuerdo. Una vez a la semana y ustedes elegirán el

día, la hora y el lugar. —Se levantó con brusquedad, emanando una ira evidente—. Ya terminamos.

Se fue sin volver a mirarnos ni a mí ni a su mujer.

Caroline se tomó su repentina marcha con filosofía.

—De ahora en adelante, Penelope y tú se verán en otra parte —dijo desviando la mirada hacia mí—. No tengo interés alguno en que vuelvas a entrar en nuestra casa. Como puedes ver, tu presencia aquí tiende a generar conflicto.

Ignoré su bromita y me centré en lo primero que había dicho.

—¿De ahora en adelante?

«¿Significa eso que...?». Un repentino haz de esperanza hizo que me diera un vuelco el estómago.

Caroline sonrió muy discretamente.

—Igual te interesaría quedarte un poco más.

Entonces, ella también se levantó. Sin embargo, casi no había tenido ni tiempo de salir de la sala cuando una voz infantil y familiar gritó:

—¡Sloane!

Giré la cabeza justo a tiempo para ver cómo una melena rubia y borrosa se me echaba encima. Pen me abrazó por la cintura y una indescriptible sensación de alivio me inundó los pulmones con todo su esplendor.

Le devolví el abrazo con el corazón tan encogido que hasta me costaba respirar.

—Hola, Pen. —Sonreí a pesar de toda la emoción que tenía amontonada en la garganta—. Te extrañé.

—Yo también te extrañé. —Levantó la cara para mirarme con los ojos llenos de lágrimas. Estaba muchísimo más delgada que la última vez que la vi. Me alegraba de volver a verla, pero tenía que hablar con ella de su huelga de hambre; aunque ya lo haría cuando acabara de abrazarla con todas mis fuerzas—. Pensaba que no las volvería a ver, ni a ti ni a Rhea —dijo con un hilo de voz.

Al oír la vulnerabilidad de sus palabras, sentí que se me partía el corazón.

—Créeme: habría encontrado la forma de volver a verte.

Lo dije en serio. Ni mi padre ni Caroline habrían podido impedirme que volviera a ver a Pen. Habría encontrado la manera de esquivar todas las piedras que me pusieran en el camino, aunque esta alternativa era muchísimo mejor que cualquier otra (tal vez menos ética).

Pensaba que no las volvería a ver, ni a ti ni a Rhea. Fui interiorizando la última parte de la frase que había dicho Pen y fruncí el ceño. ¿Qué quería...?

De reojo vi que algo se movía. Me di la vuelta y vi a la mujer que había en la puerta.

—¡Rhea! —Ahogué un grito—. Volviste.

La antigua niñera de Pen sonrió. Parecía cansada, aunque satisfecha.

—Volví —confirmó—. La señora Kensington me llamó después de Año Nuevo. Penny la armó tanto que la niñera que contrataron después de echarme a mí se fue.

—Era una muy mala niñera —se quejó Pen—. Ni siquiera sabía que el Blackcastle es un equipo de futbol.

La tensión que aún se respiraba en la sala se disipó y, ahora que las tres volvíamos a estar juntas por primera vez desde noviembre, fueron todo abrazos y lágrimas. Bueno, por mi parte no hubo lágrimas; no había sido capaz de volver a llorar desde mi reconciliación con Xavier y sospechaba que había vaciado mi interior con tanta vehemencia que tardaría otros veintipico años más en volver a experimentar algo parecido.

Aun así, por más contenta que estuviera de ver a Pen, no

pude sino regañarla por su huelga de hambre. No era saludable, y menos para alguien en su situación.

—¿Qué es eso que me contaron de que te niegas a comer?

Se hundió más en el asiento.

—No me he negado a comer en sí. Simplemente me he saltado unas cuantas comidas y amenacé con saltarme algunas más si no me dejaban verlas.

—No debiste haberlo hecho, Pen —la reprimí con cariño—. Tu salud es lo más importante y saltarte las comidas puede ser muy peligroso.

—¡Pero me alejaron de ti y de Rhea! ¡Además, amenazarlos funcionó! —protestó—. ¿Lo ves? Míranos. —Nos señaló a las tres con la mano—. Debería haber probado esta táctica antes, la verdad. Así no habríamos tenido que vernos a escondidas durante tantos años.

Suspiré y Rhea sacudió la cabeza. No había forma de discutir con Pen; siempre acababa ganando.

—¿Qué quieres hacer hoy? —Le pregunté cambiando de tema. Mientras volviera a comer a partir de ahora, no valía la pena que siguiéramos hablando de algo que ya estaba hecho—. Tengo el día libre y soy toda tuya. —Tenía pensado ir a la oficina por la tarde, pero acababa de escribir a Jillian para decirle que no iría.

Pen apretó los labios y arrugó la carita, pensativa.

—Quiero ver una peli.

Arqueé las cejas. Pen casi nunca quería hacer algo tan tranquilo como ver una peli. Veía partidos de futbol, pero eso era distinto.

—¿Una peli? ¿Estás segura?

—Sí. —Asintió convencida—. No quiero cansarme demasiado rápido.

—Pues a ver una peli se ha dicho.

Nos fuimos a la sala de proyecciones, puse una película

de dibujos animados sobre princesas hadas y le conté todo lo que había ocurrido desde la última vez que nos vimos. Me ahorré las partes menos agradables; había cosas de mi vida que no hacía falta que Pen llegara a saber nunca.

—¿Y Xavier te ha hecho daño? —se interesó—. Porque le dije que, si lo hacía, se las vería con Mary.

—Sí, pero fue algo muy rápido. Además no era su intención y se disculpó. —Guardé silencio un segundo y arqueé una ceja—. ¿Quién es Mary?

—Una muñeca victoriana poseída.

Entrecerré los ojos.

—Tú no tienes ninguna muñeca victoriana. Te dan miedo.

—Sí. —La sonrisa de Pen era pura maldad—. Pero eso él no lo sabe.

No pude evitarlo: me eché a reír a carcajada limpia. Cuando creciera, mi hermana sería de armas tomar.

Pen consiguió terminar de ver la peli entera y luego empezó a quedarse sin energía. Ahora que podíamos vernos sin tener que escondernos, no se quejó tanto como las otras veces cuando tuve que despedirme.

Le pedí a Rhea que me llamara en unos días para cuadrar la próxima visita y esperé a que se hubieran metido en el cuarto de Pen antes de irme.

Cuando ya estaba en mitad del recibidor, la puerta de entrada se abrió y me encontré cara a cara con mi otra hermana.

Tanto Georgia como yo nos detuvimos en seco.

Llevaba el cabello impecable, como siempre, pero tenía los ojos rojos y le atisbé ciertas ojeras. Ya se le empezaba a notar la panza, pero ella seguía llevando tacones de ocho centímetros y serpenteando por Madison Avenue cargada con bolsas de decenas de tiendas de marca.

—¿La víbora volviendo al nido? —pregunté al verla aquí—. Qué tierno.

Georgia sorbió por la nariz, se tocó el cabello y miró a derecha e izquierda, como si quisiera estar en cualquier otra parte menos aquí.

—Estoy quedándome aquí mientras acaban de arreglarnos la mansión. El polvo es malo para el bebé —señaló marcando bien la última palabra, como si me importara lo más mínimo que estuviera embarazada.

«Nada de eso». Le gustaba demasiado tener el control de todo como para no estar vigilando las reparaciones tan de cerca como le fuera posible. Pero si no estaban reformando la mansión, ¿por qué...? Tuve un presentimiento y pregunté:

—¿Y Bentley también se queda aquí?

A Georgia le cambió la mirada y eso me dio la razón.

No sabía lo que había ocurrido después de que yo misma le enviara aquella grabación de audio, pero era evidente que había servido para que volviera a vivir quién sabe cuánto tiempo. Todavía llevaba el anillo de casada, pero eso tampoco es que significara demasiado. Había muchísima gente que continuaba llevando las alianzas incluso mucho después de que el amor que se habían prometido con ellas desapareciera.

En lugar de sentirme triunfante o vindicada por algo que demostraba que su relación estaba en problemas, sentí... Nada. Porque, para ponerlo de una forma sencilla, ya no me importaba. En absoluto.

—Puede que creas que conseguiste algo al ponerme ese audio en tu oficina, pero no —me dijo cuando pasé a su lado—. Bentley y yo estamos atravesando una mala racha ahora mismo, pero no nos dejaremos nunca. Yo siempre seré la mujer a la que eligió; no tú.

La miré, con su cabello perfecto, su ropa cara y aquel

anillo de diamantes, y sentí algo que jamás pensé que fuera a sentir por ella: pena.

Había crecido poniéndome celosa y sintiéndome resentida con Georgia porque era la favorita de papá y porque sabía ponerse en el papel de hija perfecta y de chica de la alta sociedad cuando a mí me costaba un mundo. Ella siempre había conseguido lo que quería y, en su momento, yo lo había percibido como algo envidiable.

Pero ahora me daba cuenta de que aquellos celos no tenían sentido porque Georgia nunca estaba contenta con lo que tenía; solo lo estaba cuando podía arrebatárselo a los demás. Se pasaba la vida intentando ganar batallas invisibles con otra gente porque así se sentía superior, cuando, en el fondo, sus ofensivas no eran sino una clara muestra de su inseguridad.

Si aún me importara lo suficiente como hermana, intentaría ayudarla; pero ya no era el caso. Hacía muchísimo tiempo que me era indiferente.

—Te equivocas. Sí conseguí algo —respondí calmada—. Conseguí demostrarte que tu marido es un mentiroso de mierda; aunque, tal y como me había imaginado, si has tardado tantísimo tiempo en darte cuenta de sus pifias, será que tampoco te importa tanto. Si quieres seguir con él, sigue con él. Si algún día decides divorciarte, adelante. A mí no hace falta que me lo digas porque, sinceramente, me da igual. Lo que sí espero, por el bien de tu bebé, es que Bentley trate a esta criatura mejor de lo que ha tratado a cualquier otra persona en toda su vida. De lo contrario, va a descubrir que los hijos no perdonan tanto como una esposa.

Georgia inhaló profundamente, pero yo no esperé a que respondiera.

Salí por la puerta y no volví a mirar atrás.

46
Xavier

Los siguientes cuatro meses fueron un no parar de reuniones y obras durante el día, y citas o quedarme en casa por la noche.

Durante ese periodo de tiempo, Sloane y yo nos acostumbramos a estar en casa del otro. Yo dormía en su departamento una semana, y la otra venía ella a mi mansión. Le ofrecí un clóset entero para que no tuviera que ir cruzando la ciudad con una maleta, y Sloane le había sumado mi marca favorita de expreso a su despensa para que pudiera ingerir la cafeína necesaria sin tener que salir de su departamento.

Eran pequeños hitos que habíamos ido superando sin gran algarabía, pero que me ayudaban a ir resistiendo durante la etapa más ajetreada y estresante de mi vida. Las obras que se atrasaban, problemas aduaneros, una tubería de vapor que había explotado cerca del local y nos había impedido acceder a la bóveda durante toda una semana... A lo largo del proceso de renovación y construcción, los problemas fueron abundando, y eso sin contar que, por cuestiones de *marketing*, tuve que lidiar con gente con un ego colosal.

—La bóveda es subterránea —le conté a la segunda asistenta de cierta estrella de *rock*—; no tiene helipuerto... No, lamentablemente no podemos construir uno antes de la inauguración. Sí, me aseguraré de que haya guardias de seguridad a tres metros de su coche y en la entrada para que no lo acosen los fans.

Miré a Sloane en señal de advertencia y ella, sentada a mi lado en el sofá, rio. Quien se encargaba de las invitaciones de la fiesta era ella, pero yo había insistido en que nos ocupáramos de eso juntos porque tenía una estrecha relación con muchos de los asistentes.

Y me arrepentía enormemente de aquella decisión.

No obstante, problemas de construcción e invitados prepotentes aparte, las preparaciones para la inauguración de La Bóveda iban según lo previsto. Gracias a Dios, no hubo más incendios, ningún accidente ni lesiones graves. La explosión de la tubería de vapor no ayudó, porque ya íbamos justos, pero mi equipo consiguió acabarlo a tiempo, aunque rozando el límite.

El día antes de mi trigésimo cumpleaños, aún estábamos acabando de colocar los azulejos de los baños, pero...

Lo hicimos. Todo.

La noche siguiente, después de decenas de noches sin dormir y de sentir unas inseguridades aplastantes, La Bóveda abrió oficialmente antes de que las campanas dieran la medianoche y yo cambiara de década.

Doscientas cincuenta de las personas más ricas e influyentes de la ciudad llenaron aquel espacio renovado mientras bebían cócteles al lado de las paredes de acero originales de quince centímetros y admiraban esa lámpara de araña de latón centenaria.

Absolutamente todo el mundo había confirmado asistencia. Contábamos con la presencia de Ayana y más figuras del mundo de la moda, Isabella y gigantes del mundo editorial, Dominic y magnates de Wall Street, y un largo etcétera. Periodistas de todos los grandes medios de comunicación relacionados con el ocio y la alta sociedad habían venido a cubrir el evento porque hoy, aquí, era el día en el que los más famosos, artistas y titanes del mundo empresarial y político se habían reunido en un mismo espacio desde el último baile de dotes.

Nunca me había sentido tan orgulloso.

La noche era joven y aún se podían torcer un sinfín de cosas, pero el hecho de que hubiera llegado hasta aquí ya lo era todo.

Fuera cual fuera el veredicto del Comité de la herencia al día siguiente, yo había creado mi propio negocio y mi propio legado. Y eso no podía arrebatármelo nadie.

—¿Has visto al propietario? Tengo un mensaje para él.

Me giré, se me dibujó una sonrisa al ver a Sloane y salí de aquel trance pensativo. Estaba disfrutando de un momento para mí solo en la parte trasera antes de empezar a atender a los invitados, pero estos podían esperar un poco más. Ya tenían bastante con que entretenerse.

Sloane caminó hacia mí con su brillante vestido blanco plateado y unos tacones que le hacían unas piernas larguísimas. Llevaba el cabello suelto en unas ondas que le caían por encima de los hombros y los ojos le brillaron con una pizca de picardía mientras se me acercaba.

Daba igual la de mañanas que me despertara con ella o la de noches que me quedara dormido a su lado. Sloane me dejaba siempre sin aliento.

—No tengo muy claro dónde está, pero puedo pasarle yo el mensaje —respondí arrastrando las palabras.

Cuando me colocó una mano en el pecho, se me avivó un poco la sangre, pero seguí como si nada mientras esperaba.

—Bien. —Me pasó los dedos de una mano por el cabello, acercó la boca a la mía y me besó con dulzura.

Un segundo. Dos segundos. Tres.

Pasados esos tres segundos, se separó y me dejó un sabor a menta y fresa.

—Pásaselo —musitó—. Y felicítalo de mi parte, por su cumpleaños y por el trabajo bien hecho.

Una ola de calor me recorrió el pecho, pero no pude evitar provocarla un poco.

—Encantado, pero ¿te importaría repetírmelo otra vez? Quiero asegurarme de que se lo paso exactamente igual.

Sloane, a pesar de poner los ojos en blanco, sonrió.

—Solo porque es una noche muy especial. —Volvió a darme un beso, aunque este fue más intenso—. Lo conseguiste —señaló dejando de lado su previa pretensión—. ¿Cómo te sientes?

—Increíble, la verdad. Y lo conseguimos —la corregí marcando bien el plural—. No habría podido hacerlo sin ti.

Temas publicitarios aparte, Sloane había confiado en mí y me había ayudado a perseverar a pesar de los muchos contratiempos y de las muchas frustraciones que habían ido apareciendo a lo largo de los últimos cuatro meses.

Negó con la cabeza.

—Yo te ayudé, pero si estofue posible, fue por ti. No infravalores tus logros. La Bóveda es tu bebé. Créetelo.

Solo aquella pequeña chispa encendió una ardiente llamarada.

—¿Te he dicho alguna vez lo mucho que te amo?

—Una o dos, pero no voy a responder si me lo vuelves a repetir.

—Te amo —musitó—. *Más que cualquier otra cosa en el mundo.*

Esta vez, fui yo quien la besó. Largo y tendido.

Con Sloane, el tiempo siempre volaba. Y podríamos habernos quedado una eternidad en aquel pequeño rincón detrás de la discoteca de no ser porque uno de los invitados nos vio y nos interrumpió para desearme lo mejor.

—Igual deberíamos ir a la fiesta —señaló Sloane cuando el asistente en cuestión se fue. Tenía las mejillas sonrosadas por el beso, pero vi que se ponía en modo trabajo—. Vinieron todos por ti. Tú y yo ya lo celebraremos luego en privado.

—Me muero de ganas —respondí con una sonrisa traviesa que hizo que el color de sus mejillas pasara a un rojo más vivo.

Sin embargo, Sloane tenía razón. Así que tras otro brevísimo beso (hey, que era mi cumpleaños, podía tomarme las cosas con calma), fuimos a la sala principal. Una multitud ya se había acomodado alrededor de la barra hecha a medida donde se encontraba el primer vodka sin alcohol del Grupo Markovic. Los bartenders hacían maravillas de las suyas para servir unos increíbles cócteles sin alcohol de color rosa, azul y verde, y los servían en unas copas frías, aderezadas con varias decoraciones. Al otro lado de la sala, la barra con bebidas alcohólicas también había llamado la atención de un gentío igual de abundante.

Vuk se encontraba en su propia mesa, en un espacio entre ambas barras. Estaba sentado solo y era complicado distinguir si se sentía feliz, molesto o indiferente. Ni siquiera le estaba prestando atención alguna a la presentación de su último producto; estaba demasiado ocupado mirando algo muy atentamente.

Seguí el recorrido de sus ojos hasta el punto en el que se encontraban Ayana y su prometido: un director ejecutivo del mundo de la moda que, según se rumoraba por ahí, también resultaba que era uno de los antiguos amigos de universidad de Vuk.

«Esto no puede ser bueno».

Antes de que tuviera la oportunidad de preguntarle a Sloane si sabía qué tipo de relación había entre Vuk y Ayana, apareció Isabella con un cóctel sin alcohol violeta en la mano.

—¡Hey, chicos! —dijo, alegre—. Gran fiesta. Y felicidades, Xavier. Este lugar está increíble.

Su entusiasmo me hizo sonreír.

—Gracias.

—Bueno, te estaba buscando porque tengo una idea para lo de los creadores de tendencias. —A Isabella le centelleó la mirada, y eso, junto con la repentina sonrisa de Sloane, hizo que me saltaran todas las alarmas—. ¿Qué te parecería hacer una presentación de la siguiente novela erótica de dinosaurios de Vilma Picapiedra? —se interesó—. La conocí hace poco en un acontecimiento y me dio un ejemplar adelantado de *Penetrada por el pterodáctilo*. Es increíble y Vilma tiene un montón de fans.

Pestañeé. No estaba seguro de si me estaba vacilando o si de verdad iba en serio. Con Isabella, nunca se sabía.

—Eh...

—Tú piénsalo. —Miró hacia un lado, claramente distraída por la llegada de otra estrella de cine—. Te mandaré su fondo editorial para que puedas ver un poco cómo son sus libros. ¡Creo que puede ser muy divertido, en serio!

Y se fue y me dejó sacudiendo la cabeza.

—Pensaba que me iba a pedir que hiciera una presentación de su nuevo libro, no del de Vilma Picapiedra.

—Uy, a Isa le apasiona más la erótica de dinosaurios que su propia ambición laboral —respondió Sloane con una sonrisa más amplia todavía—. Créeme.

Preferí no hacer más preguntas, por mi propio bien.

Cuando ya sería la mitad de la noche, Sloane y yo nos separamos para hablar con varios invitados. Yo fui a darle las gracias personalmente a todas aquellas personas que me habían ayudado a levantar La Bóveda, incluido Dominic Davenport, que parecía que estaba quirúrgicamente pegado a su mujer, y Sebastian, que nos había ayudado con el *catering*.

—Lo conseguiste, hombre. —Sebastian me dio una palmada en el hombro—. Ahora le debo diez mil dólares a Russo.

—¿Apostaste que no lo conseguiría? —le pregunté haciéndome el ofendido.

—Confiaba en ti, pero Luca suele equivocarse. —Rio. Miró detrás de mí y su sonrisa adoptó un aire más burlón—. Hablando de los Russo, te dejo con este. Buena suerte.

Desapareció antes de que pudiera responder y Dante ocupó su lugar.

No habíamos vuelto a hablar desde la charla que tuvimos en la gala de fiestas que él mismo organizó, pero esta noche parecía mucho más cómodo que la otra vez en el Valhalla. A lo mejor era porque por fin se estaba acostumbrando a esto de ser padre o, a lo mejor, por el vaso medio vacío de *whisky* escocés que tenía en la mano.

—Impresionante —dijo, ahorrándose los saludos habituales—. No estaba del todo seguro de que fueras a hacerlo, pero lo lograste.

—Todo el mundo me dice lo mismo —musité, a pesar de que me costaba estar molesto en vista de que la noche iba tan bien—. Gracias.

Dante inclinó la cabeza y desvió la vista hacia el bar, donde Vivian estaba hablando con Sloane, Isabella y Alessandra. Posó la mirada en su mujer un minuto más y luego volvió a girarse hacia mí con una expresión más seria.

—Debo reconocer que una parte de mí tenía la esperanza de que fracasaras —confesó, con una franqueza sorprendente—. No he olvidado de la que armaste en Las Vegas, en Miami o en decenas de situaciones cuestionables más a las cuales arrastraste a Luca contigo. Sin embargo..., si mi hermano puede cambiar de actitud después de tantos años de salir de fiesta en vano, supongo que tú también puedes —añadió, seco.

Dante Russo: el rey de los cumplidos satíricos.

—Yo tampoco diría que salir de fiesta fuera en vano —contesté, arrastrando las palabras—. Me dio la experiencia que necesitaba para hacer esto. —Señalé a nuestro alrededor.

Dante entrecerró muy sutilmente los ojos. Y luego, para sorpresa mía, se le escapó una risa que sonó genuina.

—Sigue con la misma actitud mañana —me dijo al pasar a mi lado para regresar con Vivian—. La necesitarás.

Mañana. Mi primera evaluación. El veredicto sobre el futuro de ocho mil millones de dólares.

Mentiría si dijera que no me dio un minivuelco el estómago cuando me lo recordó, pero mañana sería otro día. Lo había hecho lo mejor que había podido y, ahora mismo y hasta mañana por la mañana, ya no podía hacer nada más para decantar significativamente la balanza.

Por lo tanto, en lugar de preocuparme, tomé una copa de la bandeja del mesero que iba paseándose por la sala, me la tomé de un trago y me limité a disfrutar de lo que quedaba de noche.

Me lo había ganado.

El juicio se celebró a la mañana siguiente por videoconferencia. Teniendo en cuenta la pompa y solemnidad que envolvieron la lectura del testamento de mi padre, me pareció bastante decepcionante debatir qué ocurriría con ocho mil millones de dólares por Zoom. Sin embargo, todo el mundo estaba demasiado ocupado como para viajar hasta Bogotá y reunirnos todos en persona, por eso se decidió hacerlo mediante Zoom.

Sloane y yo estábamos los dos en mi casa. De todos modos, por una cuestión de imagen, nos unimos a la reunión desde salas distintas. Yo estaba en la biblioteca, y ella, en la sala.

Desde la pantalla, cinco caras me observaban mientras les contaba cuál era mi plan de negocios, cuáles habían sido los esfuerzos que había tenido que hacer al reconstruir la bóveda después del incendio y que la inauguración había sido un éxito rotundo. Lo único que no les conté fue que lo del incendio había sido un sabotaje. Alex me había hecho prometerle que guardaría el secreto; además, solo serviría para que me hicieran más preguntas, sobre todo porque Alex me había comentado que ya sabían quién lo había provocado, pero que «no podía desvelar su identidad a estas alturas». Lo único que me dijo fue que dicha persona estaba vinculada con un grupo mercenario que estaba atacando a ciertos miembros del sector empresarial por «razones confidenciales».

Una parte de mí quería saber dichos detalles para poder vengarme de la persona que tantos problemas me había traído. Otra parte mayor, en cambio, prefería dejar lo del incendio en el pasado y que fueran los profesionales quienes se ocuparan de ello.

Regla general para ir por la vida: no busques más problemas de los que ya tienes.

Cuando terminé mi discurso, Mariana fue la primera en hablar:

—Antes de que sigamos con la evaluación, sería una negligencia no recordar que hay ciertos miembros del comité que no son imparciales.

La presidenta de la Junta del Grupo Castillo era pequeña y robusta, tenía el cabello oscuro y emanaba aires de autoritarismo. Nunca le había caído bien; esa mujer creía que mi comportamiento era una mala imagen para la empresa, y a pesar de que no se equivocaba del todo, no pensaba dejar que se impusiera en la reunión ni que injuriara a Sloane.

Porque, evidentemente, estaba hablando de ella. Mariana estaba mirando fijamente el cuadradito de Sloane en la pantalla. Hay que reconocer que esta última ni siquiera pestañeó una sola vez ante el escrutinio, pero yo fui menos compasivo.

—Supongo que habla de mi relación con Sloane. En este caso, es una cuestión irrelevante —señalé con frialdad—. De ser relevante, usted o cualquier otro miembro del comité ya habrían expresado sus preocupaciones con anterioridad.

Mariana sonrió, tensa.

—Yo no estoy acusando a nadie de nada —contestó con un tono igual de frío que el mío—. Solo estoy recordándoles a los aquí presentes que ustedes dos están saliendo y que cualquier cosa que diga la señorita Kensington estará influida por dicha relación.

—Cierto —terció Sloane antes de que cualquier persona pudiera responder. Le centelleaba la mirada y yo reprimí una sonrisa. Estaba a punto de ponerle las cosas claras a Mariana—. Lo que yo diga estará influido por nuestra relación. Llevo tres años y medio trabajando con Xavier y soy la única persona en esta reunión que ha visto cómo construía La Bóveda desde cero. Lo he visto crecer y pasar de ser un hedonista degenerado —«Guau, un poco fuerte, pero está bien», pensé— a alguien con pasión, orgullo y propósito. Ese es el hombre del que me enamoré, y cuando emita mi voto, lo haré con base en ese razonamiento. El hecho de que esté saliendo con él no afectará a mi voto; lo que sí afectará será el hecho de que yo misma vi, de primera mano, cuánto se esforzó por abrir La Bóveda. Para empezar, si no fuera la clase de hombre capaz de hacer algo así, no estaríamos saliendo. —Sloane miró fijamente a Mariana—. El testamento de Alberto estipulaba que Xavier debía «desempeñar el papel de director ejecutivo llevando su potencial al máximo». Y yo diría que ha hecho eso y más. —Se dirigió al resto del comité y sentenció—: Por lo tanto, no debería sorprender a nadie que mi voto sea un sí.

La sonrisa que había estado reprimiendo se me ensanchó del todo.

En cinco minutos, Sloane había desacreditado la furtiva acometida de Mariana, había redirigido la atención del comité al motivo de la llamada y me había sumado un primer tanto.

«Esa es mi chica».

Parecía que Mariana se hubiera tragado un bidón entero de jugo de limón sin endulzar, pero no podía decir nada más al respecto.

La votación siguió a buen ritmo.

—Yo concuerdo con el dictamen de Sloane —señaló Eduardo—. Xavier consiguió algo extraordinario en seis meses y la cobertura mediática fue brillante. Yo también voto que sí.

Se me aceleró el corazón, nervioso.

Dos de cinco. Un voto más y lo lograría.

—El plazo de tiempo en el que lo hizo es impresionante, pero no estoy convencida de la longevidad de La Bóveda —dijo Mariana—. Las discotecas son algo pasajero y, para empezar, yo lo veo como un concepto poco definido. A pesar de contar con un socio capitalista, en gran parte, tú eres tu propio jefe. No tienes ni junta ni accionistas ni nada que te convierta en el director ejecutivo de algo. Desempeñar el cargo de director ejecutivo llevando al máximo tu potencial significa decantarte por algo que no te lleve a una victoria fácil. Yo voto que no.

«¿Una victoria fácil?». Apreté los dientes para no soltar una respuesta mordaz. Discutir ahora no sería lo más inteligente, pero Mariana estaba yendo por las malas. Ya había hablado de ese último punto en mi presentación, que incluía los planes que tenía para ampliar el negocio si la discoteca de Nueva York alcanzaba el éxito suficiente.

De todos modos, como tampoco es que hubiera esperado un sí por parte de Mariana, no arremetí.

En cambio, el siguiente voto sí me dejó perplejo.

—Lo siento, Xavier —verbalizó el tío Martín. Sentí cómo el terror me serpenteaba por el pecho—. Por más orgulloso que esté a nivel personal, los argumentos de Mariana son sólidos. Yo también voto que no.

No entró en detalles ni me miró a los ojos, y de repente supe, con total certeza, que su imparcialidad no era inmune a la manipulación doméstica. Había votado en contra para calmar a la tía Lupe, clarísimamente.

Dos a dos. Había un empate y solo quedaba una persona por votar.

Todo el mundo desvió la vista hacia Dante.

Este se frotó el labio inferior con el pulgar con expresión pensativa. La breve conversación que mantuve con él anoche me había dado algo de esperanza; sin embargo, no tenía ni idea de si había sido suficiente para superar la antipatía que sentía por mí desde hacía muchísimo tiempo.

Los minutos fueron avanzando.

El tío Martín se acomodó en el asiento.

Eduardo arrugó la frente, preocupado.

Mariana apretó los labios con tanta fuerza que su boca parecía una pasa.

Sloane y yo fuimos los únicos que no dejamos entrever nada a través de nuestra expresión, a pesar de que, por más que tuviera el aire acondicionado puesto, yo sentí una gota de sudor recorriéndome la espalda.

Dante bajó la mano con tanta indiferencia que parecía

que estuviéramos hablando del clima en lugar de una fortuna de siete mil novecientos millones de dólares.

—Sí.

Y ya estuvo.

Después de habernos tenido en vilo durante tanto tiempo, no dio explicaciones ni entró en grandes florituras. Solo pronunció un simple y rotundo *sí*.

Era todo lo que necesitaba.

Una sensación de alivio me estalló detrás de la caja torácica y sentí que me rodaba la cabeza. Un Eduardo sonriente empezó a decir algo sobre la documentación de seguimiento, pero mi emoción era tal que aplacó sus palabras.

Lo había conseguido. Lo había conseguido, carajo.

No necesitaba su validación, pero, para ser sincero, tenerla se sentía bien.

La reunión terminó al cabo de unos minutos. Antes de colgar, vi a Mariana arrugando la frente de tal forma que sentí una inmensa satisfacción.

—Hice un pantallazo de la cara de Mariana para que puedas mirarla si alguna vez te entra el bajón.

Me giré y volví a sonreír al ver a Sloane entrando por la puerta. Iba vestida con una blusa de seda perfectamente planchada y los pantalones de la pijama.

¿Lo mejor de hacer reuniones de trabajo virtuales desde casa? Que nadie podía ver qué llevabas de cintura para abajo.

—Cuánto me consientes —bromeé mientras la sentaba en mi regazo—. Por cierto, gracias por ser la primera en votar. Lo que dijiste...

—Era verdad. No dije nada que no creyera. —Se le relajó un poco la expresión y luego le centelleó la mirada, traviesa—. Pero no te olvides de eso cuando escribas tu propio testamento. Solo lo hago por el dinero.

—Sí, ¿eh?

—Aj... ¡Ah! —gritó cuando me levanté de golpe y la coloqué en el suelo para sentarme encima de ella.

—¿Qué decías del dinero? —la amenacé, sujetándole las muñecas encima de la cabeza con una mano.

Dejé de sonreír y fruncí el ceño.

Ardor y risa le centellearon en la mirada.

—Que te hace siete mil novecientos millones de veces más sex... Oh, Dios —jadeó sin acabar de pronunciar la frase cuando le metí una mano por debajo de la camisa para acariciarle el pecho.

Era fin de semana, acababa de conseguir que la mayor noche de mi vida fuera un éxito rotundo y tenía un día libre y larguísimo por delante.

Si Sloane quería provocarme, le devolvería el favor multiplicado por cien.

—Dios no, Luna. —Agaché la cabeza y le rocé los labios con cada palabra que pronuncié. Sloane era dulce, cálida, perfecta—. Dios no tiene nada que ver en lo que estoy a punto de hacerte.

Y más teniendo en cuenta que el tipo de actividades que llevamos a cabo durante el resto del día en la biblioteca, en mi habitación y en la azotea no tuvieron absolutamente nada de santas.

No volvimos a hablar de trabajo ni de dinero ni de nada más. Ni siquiera cuando se puso el sol y nos quedamos acostados, sudorosos y agotados, en la cama.

Eso era lo mejor de estar con la persona correcta.

Que había días en los que podíamos pasarnos la noche hablando y días en los que no nos hacía falta pronunciar ni una sola palabra. Bastaba con tener al otro al lado.

Epílogo
Xavier/Sloane

Xavier
Dieciocho meses después

Tal y como quedaba estipulado en el testamento de mi padre, fui recibiendo cuotas de la herencia cada vez que superaba una evaluación. Acababa de recibir la tercera la semana pasada y la cifra que aparecía delante de los ceros en mi cuenta bancaria había aumentado exponencialmente, incluso después de que hubiera donado la mitad del pago a diversas organizaciones benéficas.

La paradoja era que La Bóveda iba viento en popa y ya no necesitaba el dinero de la herencia, pero estaba bien tener ese colchón. El exitazo de la inauguración y el perfil que había hecho después *Mode de Vie* sobre mí en su sección de «Personas influyentes» catapultaron la discoteca a la fama. Yo ya estaba planeando abrir un nuevo local en Miami, pero antes tenía que acostumbrarme a otro cambio mayor en casa.

—Creo que no falta nada. —Sloane puso los brazos en la cintura y estudió el salón—. Ya está todo aquí.

El suelo estaba repleto de montones de cajas de cartón y en cada una había escrito lo que había dentro. «Ropa (otoño/

invierno)», «Ropa (primavera/verano)», «Libros», «Material de oficina» y un largo etcétera.

Los transportistas se habían pasado el día trayendo cajas del departamento de Sloane a mi mansión. Y justo cuando pensé que ya no podía tener más cosas, llegó otro camión a rebosar.

—¿Estás segura? —le pregunté—. Me parece que trajiste muy poca cosa.

—Qué gracioso —resopló y acarició una de las cajas—. No podía no traer mi colección Louboutin o mis libretas de reseñas.

—¿Tienes una caja entera de libretas de reseñas? —Por el amor de Dios, pero ¿cuántas había escrito?

—No seas ridículo —contestó—. No cabían todas en una sola caja; las separé en dos.

Sacudí la cabeza con una expresión atónita.

—Cambié de opinión. Ya no puedes venirte a vivir aquí. Claramente, tú no eres humana, y eso, para mí, es un problema.

—De acuerdo. —Se dio la vuelta y empezó a desempacar la caja donde decía: «Velas»—. Había pensado bautizar todas las estancias de esta casa para celebrar que me había mudado aquí, pero como no quieres que me quede...

Le pasé un brazo por la cintura desde atrás y la acerqué a mí. Sloane chilló.

—Estás haciendo trampa —gruñí—. Pero ¿quién soy yo para arruinarte los planes para tan minucioso bautismo? Retiro lo dicho. Sí puedes venirte a vivir aquí.

—Qué generoso eres.

Cuando le di la vuelta para besarla, Sloane seguía riendo.

Desde que habíamos empezado a salir, habíamos cenado en los mejores restaurantes, habíamos disfrutado de los espectáculos más exclusivos y nos habíamos ido de escapadas de fin de semana de lo más lujosas en todos los puntos comprendidos entre Santa Lucía y Malibú. Sin embargo, estos eran mis momentos favoritos: aquellos instantes agradables y fortuitos en los que podíamos ser nosotros mismos y ya.

Nos lo estábamos tomando con calma, pero irnos a vivir juntos después de llevar tanto saliendo parecía un avance natural. La verdad es que yo hacía tiempo que sentía que estaba preparado, pero me había esperado a que Sloane se sintiera lo suficientemente cómoda como para dejar atrás su departamento y, por consiguiente, una parte de su independencia.

Para ella, esto era un gran paso. Así que cuando me dijo que prefería mudarse a la mansión que quedarse en su antiguo departamento, no me lo tomé a la ligera.

A Sloane le sonó una alarma del celular y dejamos de besarnos.

—Maldición... —Se apartó y paró la alarma—. No me había dado cuenta de que ya eran las seis. Tenemos que darnos prisa y cambiarnos o llegaremos tarde a la fiesta de Isa.

Isabella y Kai se habían casado poco después de la inauguración de La Bóveda y ella había pausado la escritura durante un breve periodo de tiempo para irse de luna de miel. Aun así, había terminado su última novela recientemente e iba a celebrar la publicación con una fiesta de presentación del libro esta misma noche.

—Luna, Isabella llegará tarde a su propia fiesta —le recordé, haciendo especial énfasis en el nombre de su amiga—. Y, antes de que empecemos a cambiarnos, tengo un regalo para ti, para inaugurar la casa.

—Hace años que tú vives aquí; la casa ya está inaugurada. —Suspiré exasperado y a Sloane se le iluminó la mirada—. Pero me encantan los regalos. ¿Qué es?

—Esta aquí. —La guie hasta el pasillo que había al lado de la sala.

Al comprarlo, me había asegurado de que fuera el regalo correcto. Sin embargo, cuando llegamos donde se encontraba el nuevo miembro de nuestro hogar, sentí cierta angustia.

Sloane inhaló profundamente.

—¿Es...?

—Un pez.

La preocupación que sentía por si me había metido donde no me llamaban desapareció cuando ella tocó aquella minipecera con los ojos sospechosamente brillantes. El pez de color naranja chillón que había dentro nadó hasta donde Sloane tenía la mano y se le quedó mirando un segundo, aleteando un poco, hasta que dio media vuelta y se fue hacia la pequeña pagoda que los de la tienda de animales habían colocado en medio de la pecera. Por lo visto, le interesaba más explorar su nueva casa que los humanos que estaban admirándolo.

—No era consciente de lo mucho que extrañaba que me ignorara un pez —señaló Sloane con la voz húmeda—. Es perfecto. Gracias.

—Me alegro de que te guste. Los de la tienda me dijeron que era el más peleonero que tenían. —Nos quedamos observando el pez, que nadaba perezosamente alrededor de la pagoda—. Aunque no me dijeron a qué se referían con *peleonero.*

—Peleonero. —Sloane apretó los labios pensativa—. Debería llamarse así.

¡¿Peleonero el Pez?! Dios mío.

—Si me hubieran dicho que era el más colorido, ¿le habrías puesto Colorcito? —pregunté con las mejillas adoloridо de tanto sonreír.

Su expresión pensativa cambió y me fulminó con la mirada.

—Muy gracioso —respondió sonrojada—. No se me da demasiado bien ponerle nombre a las mascotas, ¿está bien?

—No, no, si creo que Peleonero es un nombre ideal. Uno con fuerza. ¡Uno literal! —grité cuando ella se fue, iracunda, hasta la sala.

La seguí riendo.

—Cállate antes de que te tire una lámpara en la cabeza —me amenazó—. Si tan bien se te da poner nombres, elige tú uno.

—Nop, el pez es tuyo y se llamará como tú quieras. Al menos Peleonero es mejor que El Pez 2.0. —Intenté poner cara seria—. Todo pez merece un nombre y este se llama Peleonero.

Casi conseguí pronunciar la frase entera sin volver a reír. Casi.

Como no lo logré, Sloane me tiró un cojín a la cabeza, pero valió la pena.

«Peleonero el Pez». Se me escapó la risa.

—Si se lo cuento a la doctora Hatfield y me dice que rompa contigo, lo haré sin pensarlo dos veces —me advirtió Sloane.

—Vamos, ya, Luna. Solo estoy bromeando. —Contuve otra risa—. Además, la doctora Hatfield nunca diría algo así. Me adora.

—No te conoce.

—Indirectamente sí.

Sloane y yo habíamos retomado las sesiones de terapia el año pasado con terapeutas distintos y especializados en cuestiones familiares (para familias extremadamente disfuncionales). Habíamos tenido que pasar por unos cuantos antes de encontrar el especialista con el que mejor encajábamos, pero a mí se me había olvidado lo muy... terapéutico que resultaba hablar de mis problemas con un desconocido cuyo trabajo era escucharme hablar de dichos problemas, vaya.

Lo de la terapia había sido idea de Sloane. Nunca arreglaría las cosas con su padre y Georgia, pero Pen seguía formando parte de la familia. Sloane pensaba que ir a terapia la ayudaría a saber gestionar mejor la relación con Pen y con el resto de los Kensington ahora que veía a su hermana pequeña una vez por semana, porque eso significaba que también estaría más en contacto con Georgia y Caroline. A veces, yo la acompañaba a ver a Pen y, en otras ocasiones, las dejaba para que disfrutaran de un rato de hermanas a solas.

Por sorpresa, esta vez, la terapia me ayudó más que de adolescente. No sabía por qué, pero aquellas dos sesiones semanales me ayudaron a aceptar el pasado y la relación con mi padre. A fin de cuentas, lo que importaba no era por qué había dejado aquel vacío legal en el testamento ni por qué había hecho nada de lo que había hecho.

Ya había dejado atrás ese capítulo y, ahora, estaba listo para empezar el siguiente.

—Adivina con quién me topé el otro día. Se me olvidó contártelo —soltó Sloane mientras subíamos la escalera para bañarnos y arreglarnos, una vez que dejamos el tema de Peleonero atrás—. Tenía una reunión con un columnista de *Modern Manhattan*, que forma parte del mismo grupo que Fast and Furriness y, cuando subí al elevador...

—No me digas. —Sonreí, anticipando el nombre que iba a pronunciar a continuación.

—Entró Perry Wilson. —Sloane rio—. Debiste verle la cara. Intentó dar media vuelta, pero las puertas ya se habían cerrado. Nos pasamos diez pisos fingiendo que el otro ni existía.

El año pasado, Perry había perdido la demanda por difamación y, al cabo de poco, Kai le había comprado el blog. Le había cambiado el nombre (ahora se llamaba «Cuestiones Confidenciales»), se había deshecho de cualquier rastro que quedara de Perry en esa página web y había contratado a un equipo de escritores y verificadores de datos profesionales. Estaba teniendo más tráfico web ahora que en el momento álgido de la era de Perry. La gente estaba harta de *clickbaits* y difamaciones infundadas, y cada vez había más personas que se decantaban por medios informativos de mejor calidad.

Mientras tanto, Perry se limitaba a atender llamadas telefónicas en Fast and Furriness. No podía decir que sintiera lástima por él.

Sloane y yo entramos en mi cuarto.

«NUESTRO cuatro». No sonaba tan extraño como me había imaginado. Supongo que, en el fondo, yo ya consideraba que esa era nuestra casa antes de que Sloane se mudara aquí.

Dicho esto, sería de mala educación no celebrarlo oficialmente, ¿no?

—Bueno —dije como quien no quiere la cosa mientras ella se desnudaba, lista para meterse a la regadera—. ¿Te referías a...?

—No. —Sloane ya sabía por dónde iba antes incluso de que dijera nada—. No tenemos tiempo. Llegaremos ta... ¡Aaah! —chilló riendo cuando la tomé y la tiré a la cama.

No se equivocó. Llegamos tarde a la fiesta de Isabella, pero también bautizamos bastantes habitaciones de la casa.

Y no se me ocurría mejor forma de empezar este nuevo capítulo en el que compartiríamos la vida juntos.

Sloane
Seis meses después

—Tenías razón. Era justamente lo que necesitaba. —Estiré los brazos por encima de la cabeza y suspiré feliz—. Podría quedarme aquí para siempre.

—Repite eso —me pidió Xavier.

—¿Qué cosa?

—Las dos primeras palabras: «Tenías razón».

Puse los ojos en blanco, pero fui incapaz de contener mi sonrisa.

—Eres insoportable.

—Y, aun así, aquí sigues. ¿Qué dice eso de ti? —me vaciló.

La brisa le despeinó el cabello y le hizo volar unos mechones negros mientras paseábamos por la playa.

—Que soy masoquista.

—Ah. Ya decía que si te amaba tenía que ser por algo.

Reí. Me resultó imposible fingir estar molesta al verlo tan relajado y feliz; yo también me sentía relajada y feliz.

Estábamos disfrutando de los últimos días de viaje de un mes por España. Xavier me había sorprendido con unos boletos de la Navidad pasada, pero habíamos esperado a que hiciera algo más de calor antes de venir.

Nuestra empleada estaba cuidando a Peleonero, La Bóveda por fin iba lo suficientemente bien como para que Xavier pudiera tomarse tanto tiempo libre, y yo había dejado RR. PP. Kensington en las hábiles manos de Jillian. El año pasado la había ascendido al puesto de directora de Operaciones administrativas (con el debido aumento de sueldo) y confiaba plenamente en su capacidad para llevar el timón de la empresa mientras yo estuviera fuera. Seguía revisando el correo electrónico de forma compulsiva cada vez que Xavier se metía en la regadera o iba por bebidas, pero ya no sentía la necesidad de controlar absolutamente todo lo que me llegara a la bandeja de entrada.

A fin de cuentas, estaba de vacaciones.

Así que Xavier y yo nos habíamos pasado las tres últimas semanas comiendo, durmiendo y bebiendo por Madrid, Sevilla, Valencia y Barcelona antes de terminar el mes donde comenzó todo: en Mallorca.

Aquella isla había sido el primer punto de inflexión en nuestra relación. Como habíamos tenido que acortar repentinamente nuestras primeras vacaciones aquí, nos había parecido apropiado volver y terminar lo que habíamos empezado.

—¿Qué quieres hacer esta noche? —me preguntó él, entrelazando los dedos con los míos—. Podemos salir a bailar otra vez o podemos quedarnos en la villa.

—Quedémonos. Si bailo una canción más, me quedaré sin pies.

Llevábamos tres noches seguidas yendo a distintas discotecas y, normalmente, nos quedábamos despiertos hasta que salía el sol. Estaba físicamente agotada.

Por lo menos, gracias a Xavier, mis dotes de danza habían mejorado.

Nos dejamos envolver por un agradable silencio mientras el sol se ponía en el horizonte y teñía el cielo de una paleta de tonos naranjas y lavanda. Parecía que las nubes se iban incendiando por los costados, y el calmado espejo que dibujaba el mar capturaba aquel espectáculo.

Pensé que sentiría una familiar punzada de tristeza, pero no fue el caso. Ahora que me daba cuenta, hacía bastante que no la sentía, pero no me había percatado de su ausencia hasta ahora.

—¿En qué piensas? —se interesó Xavier—. Pareces sorprendida.

Sonreí. Me conocía tan bien...

—Antes odiaba las puestas de sol —confesé—. Pensaba que eran deprimentes. Una puesta de sol es sinónimo de final, y a mí me recordaban que todo lo bueno acaba. Cada vez que veía el sol ponerse, me entraba el bajón. Ahora, en cambio..., ya no me parecen tan tristes. —Levanté los hombros—. Además, soy más de noche que de día.

Por las noches, podíamos cenar en casa, bajo la luz de la lámpara de araña de la que nos habíamos enamorado en nuestro viaje a París. Por las noches, encendíamos la chimenea y conversábamos en la cama tranquilamente hasta que uno de los dos (o los dos) se quedaba dormido. Las noches eran sinónimo de amor, calidez y luz de luna; mi lugar seguro en el mundo.

Sin puestas de sol no habría noches. Y así, sin más, décadas de animadversión hacia un fenómeno que tanto suele gustar se fueron disipando lentamente, como si nunca hubieran existido.

—Bien —respondió Xavier en voz baja—. A mí también me gusta la noche.

Esa misma tarde, cuando oscureció y nos acurrucamos en el sofá para ver una película, ni siquiera me molesté en sacar mi libreta de reseñas.

Solo quería disfrutar de la peli, y eso hice. El montaje cursi de una pareja que se conoce en una oficina, el héroe que corre por el aeropuerto para hacer su gran gesto e incluso el final feliz, con perro y anillo incluidos. Me encantó todo.

Yo no era quién para juzgar clichés ajenos.

Al fin y al cabo, estaba de escapada romántica por Europa con mi novio de hacía ya tiempo, que había empezado siendo un cliente al que odiaba antes de que me fuera enamorando paulatinamente de él (solo que había sido demasiado terca como para reconocerlo), y a quien casi había perdido hasta que entré en razón y me reconcilié con él en el último piso del Empire State.

Ahora vivíamos juntos en una mansión con un pez por mascota y una sala de cine en la azotea, y éramos asquerosa y nauseabundamente felices.

¿Quién dijo que los «felices para siempre» no eran realistas?

Agradecimientos

Una de mis lectoras beta dijo que *Rey de la desidia* era como una carta de amor a las comedias románticas y, ¿saben qué?, es cierto.

Por los «felices para siempre que no son realistas», por los besos en la parte superior del Empire State y por la idea de que el amor siempre puede con todo, incluso cuando quienes se aman forman la pareja más inverosímil del mundo.

Xavier y Sloane me robaron el corazón y me encantó cada minuto que pasé con ellos. De todos modos, su historia no habría sido posible de no ser por la ayuda que fui recibiendo en el camino, así que aprovecho estas líneas para darles las gracias.

A Becca. ¿Qué puedo decir que no haya dicho ya? Gracias por apoyarme y por animarme como nadie. Ya sea porque estoy atorada en algún punto de la trama o porque simplemente necesito hablar con alguien, tú siempre estás ahí y me siento muy afortunada de poder tenerte como amiga.

A mis lectoras alfa Britney, Rebecca y Salma. Sus reacciones y los emojis que envían siempre me hacen sonreír, y su *feedback* me ayuda a hacer brillar las historias. ¡Gracias por su lealtad!

A Ana y a Aliah. Muchísimas gracias por sus detallados

comentarios, por hablarme de la cultura colombiana y por echarme una mano con el español. No podría haberlo hecho sin su mágica ayuda.

A mis lectoras beta Tori, Theresa, Malia y Jessica. Cada una de ustedes aportó algo único que me hizo ver partes de la historia desde una nueva perspectiva. Muchísimas gracias por compartir su tiempo y sugerencias conmigo; me ayudaron a llevar este libro al siguiente nivel.

A Amy. Gracias por editar la obra. ¡Valoro mucho tu atención al detalle!

A Mary Catherine Gebhard. Gracias por tus comentarios y el *feedback* sobre la descripción del síndrome de fatiga crónica. Te agradezco muchísimo que compartieras tu tiempo y experiencia conmigo.

A Cat. ¡Ya tenemos otro libro en el bolsillo! (El juego de palabras no lo hice a propósito). Trabajar contigo es siempre una maravilla. Gracias, no solo por ser una diseñadora increíble, sino por ser también una persona increíble.

A los fantásticos equipos de Bloom y Piatkus. Gracias por su apoyo incondicional. ¡Conseguimos muchísimas cosas juntos y me muero de ganas de ver qué más nos depara el futuro!

A mi agente Kimberly y al equipo de Brower Literary. Estoy muy agradecida de tenerlos a mi lado. ¡Son unos *cracks*!

A Nina, Kim y a todo el equipo de Valentine PR. Gracias por hacer que, entre bambalinas, las presentaciones de mis libros fueran tan amenas. No sé qué haría sin ustedes.

Y, finalmente, a mis lectoras. Gracias por ser lo mejor de mi viaje como autora. Nunca paso por alto su tiempo, amor y apoyo, y espero que les haya encantado leer *Rey de la desidia* tanto como me encantó a mí escribirlo.

Con amor,
Ana

Contacta con Ana Huang

Grupo de lectoras: facebook.com/groups/anastwistedsquad
Página web: anahuang.com
BookBub: bookbub.com/profile/ana-huang
Instagram: instagram.com/authoranahuang
TikTok: tiktok.com/@authoranahuang
Goodreads: goodreads.com/anahuang

Atrévete a pecar

PRÓXIMAMENTE *REY DE LA ENVIDIA*